古典文獻研究輯刊

二十編
曾永義 主編

第 16 冊

江蘇民間故事研究（下）

趙杏根 著

國家圖書館出版品預行編目資料

江蘇民間故事研究（下）／趙杏根 著 — 初版 — 新北市：花
木蘭文化事業有限公司，2019〔民 108〕
目 4+240 面；19×26 公分
（古典文學研究輯刊 二十編；第 16 冊）
ISBN 978-986-485-890-3（精裝）
1. 民間文學 2. 民間故事 3. 文學評論
820.8   108011761

ISBN-978-986-485-890-3

9 789864 858903

古典文學研究輯刊
二十編　第十六冊　　　　　　ISBN：978-986-485-890-3

江蘇民間故事研究（下）

作　　　者　趙杏根
主　　　編　曾永義
總 編 輯　杜潔祥
副總編輯　楊嘉樂
編　　　輯　許郁翎、王筑、張雅淋　美術編輯　陳逸婷
出　　　版　花木蘭文化事業有限公司
發 行 人　高小娟
聯絡地址　235 新北市中和區中安街七二號十三樓
　　　　　　電話：02-2923-1455／傳真：02-2923-1452
網　　　址　http://www.huamulan.tw 信箱 hml 810518@gmail.com
印　　　刷　普羅文化出版廣告事業
初　　　版　2019 年 9 月
全書字數　426390 字
定　　　價　二十編 19 冊（精裝）新台幣 40,000 元　　版權所有・請勿翻印

江蘇民間故事研究（下）

趙杏根　著

目次

第十一章　鄉賢故事研究

引　言

　　這部分中的「鄉賢」，指出身於江蘇的政治名人，包括各類官員和擁有舉人或者舉人以上的科名的名人，因為科舉制度，也是一種政治制度，科名是和做官緊密聯繫在一起的，擁有舉人及其以上的科名，就具備了做官的資格。至於其他的名人，例如畫家、醫生等，雖然也是鄉賢，但關於他們的故事，不列入這個部分研究。

　　和常人相比，這些鄉賢往往具有這樣幾個方面的優勢：權力，才幹，財力，影響力。當然，也有的鄉賢，這幾個方面的優勢，也不是完全具備的，但肯定具備其中的兩三項。

　　在地方百姓看起來，鄉賢無疑是成功人士，他們對地方民眾有很大的影響。地方上的人們也樂於稱道他們，因此，鄉賢為主角的故事，在各地都很流行，在江蘇也不例外。

第一節　對鄉賢的神化

　　在中外古代神話故事中，部落領袖或部落名人被神化的故事，是很常見的。鄉賢被神化，和這樣的傳統是一脈相承的。

　　在江蘇民間故事中，鄉賢被神化的模式不少，大致有這些：1、祖宗或父母有德。《睢寧卷》之《姚爾覺出世》云，清末民初，縣東部姚圩子一對夫婦年四十九尚無子息，因善待一老道士，而生一子，就是後來中解元、當縣官

的姚爾覺。2、祖宗墳地風水好。《睢寧卷》之《湯總兵墓》云，湯家一連四代都官總兵，因爲其家墳地的風水好。《海安卷》之《徐耀只能一代爲官》，也是說墳地風水決定了徐耀當大官。3、父母不是人類。《海安卷》之《望母樓》云，儲貫的母親是母猩猩。《新沂卷》之《韓信的傳說》中，韓信的父親是只大馬猴。有的故事則說其母親是隻大馬猴。4、出生時有靈異。《南通市區卷》之《僧伽鼻治鬼》云，明朝薊遼總督顧養謙出生的時候，異香滿室，氤氳不散，兩隻五彩斑斕的錦雞飛來庭院。顧母夢見仙姑捧一筐，內鋪錦繡，筐內仰臥一綠衫白胖男嬰，對顧母說，此兒爲僧伽大聖所授。《徐州市區卷》之《李蟠名字的由來》云，李某打漁，見樓船鼓樂，船上官員要他讓開，說是他們正送狀元李蟠。這天，李某的兒子出生了，李某就給兒子取名蟠。後來，李蟠果然中了狀元。《海安卷》之《韓紫石的傳說》云，韓母夢食仙桃而生了韓紫石。5、鬼神預言其不凡。《南通市區卷》之《喜抽狀元籤》中，張謇還是秀才的時候，到關帝廟求籤，求到了狀元籤，後來，他果然中了狀元。《徐州市區卷》之《擗小鷹奮發讀書》中，女鬼稱少年李蟠爲狀元爺。《銅山卷》之《做詩惹麻煩》中，也有類似的情節。《豐縣卷》之《李蟠打獵》云，太白金星化爲白兔，引李蟠見冤鬼，並且點化他，要他讀書上進。《豐縣卷》之《清朝宰相張玉書》云，丹徒人張玉書進京趕考到豐縣張土城張黑樓張家住宿，夜間和皮狐大仙飲酒談笑，皮狐大仙稱之爲張老爺。6、鬼神爲其服務或者聽命於他。《如東卷》之《南通都城隍廟》云，顧春安八歲上學的時候，路上有白鬍子老人護送，稱顧爲「星君」，原來，老人是南通城隍。後因事顧罰他充軍。顧爲邊關總兵，城隍神見之，顧就讓他回去，但南通城隍的職位已經被別的神靈佔據，於是，顧乃命南通知州另外建造一座。《蘇州民間故事》之《崑山城隍眼開眼閉》中，顧鼎臣小時候在城隍廟玩踢毽子的遊戲，把毽子踢到了城隍神像的頭頂。他怕類似的事情再次發生，避免到神像頭上取毽子的麻煩，就把神像的頭撳下，這樣，毽子掉到神像頭上，就會自動滑落下來了。因此，那裡的城隍神像，頭是低著的。顧鼎臣喜歡到城隍廟玩。這給城隍添了麻煩，因爲他是文曲星下凡，城隍見了他，必須迎送。城隍不勝其煩，玉帝乃讓城隍低頭，眼開眼閉，這樣，顧鼎臣來的時候，他可以只當沒有看到，避免迎送的麻煩。《南通市區卷》之《僧伽鼻治鬼》云，顧養謙的鼻子如僧伽大聖。他六歲的時候，去舅舅家。舅舅聽二鬼在說，他們怕顧，逃到缸裏去。舅舅乃叫顧寫紙條封缸殺鬼。《無錫民間故事精選》之《十八斤大

鰟鮍》中，周延儒說打漁人能夠打多少魚，河神就要讓打漁人打多少魚，還可以規定魚的種類。《如皋卷》之《捉太歲》中，太歲化成老人，不許人家造房子。還是小學生的張玉書上前責問，老人化爲蛤蟆，被張放入書包。太歲託夢，訴於張的老師，老師命張放了太歲。張乃放之，命他不許到鎮江。此後，鎮江造房子不怕太歲。《徐州市區卷》之《罷免城隍》云，讀書少年李蟠寫打油詩貼在城隍神像腿上，罷免城隍。城隍只得從命。後城隍訴於李蟠的老師，李蟠乃遵師命撤除了打油詩。《無錫民間故事精選》之《嵇閣老的傳說》中，嵇璜小時候，能夠令神像充軍，也能夠修改命令。《如皋卷》之《許直知惠來》云，如皋人許直當廣東惠來知縣，逢大旱，用軟硬兩種方法求城隍，果然下雨。7、遇到困難獲得神靈的幫助。《徐州市區卷》之《權謹救狐》云，權謹參加科舉考試，凡事遇到疑難的地方，小螞蟻排成詞句，貼切且精彩。權謹得以中探花。《南通市區卷》之《倒壩潭》云，新科狀元胡長齡回南通省親，參加抗洪，在關帝的神示下，想出了夯樁修壩的辦法，以提高壩的抗洪能力。8、用鬼神神化鄉賢的才能。《揚州民間故事集》之《修補天下殘書》中，民間信仰中主管科舉考試科名的魁星，先後化爲古稀老人和秀才，測試汪中的學問，證明汪中確實有大學問。《海安卷》之《儲貫遇關公》云，儲貫在寺院和關公神對對子。後來，關公又化爲牧童、老者、大漢等和他對對子，證明他的才能出眾。9、用靈異事件神化鄉賢未來的或者既有的身份。《徐州市區卷》之《權謹愼救狐》云，狐狸在雷雨之時，依託權謹，躲避雷擊。《南通市區卷》之《金表歸原主》云，小偷偷了張謇的金表，就頭疼起來，金表也變成了蛤蟆，因爲張謇是狀元，是文曲星，不能冒犯的。

此類神化鄉賢的故事，當然都是出於虛構無疑。這些故事，其主要的社會作用體現在兩個方面。

體現了一定的道德導向。關於風水的迷信，直到今天，在許多地區，特別是在農村，還是非常流行的。關於鄉賢祖宗墳地的風水好的故事，對風水迷信的流行，起了很大的推動作用。迷信風水的人，往往以這些故事爲依據。可是，此類故事中，有一些也蘊含了某些基本的道德導向。例如，《沛縣卷》之《閻古古中舉》云，閻家設立新墳地，風水先生看了一塊墳地，但是那裡已經埋有棺材。風水先生說，閻家的棺材埋在那棺材上面，就是「棺上加棺，輩輩做官」。但是，閻古古的父親不願意這樣做，把自家的墳地移動了八步。後來，閻古古參加舉人考試，得到一個自稱是閻家「八步鄰」的老漢的指教，

考取了舉人。那老漢，就是閻家墓地的鄰居鬼魂。閻古古父親的仁者之心，終於得到了好報。《睢寧卷》之《湯總兵墓》云，風水先生爲湯家看墓地，說尋找好墓地，會遭到天譴，眼睛會瞎的。湯家說，如果找到好墓地，風水先生眼睛瞎了，湯家會好好養他的。風水先生果眞爲湯家找到了好墓地，湯家三代，出了三個總兵。風水先生的眼睛果眞瞎了，湯家信守諾言，好好贍養他。湯家到了第四代，又出了一個總兵湯克寬，就更加興旺了，但是，他們對瞎眼風水先生，漸漸冷待，甚至怠慢了。他的徒弟爲老師打抱不平，經過老師指點，破壞了湯家墳地的好風水。於是，湯克寬打仗時陣亡，湯家就此敗落，也沒有再出大官。不管風水之說是如何荒謬，湯家和風水先生既然有約定在前，就應該遵守。這也是人們說所的「義」，也就是契約。湯家後來的行爲，就是不義，當然理應得到報應。《海安卷》之《徐耀只能一代爲官》中，徐耀的父親下葬，墓穴挖出九隻小貓，打死了八隻，只有一隻逃走。因此，徐耀只能爲官一代。墳地有野貓，自然很正常。那裡本就是野貓生存的地方，徐家作爲墳地，本可以和野貓平安相處，野貓也不會影響到墳地，可是，徐家卻打死了八隻野貓，這有悖於生物倫理。《海門卷》之《胡長齡改休書》云，胡長齡沒有考取科名的時候，他母親夜裏往往能夠見到兒子頭上的光亮，知道兒子不是平常人。後來，胡長齡給一個男子寫了休書，他母親就看不見那光亮了。經過調查，他媽媽發現，是那男子不好，其妻子沒有過錯，乃命胡長齡爲那男子改寫休書，指出那男子諸般錯誤。那男子因此沒有離成婚，還挨了縣官責打。胡長齡頭上的光亮復現。這告訴人們，要嚴於律己，即使命中注定有大好前程的人，如果有失德行爲，也會導致其前程的喪失。這尤其對青少年，警示作用是很明顯的。《啓東卷》之《張彭年軼事》中，張彭年收舊貨，發現一舊衣服裏有許多銀子，主動歸還給人家。以此隱德，其兒子張謇中了狀元。

還有一方面的社會作用，則明顯是負面的，這就是宣揚了社會階層的固化及其合理性。在封建社會中，政治方面，科舉制度是社會中下層百姓向上層上升的通道，經濟方面，壟斷還沒有出現，中下層百姓也有上升的空間。可是，實際上，不管是政治上、文化上還是經濟上，不同社會階層的競爭，從來就是很不平等的。寒門子弟當然也有出將入相的，也有學富五車的，也有致富的，可是，幾乎就是鳳毛麟角！

特別是在明清封建社會中，社會階層的固化，是明顯的事實。如何解釋

這樣的事實，最爲方便的途徑，就是把這些神化，說成是宿命，是注定的，是神的意旨，甚至那些大人物，本身就是神，具有這樣那樣的神性。這些故事的流傳，反過來又加強了這樣的神化。對小民百姓而言，那些成功人士，和他們是絕然不同的，是神和人的不同，因此，對他們來說，那些職位、權力、能力、財力和影響力，是完全不可企及的，即使再努力，也是白搭，因爲那些都是由神秘的力量決定的，和人們後天的努力沒有關係。這樣，人們上升的欲望被消解，努力被化解，社會階層，就越發固化。社會上的優勝者就可以更加容易地鞏固其社會地位。社會上有大量的放棄上升努力的民衆，這在某種意義上符合這些優勝者的利益。可是，社會的發展，就這樣被延遲了。

此類將鄉賢神化的故事，有人相信嗎？在封建社會中，肯定有人相信的。《蘇州民間故事》之《崑山城隍眼開眼閉》中，顧鼎臣使城隍神像低頭並且眼開眼閉的故事一出，該城隍廟香火大盛。在科學技術迅猛發展，進入數碼時代的今天，這些故事，還會有影響嗎？看看社會上迷信活動的有無多少，不就可以知道了嗎？看看人們對各種成功人士的理解，不也可以知道一些嗎？

第二節　爲家鄉人爭利益

鄉賢和家鄉之間，有密切的倫理關係。他們和家鄉的其他人一樣，都在家鄉的土地上出生、成長。在這樣的過程中，他們同樣享受著家鄉人民的勞動成果或者有效勞動。因此，家鄉的人們認爲，他們在取得名利權力等之後，就應當回報家鄉和家鄉的民衆，否則即是「忘本」，就是「忘恩負義」，而這些，在中國傳統文化中，都是非常重大的帽子，幾乎就是在道德上判處了其人重刑。《沛縣卷》之《蔡大王送禮》云，沛縣人蔡某當治理黃河的官員，某年黃河水患，蔡某覺得對不起當地百姓，就自殺了，被朝廷追封爲守河的大王。某次，沛縣商人某甲乘船經過黃河，說：「蔡大王，老鄉來啦，咋不送兩條魚吃？」於是，兩鯉魚跳到船裏。船上的其他人覺得不吉利，把鯉魚扔進黃河，可是，又上來兩條更加大的。某甲起立，說自己是沛縣人，蔡大王是老鄉。在鯉魚身上各拔兩個鱗片後，把鯉魚放了。蔡某確實是沛縣鄉賢，可是，人家已經在另外一個世界了，老鄉還是不肯放過他，還要他利用權力爲老鄉謀利益。《沛縣卷》之《張神仙》云。張神仙是沛縣人，成神后，管冰雹、

洪水、黃河水等，他一直很照顧沛縣人。

　　直到今天，在鄉里社會，談起在外地發展得比較好的鄉人，是否爲家鄉辦什麼好事，是否對家鄉人熱情，是否給家鄉人好處，仍然是評判其人的重要標準，甚至是唯一的標準。在這樣的標準下，如果有人不合格，那麼，他就會受到鄉人的各種激烈的抨擊。

　　於是，鄉賢故事中，自然不少他們維護家鄉人利益的一類。此類故事，又可以分爲兩類。第一類，是鄉賢利用他們的優勢，維護家鄉的公共利益。鄉賢利用在達官貴人甚至皇帝身邊做事的優勢，爲家鄉爭取利益，最爲常見的，就是向皇帝反映家鄉的災情，或者證實家鄉的災情，請求減免乃至免除家鄉的稅賦，甚至創造機會引導皇帝說相關的話而故意曲解成有利於家鄉的話，爲家鄉爭取利益。例如《睢寧卷》之《六六過合》云，在清朝，睢寧每十畝地按照六分六釐地交稅，這是康熙帝的老師睢寧人李條侯向康熙反映家鄉連年災荒、鹽鹼地的實情後朝廷給的優惠。《睢寧卷》之《智免皇糧》云，李條侯向康熙帝反映家鄉情況，睢寧西北黃河沙灘地就免交賦稅。《豐縣卷》之《李衛的傳說》云，文武百官向皇帝獻種種土特產，李衛獻上幾個小蘿蔔，說家鄉荒歉，這幾個小蘿蔔，算是大的了。皇帝乃下令免除豐縣三年賦稅。李衛又造無梁的屋子，請皇帝參觀並且提意見，皇帝說「無梁」，李衛曲解成「無糧」，也就是又是免除家鄉三年皇糧，馬上謝恩。皇帝只好同意。《蘇州民間故事》之《何謂常熟》云，常熟先是報霜災，次年又報蝗災，請朝廷減免賦稅。慈禧太后批道：「常熟縣年年災荒，何謂常熟？」常熟知縣嚇得生病。正在家鄉的翁同龢啓發他回答：「太平觀夜夜防更，怎說太平？」《中國民間故事集成》之《江蘇卷》之《翁同龢題詩救災》云，某年，常熟旱災，崑山澇災，蘇州知府求減免兩縣皇糧。光緒帝懷疑事情的真實性，乃求證於翁同龢。翁回答：「夏雨隔丘田，烏牛濕半肩。崑山陣陣落，常熟只聞雷。」《通州卷》之《胡狀元擋駕》云，乾隆欲下江南訪南通，向胡長齡詢問南通的情況。胡長齡既介紹了南通，又設計成功地阻攔了他遊南通的計劃，避免了家鄉受到皇帝巡遊的騷擾。《南通市區卷》之《狼馬見君王》所載相同。《如皋卷》之顧延卿故事《取消丁墊釐卡》云，顧延卿爲清末舉人，光緒皇帝的伴讀，還曾經作爲隨員出使歐洲，官銜是候補知府。兩江總督何曉宋是他父親的學生。他利用這樣的關係，向何總督要了丁墊釐卡的管理權，然後取消了這個釐卡，減輕了百姓的負擔，也有利於促進貨物流通，繁榮地方經濟。爲

家鄉爭取利益，以當時的道德標準看，特別是站在家鄉的角度看，無疑是正大堂皇的行爲，可是，他們所說所爲，是否符合事實，是否有違公平正義，是否合理合法，則不在考慮之中。例如，翁同龢所說「夏雨隔丘田」，當然是事實，但是，某場雨是如此，綜合夏天的雨量來看，相鄰的縣，差別還是不大的，用以解釋相鄰兩縣一旱一澇，理由並不充分。以今天的標準來看，僅僅爲家鄉爭取利益，其人其事，當然還未必足以被稱頌。

　　第二類是爲鄉人個體爭利益。在江蘇民間故事中，有兩個模式較爲多見。一是「權勢者送牢飯」。大致情節爲：權勢者的一位親友遭官司入獄，其家屬求救於權勢者。權勢者就大張旗鼓地以其個人的名義，去給入獄的親友送牢飯。當局知道其人是權勢者所關心的親友，就從輕發落。《徐州市區卷》之狀元李蟠故事《送牢飯》，《如東卷》之張玉書故事《宰相府送牢飯》，《如皋卷》之《張謇救人》等，都是這樣的模式。這種模式的故事中，有些人入獄，確實是無辜的，例如李蟠故事《送牢飯》中，李蟠的乾姐夫是被人陷害，可是，也有的人入獄，確實是有犯罪的嫌疑的。例如，《宰相府送牢飯》中，張玉書的乾女婿和田鄰糾紛，打死了人，《張謇救人》中，張謇先前許諾救助的人因和田鄰爭水失手打死了人，這些事情，在任何社會，都是應該被追究的。此類故事，儘管看上去巧妙，權勢者沒有對處理案件的官員請託關說之類的事情，給獄中親友送牢飯，也是出於人之常情，法律所不禁止的，但是，他們的行爲本身，就是給辦案官員傳達一種信息：他們和獄中人關係非同尋常，他們非常關心獄中人。在權力至上的文化中，權力的租借非常普遍的現實中，他們這樣的行爲，其實是對辦案的直接干擾，對辦案官員施加壓力，這是明擺著的事實，案件審理的結果就說明了這一點。李蟠的乾姐夫當然無罪釋放，可張玉書的乾女婿打死了人，本來打入死牢，最後當局卻以精神失常的名義釋放了，釋放的時候還裝模作樣地給了三帖治療精神病的藥，這使人覺得似乎眼熟。《張謇救人》中那個事主，失手打死了人，也只有判了充軍三年。李蟠、張玉書他們又在法律上顯得毫無瑕疵，對他們的高尚清白沒有半點影響。如此高明的手段，對親友如此的深情，使此類故事廣泛流傳，卻使此類違背公平正義的思想觀念得到流行，各種手段精益求精，層出不窮，而實質沒有任何變化。《銅山卷》之《李蟠認乾姐姐》中，乾姐姐的丈夫因爲財主逼債動手傷人，被判死刑，李蟠乃寫信給知府。知府乃從輕發落，不久，乾姐姐的丈夫就被釋放。這個故事，比「送牢飯」遜色多了。

　　另外一種模式是「拜家鄉土」。《如皋卷》之張玉書故事《拜罈頭》云，鎮江醋販子某甲，從鎮江販賣「鎮江香醋」到北京裕通醬園。裕通醬園收了香醋，但是遲遲不肯付款。某甲沒有辦法，就求助於在朝廷當大官的鎮江同鄉張玉書。張玉書覺得自己是朝廷大臣，去為同鄉討要商業欠款，很是不妥，便設計了一齣戲。某甲抱著有「鎮江香醋」字樣的醋罈子泥封口在裕通醬園門口路上大哭。張玉書經過，令隨從問明情況，下得轎子，看到「鎮江香醋」字樣的罈頭，竟然跪下就拜，說多年沒有見到家鄉的泥土了，還讓隨從到醬園要個托盤和紅紙，把那泥罈頭請回府中。裕通老闆看到張玉書對家鄉泥土如此情深，就以為對家鄉人一定更加深情，斷然會出手相助，於是，就急忙把香醋款項如數付給某甲。《中國民間故事集成》之《江蘇卷》載丹徒故事《家鄉土》，主要情節也與此相同。這個故事，在宜興等地也有流傳，僅僅是細節稍微有些出入。其實，醬園老闆何嘗不知道這樣的把戲！他只是怕得罪了朝廷大臣，這此後遲早會對他不利，因為那是個權力通吃的社會！

　　此外，在江蘇民間，還有一些鄉賢幫助家鄉人的故事。《南京民間故事》之《補鍋匠充軍》云，補鍋匠在郯城補鍋，錘子飛出，砸死了人。縣官李某，正好是同鄉。於是，李某判補鍋匠充軍到某地，而某地正是補鍋匠的家鄉。《如東卷》之《鱸虎魚上蘇州》云，張玉書陪同乾隆下江南，順便到蘇州附近祭祀祖宗的墳墓，瞭解到蘇州衙門壓迫剝削漁民，乃設計讓蘇州知府衙門以一兩銀子一兩鱸虎魚的價格，向漁民買下一斤鱸虎魚。張玉書的老家人警告蘇州知府衙門的差人：「當今一朝元宰，吃點小魚，不用說一兩銀子一兩魚，就是一斤黃金一兩魚，也該爽快辦。誤了時辰，你可擔當得起？你們不給，我給！」差人就只得從命。在權力通吃的專制社會，衙門巧取豪奪，幾乎是不可避免的。在這故事中，平日巧取豪奪者受到了沉重的懲治，平日受欺壓的某個漁民，得到了一定程度的補償。平日慣受欺壓的小民百姓，講這個故事或者聽這個故事，自然覺得痛快淋漓。可是，實現這個懲治的，是另一個更大的權力，而不是法律，不是公理。這樣的懲治，明顯還是反理性的，因為，一兩銀子一兩魚的價格，明顯就是嚴重違背價值規律的，對某個漁民的補償，遠不是科學清算後的理性補償，其他被欺壓的漁民，還是沒有得到任何補償，且這樣的欺壓，毫無懸念，還會繼續下去。沒有法律，沒有正義，沒有理性，甚至違背理性，還是只有權力通吃的法則在起作用，不過是個更加強大的權力而已。這樣的故事，恰恰擁護且宣揚了權力通吃的法則。講故

事者、聽故事者，痛快淋漓之餘，對權力的崇拜，是會消解呢，還是會增強？如果在某種情況下，他們成了當權者，在權力通吃的通行規則之下，會如何使用他們的權力呢？可是，小民百姓，在那樣的體制下，除了以這樣的故事發洩外，面對權力的種種欺凌，還有什麼辦法？《中國民間故事集成》之《江蘇卷》之丹徒民間故事《活天官張玉書》云，某年除夕張玉書住在丹徒某小鎮某老夫婦家，張在其家門上寫「活天官在此——張玉書」字樣，次日春節，大小官員前來拜賀，老夫婦家因此受了許多禮物。這又是張玉書利用權力通吃的規則幫助家鄉小人物的故事。清代有異地為官的規定，那些被張玉書懲罰的大小官員，幾乎都不可能是他的同鄉。

　　沒有官職的鄉賢，也用自己的優勢，幫助鄉人。《如東卷》之《隱山成仙》中，通州如皋利豐場東南五六里徐家莊徐璋，鎮守閩臺，後隱居海島。利豐人遇到海難到此，他都要積極解救，打聽家鄉的情況，還送給家鄉地瓜，於是，家鄉就有了山芋。其實，即使不是家鄉人，他也會熱情幫助的。《如皋卷》之《顧延卿的故事》中，有《智助徐家漁籪》云，糧商的運糧船撞上徐家設在河道的漁籪而沉沒，糧商狀告徐家。顧延卿出庭幫徐家打官司，終於打贏。這糧食商人，不是當地人。

第三節　參與乃至引領家鄉建設

　　在朝廷擔任要職的鄉賢，為家鄉爭利益，有時也包括促進家鄉建設。例如，《蘇州民間故事》之《城上加城》云，顧鼎臣向朝廷屢次陳奏，力排眾議，爭取皇帝的支持，把家鄉崑山城修築得又高又大。顧鼎臣去世後沒有幾年，倭寇大舉進犯，東南沿海州縣陷落不少，而崑山有賴於城牆堅固高大，數萬倭寇圍攻六十多天沒有能夠攻下，倭寇頭子被擊斃，倭寇只得退兵。可是，在更加多的情況下，是鄉居的鄉賢參與乃至引領家鄉的建設。

　　組織領導地方建設，應該是當地政府的責任。可是，在封建社會中，地方政府及其行政長官的職責，是「守土」，能夠保持其地的平安，已經是上上大吉了，怎麼還談得上什麼建設？但是，沒有積極的建設，不要說進步和發展，就是平安也難保。地方政府和首長不作為，或者是力量不足，為了地方的安全、進步和發展，許多鄉居的鄉賢，也就參與到地方建設中來，甚至起到引領的作用，當地政府和首長反倒隱而不見了。

　　鄉居的鄉賢，除了在家鄉任職者外，沒有直接掌握而可以使用的公共權

力，他們所擁有的，是才能、財力和影響力，他們以這些優勢，參與或者引領家鄉建設。《海門卷》之《築皇岸》云，京官陳七，回鄉探親。海潮為患。陳七帶領大家修海岸。漲潮的時候，船撒礱糠印海岸，就其地築堤。不到十天而堤成。陳七是皇上派的，故稱皇岸。《南通市區卷》之《倒壩潭》云，新科狀元胡長齡回南通省親，參加抗洪，向朝廷報災，想出夯椿法修壩，提高了壩的抗洪能力。《海安卷》之《百腳街》云，海安城在夏舉人倡議下修筆直的大街，青石板鋪街道。密探和夏舉人的對頭劣紳勾結，告夏舉人修「玉龍」，大家乃將街道改成百腳也就是蜈蚣狀。《豐縣卷》之《李蟠與狀元集》云，李蟠等興狀元集繁榮商業。這些鄉賢參與或者引領家鄉建設，都是利用他們的才能和智慧，還有影響力。

家鄉建設也包括文化建設，文化建設包括有形的文化設施建設和非物質的文化藝術建設。《啓東卷》之《呂四魁星樓的傳說》云，呂四進士李磐碩聽術士之言，為免地陸沉，在東南方鱷魚頭上，建造寶塔鎮壓之，為魁星樓。魁星是主科舉的神，是知識分子的神靈，在鱷魚頭上，不僅鎮壓這鱷魚，以免其地陸沉，同時也有「獨佔鰲頭」的意思。儘管建造這魁星樓，是落後和迷信，是非理性、反科學的舉措，可是，畢竟是一方的文化設施，是當時人文精神的體現，至少表明，在這移民地區，人們也較多地開始了科舉方面的追求，因此，還是有其歷史意義的。《睢寧卷》之《湯家落子舞》云，落子舞本來是乞討藝人乞討時所跳。睢寧湯家湯慶、湯克寬都當總兵後，外地湯姓跳落子舞者到湯家附近表演，湯克寬認為本族，贈送房屋和土地，從此湯家落子舞在睢寧落地生根。克寬自己也跳此舞，還加進了若干武術動作。其碑文中，有「愛習書、跳落子」的記載。這也是鄉居的鄉賢參與乃至引領家鄉建設的故事。這些建設，鄉賢所付出的，就不僅僅是才能和智慧了，還有他們自己的錢財。

鄉賢參與乃至引領家鄉建設，一般也僅僅是公益事業，諸如水利設施和路橋、廟宇之類的修建，學校、慈善機構的創辦之類，且一般是偶一為之。到南通張謇，這樣的傳統有了質的飛躍。張謇是光緒年間的狀元，做過官，但是，他從事家鄉建設的時候，沒有行政官職在身。和他的前輩們相比，他從事家鄉建設，有幾個顯著的特點。其一，全面開花，且為時較久。第二，他把自己辦實業和家鄉建設緊密結合起來。第三，他懂得綜合思維，統籌規劃，在發展中解決百姓的實際困難。《啓東卷》之《張謇的傳說》中，記載了

關於張謇盡心竭力建設家鄉的故事，如《狼山建廟》（讓窮人有活計），《坐獨輪車築堤》，《修築擋浪牆》，《建造墾牧學校》，《張謇與呂四吹班》等。《如皋卷》之《張謇與車夫》云，張謇修公路、整治農田，卻使一些農民失去了土地，張謇把這些農民安排進他的企業工作，使他們的生活有了保障。《通州卷》之《張狀元背菩薩》，張謇帶頭破除迷信，把千佛寺改學堂辦學，親自把寺廟中的菩薩拉倒，推進家鄉的文明進程。當時，張謇也有一些志同道合的朋友相互配合。《如皋卷》之《徐花農嚴辭拒護廟》云，清末興辦學堂，如皋翰林沙炳元領頭拉倒東嶽廟的神像，準備興辦師範學校。廟中的和尚耕崖想到當年徐琪在廟裏讀過書，就到廣東，請在那裡當學臺的徐琪出面，阻止沙炳元等人的計劃，遭到徐琪嚴詞拒絕。

從這些故事中，我們可以看出，鄉居的鄉賢，在封建社會裏，對家鄉建設是有積極貢獻的。這除了他們自身的那些優勢之外，還有社會方面的某些原因。

最為重要的原因是，當時的地方政府在社會治理方面，缺位較多。這有兩層意思。首先，應當或者可以由政府來組織的某些工程，政府沒有任何行動，完全不想承擔這樣的責任。例如，修建某些水利設施，修大街之類的市鎮建設工程，政府對這些沒有任何舉措。如果政府把這些事情做得很好了，很全面了，那就沒有鄉賢們什麼事情了。其次，政府懶得過問這些事情，放棄了對這些事情的管理權力。質言之，修橋補路之類，政府即使不承擔發起、組織等責任，有社會力量來幹這些事情，它也應該或者可以行使管理的職權，讓社會力量在政府的領導下做這些事情。可是，連這個工作，當時的政府有時也不願意做。於是，地方政府這樣的缺位，就給鄉賢們留下來發揮的空間。

鄉賢在鄉里社會有很大的影響。他們在鄉里社會的影響，來源是多方面的，例如，他們的德才等的個人魅力，他們的科名和事功等等，以及當時社會中對讀書人的信賴與尊重。因此，他們在鄉里社會，是有號召力的。此外，他們還有財力、能力等方面的優勢。有些工程是政府主導的，但是，當時政府屬下的鄉里基層組織，如果力量明顯不足，於是只能借助於鄉賢的力量，這也給了鄉賢在家鄉建設中作貢獻的機會。

其實，鄉賢和鄉里社會血肉相連，本身就是鄉里社會的一部分，他們自身擁有的種種優勢，使他們成為鄉村社會中不可忽視的力量，甚至是無可替

代的力量。當權者如果善於使用這樣的力量,對鄉村社會的建設,無疑是大有裨益的。就鄉賢自身來說,爲家鄉建設作貢獻,也是他們實現人生價值的一條重要途徑。因此,對地方政府而言,如何在地方建設中發揮鄉賢的作用,也是應該考慮的課題。

第四節　維持家鄉的社會秩序和公平正義

某個地方的社會秩序和公平正義,由誰來維持?當然首先是應該由政府來維持,這是政府最爲基本的職能之一。不然,要政府和有關官員幹什麼?

可是,如果相關政府不作爲,相關官員胡作非爲,擾亂社會秩序,破壞公平正義,那麼,怎麼辦呢?當然,由他們的上級政府或者官員監管、處理。可是,他們上級的政府失去監管之職,甚至和他們同流合污,怎麼辦呢?如果這樣,任務就落到鄉賢的肩膀上了。他們會爲了自身、或者爲了鄉里社會的利益,爲了維持社會秩序和公平正義,起來和相關的官員抗爭。《南京民間故事》之《治贓官》《起水鮮》,都是寫南宋大官高淳人魏良臣懲罰贓官的故事。《如皋卷》之《冒辟疆指差錯》中,就可以看出,冒辟疆常指出地方官的差錯,有的地方官甚至因此棄官而去。當然,這樣的記載,明顯有誇張的成分,但冒辟疆對當局不客氣,好批評,這是肯定的。《海門卷》之《逃走李煥文》云,縣官李煥文,貪贓枉法。沙家有財無勢,受到李煥文的欺壓敲詐尤爲深重。沙家公子玉沼攜帶鉅款上京城廣交官場朋友和王孫公子,通過顯貴上告李煥文。京師下達提解李煥文進京接受調查的文書,李煥文事先得到消息,竟然棄職逃跑了。《啓東卷》之《沙玉沼當官》所云,更加詳細,說沙是久隆鎮人,其家大富而沒有做官的人保護,因此常受州縣官、保甲豪強地痞無賴之類的欺壓敲詐。於是,沙玉沼買官四品,以其身份震懾地方官和豪強地痞無賴之類,且熱心公益,排難解紛。沙玉沼還是從保護自身切身利益開始的,錢四勳則完全是爲了維護公平正義而行動了。《如東卷》之《打抱不平的董事錢四勳》云,1885 年秋,通園橋蔣家兄弟爭財產,老大請省府紅人、如皋城董事吳海洋打官司,獨佔地百畝,又將老二關進監獄並且秘密處死,放火燒牢房,毀屍滅跡,還霸佔了老二的妻子。如皋東鄉興元鎮(今潮橋鎮)東南錢家園人錢四勳,時任該鎮東南鄉董事,爲蔣家老二伸冤,被省衙門責打後,上京城告狀,終於得直,爲冤死者討回公道。錢四勳還是幸運的,金聖歎就沒有那麼幸運了。《蘇州民間故事》之《孔夫子和財神爺對調》云,某

年科舉考試，沒有考中的考生議論紛紛，說是考官得了某些考生的賄賂，評卷不公，導致他們落榜。金聖歎乃鼓動他們將學宮中孔夫子的像和財神廟財神爺的像對調，一時鬧得滿城風雨。官府本來就恨金聖歎經常和他們作對，於是就給他按了個「冒瀆至聖」的罪名殺了。歷史上的金聖歎，是因為「抗糧哭廟」案被殺的。「冒瀆至聖」也罷，「抗糧哭廟」也罷，其實都是鄉賢為了維護社會的公平正義而反抗當局，而以失敗告終，金聖歎等還付出了生命的代價。在封建社會中，任何時候，政治的力量總是最為強大的。鄉賢如果沒有更加強有力的政治力量支持，和地方政府或者官員抗爭，以維護社會秩序和公平正義，是很困難的，很容易失敗，付出慘重的代價，甚至生命的代價。這在封建社會中，並不少見。

於是，不少鄉賢故事中，鄉賢對官府或者官員的批評，是遊戲式的，甚至是玩世不恭的，這就大大減弱了力度，同時也就減小了危險。金聖歎的蘇州前輩就要聰明得多。《蘇州民間故事》之《單照看知府》云，祝枝山在公堂上，看到知府傲慢，不許人家用當時叫單照的眼鏡，就對知府說：「我用單照看老父臺還清爽些，如果不用單照，我看著老父臺不清不爽，糊裏糊塗。」

鄉賢還會用同樣的方法，來對付鄉里或者市井的惡霸，維護社會的秩序和公平正義。《蘇州民間故事》之《春聯斷句》中，強姓老闆有財有勢魚肉鄉里，打傷求乞災民。祝枝山乃利用漢語斷句的奧妙，贏得強老闆十兩銀子，給被強打傷的災民治病。

在封建社會中，地方是典型的「小政府，大社會」。縣衙門是離鄉里社會最近的政府，縣以下的行政組織，不夠發達。在社會治理方面，民間社會起有很重要的作用。有什麼問題，先在家族、宗族、親族內解決，或者在鄉里社會解決，那些超越家族、宗族、親族的問題，往往就在鄉里社會解決，實在無法解決的問題，才會提交政府。簡言之，政府的管理，很難深入到鄉里社會的方方面面，有種種缺位，於是由家族、宗族、親族和鄉里社會來補位。於是，鄉賢也就有了發揮他們才幹和影響的用武之地了。

如果鄉里社會沒有鄉賢等鄉紳排難解紛，如果家族、宗族或者親族內部有矛盾發生，當然家族、宗族和親族內部會盡可能完善地解決，那麼，如果超越家族、宗族、親族的矛盾發生，會如何解決？最大的可能是以弱肉強食的叢林法則解決。魯迅小說《離婚》中就是如此。其實，這樣的場景，在不算太久的以前的農村，還是不算少見的。從弱肉強食的解決方式發展為鄉賢

等鄉紳的主持下和平解決，確實是一大進步。可是，鄉賢等鄉紳的道德水平和見識、智慧、魄力等是不一樣的。《離婚》中的幾位鄉紳，根本就沒有講什麼道理，實際上就是憑著鄉紳對小民百姓固有的威懾力而產生的權威，讓當事者懾服而已。其實，這樣的威懾力，完全是來自傳統的慣性和小民百姓的誤解。小民百姓認為，那些鄉紳是最富有學問的，他們甚至壟斷了真理，他們是不會錯的，且他們幾乎就是等同於官員，其實，這些都是誤解。

江蘇民間故事中，關於鄉賢在鄉里社會解決糾紛、維持社會秩序和公平正義的故事，其中的主角，勝過《離婚》中的七大人之流遠矣。《中國民間故事集成》之《江蘇卷》之《馮夢龍斷夏布》《翁同龢審煙杆》等故事，就是鄉賢利用智慧解決糾紛。《如皋卷》之《楊小石的傳說》中，楊小石戲耍仗勢欺人的鹽兵，懲處在街道放養豬的無賴，整治巧舌如簧顛倒黑白的訟師。維持了社會應有的秩序。《海門卷》之《張謇巧排分家事》云，呂四鎮大地主、大漁霸彭玉麟去世後，其女兒、嗣子和族人都想分其財產，這在宗法社會中是常見的，因為在宗法社會中，女兒沒有繼承權，嗣子的繼承權不那麼充分，所以族人也想分羹。他們請張謇主持分家事宜。張謇詳細瞭解情況後，作這樣的處理：不動產和動產又大體相當，故不動產歸嗣子，動產歸女兒，並且希望他們為社會作貢獻。在他的建議下，嗣子捐若干田給南通師範學院作校田，女兒給族中困難戶每家一條船，因為那些困難戶為她家捕魚多年。當事人都採納了張謇的意見。張謇這樣的調解，無疑是非常高明的，合情合理又合法，還通過這一個案，宣傳了新的思想觀念和法律觀念。首先，他的調解，體現了男女平權的思想。民國法律規定，男女在繼承權方面是平等的。民俗和法律，也都承認嗣子的地位，因此，彭玉麟的女兒和嗣子平分彭的遺產，是符合這樣的法律和男女平權的新理念的。其次，他把不動產分給嗣子，把動產給女兒，也是有深意在。不動產如房屋之類，其中應該有屬於彭玉麟祖先遺下來的部分，如果分給彭玉麟的女兒，那麼，這些不動產就屬於其他的宗族了，因為彭玉麟的女兒的丈夫，以及此後會繼承那些房產的兒子或者女兒，肯定屬於另外的宗族。祖上的房產等不動產就這樣屬於其他的宗族了，這是彭玉麟所在的宗族成員難以接受的，因為其中也有他們祖先的心血在。這些不動產分給彭玉麟的嗣子，就仍然在彭氏宗族。不動產不能遷移，彭玉麟的女兒已經出嫁，若得到了這些不動產，要回娘家管理，也不容易，也容易引發和族人之間的不愉快。動產就不同了，是彭玉麟掙得的，

分給其女兒，族人容易接受。再次，彭玉麟家產定然不少，嗣子和女兒得了太多，也容易引起族人的妒忌。張謇勸他們捐助公共事業和幫助貧困族人，一則可以減少族人的妒忌心理，二則也爲鄉里社會作出榜樣，三則也是傳統的「敬宗睦族」的思想的體現。《啓東卷》之《理髮店裏斷是非》中，張謇在理髮店裏，給地主陳介旗和農民陸志清斷是非，講爲人、發財、待人的道理，抨擊爲富不仁，批評了陳介旗苛刻對待傭人的行爲，使大家都心服口服。

　　在當今鄉村社會，基層有「村民調解委員會」，事實上屬於村民委員會的一個班子，隸屬於政府，承擔村民之間矛盾的調解任務。家族、宗族、親族的調解也已經大大減少，鄉間稍微有名望的民間人士參與調解的事情，就更加少了。至於維持社會秩序、維護社會的公平正義，則完全由政府及其隸屬的村民委員會等負責，涉及到法律問題的，由司法、公安等機構負責。如果這些部門都能夠很好地履行職責，那麼，即使鄉賢之類的人物仍然存在，在這個方面，需要他們做的事情就不多了。這也是社會的進步。可是，如果這些部門未能很好地履行職責呢？

第五節　鄉賢在家鄉的其他主要引領作用

　　鄉賢無疑是鄉里社會尤其是青少年的榜樣，對鄉里社會的風氣起有引領作用，這在民間故事中也明顯地體現了出來。人們一代代地講述這些故事，就在潛移默化中，受到影響。上文論述的關於鄉賢的那些故事，當然也是如此。此外，還有若干方面的鄉賢故事，也是在江蘇民間所常見的。

一、關於鄉賢文才、武藝、學問等的故事

　　文才常常以對對子、古怪問答等形式體現出來，這在民間，既容易理解，又容易流傳，還容易編寫，因此，此類故事特別多，主角以大官、狀元等爲多。張玉書：《如皋卷》之《捉太歲》中云，張玉書小時候，和同學讀書古廟中，一個官員見了，出上聯：「古佛三尊，坐象，坐犼，坐獅子」，張玉書回答下聯：「同學一班，治國，治民，治天下」。對仗工整，胸懷博大。《如皋卷》之《遊金山》中，寫張玉書和乾隆帝一起遊金山，對對子。胡長齡：《通州卷》有關於通州狀元胡長齡的故事，其中有《胡狀元應考》，寫胡長齡九歲的時候參加鄉試，機智地回答了考官的種種古怪問題。《胡長齡巧對中狀元》，

寫乾隆帝連出許多古怪的句子讓胡長齡對，胡長齡都對出來了，於是，乾隆帝就讓他當了狀元。《乾隆問農》寫乾隆帝問胡長齡農事知識，胡長齡都能夠對答如流。《胡狀元的故事》寫胡長齡擅長做對子。《南通市區卷》之《胡狀元尊師》《皇帝難狀元》《胡長齡絕對》《胡長齡吟詩作對》等，都是頌揚胡長齡對對子等的文才。張謇：《通州卷》之《少年見英才》，寫秀才宋紫卿測試少年張謇，覺得他聰明過人，抱負不凡，就收他爲學生。《海門卷》之《小張謇詠燭》云，張謇小時候詠燭云：「身居臺閣，光照四方。」氣象不凡。孫繼皋：《中國民間故事集成》之《江蘇卷》之《孫繼皋白日敲更》中，孫白日敲更，引起達官貴人的注意。府臺大人秦達明過此，當面讓孫對對子，非常滿意，就推薦他參加科舉考試。此外，《無錫民間故事精選》之《周延儒的傳說》《神童吃書》《一擔兩尚書》《秦蕙田的傳說》《何都堂試盧象升》，《常州民間故事集（二）》之《唐荊川的傳說》《趙翼的傳說》等，都寫這些鄉賢的早慧和文才。

有些故事寫鄉賢的學問。例如《揚州民間故事集》之《買書》《對對子》寫阮元的學問和文才。《揚州民間故事集》之《修補天下殘書》寫汪中的博聞強記。

有些故事中，則是寫鄉賢的武藝。《如皋卷》之《狀元斬雞》《放牛郎中武舉》，分別寫武狀元和武舉的武藝。《中國民間故事集成》之《江蘇卷》之《唐荊川投筆斃刺客》寫作爲大官和文學名家的唐荊川之武藝高強。《如東卷》之《辮子尖兒墊中柱》中，云巡撫大人到徐老舉人家裏作客，試圖索要饋贈。徐老舉人的兒子徐璋，儘管還是少年，但武藝高強。他趁巡撫睡著，將巡撫的辮子尖兒墊在柱子底下，讓他醒後受窘出洋相。

文才、武藝和學問等，是鄉賢最爲外在的、顯性的部分，最容易引人注目，形象性最強，最爲動人聽聞，且對青少年的激勵作用最爲直接，因而人們樂於傳頌，也樂於編撰。

二、關於鄉賢爲政的故事

許多鄉賢有爲政經歷，民間故事也注重這方面的內容。例如：《如東卷》之《徐璋學武》，寫徐璋勤奮學文武才藝，中武進士並且當官後，功績斐然。《如東卷》之《隱山成仙》云，豐利徐璋鎮守閩臺，戰勝海盜。某次，徐誤放海盜頭子，海盜頭子捲土重來。奸臣向皇帝進讒言，欲除掉徐璋。皇帝果

然召徐璋進京。徐璋考慮到此去凶多吉少，又考慮到穩定軍心，防止敵人突然進攻等等，讓下屬向朝廷謊報徐璋暴病身亡，然後到不遠的海島隱山隱居，既保全了自己，又可以隨時出來指揮抗敵。如此安排，堪稱上上之策，既保護了自己，又避免了軍隊沒有合適的人指揮而遭到損失。《豐縣卷》之《李衛賭錢遇太子》中，寫李衛偶然遇到還是太子的雍正，受到賞識。雍正當皇帝後，李衛得到重用，歷任要職。他為官清正。《如東卷》之《斬白蛇》中，云湯敬亭在雲貴地區做官的時候，親自入一洞斬殺一吃人的白蛇，為民除害。《如東卷》之《腰斬王遂》云，馬塘王遂，擔任浙江河工道的時候，採用新的工藝修錢塘江，被誣告貪污而問斬，後獲得平反，浙江為他建祠。《如皋卷》之《許直知惠來》云，如皋許直，明崇禎進士，當廣東惠來縣知縣的時候，破獲一起神奇的命案。《無錫民間故事精選》之《不可先生破象陣》寫江陰人徐晞設計破敵軍象陣而勝，任兵部尚書的故事。同書《包德官和汪才官》寫江陰包敏在雲南楚雄府任知府時的種種惠政。《徐州民間文學集成（上）》之《屈洪美斷案》寫屈在懷陽縣當知縣時斷案的故事。同書《周克協和他的龍駒》，寫周的神勇和戰功。《啟東卷》之《陳七大老爺吃蟹》，云廣東錫鎮發生蟹災，在那裡當知府的陳七帶頭吃蟹，消除這樣的生物災害。《陳七大老爺執法》，云陳七嚴格執法，殺了犯了死罪的養子。《陳七大老爺打虎》寫陳七打虎救人。《陳七大老爺除妖》寫陳七除掉殘害百姓的掃帚星，明顯具有超現實的色彩。《海安卷》之《陸學臺慧眼識人才》中，海安東街陸家巷陸舜在當浙江學臺的時候，識拔了查士鑣，後查官至巡撫。《豐縣卷》之《河南做官的韓青天》、《韓紫石巧斷僧尼案》，讚揚韓紫石的為官。

　　這些鄉賢故事所敘述，當然幾乎都是鄉賢在外地做官時的惠政，這也是鄉人的驕傲，也有教育、激勵家鄉青少年的作用。至於某些奇異的內容，和「小說之道，在於傳奇」的道理是一致的，可以促進傳播，因為好奇是大多數人的天性。如蟹災之類，遠方風物，有擴大人們眼界的認識作用，涉及到超現實的部分，則有對鄉賢惠政的誇張在，鄉人也樂於講、樂於聽。

　　那麼，在外面做官的家鄉人，有沒有負面人物呢？即使是正面人物，他們為政，有沒有不當之處呢？答案當然都是肯定的。可是，在江蘇民間故事中，乃至在其他地方的民間故事中，此類故事是極為少見的。原因很簡單，那些負面的人物，負面的事情，是鄉邦的恥辱，人們當然就不願意講述了。

三、關於鄉賢德行的故事

鄉賢的德行和思想，其實就是他們文才、武藝、學問、惠政等的基礎。我國傳統文化中，向重德行。別的不說，就是《世說新語》這樣的小說中，第一個部分就是「德行門」，後來這種體裁的筆記，幾乎都是如此。茲將筆者所看到的江蘇民間故事中鄉賢所體現出來的主要品德，羅列如下。

（一）孝悌

《中國民間故事集成》之《江蘇卷》之《徐霞客種扦扦活》《反船羅裙倒著鞋》《大包袱》等，都是寫母子之情，母親對兒子的愛和兒子對母親的孝。同書《化酷橋》中，周處點化虐待婆婆的婦人。《如東卷》之《勸弟》云，如皋東鄉湯敬廷擔任浙江六府道臺的時候，接到在家鄉的弟弟的來信，弟弟在信中抱怨年逾古稀的父親使一個丫環懷孕了。湯敬廷給弟弟回信，讓他善待快要出生的弟弟或者妹妹，並且從自己繼承的那一份家產中分出一部分給那個尚未出生的弟弟或妹妹。《徐州市區卷》之《權謹牌坊》云權謹非常孝順其父親，立有牌坊。我國傳統文化中，最重孝悌。儒家學說的核心是仁，但是，仁從哪裏做起？《論語‧學而》中說，「孝悌也者，其爲仁之本與！」爲仁應該從孝悌做起。

這些鄉賢的孝悌故事，類同於「先進事蹟」，對社會肯定有積極意義的，當然，我們也應該作全面的理解。從徐霞客故事中，我們可以看出，不必終身在父母身邊照顧父母才是孝，但是，即使是爲了事業遠離父母，也要牢記父母的愛子之情。兄弟爭奪財產傷和氣，在古今社會都很常見，湯敬廷的故事，可以作爲大家學習的榜樣。權謹精心服侍年邁的母親，這當然是值得效法的，可是，爲父母修築豪華的墳塋，守墳三年，日日燒紙錢行祭祀，這些，可以用來激濁，而不宜效法的。

（二）愛國

鄉賢愛國的故事，在江蘇民間也有一些。例如：《豐縣卷》之《孫汝襄飛彈保太子》，云豐縣人孫汝襄，明末在京師當武將。李自成攻打北京的時候，孫接受崇禎帝的託孤，帶太子出逃，殺實爲敵方間諜的小妾，帶太子到豐縣，再到揚州。《蘇州民間故事》之《一幅壽聯》云，金聖歎的叔叔在明朝、李自成大順朝和清朝都做過官，他做壽的時候，金聖歎送了一副對聯：「三朝元老大忠臣，從明從賊又從清。」《如皋卷》之《冒辟疆裝瘋》中，冒辟疆機智地

痛罵已經投降了清朝而前來勸說冒投降清朝的錢謙益。《豐縣卷》之《智退山下》《以假亂眞》，都是寫韓紫石堅持民族氣節，寧死不肯爲日本侵略者做事。

韓紫石愛國，這當然絕對沒有問題。孫汝襄等的行爲，是愛國嗎？答案是肯定的。愛國是個歷史的範疇，在不同的歷史時期，內容是不同的。例如，屈原愛的是楚國，滅亡楚國的秦國，也是我們中國的一個諸侯國，那麼，屈原還是不是愛國詩人？答案當然是肯定的。在封建社會中，國家、朝廷，甚至還有君主，往往就是一致的。因此，孫汝襄等的行爲，可以被認爲是愛國行爲。否則，明末清初那些抗清、反清的人士，也就不值得肯定了。在江蘇民間故事中，孫汝襄等是作爲正面人物來頌揚的。反之，清初江蘇出仕清廷的原明朝官員，例如錢謙益、吳偉業等，他們出仕清朝的事情，爲什麼在民間故事中很難見到，更不用說作爲正面的行爲被頌揚了。

（三）恩怨觀

人生在世，難免和別人有一些恩恩怨怨。如何對待這些恩怨？關於恩，在傳統文化中，最爲基本的原則是：受恩必報與施恩不求報。江蘇民間故事中的鄉賢，也是如此的。《中國民間故事集成》之《江蘇卷》之《周處樵柴》云，晉朝大將周處早年打柴，因爲常到一老太家喝水，就送柴給老太。老太燒了三年不見少。同書《嵇閣老的傳說》中，無錫嵇璜小時候很窮，曾經受到餅店老闆某甲的許多幫助。嵇母做壽，嵇璜命人放出風，說嵇母最喜歡吃某甲餅店的食品。於是，祝壽的人們，都到某甲的餅店購買壽桃壽麵之類，某甲生意興隆。《豐縣卷》之《徐夫人報恩》云，豐縣趙莊鎮黨樓村秀才蔣念天和賣糖酥餅的小商人馮老漢一家很熟悉。浪蕩子欲娶馮女爲妾，誣陷馮老漢通盜。蔣念天爲馮老漢打贏官司，救了馮老漢。馮老漢欲將女兒嫁給蔣念天作妾以報其恩。蔣念天力辭，並且資助馮老漢遠走他鄉。蔣念天考中進士後，發現吏部侍郎徐凱的續弦夫人正是馮女。徐凱乃對蔣予以幫助。《豐縣卷》之《止步碑》云，董集翰林董令矩某次上朝，忘記帶手板，江南翰林宋杞就把自己的手板分給他。兩人成爲莫逆之交，告老還鄉後住在一起。董蓋一座房子，房子連花園，以一文錢的價格賣給宋家。兩人每過訪，相送達旦，遂相約立碑處止步。如果施恩於人，則不能望報，否則如同投資做買賣，是「市恩」了，這是爲人不齒的行爲和意識。《如皋卷》之《投桃非望報李》云，舉人顧延卿資助賣燒餅的窮孩子徐琪讀書、應試。後來，徐琪中進士，任廣東學臺，就想接顧到廣東官署去。顧回信：「投桃非望報李，幸勿流於世俗。」

這位江蘇鄉賢，就是「施恩不望報」的典範。

如何報怨？《睢寧卷》之《劉武舉以德報怨》云，武舉劉邦慶趕考途中到某員外馬棚底下避雨，受到員外的侮辱。後來，員外到劉邦慶所在的村莊，劉百般服侍，員外內疚而歸。道家反對「以德報怨」，這樣的說法就出於《老子》。儒家也是如此。《論語·憲問》中，孔子說，「以德報怨，何以報德？以直報怨，以德報德。」〔註1〕人於我有怨，我若以怨報怨，怨怨相報何時了？以直報怨，就是按照直道來對待傷害過你的人，即按照規定來對待他們，該怎麼辦就怎麼辦。以德報怨，就是對傷害過你的人，不僅不報怨，而且施恩有加，如此來消除彼此之間的矛盾。劉武舉所用，正是這樣的方法。可是，導致對方內疚，後來因此生病去世，這樣的結果不大好，這應該是劉武舉在程度方面把握得不好，「過猶不及」，此之謂也。因此，即使是以德報怨，也不能只顧展現自己寬容寬厚大度的形象，也還要考慮到對方的心情，設身處地為對方著想，「己所不欲，勿施於人」，這也是儒家的怨道。相比之下，還是儒家的「以直報怨」理性一些。

（四）清白自愛

立身不端，萬事瓦裂。鄉賢有這樣那樣的優勢，因此所受到的誘惑明顯會比常人多。在社會上做事，能夠拒絕種種魔鬼的誘惑，實為不易。《南京民間故事》之《張孝祥趕考》中，張孝祥趕考途中，住宿在某甲家，拒絕了其家少婦要他「留種」的要求。《海門卷》之《短命對聯》中，胡長齡不願意依附貪官和珅，虛與委蛇。《通州卷》之《胡長齡智鬥和珅》中，兩人就更加針鋒相對了。《如東卷》之《腰斬王遂》云，浙江河工道王遂，被誣告貪污而問斬，臨行時僧子手索要其翡翠鐲頭，王遂明知拒絕後會遭慘死，還是堅決拒絕了。張謇是袁世凱的老師，但是，張謇從來沒有去攀附袁世凱。《南通市區卷》之《怒斥袁世凱》云，張謇不僅是袁世凱的老師，並且還向有關大員推薦袁世凱，袁世凱才得以發跡。後來，袁世凱步步高升，對張謇的稱呼也逐漸變化，由「老師」、「夫子」而「先生」、「季翁」，後來竟然稱兄道弟了。張謇寫信給袁世凱，予以批評。袁世凱稱帝，張謇予以諷刺。袁世凱拉攏張謇，給張謇送名畫，張謇把畫送到了博物館。《海門卷》之《壽禮》云，張謇六十大壽，送禮的人很多。周二爹送一條毛巾，一把毛刷，一塊肥皂。張謇退掉

〔註1〕《十三經注疏》本，中華書局，1980年影印本，第2513頁。

其他壽禮，獨獨留下周二爹送的這三樣。很明顯，這三樣禮物，寓有希望張謇在滾滾紅塵中保持清白本色的意思。

（五）苦學

鄉賢幾乎都有過人的才學。他們之所以有這樣的才學，除了某些先天的因素和後天的有利環境外，苦學是最為重要的原因。《如皋卷》之《徐丟丟趕考》云，海安徐躍，本來是個木匠，三十六歲那年才開始讀《大學》，後來竟然考取了進士。《海門卷》之《九百九十九》，張謇少年時代很聰明，但是，參加鄉試，成績在一百名之外。他的老師訓斥他：「千人應試，錄取九百九十九名，沒有錄取的就是你！」張謇乃在書房易見處寫「九百九十九」以激勵自己奮發學習。《如皋卷》之《沈岐受教》云，白蒲才子沈岐寫字不嚴謹，受到宗師的批評，他虛心接受，刻苦學習，終於學成，當過乾隆帝的老師。《中國民間故事集成》之《江蘇卷》之《周處學藝》《王播餓聽飯後鐘》，《豐縣卷》之《韓紫石鍊字》等，也都是鄉賢苦學的故事。這些故事，對勉勵青少年刻苦學習，明顯是有意義的。

（六）低調

「酒桌風波」是很常見的模式，故事情節大致是：若干官員或富豪等有一定社會地位的人，用行酒令之類的形式，嘲笑同桌一個看起來社會地位不夠高的某甲，某甲或許還坐了首席而導致其他的人不高興，所以其他人更加要嘲笑他。不料，某甲竟然是大官或者曾經做過大官的人，或者是社會地位比同桌其他人高得多的人。於是，同桌的其他人就前倨後恭，醜態畢露。如《揚州民間故事集》之《微服私訪》中的揚州唐知州等之於宰相張玉書，《蘇州民間故事》之《三趟酒》中幾個土財主之於明朝探花吳偉業，都是如此。《豐縣卷》之《蔣翰林住店》中，豐城西北二十五里黨樓村蔣兆鯤為翰林，出差到魯南，低調如教書先生，在旅館被知縣冒犯，也不予計較。《徐州市區卷》之《教子》云，李蟠的兒子騎馬過村莊，村人都不和他打招呼，兒子認為村人無禮。李蟠乃和兒子牽著馬步行過村莊，村人都和他們打招呼。李以此教育兒子要低調。《如皋卷》之《狼毫筆、如皋青、碧清水》云，進士、做官退休的程化鵬家居，見門外賣肉的因風雨不便，乃讓賣肉的把肉案搬到他的大門堂內營業。學生劉宰相拜見他，賣肉的被驅逐。程教育學生，為官要清正，並且讓當地政府妥然安排賣肉的營業，讓當地縣官出行時低調，不要擾民。《如

東卷》之《張謇在掘港》《吃包子》《坐小車》《看戲》等故事，都是寫張謇生活簡樸，平易近人，不願意搞特殊化，有平民作風。

《國語》中說，人性凌上。鄉賢都有過人的優勢，在權力通吃的社會，特別是當大官的人，擁有那麼雄厚的「凌上」資本，自然可以痛快淋漓地「凌上」了。可是，他們卻不僅不「凌上」，還如此地低調，如此平民化。這不僅體現著不凡的修養，體現著仁者胸懷，而且可能還有一定的平等意識在。儒家學說最為講究倫理，講究秩序，所以特別強調等級觀念，所謂「君君臣臣，父父子子」是也。因此，我國本土的傳統文化中，最為缺乏的就是平等的思想意識。在封建社會中，哪個王朝上臺，都要建立一整套嚴格的等級制度。幾乎所有的社會成員，都以處於較高的社會等級為榮。佛教講究「眾生平等」，這有助於彌補我國本土傳統文化中的缺陷。近代西方的平等思想傳入我國，也有助於彌補這樣的缺陷。江蘇民間鄉賢低調的故事，不管是這些鄉賢真的低調，還是人們以他們為主角編造故事，都是反映了江蘇民間的平等意識。這種意識的形成，也許和江蘇佛教興盛有關，杜牧《江南春》所謂「南朝四百八十寺，多少樓臺煙雨中」是也，也和江蘇較早地大量接受外國文化的影響有關。像張謇這樣與時俱進的飽學之士兼實業家，其平民作風和平等思想，恐怕和佛教、和外國文化，都有密切的關係。

四、關於鄉賢的人生經驗和先進思想的故事

（一）人生經驗

傳承人生經驗，是民間文學特別是民間故事的一大功能，是人們常說的「訓誡」功能的一個部分。這些人生經驗，以為鄉人所崇拜的鄉賢為主角來直接宣揚，能夠加強其訓誡效果。江蘇民間故事中也是如此。《蘇州民間故事》之《紅嘴綠鸚哥》云，顧鼎臣出行迷路，飢餓之中，吃鄉間的油煎豆腐、黃豆芽、炒菠菜、鍋巴湯，都覺得特別好吃。回到府邸，儘管是名廚操辦，他也吃不出那時的鮮美了。同書《踏茄子》云，范仲淹夜間走路，踏到了一隻茄子，以為踩死了一隻蛤蟆，夢中，蛤蟆來索命。天亮後，發現踩的是茄子，於是就感歎夢不能當真。同書《吃饅頭》中，范仲淹買了一百個饅頭，自己吃了一個，其餘的讓丫環拿回去，說明饅頭是一百個。丫環回家後，點饅頭，只有九十九個，因為怕責打，就承認她吃了一個。范仲淹由此感歎，人是很容易屈打成招的，所以，審理案件，也特別小心。同書《一技半能》中，范

仲淹告訴年輕人，未必要做官，學會一門技術，也是立身之本。《如東卷》之《妙語悟天官》云，明末如皋李天官建造一座豪華的住宅，自己撰寫上聯「新增華廈，高耶矮耶」，無人能對。冒辟疆對道：「後出敗子，拆之毀之。」哪一家的豪宅，結果不是這樣？《銅山卷》之《劉武舉趕考》說明「山外有山」的道理。《如東卷》之《幫張謇治病》說明人應該控制自己的感情，否則有傷身體。很明顯，此類故事和經驗，未必屬於這些鄉賢，也許是人們借助於他們在民間的影響而以他們為主角編撰出來的。當然，這些經驗明顯是正確的，也是人生的基本經驗，對指導青少年，還是很有實際意義的。

（二）先進思想

　　社會精英那些超越當時時代的思想，要為民眾所接受，這是非常困難的事情，因為有傳播方式和受眾自身水平的問題，更有社會環境方面的問題。民間故事是大眾化的，很難承擔精英們那些超越時代的先進思想。因此，在民間故事中，社會精英那些超越時代的思想是不多的。可是，在江蘇民間故事中，還是可以找到一些的。這說明，精英們的那些思想，還是在民間產生了影響，引起了某些共鳴。

　　《蘇州民間故事》之《羅漢燒狗肉》云，顧鼎臣問老師：「為什麼不吃不喝的泥菩薩有人齋供，而沒有吃沒有穿的叫花子卻沒人施捨？」他出主意，領著幾個叫花子到羅漢堂扛了一個木雕羅漢，用來點火燒狗肉。老師欲責打，他說：「神靈不公，只保祐那些燒香還願的有錢人陞官發財，從不顧及窮人。學生是秉承老夫子的教導，不平則鳴，所以把木雕羅漢燒了狗肉吃。」這樣的思想，無疑是有進步意義的，揭穿了我國神靈信仰的世俗化本質。人們為什麼齋供泥菩薩？因為他們希望用齋供的方式，賄賂泥菩薩，像通過賄賂承租朝廷或者政府的公共權力一樣，承租泥菩薩的無上法力，來為他們達到陞官發財的目的服務，這實際上就是社會上承租朝廷或者政府的公共權力以陞官發財的另一種表現形式。叫花子沒有人施捨，那是因為叫花子無法幫助給他們施捨的人達到目的，他們沒有權力，更加沒有法力，甚至連權利都沒有。這樣的現象，明顯是不合理的。那麼，那些泥菩薩，木偶像，不是統統應該被銷毀嗎？這樣的先進思想，儘管進入了民間故事，可是，明顯沒有普遍地得到民眾的接受。否則，佛教等宗教，還能發展得如此蓬蓬勃勃嗎？齋供菩薩、出香錢的人還會那麼多嗎？他們的目的和思維還會和顧鼎臣批評的毫無二致嗎？慈善事業還會那樣舉步維艱嗎？

《蘇州民間故事》之《不及人情一點眞》云，某婦人從小進戲班子學戲，勾引小後生，又嫁給一個老地主張某做塡房，半年不到，張某死，五七未過，她和小販私奔。不久小販又死，她回到虎丘居住。馮夢龍訪之。那婦人說，小時候「入聲色之場」是因爲「生活所迫，父母之命」；「勾引後生，偷情成奸」是因爲「女大當嫁，王者不禁」；「嫁往張府，親夫暴死」是因爲「財主荒淫，豈怪別人」；「五七未滿，跟人淫奔」是因爲「擇木而棲，鳳凰本性」；「三年未滿，男人又死」是因爲「人壽長短，無法逆料」；「何不殉節」是因爲「螻蟻尙且貪生」；人家說她「活在世上害人」，她則表示「從此不進紅塵」。馮夢龍乃歎道：「《春秋》大義千百條，不及人情一點眞！」明代後期，正好是西方文藝復興時期，也是我國人文思潮興起的時期。思想界的先驅們高揚「情」的大旗，清算傳統的思想文化對人性的桎梏，特別是對女性權利的剝奪。馮夢龍是通俗文學大師，他的白話小說、戲曲等作品中，常有這樣的思想。但是，民間故事中，這樣的思想，還是不多見的。這樣的思想，同樣沒有普遍地被大眾所接受。這個故事中的女主人公，即使在現代的鄉村社會，也是不免要被人家議論乃至批評的。

可見，在民眾中傳播先進思想文化的任務，是何等艱巨，我們的道路是何等漫長！

結　語

鄉賢是出於地方社會的精英，在封建社會中，他們對維護地方利益、進行地方建設、引領地方社會風氣走向和青少年人生觀形成等方面，起有很重要的作用。這些，在江蘇民間故事中都有形象的體現。他們的這些作用，和他們當時的社會地位有關，和他們自身傳統的社會使命感有關，也和當時鄉村治理中的開放性有關。

辜鴻銘《春秋大義》一書中說，評價一種文明，唯一的標準是，看這種文明所培養出來的人。可是，每一種文明培養出來的人，都是既有精英，又有大眾。那麼，是根據其培養出來的精英來評判呢，還是按照其培養出來的大眾來評判呢？如果按照精英來評判，那麼，評價地方文化，鄉賢當然是重要的依據。通過鄉賢題材的民間故事，就可以認識到當地的地方文化的精華及其特色。反過來，這些鄉賢以及和他們相關的文化，包括以他們爲角色的民間故事，也是地方文化的重要組成部分。江蘇民間的鄉賢故事，也是如此。

第十二章　基層社會智者故事研究

引　言

　　這一部分要研究的民間故事中的智者，幾乎都是讀過書的人，但科名最高也就是拔貢，還是屬於秀才的資格。他們的社會地位和生活狀況不同，有些屬於紳士階層，有些則屬於雇工、小販、苦力之類的底層人物。他們的思想品格也有高下，有些好為地方百姓的利益出頭苦鬥，有些則好為自己謀取私利。但是，他們都和普通民眾最為接近，都富有智慧，亦正亦邪，敢作敢當，在普通民眾中有威望，有基礎，有號召力，因而也具有不小的能量，使官府不敢小覷。在當時社會的生態結構中，他們上連官府，下連百姓，是極為重要的組成部分。

第一節　基層惡霸和惡行的懲罰者

　　封建社會中，官府對社會的治理，很是疏鬆，甚至是嚴重缺位，對基層社會的治理，尤其如此。從遠古一直因襲下來的以暴力為王牌的弱肉強食的風氣，依然較為普遍地存在，只是改變了某些形式，本質沒有變化，那就是，誰有力量，誰凶，誰就可以橫行霸道。這些惡霸和惡行，需要有人來制約。此類惡霸和惡行，如果超越宗族、親族、村落等，也就超越了宗族、親族和村落治理的範圍，再加政府及其派出的基層機構又不出手，當這些可能參與鄉村治理的力量都因為種種原因而不起作用的時候，同樣生活在基層社會的智者，正是制約這些惡霸和惡行的最佳人選，堪稱是天敵。

此類故事，江蘇民間很多。其中有幾個類型的故事，比較多見。

「船夫撞河道樓而被樓主惡霸追究、賴智者辯護得脫」型故事。大致情節是，惡霸在河道造樓房之類的建築，窮人行船，撞壞了這河道上的樓房之類的建築，或者是樁、柱之類，惡霸將窮人告到公堂。智者為窮人辯護，以責備窮人「何以在陸地行船」、「行船上岸」之類的戲劇方法，吸引觀眾和審理這案件的縣官，強調河是行船的地方，不是造樓的地方！是惡霸在河道建樓等妨礙了行船。當然，這些故事中的人物，並不相同。《海安卷》之《折橋樓》中，智者是夏國秀。《新沂卷》之《斗河霸》中，智者是周七猴。《揚州民間故事集》之《做舅舅》中，智者是程嵩。《通州卷》之《智懲惡霸》中，智者是楊聖岩。《常州民間故事集》之《幫助船夫》中，智者是卜靈望。

「壓殺街上豬」型故事，大致情節是：惡霸把豬放到街上，危害環境，妨礙交通。智者故意讓人推車壓死街上的豬，當惡霸和推車者相爭甚至鬧到公堂的時候，智者以責推車者「推車到豬圈」之類的戲劇方法，強調街道就是走行人和車子的地方，不是放豬的地方這樣的事實和常識，以此抨擊在街道放豬的錯誤。此類故事有：《南通市區卷》之《草鞋訟師袁寶光》，其中的智者是袁寶光。《揚州民間故事集》之《壓殺豬》中，智者是朱正林。《如東卷》之《薛仁貴的弟弟》中，智者是曹秀生。《通州卷》之《調教尖酸蠻》中，智者是楊聖岩。《常州民間故事集》之《路援車僮》中，智者是卜靈望。《如皋卷》之《懲無賴》中，智者是楊小石。

這兩個類型的故事中，惡霸霸佔公共資源，破壞社會秩序。智者的目標，正是維持社會秩序，清除此類霸佔公共資源的惡行。因此，智者不是以解決具體的矛盾衝突、維護當事人正當的利益為限，而是在此基礎上，堅持制止惡霸霸佔公共資源、破壞社會秩序的行為，這才是根本性的。也正因為如此，即使惡霸的行為還沒有導致衝突，智者也會製造相關的衝突，例如，讓人故意在街道上把豬壓死，利用解決衝突的機會，制止惡霸霸佔公共資源的行為。這是智者的一個高明之處。另一個高明之處是，把兩位當事人的行為作故意的誤解，用「陸地行船」、「車入豬圈」這些明顯荒謬的說法，突出惡霸妨礙公共秩序的違法行為，和智者的當事人的無辜。此類於「歸謬法」的駁論方法。

「手護雞蛋」型故事。《海安卷》之《數蛋》云，惡霸強買了某老嫗的雞蛋，只花了市價六十個雞蛋的錢，買了老嫗比六十個多得多的雞蛋。老嫗大

哭。吉高對惡霸說老嫗籃子中的雞蛋只有六十個，其餘都是瓦礫之類，讓惡霸把雞蛋數一下。惡霸信以為真，就在吉高的幫助下數雞蛋。雞蛋搬到桌子上，為了防止滑落，惡霸只得用兩臂護住雞蛋。吉高給惡霸數了六十個雞蛋，讓惡霸護住，就拎著雞蛋籃子去還給那老嫗。「惡霸強賣雞蛋，智者設法讓他手護住雞蛋不能動彈，智者得以從容還蛋」這一類型的故事，在江蘇民間屢見之，而人物不同，次要情節也略異。《海門卷》之《買蛋》中，智者是曹秀珍，他誘使惡霸上當的方法是以高價購買對方的雞蛋。此外還有惡霸堅持不下去而雞蛋滑落打破、餓後吃桌子上熟食而被曹以毒餌嚇之因此用大價錢「購買」解藥等情節。《蘇州民間故事》之《買蛋》中，智者是謝方樽，他也是以高價購買惡霸強買來的雞蛋讓惡霸上當。《常州民間故事集》之《制服賴皮》中，智者是卜靈望。

在此類故事中，智者都是利用惡霸怕吃虧的心理和貪婪，來誘使他入彀，達到懲罰他並且幫助弱者的目的。《蘇州民間故事》之《鴨子變草鞋》中，智者也是採用這樣的方法。辛莊地主劉剝皮雇工養 300 隻鴨子，到處吃農民稻苗，農民敢怒不敢言。謝方樽乘船經過那裡，故意讓人搖船到鴨群，做出似乎偷鴨子的動作，誤導劉剝皮。劉以為他偷了鴨子，要搜查。謝和他約定，如果偷了，謝賠 500 隻鴨子，如果沒有偷，劉賠 300 隻鴨子。結果當然是劉賠了 300 隻鴨子，方把這些鴨子都分發給來看熱鬧的人。在這個故事中，智者不僅僅是為了獲取惡霸的鴨子分給大家並且懲罰惡霸，其主要目的，在於清除惡霸賴以損害他人利益以自肥的資本。《常州民間故事集》之《草鞋換鴨》中，卜靈望所為，也和謝方樽相似。《無錫民間故事精選》之《趕鴨船破了》中，關鍵情節也是如此，智者是徐紹基，和富戶賭的是船。

更加多的故事是，智者利用其智慧和經驗方面的優勢，按照生活邏輯和相關的社會規則，來戰勝惡霸。《豐縣卷》之《一句話救了一條人命》中，長工揭發東家罪惡，東家誣陷長工強姦其家女兒，欲置長工於死地。長工按照渠景禮的指點，臨刑前求見東家母女，說只強姦小姐一次，竟然得死刑。東家母女唯恐長工不死，想加重其罪責，就說強姦了許多次。知縣說，那就是通姦了。於是，長工被釋放，東家得誣告罪。《中國民間故事集成》之《江蘇卷》之《湯展文賠雞》云，窮人借錢給母親買藥，慌忙中踩死一隻小雞，老闆要他賠一隻三斤重的母雞。湯展文判窮人按照老闆的要求賠償。老闆收錢後，湯展文命老闆給窮人三斗米，因為「斗米換斤雞」。《海門卷》之《曹秀

珍痛懲村霸》云，農民張三的好馬被村霸杜利槐所搶。曹秀珍問明白了馬的
特徵和呼馬暗號，和惡霸爭馬，上公堂獲勝。然後以馬還給惡霸，卻返回公
堂告惡霸搶馬，惡霸被拘捕並且重罰。曹把馬歸還給張三。《海安卷》之《物
歸原主》云，蔣老爹有純銀煙鍋，配紫銅煙杆、漢白玉煙嘴、銀鏈子、翡翠
玉佩，其家九代人用過而如新。李老爹藉此煙具吸煙後，稱此煙具為其所有。
夏國秀自己用此煙具吸煙後，讓他們也用此煙具吸煙。他看到李老爹吸完後，
在石頭上磕煙灰，就斷定這煙具一定不是他的，因為，煙鍋剛用過，溫度高，
若往石頭上磕，煙鍋很快會變形的。《中國民間故事集成》之《江蘇卷》之《神
筆趙登仙》云，地痞王某好勒索，佃戶李某被他勒索過幾次。某年除夕，王
某派妻子到李家借糧食，李家拒絕了。初二日，王妻子難產而死。王某乃將
其妻子的屍體掛在李家門上，作自縊狀。趙登仙為李家寫狀子云：「八尺門楣，
孕婦何能自縊？三更夜雨，繡鞋何以無泥？」擊中要害，使王某的企圖沒有
得逞。《常州民間故事集》之《智救蔡二》中，錢員外家貞節牌坊上的聖旨框
被賣菜人蔡二不小心用晾衣服竹竿劃落，錢員外欲以此害蔡二。卜靈望巧妙
地讓錢家把聖旨框裝上，然後警告，誰動聖旨框就告誰，以此救了蔡二。《無
錫民間故事精選》之《徐紹基的傳說》中，情節類似，不同之處是張家和宋
家本有矛盾，宋家孩子放風箏，繩子劃落了張家牌坊上的聖旨石，張家欲興
大獄害宋家。江陰北漍徐紹基也用和卜靈望類似的方法，救了宋家。

　　在和惡霸的鬥爭中，基層智者所展現的，除了智慧之外，還有過人的社
會責任感和勇氣，這些，正是來自於基層民眾的支持和擁護，也正是他們的
優勢。

第二節　地方官的監督者和糾察者

　　在封建社會中，官權、族權、紳權、神權等共治。他們的角度不同，所
代表的利益不同，當然會有衝突，但通過這些衝突，會達到一定程度的平
衡，這樣的平衡，相對而言，離公平和公正就近一些，儘管實際距離還可能
很遠。

　　即使小小的知縣，也是朝廷命官，權力不小，故向來有「殺身的知縣，
滅門的知府」之說。在官位王牌通吃的時代，除了他們的上級以外，地方官
的言行，由誰來制約？誰來監督和糾察？基層社會的這些智者，就是主要的
人選。

當地方官員的行政作爲或者不作爲和地方百姓的整體利益發生衝突的時候，基層智者會堅定地站在地方百姓一邊，代表地方百姓和官員或者官府抗爭，捍衛地方百姓的整體利益，而不僅僅是謀一己之私利。

一、對官員作警示

智者們明白，在權力通吃的社會中，他們和當地官府發生矛盾，強弱之勢是非常明顯的。和當權者針鋒相對地發生衝突，要取勝是很困難的，且在對抗中的消耗也是巨大的。最爲理想的方式是，官員清正廉潔，爲民造福，維護地方的利益和秩序，公平公正，至少不要給百姓造成災難。因此，智者們往往通過相對柔軟的手段，對地方官員作出警示。

這樣的故事中，智者警示的，以新上任的地方官爲多。例如，《海安卷》之《一包賀禮》云，新官上任，夏國秀送一條面布，兩塊土城，和其他人送的禮物都不同，而該官員稱「厚禮」，領會其意義。前任因爲貪污被處理，因此，夏以此爲警示，要他爲官清白。智者的智慧，就體現在這樣的方法上。

如果智者發現官員有什麼地方不足，就委婉地指出，希望他們彌補。《海安卷》之《枕頭頂子》云，新任縣官想讓夏國秀知道他的厲害，從氣勢上壓服對方。他拜訪夏的時候，指著代表自己官員品級的補子，問夏這是什麼。夏說，這是「枕頭頂子」。縣官不解其意，歸而問妻子。妻子說，這是說「你繡花枕頭一包草」！《海安卷》之《回禮》云，某新任縣官很自負，送給夏國秀一副豬的肚肺而無心，還在肺上劃了三刀。夏國秀以一條染黑了尾巴的小青魚爲回禮。《海安卷》之《評官》云，該知縣離任的時候，自負在任有建樹而無過錯，把夏國秀請到衙門，想聽幾句恭維話。很明顯，他上任的時候，夏國秀的警示，還是起了作用的。可是，夏對他如此愛聽恭維話就不滿了，說他「白日坐公堂，無事擾良民」，這還是像那條染黑了尾巴的小青魚那樣，「頭清尾不清」。這也是對這官員提出的更加高的要求，可惜那官員沒有領會到這一層。

智者之警告官員，還表現爲在某些看起來微不足道甚至無聊的小事上，似乎和官員斤斤計較，不過是一些口舌之爭，最多也就是煞煞官員的氣焰，甚至有貧賤驕人、爭強好勝、負氣鬥氣的色彩。例如：《海安卷》之《四十戒尺》中，夏國秀被新任知縣叫到孔廟。夏看到知縣沒有撤去華蓋，讓他撤去華蓋，並向孔子及其七十二弟子磕頭。知縣忘記了向聖旨和皇帝的萬歲龍

牌磕頭，被夏責打四十戒尺。《如東卷》之《這條光棍難拿》中，皇帝也知道了曹秀生，於是選一個能幹的知縣，來收服曹。知縣見曹天天在大樹底下用挖耳勺掏樹根下的泥土，問其故，曹說，如此大樹，我慢慢挖，總能夠挖倒它！知縣召集鄉紳宴會，曹坐首席。知縣和他對對子，唇槍舌劍，曹終不爲所屈服。知縣只好用破壞風水之類的手法陷害曹，但不久被曹告個貪贓枉法而革了職。《通州卷》之《曹秀升打官司》中，也有用耳勺挖樹根的情節。《新沂卷》之《比智慧》云，縣官和周七比智慧，當然縣官總是輸。《如東卷》之《老爺吃屎》云，場官請客，曹秀生不知道蝴蝶狀的饅頭是吃熊掌之前抹嘴的，作爲食品吃了，遭到場官等的恥笑。曹回請場官，請場官吃當地特產醉泥螺。場官不會吃，把泥螺屎都吃了進去。場官請曹吃割了肉的豬頭，因爲曹外號曹瘦臉兒。曹乃請場官吃炒肝腸，而說「炒場肝」，諧音「炒場官」。《如東卷》之《君子入席離臺三尺》，也是寫曹和場官等在酒桌上鬥法，曹唱「鹽丁苦」等等。《蘇州民間故事》之《伸冤》中，太倉縣令申遠，要求部下和百姓避他的諱。嚴促狹藉故告衙門門口的石獅子撞破了他的酒罈，前去告狀，對著申遠，利用「伸冤」和「申遠」發音相近，一口一個「伸冤」，其中包括「伸冤到死」、「伸冤進棺材」、「赤佬伸冤」等。縣令被他這樣教訓了一通。同書《撒錢停官轎》云，知縣好作威作福，出門橫衝直撞。某日，徐文長見知縣的轎子過來，就在路上撒了一把銅錢，慢慢地撿。知縣看見了，見竟然有人不知道迴避，大怒，命人把徐趕走。差人說，銅錢上有皇帝的年號，是萬萬不能跨過的，否則就是冒犯了皇帝。知縣無奈，只好耐心等徐撿完了錢再走。《邳州卷》之《侃爺》云，縣太爺騎馬威風十足，周七猛擊馬頭，縣太爺幾乎被馬顛下，大怒。周七云拍馬屁的太多，我拍馬頭。《蘇州民間故事》之《諸福保的故事》云，蘇州蟲口要建一座大橋，諸擔任勸募。常熟知縣只肯出五十兩銀子。諸設計，新橋造好，常熟知縣的船無法通過，他只好出錢改建。《中國民間故事集成》之《江蘇卷》之《殺驢》云，海門連續三年大旱，胡判官下鄉催糧，讓苗坦之給他弄他喜歡吃的驢肉，苗乃命人把胡騎的驢子殺了招待胡。同書《拆轎》云，海州州官王同州坐轎下鄉催糧，苗坦之設計，讓百姓把他的轎子給拆了。我們讀了這些故事，也許會覺得，其中有些不像是智者幹的事情，因爲幾乎都是損人不利己的事情，和地方治理，沒有什麼關係，倒很像是他們和官員之間相互惡作劇、相互拆臺之類的事情。

　　其實，智者們這樣做，也是有深意在的。他們之所以這樣做，是因爲要讓對手明白：他們並非膽小怕事、任人宰割的平庸之輩，也不是寬容大度、以德報怨的所謂清高之士，也不是報仇十年不晚的所謂君子，他們有膽識，有魄力，有勇氣，更有才能，且錙銖必較，睚眥必報，眼中容不得沙子！他們通過這樣的方式，給官員們一些顏色看看，讓官員們好好爲官，不然，夠你們喝一壺的！這樣的警告，具有鮮明的色彩，這就是基層社會智者的色彩！比他們層次高的鄉賢，是無論如何做不出來的，我們不能想像范仲淹會這樣做，也無法想像顧鼎臣、張玉書、翁同龢、張謇等這樣做，他們是不好意思這樣做的。比這些基層社會智者地位低的百姓，他們則不敢這麼做，也沒有那點智力這麼做。

　　如果爲官不錯的官員，在遇到困難的時候，智者也會利用自己的智慧，幫助他們度過難關。《海安卷》之《雕龍牌》云，新知縣上任，頗有作爲，得罪了地方上的某些實力人物。知縣因公堂外兩棵大白果樹影響公堂採光，命人砍伐了。有人以此到京師告知縣。知縣大恐。夏國秀爲出主意，讓知縣命人用這兩棵白果樹雕刻龍牌匾額，分送寺廟，以明「心裏有皇上，眼下有民衆」。這危機就此化解。這個故事可以證明，基層社會的這些智者，並非一味要和地方官爭強好勝，一定要拼個高下不可，實在是爲了維護地方利益和地方秩序，維護公平和正義。

二、在體制內和官員對抗

　　地方官胡作非爲，或者是不作爲，嚴重危害地方的利益，在這樣的情況下，基層社會的智者出來和他們抗爭，衝突在所難免。

　　在官位通吃的社會中，就體制內而言，要對付一個胡作非爲或者不作爲的官員，最爲便捷的方法，就是得到一個比那官官位高、權力大的官員的支持。這當然是很不容易的，意味著許多個人利益甚至生命的犧牲。但是，這些智者還是這樣做了。《中國民間故事集成》之《江蘇卷》之《沈拱山拔堤椿》云，朝廷撥款，在洪澤湖堤壩險要的地方打椿，要求椿要「銅裏頭，鐵包尖」，但主事官員貪污了款項，椿上根本沒有銅和鐵。沈拱山命人拔下這些堤椿，和官府打官司，終於讓官府改正。同書《扳倒踢斛加尖》云，沈拱山到鹽城完糧，看到衙門收糧，量滿了斗，還要踢一腳，再用糧食往量滿、踢沉的斗上加尖，這大大多收了糧食。沈和其他農民拒絕完糧，要官府拿出文

件。淮安糧臺馬上發出文件，蓋上官印後張貼，然後名正言順地「踢斛加尖」收糧。沈拱山拿到證據，到蘇州府告狀，被打二十大板。他賣田二畝，進京告狀，沿途散發傳單。刑部發現後，把沈抓去，六部會審，認定沈所告屬實，但沈「白衣告大員」，以下犯上，被重責五十大板。淮安糧臺被撤職，蘇州知府被降級，「踢斛加尖」的做法也被撤銷。《如東卷》之《化緣》云，如皋知縣設計開河，說國清寺正在河道上，實則意在讓國清寺出錢，開價三千兩銀子。方丈向曹求助。曹說可以再多許諾五百兩，而以三月為期。知縣見方丈願意多出五百，就同意了。曹剃度出家，到皇宮化緣，向皇帝面陳其事，說要保護千年古剎。皇帝欲判知縣死刑，曹為求情，改充軍。

　　利用法律等社會規範以及常理，或者典籍等依據，在體制內戰勝對方。《南京民間故事》之《御典為準》云，安徽當塗和江蘇高淳為丹陽湖的疆界屢次打官司沒有結果。兩江總督會審時，身為布衣的邢鶴，提出《康熙字典》上引用的李白詩歌《遊高淳丹陽湖詩》為證據，並且說這是康熙帝親自批准頒發的御典，以此證明丹陽湖屬於高淳。從總督到當塗人士，都無法反對。其實，李白詩歌未必可以作為充分的證據，可是，《康熙字典》卻在當時的情況下，是沒有人敢於提出不同意見的。邢鶴正是利用了這一政治優勢。《如東卷》之《薛仁貴的弟弟》中，東海邊出現了無名屍，海邊人煙稀少，小官吏管三渣子為了報復，要拿問住處離開發現屍體最近但是也有四里地的王二。曹秀生代王二出庭，自稱名叫薛仁富，是薛仁貴的親弟弟，以此明生拉硬扯之荒唐。《中國民間故事集成》之《江蘇卷》之《神筆趙登仙》中，木牌商人的木牌在長江中順流而下，富豪遊船不肯避讓而被撞翻。富豪買通官府，定了木排商人的罪。木排商人坐牢賠錢，竟然破產。趙登仙為木排商人寫狀子，上訴，說木排下江如山倒，行船猶如一隻鳥，是鳥讓山，還是山讓鳥？審理的官員沒法駁回，木排商人勝訴，拿回了剩餘的木排。他想把這些木排送給趙登仙，趙笑而不應。木排商人乃送給趙一個小小的銀圈。趙登仙，貢生，不貪富貴，不慕功名，有官不做，教書寫詩文，好為人打抱不平，但不收人家的錢，只收一個銀圈隨身帶著，記錄他打抱不平的業績。《海安卷》之《狗不識字》云，縣官的相公養的白鶴，飛到豆腐店吃豆腐，被狗咬死。縣官開堂，要豆腐店賠償一百兩銀子。豆腐店老闆呈上夏國秀寫的條子：「鶴頸有牌，狗不識字。禽狗相鬥，與主無關。拿人治罪，天理不容。」縣官見了，只好罷休。《中國民間故事集成》之《江蘇卷》之《犬不識字》中，情節基本相同，

智者是湯展文。縣官勾結江洋大盜，讓江洋大盜誣陷某智者是他們同夥，企圖以此加罪於該智者，甚至處死他。智者頭戴笆斗、鐵鍋、漁網之類遮住面部，甚至裝患了傳染病出庭應訴，和江洋大盜當堂對質，江洋大盜全然不知其面貌，而縣官的企圖沒有能夠實現。《海安卷》之《戴笆斗》中，智者是夏國秀。《通州卷》之《蒙臉打官司》中，智者是曹秀升。《新沂卷》之《辯誣》中，智者是周七猴。《如東卷》之《怕天花過人》中，智者是曹秀珍。《常州民間故事集》之《智鬥常州知府》中，智者是卜靈望。《無錫民間故事精選》之《刁訟師》中，智者是張仲治。《南京民間故事》之《披紅掛綠送邢鶴》中，智者是邢鶴。

　　抓住不公正的跡象予以宣揚，以退爲進，戰勝對方。《如東卷》之《十場官革職》寫如皋等地發生水災，海潮爲害，百姓損失慘重。曹秀生欲告場官失職，而衙門推諉，不肯受理。曹就把一線十個場官都列爲被告，告到巡撫衙門。巡撫爲一省行政長官，只好受理，開庭時，十場官坐椅子，而曹跪蒲草墊子。曹說這官司不必打了，輸贏已定，因爲原告被告待遇明顯不同，可見他們和巡撫關係不同。堂上只得讓原告被告都坐蒲草墊子。曹告場官「到職後未看海堤是失職，未報修是犯罪；護堤不力是失職，未護堤是犯罪；抗險不力是失職，未抗險是犯罪」。主審和場官都無法迴避指控，竟然抓住其狀子中「潮高一丈二尺」來質問，問曹是否量過。這顯然是沒有道理的，因爲誰也不可能去量，按照當時的科技水平，也無法測量浪潮的高度。可是，曹說堤岸九尺，蒿草三尺，浪潮越過蒿草，不就是一丈二尺嗎？於是主審只得將十場官革職。《通州卷》之《曹秀升打官司》中，情節略同。《海門卷》之《曹秀珍打官司——認輸》中，曹某次和人打官司，頭頂鐵鍋，說頭上沒有青天，有錢人打官司，和老爺並肩坐，這官司他肯定輸。老爺只得命人給椅子他坐。他這才揭掉鍋子，說又見青天。如此一番，老爺也不敢偏袒對方了。

　　利用體制外的手段爭取在體制內取勝。《揚州民間故事集》之《火燒六十圖莊書家》云，全縣遭了災荒，但是，賦稅一點兒也不能減少，百姓實在無法承擔，請朱正林出主意。朱正林讓他們在某夜同時放火燒全縣各地賦稅經辦人的家，把相關賬冊全部燒毀，並且留下「放火者朱正林」的紙條。百姓如其言。全縣各地賦稅經辦人都到縣官那裡告狀，他們都說昨夜家被燒了，賬冊等都燒毀，還都拿出紙條，說是朱正林放火燒的。縣官拘捕朱正林，開

堂審理。朱正林說，這麼多地方同時被燒，都說是他放的火，他怎麼可能同時在這麼多不同的地方放火？原告都說有紙條爲證，而朱正林說，紙條不是他寫的。經過比對，六十張紙條上的字，都不一樣。縣官沒有辦法，只好釋放朱正林，而這年的賦稅，也就沒有辦法收了。同樣或者相類似情節的故事，在江蘇民間不止一個，智者的姓名不一樣。《新沂卷》之《率眾抗捐》中，智者是周七猴。實事求是地來看，這故事中，那些放火的人，犯了縱火罪，這在任何社會，都是體制內絕不允許幹的事情。智者儘管沒有親自動手放火，但放火都是他安排的，是主使人，是主犯，應該受到法律的懲罰的。可是，在那個年代，除了用這樣的方法來對抗災荒之年的苛捐雜稅，還有什麼辦法呢？《揚州民間故事集》之《楊侗保壩》云，高郵湖連著洪澤湖，湖水猛漲，若上壩崩潰，天長、六合地區受災。故此兩地富戶，遇險就斂錢賄賂高郵州官，人工掘開下壩洩洪，如此保證上壩的安全，而下壩興化等地百姓受災。楊侗爲了興化百姓的利益，和州官說理，要他不要輕易下令掘開下壩。州官知道楊侗家有三畝田後，想收買他，於是寫下來「淹掉三畝田，賠償十石糧」字據給楊。楊故意把這曲解成覆蓋興化的賠償標準並且加以宣佈，迫使州官不敢輕易下令掘下壩。這樣的故意曲解，也是任何體制內都不認可的，但是，民間認可，所以當成佳話傳頌。

善於利用輿論幫助在體制內取勝。《如東卷》之《幫啞巴伸冤》云，茶館店主啞巴的妻子被制臺跟班張武霸佔。曹秀升在啞巴胸膛上寫詩四句，表明有冤枉之事，並且讓啞巴在制臺行香之機，攔住制臺告狀。因爲驚動大眾，制臺無法包庇，只好斬了張武。啞巴奪回妻子。制臺派人瞭解啞巴背後的人，知道是曹，派人滿城搜捕，而曹早已離開南京。包庇之類的事情，一旦公之於眾，就難以施行了。官員在處理案件的時候，也必須考慮社會影響。曹深深懂得這一點，故用讓啞巴攔制臺告狀，以這樣的方式引起輿論的關注，對制臺形成一種壓力，使他不敢包庇其跟班。《常州民間故事集》之《狀告縣官》中，卜靈望用的方法，也和曹相似。《南京民間故事》之《啞巴告狀》中，邢鶴也用這樣的方法。《海門卷》之《老爺打爺爺》云，曹秀珍打抱不平，和某大地主打官司，縣官收了地主的錢。剛開庭，縣官就要先打曹三十棍殺威棒。曹事先準備好，把孫子帶去。這時，孫子嚇哭了。曹連連對他說：「莫哭莫哭，老爺打爺爺了！」縣官一聽，趕忙讓人住手。《老殘遊記》中，私塾先生讓頑童認眞讀書，頑童說，讀書有什麼好？先生說，可以做官。頑童問，做官有

什麼好？先生說，可以打人。小說戲曲和民間故事中，公堂上的主審官員，是可以隨便打人的。那麼，智者常作爲訟師，和官員相爭，即使再有理、再厲害，也很容易被官員傷害。這如何應對？民間智慧無窮，竟然想出了這樣絕妙的應對方法。「老爺打爺爺」，傳到社會上，會有什麼效果？這是曹利用語言的多義性，以潛在的輿論壓力，迫使縣官停止責打。

三、抨擊、懲罰離任貪官

　　抨擊和懲罰離任貪官，有打死老虎的嫌疑，但是，這也集中體現了民眾的心聲。《蘇州民間故事》之《送五大天地》云，太倉直隸知州某甲任職不到五年，帶了搜刮來的大量錢財離任，還授意地方縉紳送紅底鑲金匾額，而無人願意寫。嚴促狹寫「五大天地」而送之。匾額懸掛在知州的船頭。將要開船的時候，嚴揭開謎底：「到任後花天酒地，辦案昏天黑地，搜刮錢財鋪天蓋地，百姓怨天怨地，今朝滾蛋大家歡天喜地。」《邠州卷》之《進貢》云，縣官離任，周七送一盒子，說內有精美的玉雕龍鳳，因爲年久有靈，手腳不乾淨的人動了，龍鳳就會飛走。縣官太太開盒子，發現是空的。縣官大罵其妻子，但縣官自己也不敢打開。整個衙門上下，都不敢打開。最後，縣官讓廚師打開，當然也是空的。廚師檢討，說在家裏切肉，出於習慣，隨手拿一片，揣在懷裏了。這故事雖然誇張，但形象地揭示了當時的官場現實。《中國民間故事集成》之《江蘇卷》之《送大人》云，泰州州官離任，把貪污受賄所得數千兩銀子隱藏在八個大花盆中，放在船上帶走。程嵩知之，設計截下這八個花盆。這既是懲罰了貪官，還爲地方挽回了損失。

　　這些基層智者艱難地監督、糾察地方官員，甚至和地方官員對簿公堂，正面對抗。這除了智慧以外，還更加需要勇氣，需要自我犧牲的大無畏精神，在官本位、官位通吃的年代，這更加顯得可貴。他們爲地方百姓維護了利益，維護了社會秩序，社會的公平和正義，可是，他們自己，則往往付出了巨大的代價，甚至生命的代價。《中國民間故事集成》之《江蘇卷》之《扳倒踢斛加尖》云，沈拱山告淮安糧臺，六部會審，認定沈所告屬實，但沈「白衣告大員」，以下犯上，被重責五十大板。同書《沈拱山之死》云，縣官以莫須有的罪名逮捕了沈拱山，知道沈的兒子才能平庸，膽小怕事，就把沈害死在獄中，而這些都在沈的預料之中。《南京民間故事》之《虎去青山在》中，邢鶴爲了公平和正義，爲了幫助百姓伸冤，多次得罪了高淳縣知縣。某次，

知縣藉故收押邢鶴，讓邢鶴的兒子申請監外就醫。邢鶴的兒子才具平常，不知是計，就申請了。邢鶴知道後，就知道知縣的詭計，但已經沒有辦法了，權在知縣手裏。知縣就派人用隱秘的手法殺了邢鶴，而僞稱邢鶴是病故的，證據就是邢鶴兒子寫的申請。《豐縣卷》之《三伏天穿皮襖寫狀子》云，渠學禮被知縣禁止寫狀子。《邳州卷》之《栗大章告狀》中，栗大章告御狀告倒了知縣和徐州、蘇州兩地的知府，以及其他官員，卻被乾隆帝認爲「你一棵臭黃蒿，烤死我多少紫金樹」，說「告官如告父」，發配雲南，充軍三年。《通州卷》之《曹秀升打官司》中，曹儘管打贏了官司，但因爲曹「庶民告狀，對上不恭」，被革去秀才功名。夏國秀、曹秀生、周七猴等，都有被官員誣陷的經歷。因此，和他們的智慧相比較，他們的無畏和無私，更加值得我們推崇。

第三節　有缺陷的智慧

這些基層智者，明顯的特點之一，是亦正亦邪。以上所列舉的，幾乎都是「正」的例子。此外，涉及「邪」的例子也不少。在江蘇民間故事中，主要有以下幾個類別。

一、涉嫌敲詐

先故意誤導，然後實施敲詐。《中國民間故事集成》之《江蘇卷》之《比良心值錢》云，何老大爲掘港王協記剃頭店挑水打雜二十多年，患病後，店家給了兩個月工錢就讓他回家了。他去世以後，沒有錢安葬。其妻子向東家要點錢安葬，被東家拒絕。何妻罵東家沒良心，東家回答：良心值幾個錢？曹秀生聽到了，就到王協記剃頭。老闆問如何剃法，曹說剃光。老闆爲他剃光了頭髮，刮光了鬍子。曹說他的意思是剃光頭髮，鬍子是不能剃去的，因爲他的鬍子從十八歲就開始留到現在四十多歲的，古董商人出五十兩銀子的價錢，他也沒有捨得賣。現在，這寶貝被老闆剃去了，老闆得負責。老闆沒有辦法，只得給了他五兩銀子。曹將這些銀子給了何妻，教訓了老闆，說他不給老員工喪葬費是錯誤的。老闆拒絕給老員工喪葬費，存在道義上的錯誤，但是，沒有法律上的錯誤，不是違法行爲，因爲老員工和他之間，沒有顯示有相關的契約條款。曹用先故意誤導再敲詐的方法，向老闆索取錢財，則是

違法行爲。當然，曹沒有佔有用從老闆那裡敲詐來的錢，而是把錢如數給了何妻作何老大的喪葬費，仍舊可以算作老闆給何老大的喪葬費。那麼，以敲詐的違法手段，來要挾別人改正道義上的錯誤，這合法嗎？當然，如果曹用說服教育的方法，哪怕訓斥的方法，批評老闆的道義錯誤，讓老闆給何妻五兩銀子，這當然就完全沒有問題了。可是，老闆連良心都可以否定，教育乃至訓斥，幾乎不可能奏效。那麼，除了用曹這樣的辦法之外，還有更好的辦法嗎？

以捏造事實實施敲詐。《海門卷》之《曹秀珍寫狀》中，中年男子死了父親，無錢安葬，曹乃叫他到布店老闆那裡要棺材。這布店和中年男子及其父親完全沒有關係，老闆當然不肯。曹說：「狀子我寫：窮人紡紗，不問寒夏；數九寒天，以紗調布，寶號不調，老漢凍死。」老闆怕事，只得從命。中年男子的父親並不紡紗，也根本沒有到這家布店「以紗調布」之類的事情，這些完全是曹的捏造。老闆懼怕惹上官司，更加懼怕曹來和他打官司，於是，震懾於曹打官司的赫赫名聲，花錢消災了事。如果說《比良心值錢》中，曹的行爲還有一定的正義性，那麼，這個故事中，就完全沒有正義性可言了。如果承認其正義性，那麼，爲了幫助某個窮人，就可以敲詐任何一個富人嗎？

以政治問題要挾告官實施敲詐。《海安卷》之《哭城磚》云，童舉人從他做官的地方帶回來一些城磚砌了花壇。夏國秀拜而哭之，說城磚本應用來修城防寇的。童舉人大恐，只好以招待、送禮等讓他罷休。《中國民間故事集成》之《江蘇卷》之《下府門》云，王策充軍回鄉路上，除夕，見某元帥府對聯「臣報君恩，子承父業」，乃叫四五十個叫花子將門卸下。元帥出，王策說這對聯不忠不孝，讓元帥先給每個叫花子十兩銀子一斗米，然後說這對聯是「君在臣下，父在子下」，所以不忠不孝。元帥嚇呆了。王策爲改「君恩臣報，父業子承」。同書《公堂借地》云，苗坦之打官司，覺得跪著不方便，見衙門的門鼻子上有乾隆錢，就說州官不敬皇帝，要上京城告發。州官建議私了，於是苗就說借公堂三尺地放凳子讓他坐。州官只好從命。在封建社會中，政治問題最爲敏感，可大可小，是官員們的軟肋，故官員如此容易就範。

以倫理問題要挾告官，實施敲詐。《海安卷》之《不孝之子》云，夏國秀參加喪禮，用令人發笑的舉動引誘孝子發笑，而以「臨喪不哀」罪孝子，敲竹槓，又發洩此前的不滿。《銅山卷》之《牽驢弔孝》中，主要情節相同，智

者是王桂一。我國傳統文化中，一向非常重視倫理，而倫理之中，孝無疑是最為重要的，「不孝」是非常嚴重的罪名。可是，「臨喪不哀」僅僅是孔子說的人的重要缺點之一，對參加喪禮的任何人適用，並非專門批評孝子，更加不是「不孝」之罪。如果孝子真的因此上當，也只是震懾於夏國秀或者王桂一打官司的威名，避免惹上他們而就範。

栽贓敲詐。《中國民間故事集成》之《江蘇卷》之《謝方樽懲霸一舉三得》中，木行老闆在公共水域停放木排，驅趕停泊的船隻。謝方樽設計，讓一對窮船夫婦冒認一具童屍為剛被木行驅趕後落水的孫子，以此敲詐木行老闆，讓他埋葬童屍，出五百兩銀子為老夫婦養老。《無錫民間故事精選》之《懲罰惡商》中，情節相似，智者是徐紹基。《新沂卷》之《店老闆賠情》中，周七住客棧，老闆比較刻薄。周七乃在夜間調戲老闆的兒媳婦而栽贓老闆，讓老闆設宴賠情。《揚州民間故事集》之《辦年貨》云，皮五因為賣對聯的私塾先生比較勢利，就讓他寫些不吉利的春聯，然後誣告私塾先生惡作劇，以此向私塾先生索要兩串錢辦年貨。

以危險行為實施敲詐。《揚州民間故事集》之《訛錢》云，皮五讓孩子們到爆竹店周圍放鞭炮，爆竹店老闆急忙給皮五錢。皮五看到守寡的婆媳無法活下去，就把錢給了她們。

二、涉嫌詐騙

民間故事中，頌揚智者詐騙技術的故事很多，有若干情節模式和詐騙方式。

偽造證據實施詐騙。最為典型的是「詐騙水車」型故事。智者走過車水處，車水的人或者他們的東家對他有所不敬。智者找個機會，在水車的某個隱秘部分做記號，或者寫上自己的姓名，以此騙得水車。這個類型的故事，在江蘇農村許多地方流傳。《啟東卷》之《楊聖岩打水車官司》中，智者是楊聖岩。《海門卷》之《曹秀珍記》中，智者是曹秀珍。《通州卷》之《教訓調皮少年》中，智者是曹秀升。《如東卷》之《胡二太爺服法》中，智者是曹秀升。《海安卷》之《巧奪水車》中的智者是夏國秀，說奪水車不是為他自己，而是因為大旱之年，窮人家沒有水車車水，故行此法，為窮人奪之。

用類似方法騙取物品的，和詐騙水車型故事同類情節的還有「詐騙被子」型。智者在客棧住宿，將兩個小錢扳成兩片，放在被子中，以此訛此被子。《如

東卷》之《曹瘦臉兒住客棧》中，智者是曹秀生。《無錫民間故事精選》之《王保麻子和卜林鳳》中，智者是王保。和詐騙被子中關鍵情節相類似的是《中國民間故事集成》之《江蘇卷》之《白趕腳》故事。該故事云，騎驢的大少爺不認識苗坦之而憑聽聞罵苗坦之。苗坦之聽了，爲其趕驢。住店的時候，苗在驢背坐墊四角各放一枚錢幣。次日，他據此驢爲己有。在公堂上，他以坐墊內的四枚錢幣爲證據，贏得了這驢子。大少爺被責四十大板。出門後，苗還驢給大少爺，說這是開玩笑，大少爺信以爲眞。苗返回公堂，說大少爺搶了他的驢子。縣官派人將大少爺拘捕，又打四十大板。離開衙門後，苗坦之才表明身份。

　　虛構事實實施詐騙。《揚州民間故事集》之《皮五癩子故事之裝死》云，皮五的結義兄弟銅匠李三死後，無錢安葬。皮五蒙頭坐在珠寶店門檻上，讓皮五的妻子在旁邊哭。珠寶店老闆聽到外面哭聲，知道有人死於瘟疫，乃開門，皮五滾入門，如死屍狀。老闆給李三妻子三弔錢。李妻離開後，皮五「活」過來，又敲詐了老闆 200 文。《如東卷》之《賠牛》云，財主家的牛吃曹秀生家的秧苗，曹扣了牛。雙方上公堂。曹提出，說這秧苗是安南國的種子，一畝可以收二十擔，因而損失慘重。以此爲理由，曹讓官判決，命財主修建大港橋。《中國民間故事集成》之《江蘇卷》之《當活寶》云，吉高爲了給生病的窮朋友買禮物而沒有錢，乃把一隻老鼠放在盒子裏到典當當了一些錢，說這是活寶。老闆好奇開看，老鼠逃脫。同書《嚴促狹救命恩人成丈夫》中，財主朱紅眼調戲丫環春紅，意欲強姦，春紅出逃，投河，嚴促狹救之。嚴到朱紅眼家，說春紅投河自殺，留下寫有逼死她之人姓名的手絹。朱紅眼大駭，嚴促狹以此向朱要了春紅的賣身契和喪葬費用五十兩銀子和平日衣物等。

　　改動契約詐騙。《蘇州民間故事》之《王二賣房子》中，陸財主強佔土地，欺負農民，利用債務問題逼迫王二把房子賣給他。一年後，寫賣房契約的謝方樽巧妙地改動契約，幫助王二向財主要地基。《中國民間故事集成》之《江蘇卷》之《王策改契文》中，主要情節相類似，智者是王策。

　　合同詐騙。《邳州卷》之《是樹一棵不賣》中，周七利用對方不識字和漢字同音的特點，以及漢字標點特點，有意把「柿樹一棵，不賣」，寫成「是樹一棵不賣」，來訛詐對方也就是其本家周半仙。《銅山卷》之《刁人王桂一贖小豬》云，張百萬之母親死，王桂一以小豬折兩塊大洋，作爲禮金，讓記帳的

人注明，此後來贖，並且得到了張百萬的同意，因爲張百萬也不在乎禮金多少。到年底，王桂一用兩個大洋，把這豬兩板肉等，全部「贖」了回去。

隱匿證據。《豐縣卷》之《巧計懲財主》云，財主有棗樹，棗子落牆外，孩子們撿了，他也要奪回，還罵孩子。丁二怒鋸財主棗樹，被財主告到公堂。李拔貢讓丁二鋸下自己家裏的棗樹，將財主的棗樹沉到河裏。縣官派公差眼看，丁二家的棗樹幹和財主家的棗樹根不合，財主輸掉了官司。

隱匿事實和虛構事實，有時還兼而有之。《如東卷》之《移花接木》云，富戶胡大和寡婦弟媳某甲相好致其懷孕，求救於曹。曹乃設計，讓吳裁縫冒充某甲情夫，僞造情節，公堂上騙過縣官。胡大和某甲通姦被族長所抓，雙雙被送衙門。曹又設計，讓胡大的妻子換下某甲，族長輸掉了官司，胡大家醜得以遮蓋。《豐縣卷》之《咬你一口救了你》云，某甲和其晚娘鬧矛盾，某甲打掉晚娘兩顆牙齒，晚娘告官，欲以「不孝」罪名斬某甲。某甲求救於渠景禮。渠乃在某甲肩膀咬一口，讓某甲稱是晚娘當時所咬，他劇痛之中避讓，才在無意間撞掉其牙齒。縣官採信某甲所言，晚娘被打四十大板。《海門卷》之《巧打官司》中，關鍵情節也是如此，智者是楊聖岩。《蘇州民間故事》之《咬耳朵》中，災荒之年，佃戶在和逼租地痞的推揉中，地痞倒地，頭磕石塊而死。佃戶找到謝方樽幫忙，謝咬掉佃戶耳朵，佃戶於是只吃二年官司。

三、逃避責任

最爲典型的就是「三伏天穿皮襖」型故事。智者三伏天穿皮襖、烘手爐，甚至在金魚缸、荷花缸內釣魚，在這樣的狀態下寫狀子或別的文字。當縣官或別的有關人員追究這狀子或者其他文字的作者的時候，當事者說是智者某所寫，其當時狀態如此如此，縣官或其他當事人覺得違背常理，對其所說不予採信。如《豐縣卷》之《三伏天穿皮襖寫狀子》中，智者是渠學禮。《常州民間故事集》之《調解逆倫案》中，智者是卜靈望。《如東卷》之《父子告狀》中，智者是陳七拐子。《如東卷》之《胡二太爺服法》中，智者是曹秀升。《沛縣卷》之《舅甥打官司》中，智者是呂美勉。《鹽城市故事卷》之《大伏天吃魚凍子》中，智者是沈拱山。《揚州民間故事集》之《計除兩霸》中，智者是程嵩，他以這樣的方法，來否認他慫恿一個惡霸殺另一個惡霸的事實。《海門卷》之《巧打官司》中，關鍵情節也是如此，智者是楊聖岩。《通州卷》之《罵

縣老爺》中，智者是楊聖岩，他寫的是罵縣官的信，原因是這老爺上任後，沒有拜訪他。

四、罰不當其過

在不知情的狀態下，對方對智者有所不敬，智者乃出手重罰。《海門卷》之《楊聖岩教訓和尚》中，和楊聖岩同船旅行的和尚說楊很壞。楊乃穿了和尚的袈裟，向河邊村姑小便，引發村姑的父兄前來追打和尚。《常州民間故事集》之《施計報復》中，卜靈望也是如此。《中國民間故事集成》之《江蘇卷》之《背磨盤》云，海州州官請苗坦之吃酒，派差人送信。差人不認識苗，問訊直呼其名，而恰好問到苗本人。苗讓差人找了一大圈後再回到他那裡，還讓差人給州官送禮物，其實是一片磨盤，以此讓差人勞累。《新沂卷》之《背磨石》中，周七也用類似的方法，懲罰他老丈人家的僕人。《邳州卷》之《送枕石》中，周七讓李蟠派來給他送信的人背枕石，因為他們肆意吃人家瓜田的瓜，又對他不敬。《常州民間故事集》之《怒懲差役》中，卜靈望也有這樣的故事。同書《罰挑黃石三十斤》中，智者翟永林也用這樣的方法懲罰在不知道的情況下在他面前稱他名字的公差。《江蘇民間故事集》之《翟永齡的故事》中，也有這樣的故事，僅僅是「翟永林」成了「翟永齡」。江南方言中，前後鼻音不分，這也是一個例證。《啟東卷》之《搭搭談，鼻子爛》中，挑糞老漢不認識楊聖岩而憑聽聞說楊聖岩太厲害，不好。楊聖岩竭力勸說老漢接受他的幫助，幫著把老漢挑的兩桶糞中的一桶抬過了橋，就走了。對當官的不能寬容，那是因為官員強勢，如果對他們寬容，他們就很可能無所顧忌，肆無忌憚起來，越發不可收拾，因此，作為要制約官員的基層社會智者，作為鄉紳或者類鄉紳，對官員沒有假借，不寬容，在那個時代，是完全必要的。可是，對那些地位低微的人，他們毫無寬容之情，覺得自己被冒犯了，就輕用其智慧，出手重罰，顯然是太過分了，遠離了忠厚，也遠離了維護社會秩序、維護民眾利益、維護公平正義，實在是有負於他們的智慧了。

更加過分的是曹秀升。《如東卷》之《胡二太爺服法》中，曹秀升讓凌辱過他的無賴王彪在除夕到惡霸胡二家門口榆樹上上弔，以訛詐胡二錢財，他許諾王彪，一定出手相救。可是，曹見王彪上弔而沒有相救。王彪死亡，胡二難脫干係，被曹訛去千兩銀子，還坐牢兩年。王彪確實是自己上弔的，可是，實際上，王是被曹謀殺了的。他凌辱曹秀升，確實可惡，敲詐曹，更是

違法犯罪行爲，可是，曹竟然用這樣的手段把他謀殺了，報復也太過分了。《無錫民間故事》之《王保麻子認娘舅》中，情節相似，智者是王保。

這些智者涉嫌敲詐和詐騙的故事，絕大部分是說智者是爲別人特別是爲窮人從富人那裡謀取利益，而這些故事的傾向是很明顯的，即對智者們的這些行爲，是高度肯定的。這裡至少有兩個誤區。第一，也許有人會說，這是替天行道，因爲「損有餘以補不足」是天之道。例如，上文已經說到的《海門卷》之《曹秀珍寫狀》中，窮人不足，竟然至於無法葬其父，某老闆有餘，故曹損老闆之財來助窮人葬父。可是，如果這樣的理論成立，那麼，只要比那無法葬父的窮人富有的人，就都可能是曹光顧的對象，就都沒有安全感了。下層百姓的觀念，往往如此。所謂的「仇富」意識，所由來者遠矣！可是，曹不用這樣的方法，要幫助那窮人葬父親，還有更好的選擇嗎？政府以所得稅等稅收手段，調節國民個體的收入，增加國民的福利待遇，這才是「損有餘以補不足」。可是，任何個人，是無法這樣做的。政府不做，個人和社會組織又不能做，於是，曹這樣的做法就出現了。如果老闆不從，那可能就會興起這樣那樣的波瀾，而平息這些波瀾，是要耗費社會資源的。可是，如果民間大批的曹這樣做，又是何等景象？第二，如果不是爲自己謀取利益，而是爲窮人謀取利益，就可以運用此類手段，甚至更爲劇烈的手段。這是另一個誤區。俠義小說中，還有農民起義小說中，劫富濟貧，乃至殺富濟貧之類，在民間非常流行，人們甚至將這些情節看成是英雄行爲，是承擔社會責任和歷史使命，而得到推崇。此類普遍存在於民間的觀念，對社會而言，是非常危險的因素，往往導致社會秩序和規範的破壞。因此，在任何社會，這些行爲，都是被禁止的。

就大體情況來說，基層社會智者，與鄉賢有些形似，從學識、地位、功業和社會作用、社會影響而言，他們當然不及鄉賢，是鄉賢的縮小版，但是，他們中的許多人，和鄉賢相比，有質的不同，這就是，他們身上，往往有一定程度的「邪氣」，而鄉賢一般是比較「正」的。其中原因也是多方面的。首先，鄉賢接受過比較系統的儒家文化等傳統文化的教育，師友等生活圈子也都是如此氛圍，因而書生氣比較濃重，凡事喜歡講規矩，講禮節，講道義和天理、人情之類，而基層社會智者，則讀書不多，受正統文化教育相對較少，又生活在基層社會，受基層社會的影響自然就深重，於是，他們身上的土氣、市井氣、江湖氣乃至無賴氣就自然要多一些。其次，一般說來，鄉賢的社會

地位都比較高，要顧及他們自身的形象，愛惜自身的羽毛，因此，言行不免多所顧忌，某些出格的事情、有損於他們自身形象的事情，他們就不會去做了。可是，基層社會智者的社會地位，比鄉賢要低得多，甚至沒有什麼社會地位可言，於是也就沒有這些顧忌了。再次，相對來說，鄉賢有些高高在上，他們遇到實際問題需要解決，用他們比較堂皇的方式就可以了。可是，在當時的基層社會，要解決有些問題，僅僅用堂皇的方式，還眞的不管用，非得用些帶有邪氣的手段不可。

結　語

在封建社會中，基層社會的治理方式是「多元共治」。我國的宗族文化非常發達。宗族祠堂、族譜之類，是普遍的存在。宗族有族規、家訓之類，違背這些，就會受到宗族的懲罰。這就是宗族治理。親族治理是宗族治理的延伸，在親族事務中，舅舅和姑父等角色，也往往起有重要的作用。鄉規民約也是很普遍的社會存在，違反鄉規民約，也是要受到懲罰的。這就是鄉村治理。當然，政府治理也是存在的，例如，地保、里正、社長、保長之類，就是政府深入基層社會的末端存在。鄉紳治理也在基層社會治理中起著重要作用。鄉賢當然屬於鄉紳範圍，所謂鄉紳，在不同的地方，有不同的標準。例如，在文化比較發達的地方，秀才都未必當得了鄉紳，可是，在文化落後的地方，稍微讀點書或者有些見識的人，就享受鄉紳的資格，承擔鄉紳的責任了。有些辦事能力比較薄弱的書呆子，即使學富五車，也無法擔當鄉紳的責任。因此，鄉賢固然可以是鄉紳，我們這個部分討論的基層社會的智者，也基本上屬於鄉紳，至少是類鄉紳。

這樣多元的格局，其最大的好處，就是誰都不容易一手遮天，各種力量相互牽制。某惡霸要獨霸鄉里，要搞定這些力量，也是不容易的。當然，這樣的格局，也有其不好的方面。例如，誰都可以管，也意味著誰都可以不管；再如，這些力量爭著管，導致衝突，怎麼辦？這些，都沒有明確的規定，但是，基本規範還是存在的。例如，基層社會的刑事事務，殺人之類，當然要由政府來管，而民事糾紛，屬於宗族內部的，由宗族內部處理，屬於親族內部的，由親族處理，屬於村落內部的，由村落處理。超越這些社會組織的，可以相關組織協同處理。鄉賢和基層社會的智者，這些鄉紳和類鄉紳，則都有可能參加處理基層社會發生的所有事務，其方式和功用，有點類似於江湖

社會的俠客。和鄉賢相比，基層社會的智者有這樣那樣的不足，但是，也有長處。例如，就總體而言，他們絕對地接地氣，和基層民眾有血肉聯繫，他們本身，大多就是民眾中的成員。他們直接為基層民眾服務，解決他們的切身問題，維持社會的秩序。他們辦事，往往很有成效，靈活性極強。因此，在基層社會的直接影響，要比鄉賢大。他們應該是基層社會的精華，在基層治理中，起有非常重要的作用。

第十三章　工商業和工商業者故事研究

引　言

　　從總體上說，在封建社會中，江蘇也和全國其他地區一樣，是自給自足的小農經濟。可是，江蘇物產多樣化程度高，手工業一向發達。絲綢、紡織等，尤爲突出。某些沿海地區，又大量出產食鹽，成爲全國食鹽重要的產地。更爲重要的是，許多城鎭形成很早。這些，都大大促進了工商業的發展。尤其是近代以來，擁有地理優勢，基礎雄厚的江蘇工商業，發展尤其迅速。與這樣的狀況相一致，江蘇民間就有了許多關於商業和商人的故事。

第一節　故事中的工商業環境

　　小農經濟時代的農業環境，天、地、人這幾個方面的因素，都是局限於某一個範圍內，儘管天災難以預測，更加難以應對，但是，巨大的天災，其發生的概率畢竟還是比較小的。地的變化更加小，也容易應對。人際關係的處理，儘管可能要複雜些，但是，一般也就是鄉里之間的人際關係，即使是難以應對的，也是可以瞭解的。官府的苛捐雜稅，確實不容易應對，但也是明確的。和農業環境相比，工商業環境，所涉及的範圍要大得多，所涉及的因素要多得多，總之，要複雜得多，難以應對得多。同樣是災難，農業環境中的災難，大多是「狗咬」式的，讓人很容易明白是怎麼回事，而工商業環境中的災難，則大多是「黑屋子」式的，讓人難以明確，當然也就難以應對。從此類民間故事中，我們也可以看到當時的工商業環境，以及業者在這樣的環境中的智慧和勇氣。

一、交通設施

製造業者必須採購原材料，銷售產品。商人的社會功用，就是「通有無」。店家必須採購貨物，從事長途販運的商人，就更加不用說了。因此，工商業者和旅途之間的關係，是非常密切的。連算命術語中，也有「驛馬」之類的說法，此類說法，往往和他們相聯繫。

商人經商途中遇險，是民間故事中常見的題材，例如生病的商人被拋棄在荒島上，和猩猩成親，生下孩子等，此類故事，流傳甚廣，《海安卷》之《望母樓》，就是這樣的故事。

江蘇和相鄰省份，鮮見窮山惡水、激流險灘，相比較而言，水陸交通，還算便利，這對工商業的發展，無疑是非常有利的。在江蘇民間故事中，關於商人在旅途中遇到山水、虎狼或其他自然災難的內容很難見到，就可以證明這一點。可是，畢竟是在舊時，交通狀況，肯定是不理想的。因此，也有一些故事，講商旅受山水阻隔的事情。《睢寧卷》之《通濟橋》云，清初睢寧縣城東三十里，通濟河水氾濫成災，行人受阻。山東商人劉賓，帶了十車鹽去安徽泗州，到餘圩通濟河邊，就過不去了。《邳州卷》之《海棠花》中，桂棠到遠方賣紙花，水土不服而生病，兩個夥計沒有用心服侍，桂棠病死，夥計拐帶了他的錢財。《銅山卷》之《義虎橋》云，一商人跌入老虎洞，老虎把他救出。後他看到獵戶抬一被捆的活虎，商人認出，正是救他的老虎，乃出錢買了放回山林，並且出錢把那裡的木橋改建成石橋，這就是利國鎮的義虎橋。這些故事告訴人們，旅途是困難的，甚至可怕的，當商人會在旅途上遇到這樣那樣的離奇危險，甚至有性命之虞。

二、社會治安

良好的社會環境，能夠促進工商業的發展。反之，社會不穩定，工商業得不到保障，就難以生存，遑論發展了。《豐縣卷》之《李蟠與狀元集》云，在狀元李蟠等的努力下，狀元集形成集市並且興盛起來，繁榮了幾十年。「到了清末，戰亂四起，土匪出沒，狀元集無寨，小商小販在那兒經商極不安全」，集市就自然遷移到了附近有寨的宋樓村。

商人在旅途中遭遇詐騙、搶劫、偷盜甚至謀害的故事，在通俗文學和民間故事中是比較常見的。《新沂卷》之《智勝攔路賊》中，強盜用武力搶劫為老闆收賬的夥計王二，被王二機智制服。《南通市區卷》之《螺兒告狀》

中，雜貨商人趙箭住在半邊街馮起客棧，被店主的兒子馮三、馮四謀財害命。《南通市區卷》之《唐家閘》中，江南一個做絲綢錦緞等生意的大商人，遇到搶劫，夫婦喪命。其女兒死裏逃生，帶了一箱珠寶投奔父親的朋友唐老闆，又被唐老闆謀財害命。《沛縣卷》之《搗角張三》云，被打敗後逃跑的兵痞張三沒有錢住客棧，先是用江湖手法恐嚇老闆，被老闆識破。在燒香的善男信女的勸說下，老闆同意讓張三免費住宿。夜間，張三污辱多名女客，誣陷此乃老闆所為，逼迫老闆設宴賠罪。老闆感歎：「我整天打雁，誰知這回竟叫雁啄瞎眼啦！」《中國民間故事集成》之《江蘇卷》之《馮夢龍斷夏布》中，夏布商人遇到騙子，騙子硬說那夏布是他的。馮夢龍為斷，幫助商人奪回了夏布。這些人為的災難，比窮山惡水和自然災害更加可怕，更加防不勝防。

　　旅途不安全，固定地點的營業例如開店等，也往往不得安生，會受到種種騷擾。法制的不健全，治安等政府管理的缺失，宗族社會和鄉里社會對市井社會的鞭長莫及，顧客的流動性大，這些都是店家容易被騷擾的原因。

　　「食色，性也」。吃喝是人的動物性，也是最為基本的人性。對下層民眾而言，吃喝是最為直接、最為現實的好處，對沒有多少精神、道德和事業追求的人來說，痛快淋漓地吃喝，甚至是最高的和唯一的追求。如果這樣的人沒有足夠的財力支撐他們的吃喝，社會又沒有有效的制約，他們就容易為了吃而做出違背社會規範的事情來。因此，對飯店的騷擾，在民間故事中就特別多。最為常見的，是「吃白食」一類的民間故事。《如東卷》之《餃兒麵換的》中，曹瘦臉兒在飯店先是要麵，然後說換餃子。老闆向他收錢，他說他吃的餃子是用麵換的，問他收麵錢，他說他並沒有吃麵。胡攪蠻纏，只是不付錢。《海門卷》之《吃白食》，寫一個常吃白食的人，在酒店的表現。《通州卷》之《三兄弟騙酒》中，兄弟三人常年在外吃白食，從來不付酒飯錢，不惜使用種種下作手段達到白吃白喝的目的。《海門卷》之《禿子住店》中，一個禿子以欺騙手段，賴掉了客棧的房錢和飯錢。《邳州卷》之《明天吃飯不要錢》中，王小九開飯店，被吃白食的吃得幾乎關門，周七猴設計，才懲治了那些無賴。《豐縣卷》之《黿湯狗肉不用刀》云，劉邦常到賣狗肉的朋友樊噲那裡白吃狗肉，從來不付錢，但這會讓狗肉賣得好，他不去吃，狗肉就沒有人買。民間的仇富、妒忌、平均心理，又往往使人們對此類角色採取在一定程度上欣賞的態度，這有可能助長他們的氣焰。

如果商店的營業有女性在操作，那麼，那些顧客還很可能有種種關於「色」的企圖，騷擾就更加多了。《沛縣卷》之《萬全店》中，四個舉子到飯店「萬全店」吃飯，想吃白食、砸牌子，點了「皮裏皮」等古怪名字的菜，老闆巧妙應對。他們又設計調戲店家小姐，反被小姐奚落。《新沂卷》之《機智的老闆娘》中，客棧老闆娘機智地應對兩個刁鑽的顧客，猜出了他們所有的隱語，沒有讓他們占一點兒便宜。《如東卷》之《巧女鬥仙家》，也有類似情節。

當然，其他的買賣也會遭到騷擾、愚弄，甚至敲詐。《海安卷》之《買缸》中，吉高到缸店躲雨，老闆顯露出厭煩，吉高乃聲稱要買缸，讓店夥計一路泥濘送缸到他家裏，甚至他躲在缸裏避雨，讓夥計抬。到家後，他堅持只要賣幾斤缸而不是一口缸，也不願意付運缸工錢，愚弄了店家。《邳州卷》之《住店》中，失意秀才周七猴因為客棧「床鋪差，價錢高，又要雁過拔毛」，設計誣陷客棧老闆張三調戲其兒媳婦，迫使張三免收當晚客人住宿費，並且設八珍魚皮宴席向客人賠罪。《新沂卷》之《店老闆賠情》的人物和情節基本相同，說客棧老闆因為兒子在衙門做事情，肆無忌憚地欺壓過往客人，所以，周七出手懲罰他。《如東卷》之《曹瘦臉兒住客棧》中，曹瘦臉兒用往被子中藏銅錢作為證據的方法，通過打官司，訛詐了客棧老闆的被子、六十兩銀子，還免除了住宿費，而老闆蒙受了這些損失，還被打了六十大板，聲譽更是遭受毀滅性的打擊。《通州卷》之《戲客商》中，情節與此相仿，只是曹瘦臉兒換成了楊聖岩，而客棧老闆換成了某商人。《揚州民間故事集》之《裝死》中，皮五癩子為無錢埋葬丈夫的寡婦設計騙了珠寶店三弔錢。同書《訛錢》云，皮五癩子讓一群孩子到爆竹店門口放鞭炮，對爆竹店和周圍的公共安全來說，這當然很危險，老闆只好給他錢以免除危險。皮五給了一些錢給孩子們，餘下的準備過年用。看到一家人家父子餓死，兩個寡婦眼看只好餓死，於是，他就把錢給了她們。同書《嫁姐姐》中，某小銀匠為生活所迫，欲將妻子典給放印子錢的萬老闆。皮五設計為小銀匠騙了萬老闆二百兩銀子。這些故事中那些所為「智者」的行為，不管是以當時的社會規範來衡量，還是以現在的社會規範來衡量，都是錯誤乃至違法、犯法的行為，而從這些故事的傾向來看，對這些人的行為，無疑是持讚賞態度的。這些故事的流行，傳播、強化了「富商無錯亦人人可欺，有錯更是人人可大欺」的仇富觀念，對此類行為，客觀上有鼓勵的作用。另外一方面，此類故事的流行，說明此類觀念得

到接受的條件，是那麼的優越。此類觀念，落地生根，生長得蓬蓬勃勃，可見土壤是那麼的肥沃！

三、政治環境

　　在社會的種種力量中，政治的力量總是最爲強大的。「殺身的知縣，滅門的知府」就形象地概括了這個事實。在封建社會中，通行「權力通吃」的法則，強大的政治力量，可以在社會的方方面面起作用。工商業豈有幸免之理？於是，在工商業活動中，如果能夠得到強有力的政治力量的支持，就容易成功。《徐州市區卷》之《草驢叫驢一個價》中，徐州商人販賣十五頭草驢到山西賣，被當地幾個無賴搶了。他隨手抓了三十五隻蝗蟲，又被那幾個無賴奪了，還被他們打了一頓。商人告狀，縣官也是徐州人，遂偏袒商人，故意裝做糊塗，利用山西人把蝗蟲叫做「草驢」的方言差別，令無賴付給徐州商人五十頭驢的錢，因爲「關老爺都偏向蒲州人」。《沛縣卷》之《蟈蟈換叫驢》中，沛縣人到南京賣蟈蟈，被南京人搶了，到在兵營裏當兵的老鄉那裡請求解決吃飯問題。當時南京的頭面人物，到剛佔領南京不久的軍閥褚玉璞那裡，告他縱兵搶掠。褚玉璞遂讓蟈蟈商人訴說被搶經過，讓記者採訪，以此證明搶掠之類，乃南京人所爲，與軍隊無關。南京頭面人物覺得有損南京聲譽，同意賠償。南京稱蟈蟈爲「叫驢子」，南京頭面人物和記者等，以爲被搶的是驢子，乃按照驢子賠償。褚玉璞雖然是山東人，卻在沛縣避難三年，和沛縣的一些土匪有交情，所以對沛縣也有香火情。《如皋卷》之《拜罎頭》云，鎮江小販運一船香醋到北京，賣給裕通醬油店，醬油店老闆遲遲不肯付款，想賴錢。小販遂找當時的大臣張玉書幫忙。張玉書爲設一計策。次日，小販到那醬油店門口，拿個封醋罎子的泥頭擺在路上，大哭。張玉書路過，眾人迴避，小販不動。隨從欲對小販採取措施，被張玉書制止。張玉書看到罎頭上「鎮江香醋」四字，感慨多年不見家鄉泥土，莊嚴下拜，又命人到醬油店取托盤和紅紙，把泥罎頭帶回府中。醬油店老闆看到張玉書如此重鄉土情誼，只好馬上給那小販付清了款項。

　　張謇的工商業做得如此成功，離不開政治力量的支持。他本人就是清廷的堂堂狀元郎，也在清朝和民國，都做過級別比較高的官，即使不做官了，他還是在官場擁有廣泛的支持力量和巨大的影響，隨時可以利用這些政治力量和影響爲自己的工商業活動服務。《啓東卷》之《奉旨建廠》云，

慈禧太后命張謇一年內建八個工廠，爲了應付欽差大臣檢查，他在不同的地方建造了一廠、二廠、三廠和八廠，而沒有四廠到七廠。故南通地區至今有一到三廠和八廠的地名，而沒有四到七廠的地名。奉了朝廷的命令建廠，誰阻礙，就是違抗朝命！建廠當然就要風就風，要雨就雨了。人們從事工商業，需要資源。他們獲得相關的資源，利用這些資源，有可能引發與相關方面的矛盾。這些矛盾，必須得到妥然解決。《南通市區卷》之《魁星踩金鼇》中，張謇選定在盛產棉花的江海平原上建造廠房，廠址選在南通唐家閘楊家灣西側的大墳場。建廠的時候，工地鬧鬼，工匠告假，工程停頓。張謇現場捉「鬼」，才發現秘密，原來是其地有一富戶的祖墳，富戶爲了保住祖墳，就設計阻擾建廠。如果張謇沒有強大的政治權力的支持，富戶會用這樣低級的手段和他相爭？他能夠如此容易地獲勝？他命人設計了「魁星踩鼇圖」，作爲紗廠所生產棉紗的商標，來鎮壓所謂的「鬼」以安定人心，這還不是用他作爲狀元的影響？至於居住在海邊的逃荒百姓不肯搬遷，張謇竟然動用軍隊炮擊，把他們驅除。見《如東卷》之《落斧頭》。誰有軍隊？誰有權力調動軍隊？

《啓東卷》之《賣私鹽婆》中，賣私鹽的遭遇官府緝私船，女商人遂以虛構的強有力的親族關係嚇退了緝私官員：「我丈夫大官小官都不做，只在東京做小御史。南京制臺是我親伯父，北京新科狀元是我第三兒」，於是緝私官員向他下跪，請求赦免其冒犯之罪，女商人罵他「你盜竊茄兒官，雞官共鴨官，韭茱炒黃秧，你到頭死瘟官」。有這樣的政治權力背景在，即使是販賣私鹽這樣的違法活動，也可以免於追究了。這當然具有明顯的誇張色彩，但鮮明地揭示了政治力量特別是權力對工商業的作用至關重要。

得到政治權力的支持，當然也是不容易的，大致有三條途徑。第一，工商業本身就是官辦或者官員辦的，或者是奉政府或者官員之命辦的，這樣的工商業，和政治權力結合的程度高，利益密切相關，當然就容易成功了。由左宗棠支持的紅頂商人胡雪巖，由李鴻章支持的盛宣懷，都是如此，後來的所謂「官僚資本主義」就是由此發展而來的。江蘇民間故事中《奉旨建廠》等表明，張謇也是如此。第二，工商業者通過金錢等作爲代價，尋租政治權力。因爲封建社會中工商業不發達，官員別有這樣那樣發財的途徑，因此，這條途徑，還沒有成爲工商業者的擁擠跑道，當然，打官司行賄之類，也早就存在了，民間故事中也有之。第三，工商業者對政治權力的假借。假借和

承租，後者是要以經濟利益爲代價的，前者則不用這樣的代價，但是另有條件，這就是親友、同鄉等關係。《賣私鹽婆》中，女主角的強大背景如果不是虛構的，那麼，她就是假借了這個權力背景。《草驢叫驢一個價》和《蠍蠍換叫驢》中，那兩位幸運的小買賣人，還有《拜罎頭》中那個醋商人，他們遇到了當官的老鄉並且得到了他們的支持，這也是對權力的假借。當然，這些商人如果給當官的老鄉以利益回報，並且此後通過他們的支持經商獲利，那麼，這就是政治權力的承租了。進入民國紀元後，這三條途徑，幾乎都成了成功的工商業者的康莊大道了。其原因當然非常複雜，不宜在這裡展開討論，但是，某些基礎，早就存在於人們的靈魂深處，這是肯定的。

那麼，就民間故事中看，我國封建社會中的工商業環境怎麼樣？答案當然是否定的。我國古代，工商業不發達，這是事實。人們在探討其原因的時候，往往歸結爲商人的社會地位低下，傳統文化中，對商人有偏見。確實，在封建社會中，等級森嚴，工商居「士農」之後。可是，至少和農民相比，商人一般是富有的。商人在古籍中的形象，也以豪華、奢侈爲多，例如孔子的學生子貢，還有呂不韋等，史書的《貨殖列傳》中，多此類人物。民間也推崇商人，認爲他們比農民賺錢多。《啓東卷》之《烏女婿》中，顯示經商比種田賺錢多，有出息的才經商，沒有出息的只好種田。同書《驢千里》也有同樣的呈現。桓寬《鹽鐵論》的《通有第三》中，代表政府的桑弘羊等認爲：「物豐者民衍，宅近市者家富。富在術數，不在勞身；利在勢居，不在力耕也。」〔註1〕《力耕第二》中，他們認爲：「商賈之富，或累萬金，追利乘羨之所致也。富國何必用本農，足民何必井田也？」〔註2〕提倡通過經商致富，和後來有人提倡經商如出一轍。朝廷的科舉考試，對商人也沒有歧視，許多商人子弟照樣成進士做大官。所謂對商人的歧視，實際上多半是知識分子對商人的妒忌而已。其實，我國封建社會中工商業不發達，這和當時的工商業環境有很大的關係。此外，自然環境、社會安全環境如此，不僅嚴重影響了工商業的發展，而且，也使民間社會的民眾視出遠門爲畏途，不敢出門瞭解更加廣闊的社會，對陌生人群有本能的不信任，由此形成頑固的狹隘的思想觀念，並且影響到他們思想和生活的方方面面，嚴重阻礙了社會的發展。

〔註1〕桓寬《鹽鐵論》，上海書店版《諸子集成》本第八冊，第4頁。
〔註2〕桓寬《鹽鐵論》，上海書店版《諸子集成》本第八冊，第3頁。

第二節　工商業者的職業素養

一、商業誠信

在傳統的鄉村社會，特別是在自給自足的小農經濟狀態下，在道德修養方面，人們對「信」並不強調，因為人們相互知根知底，即使在誠信方面做得不好的人，他的缺點也很難損害別人的利益，因為人家完全知道他的底細，所以，人們也不敢不誠信。再說，鄉里社會的道德規範和秩序，由宗族、親族、鄉里、鄉紳等維護著，一個人想幹違反道德規範的事情，想破壞社會秩序，並不那麼容易。

商人就不同了。商人最為基本的社會功能是「通有無」，那麼，他的商業活動，會在不同的時空進行，並不是局限在某個鄉村等小區域。一方面，商人自己會在某種程度上脫離宗族、親族、鄉里和鄉紳等的制約，心中的魔鬼容易跑出來為害。另一方面，和商人打交道的人中，也肯定有大量的人，脫離了本土鄉里社會及那些制約，他們心中的魔鬼，也容易跑出來為害。再說，商人和與他打交道的人之間未必認識，更加未必知根知底，也未必有感情基礎，那麼，相互間就很難有足夠的信任感。買賣雙方討價還價，形成的大多是口頭合同，當時不可能有錄像錄音，也不會有嚴格的監管。銀貨兩訖，彼此很可能不再相見。因此，彼此心中的魔鬼，就更加容易跑出來為害了。因此，商人特別注重的是商業誠信，一商家如果沒有商業信譽，就很難存在下去。

因此，江蘇民間，有大量以商業誠信為主題的故事。這些故事，有不少是以因果報應的形式呈現，具有超現實的傳奇色彩，甚至涉及神怪，來體現商業誠信的道德導向。《啟東卷》之《張鵬年軼事》中，收破爛的小商人張鵬年收了一件破棉襖，這破棉襖中藏了那家人家 30 圓大洋的救命錢，張鵬年將錢還給了人家。其子張謇考中狀元，人家說是張鵬年積德之報。《中國民間故事集成》之《江蘇卷》之《公平交易》中，窮漁夫張公平用網打漁，打到一隻金簪，一頭有「公平」字樣，另一頭有「交易」字樣。他認為，這簪子屬於他和一個名叫「交易」的人。於是，他離開家鄉，要了三年飯，走了萬里路，終於找到一個叫「交易」的員外，執意和他平分簪子。在切簪子的時候，「公平」一頭大了一些，他執意要切下一段給員外。在切的時候，切下的那一段飛濺出去。他們為了尋找那一段，發現寶藏，銀子金子上都有「公平交

易」字樣。員外乃和漁夫結拜兄弟，平分家產。《海安卷》之《湯圓招親》中，湯圓因爲拾得銀子後還給失主，被父母趕出家門，要飯爲生，卻最終娶富家女，讀書中狀元。當年和湯圓一起要飯的四個乞丐，也每人得到一千兩銀子，合夥開了家大店，過上富裕生活。《豐縣卷》之《火燒三道街》云，徐州雲龍山下三道街，商業繁榮，但許多食品店都缺斤少兩，十六兩一斤的貨物，他們只給十四兩。張家老店則堅持足秤營業，被人縱火燒毀，縱火者沒有被查出來。業界良心遭到如此惡報，缺斤少兩的商家更加肆無忌憚。某日來一攤販賣一種叫火燒的熟食，商家老闆也購買，而賣攤販斤兩不足，攤販坦然承認，並云此乃入鄉隨俗，一斤火燒，也只有十四兩。於是他叫賣：「十四兩的火燒！」商家老闆厭惡之，而無可奈何。三天後，三道街上以十四兩爲一斤的商店，全部燒毀，而公平交易的商店，張家在舊址上新建的商店，皆完好無損。張家利用這個機會，彌補了火災的損失。《啓東卷》之《巧遇巧老闆》中，青龍港餅店巧老闆歸還商人顧客忘記的鉅款。輪船在江中出事，那商人顧客就用 300 大洋懸賞下水救人者。獲救的人中，就有巧老闆的兩個兒子。《常州民間故事集（二）》之《不義之財不可貪》中，木瀆鎮銀匠阿興，騙得農民在山上挖掘到的金香爐，發了大財，成盛興銀樓的老闆，但夢中常受財神的責罵而病。後來，阿興向舊主人盛宣懷夫人交代，把騙來的錢還給那農民。農民不受，乃出資造橋。盛宣懷寫了「公平交易，老少無欺」給阿興，貼在他的店門。

　　當鋪行業，商業信譽尤其重要。《新沂卷》之《黑漆大門》中，當鋪有「信當」之說，寫幾個字，向當鋪當這幾個字，以獲得金錢，在一定的期限內，再把這幾個字贖出來。這完全就是有息借貸，全憑當者的信用爲本，當的就是入當者的信用。當鋪掌櫃徐五，讓處於窘迫之中的李先生寫字向當鋪當五兩銀子，這就是信當。李先生如其言，寫「天理良心」四字爲當，得銀子渡過難關，如期贖回。當鋪聘請李先生爲賬房。李先生以千兩銀子收了某人的一幅畫，以救其急。老闆得知，讓李先生寫下一張賠付千兩銀子的字據，帶著那畫離開當鋪。李先生後來發現那畫是神畫，他能夠走到畫中任意取金銀，得以歸還了當鋪老闆的一千兩銀子。老闆得知秘密，欲反悔，被李先生駁斥。老闆又出鉅資和李先生交換畫，不料畫到他手裏，他無法到畫中取金銀，因爲失去了「天理良心」，那畫就不靈驗了。《中國民間故事集成》之《江蘇卷》之《張荷包開當鋪》云，窮秀才張荷包到當鋪當東西，受了典當的氣，說，

如果他開當鋪，「連死人也當」。後來，他發現祖先藏金而發財，果真開了當鋪。某年大年三十，竟然真有人抬了屍體來當。張荷包為了不失信，果真按照對方的要求給了八十文錢。後來，他發現，那「死人」，原來是一個金人，金人的肚子上還有紅紙，上寫「五路財神」。

對違背商業誠信的商人作揭露和抨擊。《如皋卷》之《水店》云，酒店老闆往酒裏摻水，被揭穿並且遭到嘲笑。《揚州民間故事集》之《酒幌子》中，也是如此。《蘇州民間故事》之《陸墓金磚》中，陸墓金磚貨真價實，在出售的時候，陸墓金磚製造業者建議鋸開產品驗看，當眾拆穿了某地同類產品以次充好的造假技術。《沛縣卷》之《掛羊頭賣狗肉》中，樊噲在山東掛羊頭賣狗肉，經營失敗，只好回到老家沛縣，打出旗號賣狗肉。《如東卷》之《鱸呆子》中，黑心的魚商在鱸魚嘴巴中塞石塊出售，被當眾揭穿。《邳州卷》之《正面借反面還》中，客棧老闆藉口「正面借反面還」是他們店的老規矩，借了客人一碗油，卻還一碗底的油。周七猴向老闆借一籮筐小米而用籮底盛著小米去還，以此教訓了黑心的老闆。

頌揚講究商業誠信的商家。《海安卷》之《黃自量》云，曲塘、海安一帶，有「直奔黃自量」之俗語。黃家開設糧店，讓顧客自己量取，然後結帳。買賣雙方講誠信。買糧食的人，喜歡到這糧店購買，故有此俗語。《揚州民間故事集》之《阮元的傳說》中，書店掌櫃說，只要阮元能夠背誦《易經》三頁，他就把店裏在賣的《易經》注釋本送給他。阮元背了五頁，老闆守信，把書送給了他。《啓東卷》之《沙玉沼賣宅》中，沙玉沼把宅子賣給湖州南潯人劉貫今開典當，提出留下幾棵柿子樹，讓後人有個念想，對方同意了，就在合同中注明。不料寫合同的人把「柿」寫成了「是」，成了「是樹不賣」。多年後，沙家向典當提出周圍樹的所有權，儘管當事人都已經去世或者離去，典當方面，還是按照合同購買了這些樹。

二、經營智慧和能力

（一）發現和使用人才

注重人才的品德。上文說過，商人最為重要的職業道德，就是商業誠信。招聘人才，當然也要重視這樣的特質。《啓東卷》之《金和尚》中，豆腐店老闆娘把十隻豬賣給豬販子，卻誤收了一隻假元寶。老闆大怒，令她去追趕豬販子，換不回真元寶就要她自殺。塾師王雲端歸家途中，巧遇老闆娘，知道

情況後，以驗看元寶爲名，把自己一年工資的眞元寶，私下裏換下了老闆娘的那個假元寶，救了老闆娘。爲了渡過難關，王先生寫了副對聯當給典當。典當老闆看到王先生忠厚，乃當給他十兩銀子，又聘請他當賬房。王先生當賬房後，忠實能幹，生意興隆。此故事中某些情節，《儒林外史》中亦有之。

　　從小處看人才的素質。《海門卷》之《聘請賬房》云，張謇欲聘請一個賬房，對前來應試的一個美國留學生進行面試後，和他一起吃飯。飯畢，張謇發現衣襟上有幾顆芝麻，就撿起來放到嘴裏。那留學生則站起來抖抖衣服，把芝麻抖掉了。張謇認爲，「一個對點滴財物不愛惜的人，怎麼能管理好大財呢」？於是，他沒有錄用這個留學生。《中國民間故事集成》之《江蘇卷》之《鹽商選賬房》中，揚州鹽商招聘賬房，徽州窮書生鮑扶九賣光家產作盤纏，來到揚州，口袋只剩下一文錢。應聘者二十五人，在考試處等了半天不見動靜。鹽商命人端出餃子給每個人吃。等他們吃完，鹽商出現，問他們吃了幾隻餃子，是什麼餡的。二十五人中，只有鮑扶九能夠準確回答，其他的人連吃了幾隻都沒有留意。鹽商讓他們都回去。在離開大門的時候，只有鮑扶九彎腰扶起倒地的笤帚。鹽商宣佈，錄用鮑扶九。他認爲：在細微末節的小事上，都十分細心的人，在大事上就會更加細心；可以不管的事情，他也管了，該他管的事情，他一定會管好的．

　　不拘人才的身份和地位。《如皋卷》之《張謇和喜蛛圖》云，張謇聽說他的幾個學生被一姑娘迷住了，就去查看，看到一姑娘在家刺繡，繡的八十一隻蜘蛛神態各異，各見神采，於是就聘請她向學生傳授刺繡技藝。這姑娘就是沈壽。張謇的摯友沙元炳知道此事後說：「先生如此惜才，難怪通州工業興旺！」《啓東卷》之《張謇慧眼識英才》中，張謇和洋人談判購買設備，翻譯將洋人的報價提高了兩成，茶房郁豈生聽出來後，告訴了張謇。張謇大驚，想不到一個倒茶的夥計也懂得外語。經過考察，他方知郁幼年就信奉天主教，跟外國神甫學了外語。從此，張謇就重用郁，後來郁也成爲一個實業家。

　　以誠意打動人才。《海門卷》之《狀元尋酒仙》云，張謇辦頤生酒廠，自己打扮成釀酒師傅，費盡曲折，不遠千里尋找釀酒高手，甚至不惜給人家幹雜活。高手被感動，終於到頤生酒廠工作。

　　對人才所表現的個性予以寬容和理解。《豐縣卷》之《三請老師》中，醬園老師傅晚上睡不著，讓老闆和夥計給他檢查床鋪，結果發現被褥上有根紗不好，剪了那紗，老師傅才睡去。老闆嫌這老師傅架子大，就把他解雇了。

後來，醬園遇到難題，老闆派人去請老師傅回來，都沒有成功，且都見老師傅在很不理想的地方睡覺。最後，老闆親自去請，才把老師傅請回來。被問起睡覺的事情，老師傅說，他終日爲醬園操心，所以，被褥上有根紗，他就睡不著了。《蘇州民間故事》之《手鐲的故事》中，身懷絕技的老銀匠應聘到新鳳祥銀樓，行爲古怪，待人冷淡，好聽《水滸》。將近一年，拿出一隻銀鐲子。賬房阿大見這鐲子尋常，顯露出鄙視的神色，但細看鐲子，發現裏面有銀鏈條，上刻《水滸》三十六天罡故事。老師傅因爲已經受到阿達的鄙視，去意已決，老闆只好讓他離開。皇帝的妹妹出嫁，欽差到蘇州採辦嫁妝，購買了這鐲子。太后見了這鐲子，也要一隻。上面讓銀樓辦理。老闆無法，找到原來的老師傅。老師傅說，他原本想再做個《水滸》七十二地煞故事，但受了阿達鄙視，就辭職了。老闆請他回銀樓，他拒絕了。但是，他推薦了他在杭州幹活的師弟。老闆找到那師弟，師弟說他的手藝遠遠不如師兄，並且送給老闆一隻和先前銀鐲子款式一致但銀鏈條圖案是十八羅漢的金鐲子給老闆交差。

（二）注重技術創新

開發新產品。《新沂卷》之《窯灣綠豆燒》云，康熙皇帝由於沒有可口的美酒，很不高興。京官馬崇凱回家鄉窯灣省親，根據家鄉釀酒的方法，發明了綠豆燒的配方，獻給朝廷。負責皇帝伙食的官員按照這配方釀造了綠豆燒，康熙皇帝喝了效果很好。馬崇凱告老還鄉後，對這宮廷秘方再加修改，開酒坊釀酒。現在的窯灣綠豆燒，就是這樣來的。《新沂卷》之《捆香蹄》云，元朝末年新沂棋盤街屠夫王有富，在神仙指點下，製作出美味「捆豬蹄」，深受當時還是放牛娃的朱元璋的喜愛。朱元璋當皇帝後，宣王有富進宮製作捆豬蹄，而有富已經去世，其子不願意進宮。朱元璋乃下令王家不允許做捆豬蹄，因爲「豬」與其姓「朱」同音。王家乃將「捆豬蹄」改爲「捆香蹄」，並且進一步改進配料和工藝，繼續生產、銷售。《南通市區卷》之《石港椒鹽糕》中，蘇州師傅到石港偷學製作雲片糕的技術，和石港師傅一起開發了椒鹽糕。《通州卷》之《西亭脆餅》中，西亭鎮上老闆夫婦面向大眾，在用料和工藝上下工夫，開發出暢銷的脆餅。《通州卷》之《三十里黃糖京棗》云，距離南通三十里的平潮，茶食店夥計趙某製作出黃糖京棗。其地處水陸交通要道，特別是去狼山朝聖的香客，購買這種食品的人很多，這種食品，成爲著名的特產。《啓東卷》之《張謇與茵陳酒》云，張謇和若干紳士集資築海堤，既增加耕

地又抵擋海潮。海堤上遍生茵陳，張謇乃利用自己的學問才華，和聘請的釀酒師傅一起開發了茵陳酒。光緒三十年某日，張謇帶茵陳酒前往南京，在江陰地方遇到強盜。危急之中，張謇持酒和強盜周旋。因為茵陳酒實在好喝，強盜都酩酊大醉，被張謇全數擒獲。江湖上流傳：「不畏嗇公拔刀，惟懼茵陳春醪。」

創造新工藝。《南通市區卷》之《南通跳麵》中，明朝嘉靖年間的曹頂在城山路邊開麵食店，狼山香火鼎盛，麵食店生意非常好，但製作麵條很費力。曹頂改革工藝設施，既大大減輕了勞動強度，又提高了麵條的質量。

（三）注重經營藝術

系統經營，節約成本。《南通市區卷》之《復興麵粉廠》中，張謇創辦的大生紗廠，每天漿紗要消耗大量麵粉，民間磨坊生產的麵粉供不應求，張謇乃在大生紗廠附近建復興麵粉廠，所生產麵粉通過傳送帶，就可以供應大生紗廠，減少中間環節，節約生產和銷售成本。

善做廣告。利用神奇故事做廣告。《南通市區卷》之《肉店不歇夏》中，肉店老闆殺豬花三借做夢入冥見到城隍老爺的故事，稱奉神諭，取消夏天肉店「歇夏」一個月的慣例，該月照常營業。《通州卷》之《陳家酒店》云，四安鎮陳家酒店，有幾缸酒，蛇蟲蜈蚣壁虎等掉其中，一個患皮膚病的無賴到酒店吃霸王酒，在不知情的情況下吃了那缸裏的酒，皮膚病神奇地痊癒了。於是，這酒店名聲大盛，以其為中心，發展成一個小鎮。利用名人做廣告。《徐州市區卷》之《徐州烙饃與一字千金》云，書法家王羲之為了幫助烙饃的婆媳，在她們的案板上寫一「當」字，讓她們到當鋪去當一千兩銀子。當鋪老闆見此字寫得實在好，就將此作為當鋪招牌，真的給了那婆媳一千兩銀子。從此，王羲之一字千金的故事，就在徐州傳開了。《蘇州民間故事》之《松鶴樓的全家福》寫乾隆皇帝到蘇州松鶴樓吃全家福菜，《機房聽歌》寫乾隆帝在織綢緞的機房聽工人唱歌。同書《稻香村蜜糕》云，乾隆帝下江南，吃到蘇州稻香村的蜜糕，很喜歡。回到京城後，他下旨要蘇州府進貢，並且給稻香村賜了御書的招牌。於是，稻香村的生意更加興旺。這些也都是廣告。同書《鮑肺湯》云，蘇州木瀆石家飯店的鮑肺湯，名揚海內外。高官于右任吃了鮑肺湯，當場賦詩，有「歸舟木瀆尤堪記，多謝石家鮑肺湯」之句。李根源也為石家寫了「鮑肺湯館」的匾額。讓顧客參與型廣告。例如，《蘇州民間故事》之《寫酒招》云，王老闆因為本錢小，在偏僻的地方開了家酒店，生意

非常清淡，正要關門。其表弟馮夢龍爲他寫了個酒招子：「誰能在敝店牆上寫下有這樣的說法，而沒有這椿事體的諺語，誰就可以在此免費飲酒三斤。唯重複例外。」於是，大家競相來寫這樣的諺語，例如「雞蛋裏面挑骨頭」之類，而寫出來的人，也是知書識禮的，無人眞的會白吃店家的酒。王老闆的酒店，就這樣興旺起來。高雅化廣告。同書《採芝齋糖果》云，糖果炒貨店夥計被老闆解雇，到觀前街一家名叫採芝齋的書店門口擺攤賣糖果，生意很好，書店老闆經營不下去，乃把店面讓給糖果攤主人，連店名、招牌也讓了。作爲書店名稱，採芝齋之意，乃像採集靈芝那樣採集天下文章之精華，而作爲糖果炒貨的店名，乃是採集天下植物精華，製作成美食。

（四）注重營銷藝術

《邳州卷》之《張良得兵書》云，張良得了黃石公所給的兵書，想擠出時間來閱讀，但他又得賣剪刀，每天賣出十把剪刀才能維持生活。他的剪刀本來規格和質量都是一樣的，價錢也一樣。可是，他把剪刀分成三個等級，每個等級的價格都不一樣，平均下來，還是一樣。結果剪刀銷售得很快。因爲一般人都認爲，一分價錢一分貨。想買好剪刀的，就買價格貴的；手頭緊的，就買便宜的。這樣，銷售當然就快了。

（五）預測市場的能力

《南通市區卷》之《和合神仙》中，在天氣還比較熱的時候，商人和合購進供人取暖的腳爐，引發人們的奇怪和議論，不料不久就寒潮來襲，腳爐很快銷售一空。天氣還很冷的時候，他購進芭蕉扇，不久天氣勝過酷暑，芭蕉扇熱銷。

（六）公關能力

《揚州民間故事集》之《酒幌子》中，酒店老闆命人往酒中摻水，被兩位畫家揭穿。老闆知道畫家的身份後，馬上笑臉送酒菜巴結，求他們給他寫酒幌子。同書《芭蕉雨》中，豆漿店小老闆得了著名畫家高鳳翰畫的寶畫，黑財主喬山來借，「生意人最怕勢」，不敢不借。《如東卷》之《貂皮袍抵債》中，清末翰林沙元炳，清朝滅亡後在如皋居住。某年臘月，其家人欠了附近某酒店兩罐酒。次年正月初六沙元炳路過那酒店，被老闆娘攔住索債。沙元炳乃以光緒皇帝賞賜的貂皮袍子抵債。後來，沙元炳當了國民政府江蘇省的議長，那老闆娘又送兩罐好酒謝罪。

今天現實中對工商業者職業素質的要求，大學商學院相關教科書上講的，比起江蘇民間故事中所涉及到的，當然都要豐富得多，可是，我們可以發現，某些基本的內容和道理，江蘇民間故事中早已有之。

第三節　工商業者的社會擔當

工商業者的社會擔當，首先是職業的社會擔當。工商業作為職業，其社會使命就是為社會提供合格的勞動產品和有效服務。因此，他們在進行工商業運作的時候，就應該想到這樣的使命，處處為人著想，為人提供種種方便。《蘇州民間故事》之《范蠡經商》中，列舉了范蠡經商的許多故事。例如，一婦人來買蘆花帚，范蠡不肯賣給她，因為她家裏是泥地，蘆花帚不適用。他又推薦這婦人買鐵搭柄，因為他看到她丈夫剛才拿的鐵搭柄已經破損，農忙時節，時間寶貴。這些故事都是說明，范蠡經商，留心買主的具體情況，處處細緻入微地為買主考慮，所以，他得到了買主的高度信任，因而也取得了經商的成功。《豐縣卷》之《原湯化原食》云，雁門關的雁門水餃店，用祖傳的藥方，熬製利於消化的湯作水餃湯。某客人吃水餃而沒有喝湯，導致消化不良，後經過該店，喝了店家特意為他保存的湯而痊癒。《豐縣卷》之《鬥鵪鶉》中，客棧老闆古道熱腸，免除生意失敗的小販劉後福的住宿和伙食費用，還送給他回家的路費，後來，指點並且幫助劉後福獲得富貴。《啓東卷》之《金和尚》中，王先生當某典當賬房，某日，兩個人抬來一屍體，說要當二十兩銀子。王先生體諒到人家的難處，給了對方二十兩銀子。在埋屍體的時候發現，他們抬來的，原來是個金和尚，還有一張紙條，說王先生此前救人一命，償建七塔之金。這當然是虛構的故事，但其主題是強調工商業者的社會責任，例如，典當業的社會責任，正是救人之急。《常州民間故事集（二）》之《藥王試人心》中，良心藥店老闆無仁義之心，見錢眼開，一錢不肯欠，藥店遭到火燒。豐裕藥店老闆慈悲為懷，有仁義之心，生意興隆。

江蘇民間故事中，工商業者體現在職業方面的社會責任，到張謇展現得最為充分。此前的此類故事，幾乎都是工商業者以職業「做好事」、「做善事」的種種個案，且大多結合經營藝術而為之。張謇則是有意識地以工商實業來為社會作貢獻，所以，他的工商實業涉及面最為寬廣，社會的受益面也是最為寬廣。《南通市區卷》之《南通通光明》《取火建通燧》《造鍋資民生》《廣生廠榨油》《碼頭三隻腳》《復興麵粉廠》等，都是此類故事。同書《治水濟

世人》《築楗保太平》，寫張謇和地方工商界人士出錢出力治水的故事，因爲治水工程而喪失土地的百姓，進他的工廠工作。《南通建鐘樓》中，寫張謇在南通以及天生港碼頭、唐家閘等地建造鐘樓，以便居民、旅客和工人等掌握時間。《建造梅歐閣》，寫張謇建造劇院。《鬻字助慈善》中，張謇做慈善，缺錢，就賣字籌集。《拆渡建大橋》中，寫張謇在唐家閘造橋便民，而讓原來擺渡的人進他的廠當工人。

工商業者的社會責任，還體現在他們的職業之外，那就是爲社會公益事業和慈善事業作貢獻。這在江蘇民間故事中，也是多見的。《南通市區卷》之《和合神仙》中，某地築壩抗洪，久築不成。商人和合，捐獻一船碎瓷片，成功築壩。根據南通地方志記載，南通的澗橋，乃明洪武中郡人沈萬三建。不管這沈萬三是否就是那個傳說中的富豪沈萬三，他一定是個富人無疑。《南通市區卷》之《澗橋》中，說沈萬三借了沈花子的一個錢，利息是「見面十八翻」。沈萬三掉到金融陷阱中，無法償還，王花子就免除了這筆賬，請沈萬三造了澗橋。同書《唐家閘》中說，當地連年澇災，需要造個水閘，但政府不管，鄉紳發起捐助，而所捐甚少。鄉紳乃公議，誰家出錢最多，就以其姓氏命名閘門。富豪唐老闆捐錢最多，其閘乃命名爲唐家閘。《啓東卷》之《呂四彭寶榮》，寫彭寶榮在所買房子的地基中發現藏金而發家，除了大量購買田地外，還興辦了油坊、船隊等實業。他和兒子彭孝慈都樂善好施，修橋鋪路，造福鄉里，口碑很好。《豐縣卷》之《張大烈修橋》云，華山西邊大沙河阻斷豐縣到徐州的路。官府年年收「修橋捐」而橋沒有修成。商人張大烈出資修橋。《豐縣卷》之《玉蜻蜓》中，富商宋員外誘導並出資，讓兩個年輕叫花子過上自食其力的生活。當然，在這方面做得最好的，還是首推張謇，有關他做公益事業、慈善事業的故事很多，如《啓東卷》之《（張謇）坐獨輪車築堤》《修築擋浪牆》《建造墾牧校》《呂四張家燈籠店》中，都是講張家樂善好施做善事的故事。

第四節　土特產故事研究

一、帝王等名人和土特產的故事

這些故事中的土特產，基本上都是特色食品。此類故事，有明顯的廣告色彩。其最爲基本的思維是：帝王等富貴者，有吃不完的美食，可是，他們

還喜歡我們地方的這種美食，這就足以證明，我們的這種美食，是如何了不起了。例如，《睢寧卷》之《乾隆封古邳御甜油》《孫權母親愛吃的豆腐》《康熙愛吃的鹽豆子》，《啓東卷》的兩篇《天下第一鮮》《麻婆豆腐的來歷》，《南通市區卷》之《嵌桃麻糕》，《豐縣卷》之《乾隆點飯菜》，《新沂卷》之《窰灣綠豆燒》《捆香蹄》，《如東卷》之《天下第一鮮》，《徐州市區卷》之《娃娃酥糖》《徐州餃湯》，《揚州民間故事集》之《秦郵董糖》，《蘇州民間故事》之《桂花酒》《稻香村蜜糕》《太湖蓴菜》，《無錫民間故事精選》之《長涇月餅進皇宮》等等就是如此。此類故事中的名人，除了極少數之外，都是帝王。出現頻度遠遠高於其他帝王的是清代的乾隆帝。乾隆帝自稱「十全老人」，他當皇帝的時候是所謂的「乾隆盛世」。他好享受，多次下江南，和江蘇的關係比較密切。再加演義、戲說之類通俗文學和文藝的渲染，他在江南民間的知名度不言而喻。由於這些原因，江蘇民間喜歡拿他說事。蘇州關於蓴菜的故事，和康熙有關，康熙帝也確實到過蘇州太湖。李世民和土特產的故事也有幾個，他也確實在江蘇北部特別是沿海地區有過活動。這幾位是民間知名度高且被普遍認可的皇帝。作爲皇帝，朱元璋是比較複雜的。民間比較看重他的草根背景，因此，民間故事中，他還是以正面形象居多。此類故事中，他的形象也是正面的。

此類故事中，人們常予以負面評價的最高統治者，也是有的。例如，《啓東卷》之《天下第一鮮》中的正德皇帝，《南通市區卷》之《嵌桃麻糕》中的慈禧太后即是。那麼，爲什麼此類故事中，除了極少數外，主角都是帝王等最高統治者，甚至還包括正德皇帝、慈禧太后這些形象不佳者呢？其根本的原因，在於民間對帝王等最高統治者的崇拜。從漢朝以後，君權神授思想逐漸普及，宋代理學家的理學理論構建，又大大強化了「君」的統治地位，因此，到明清時期，從上到下，尊君思想，已經深入人心。帝王等最高統治者的認知或者觀點，成了評價一切人和事物的最爲權威的標準，即使微不足道如一種美食者，其價值也必待他們的評價而凸顯，於是，即使是在捕風捉影中，他們對某種美食的評價，也顯得至爲珍貴，畢竟是「聖旨」啊！在民間的影響，還有什麼人的評價，量級更加重大呢？於是，小小的海鮮文蛤，也就有了御封的「天下第一鮮」的稱號，至於誰封的，也就有了小秦王、正德皇帝、乾隆帝等不同的版本了。如果可能實有其事者，如乾隆帝愛吃蘇州稻香村的蜜糕、慈禧喜歡南通的麻糕等，就更加不用說了。《沛縣狗肉》《黿湯

狗肉不用刀》中的劉邦，《捆香蹄》中的朱元璋，當時雖然還是布衣，但民間認爲，他們是注定要當皇帝的，因此，他們已經具有某種神秘的力量，這對普通百姓，更加具有魅力。

此類故事中，也有少數幾個名人不是帝王等最高統治者，但他們是狀元、高官。例如，《蘇州民間故事》之《狀元紅》中，窮書生陸潤庠喜歡喝酒而沒有錢，某酒店老闆常免費供他喝他愛喝的一種黃酒，並且資助他上北京參加科舉考試的盤纏。陸潤庠考中狀元，感激那老闆，說他考中狀元，全憑喝了老闆的黃酒。於是，老闆就把他賣的那種黃酒命名爲「狀元紅」，並且大力宣傳。《啓東卷》之《天曉得的由來》中，張謇在呂四鎮吃某飯店的紅燒羊肉而大加讚賞，見掌勺廚師僅十六七歲，大出意外，連呼「天曉得」。於是，「天曉得」就成了這種紅燒羊肉的名稱。《蘇州民間故事》之《鮰肺湯》中，寫當過國務總理的李根源先生爲該店寫匾額「鮰肺湯館」，于右任先生吃了鮰肺湯後寫詩讚美。這些故事，都是利用高科名者、高位者的社會聲譽和民間對他們的崇拜，來宣傳相關的美食，而這些故事本身，也體現了對科名和官位的崇拜。

能夠見到帝王的人，畢竟是不多的。帝王本身，對民間而言，就完全是神秘的。帝王在民間，也都有嚴格的安全保衛措施，即使是他們微服私訪，也是如此。因此，就總體而言，在藝術方面，此類故事有個顯著的特點，那就是貴族生活的平民化。百姓根據自己的生活經驗展開極致的想像，構思出符合他們生活經驗和欣賞趣味的情節，滿足他們的欣賞心理及其體驗。例如，《睢寧卷》之《康熙要吃的鹽豆子》云，睢寧人李條侯在京城做官，家裏人給他送了一罐子鹽豆子。某日，李條侯吃早飯的時候，作爲太子的玄燁來跟李條侯讀書，看到他吃早飯時對桌子上的許多菜看也不看，而專吃鹽豆子，覺得奇怪。李條侯就招呼他嘗嘗，玄燁吃了幾顆鹽豆子，就喜歡上了。於是，他就對他娘說，對他爹說，要吃鹽豆子。他爹爹順治帝就讓御廚房做。御廚房做的不好，順治帝乃溜到李條侯家裏去，看到李條侯正在吃飯，桌子上有鹽豆子，就拿起筷子夾了就吃。他覺得很好吃，就向李條侯要了一些，帶回去給家裏人都嘗了，大家都說好吃。順治的侄兒媳婦來向李條侯請教製作鹽豆子的方法，李條侯說這是他姥娘做的，秘方不外傳。到李條侯回鄉休假的時候，臨行，順治帝特意囑咐他，要他帶些鹽豆子到京師。李條侯回北京，果眞帶了一些鹽豆子給順治帝。孝莊太后一邊吃著鹽豆子一邊對順治帝說：

「李先生是個教書的，窮！擱俺家一年能掙幾個錢？……你吃先生的鹽豆子，哪能白吃？」順治帝聽了，就馬上答應，讓徐州府給李家三萬白銀。這些情節中，除了李條侯用鹽豆子下早飯當然完全可能外，其餘的情節，顯然都是百姓虛構的。玄燁去見李條侯，完全就是手藝人徒弟去見師父，或者是兒童去見塾師，竟然如此隨便。玄燁在老師家吃到好東西後，回去讓父母設法做，這完全是鄉村孩童的做派。順治帝到李條侯家裏吃鹽豆子的情節，完全就是鄉鄰之間的串門。李條後休假離開京師時，順治帝要他多帶些鹽豆子，這完全是非常熟悉的好朋友之間的事情。孝莊太后和順治帝的對話，完全就是農村百姓中母子的對話。

　　神仙與土特產。在這些故事中，土特產的來源、創造乃至推廣等，和神仙或其他超自然的力量有關，甚至神仙或者其他超自然的力量起決定性的作用。《南通市區卷》之《花露酒》中，金蟾仙子在瑤池學會了釀製花露酒的技術，下凡把這樣的技術傳授給了情人劉二憨，於是，當地就出產花露酒。同書《印花藍布》中，那裡的印花藍布，乃王母、佛、龍王、壽星、觀音、諸菩薩、牛郎織女等不同宗教的神靈幫助當地百姓為之，也顯示了佛教、道教和民間宗教的融合，是這些宗教為我國民眾服務的形象體現。例如：《豐縣卷》之《呂洞賓與白醪酒》中，呂洞賓讓白醪酒店的井中湧出美酒。《揚州民間故事集》之《秦郵董糖》中，當地一對董姓夫婦得到呂洞賓的點化，製造出了一種酥糖，名為董唐。同書《揚州剪紙》中，何仙姑把剪紙技藝傳授給揚州姑娘花丫頭，由此發展為揚州剪紙。《蘇州民間故事》之《茉莉花》中，天宮百花園的茉莉仙子，同情虎丘地方百姓的苦難，從頭上拔下珠花拋到虎丘山下，那裡就長出了許多茉莉花，人們以此泡水，喝了祛病消災。《陸稿薦醬肉》中，呂洞賓幫助老闆煮出了特別香的熟肉。《黃天源糕團》中，老闆得到神秘白髮老人的幫助，生意大盛，創出了「黃天源」的牌子。《周市燒鴨》中，店老闆邱永隆得到呂純陽傳授的秘方，燒出的肉類等食品「肉頭鮮嫩而美味入骨，肥而不膩，百吃不厭」。《太倉糟油》中，神仙給太倉城廂鎮李記醬油鋪老闆傳授秘方，使這家醬油鋪製造出了糟油。《無錫的傳說》之《肉骨頭》中，無錫名產肉骨頭，也是在呂洞賓的幫助下制作成功的。《中國民間故事集成》之《江蘇卷》之《扁擔圩的扁擔挑寶塔》中，神仙向扁擔圩專門製造扁擔的木匠訂製能夠挑寶塔的扁擔，使那家的扁擔名聲大振。同書《肴肉不當菜》中，鎮江著名美食肴肉，是張果老第一個嘗試，由此引導店主推廣

的。《江蘇民間故事集》之《鎮江香醋》中，鎮江香醋，是在神仙指導下釀造出來的。

這些故事，當然具有明顯的廣告色彩。神靈信仰，在民間普遍存在，因此，利用知名度比較高、形象比較好的神仙來爲產品做廣告，也是會有顯著效果的。這些廣告，甚至對並不信仰神靈的人來說，也應該有效，因爲趨吉避凶，是最爲普通的社會心理。

除了廣告功能，有些故事還具有道德教化的功能在。發明、推廣此類產品，當然是工商業人士都欣羨的，更何況是借助神靈的力量來實現呢！可是，那些幸運兒，他們憑什麼得到神靈的幫助和指點呢？《呂洞賓與白醪酒》中，白醪酒店的老闆白醪，讓沒有錢的呂洞賓白吃白喝白住，並且熱情款待，呂洞賓才施展法術，讓他井裏湧出好酒。《陸稿薦醬肉》中，陸老闆因爲自己的店生意冷清，窮得飯也吃不上，但他還是救助了躺在一條草薦上快要凍餓而死的一個老叫花子。老叫花子遺留下來的草薦，使他煮出了香氣盈盈的熟肉。這老叫花子，就是呂洞賓。《肉骨頭》中，無錫賣狗骨頭爲生的孤苦老頭陸阿福，自己在凍餓之中，卻把一碗肉骨頭送給了骯髒不堪、且有傷病的叫花子，又把叫花子領到家中，並且給他治癒了爛得流膿血的腳。這個叫花子就是鐵拐李。陸阿福用他送的草薦，燒出了奇香的肉骨頭。《周市燻鴨》中，店老闆邱永隆免費招待裝扮成又老又病的叫花子的呂洞賓，由此得到了製作燻肉的秘方。《太倉糟油》中，李記醬油鋪老闆夫婦救助了窮途潦倒的餓昏老人，並且熱情招待他，由此得到了老人製作糟油的秘方。正是他們的善舉，感動了那些神靈，讓他們得到了好報。工商業者希望獲得這樣的幸運，那麼，就應該向他們學習，多一些此類善舉。

這當然是老掉牙的「善有善報」的故事。可是，其中還有更加深層次的意義在。在商家進行商業活動的公共空間內，人口的流動量，肯定遠遠超過傳統的鄉村空間，對商家來說，這就是其優勢。在當時，誰也不會刻意選擇一個人口流動量小的地方做生意。人口流動量大，其中肯定有不少外來人口。這些人，離開了自己的家鄉，一旦遇到這樣那樣的困難，在當時的條件下，很難及時地得到家庭、家族、親族或者鄉鄰的幫助，來渡過難關。如果政府和社會的慈善機構缺位，那麼，誰來承擔對他們的救助責任？人口流動量越大，這些人會越多。人口流動量大，明顯對商家最爲有利。因此，商家應該承擔起這樣的責任。這些故事，正是鼓勵商家，承擔起這樣的責任。就整個

行業而言，商家如果承擔起這樣的責任，社會環境好，「近者悅，遠者來」，商業自然就興旺，商家也就會得到好報，而不必待他們救助的人相報，更加不必待他們救助的人是神仙而以神術相報。

二、危機應對與土特產的創造

　　這類故事的基本模式是，某人遇到了某種危機，特別是工商業者在經營中遇到了某個危機，在應對這危機的時候，發明了某種土特產，不僅成功地度過了危機，還開創了新局面。例如，《揚州民間故事集》之《姜堰酥餅》中，麵食店的老闆因為生意清淡而發呆，注視著河中的漩渦，突然得到啟發，製作出暢銷的酥餅。同書《界首茶乾》中，窮孩子王西樓把豆腐乾用蘆葦葉包裹後放在罎子裏，留給媽媽吃。不料，罎子進了雨水，豆腐乾被浸泡發黑了。他捨不得扔掉，煮透了吃，發現非常好吃，於是，「界首茶乾」這土產就產生了。同書《興化麵筋》云，張士誠軍隊一艘裝載麵粉的船沉沒，麵粉浸濕結塊。張士誠命伙夫設法挽回損失，否則斬首。伙夫就以這些麵團製作成了麵筋。同書《玫瑰千條魚》云，某廚師到鹽商家燒菜，因為沒有給鹽商家的僕人小費，那僕人把廚師收拾好的魚偷走餵了貓。廚師發現，已經沒有時間另行準備魚了，於是，他就用魚籽燒成「玫瑰千條魚」這道菜，竟然大受讚賞，這道菜就逐漸成了名菜。同書《漆砂硯》云，漆工盧映之的孫子盧葵生，因為丟了硯臺，想自己做一個，乃用漆團和金剛砂製作成了漆砂硯。同書《公雞叫叫》云，主人欲讓家人賣了公雞買菜招待客人，客人建議殺公雞食用。然後，他們用公雞的毛製作哨子。這種哨子，就成了當地的一種特產。《蘇州民間故事》之《六神丸》中，賣草藥的生意清淡，郎中有秘方而無資金，商人經營毛皮失敗本錢變小，只好關門。他們三個合作，賣草藥的負責採購草藥，郎中出秘方，商人出資金和店面，創辦了「雷允上」藥店，主營六神丸，取得了很大成功。同書《白湯麵》中，麵店老闆去進醬油，途中用本來要購買醬油的錢救了人。他的麵店於是就賣白湯麵和白切肉，大獲成功。《鮰肺湯》云，飯店老闆因為生意清淡，鬱鬱寡歡。吃飯的時候，他偶然把吃剩的魚雜碎倒入開水中做湯喝，覺得味道鮮美，就發明了鮰肺湯這道名菜。《甪直蘿蔔乾》云，保聖寺和尚請楊惠之塑羅漢像，楊以在塑羅漢像期間必須吃素為難。和尚製作的醬蘿蔔，楊認為「比肉還好吃」，於是接受了這項工作，並且在工作期間堅持吃素。《陸家浜糖棗》云，食品攤主陳某，某次浸泡大米時間過長，

大米發酸，他由此制作了糖棗，竟然暢銷。《太倉糟油》云，醬油鋪受到同行暗算，新釀的酒，每缸被倒進了一勺醬糟。他們由此發明了糟油。《南通市區卷》之《南通跳麵》云，麵店老闆曹頂，因爲生意興隆，忙不過來，就改進工藝，發明了「跳麵」，既提高了效率，又提高了質量。

工商業的危機，要比農業的危機難以預料得多，發生的頻率也高得多，危機的因素也複雜得多。因此，應對危機，是工商業者必備的能力。這些故事，也有鼓勵工商業者勇敢面對危機、在危機中尋找機遇的作用在。

三、倫理道德教化

關於土特產的故事，實際上幾乎都有工商業廣告的功能。就此類故事中的絕大多數而言，它們還具有公益廣告的功能，也就是向社會宣傳倫理道德。例如，商業道德方面：《太倉糟油》中，否定同行之間不正當的競爭；《扁擔圩的扁擔挑寶塔》中，提倡質量和信用；《江蘇民間故事集》之《木瀆棗泥麻餅》從正反兩個方面，說明做生意應該貨眞價實，不能偷工減料；《蘇州民間故事》之《鹵鴨》譴責交易中的欺詐。親情方面：《界首茶乾》《蘇州民間故事》之《酒釀餅》，都是頌揚子女對父母的孝；《江蘇民間故事集》之《龍人河螃蟹》寫龍子對人母的愛；《無錫的傳說》之《金剛肚臍》，《如皋卷》之《董小宛與董糖》，都是歌頌夫婦之間的愛情；《中國民間故事集成》之《江蘇卷》之《揚花蘿蔔》抨擊對窮親戚的歧視。社交方面：《中國民間故事集成》之《江蘇卷》之《陽澄湖大閘蟹》中，讚頌龍女的「有恩必報」；同書《鶴頂紅》，強調對契約的遵守；同書《黃海大對蝦》，讚頌了對承諾的堅守和對背信棄義的譴責；《江蘇民間故事集》之《江陰鰣魚》中，動物也知道報恩；同書《宿城雲霧茶》中，譴責對朋友的背叛。社會責任方面，除了上文已經論述的外：《太湖的傳說》之《龍窯的來歷》頌揚爲民獻身的老龍；《無錫的傳說》之《大阿福》，《江蘇民間故事集》之《興化桂圓》，都頌揚爲民除害的英雄；《啓東卷》之《棉三娘與蘆扉花》紀念發明用蘆葦爲材料紡織並且無私向百姓傳授技術的農婦棉三娘。

此類故事中宣揚的倫理道德，關於商業方面、社交方面的比較多，這和「土特產」密切相關，因爲這些土特產，基本上都被商品化了，自然和商業、和社交的關係，比較密切。

在當今的廣告中，工商業廣告和公益廣告，除了提倡親情者外，幾乎都

是分離的。即使是那些有提倡親情內容的廣告中，親情大多明顯是爲商業目的服務的。在以上所論民間故事中，商業功能和公益功能，常常是緊密切合在一起的，且很難分清誰爲誰服務，甚至有相得益彰之佳。這值得當今廣告業者參考的。

結　語

　　此類故事中寫的商業環境，有一定的認識價值。關於工商業者職業素養的部分，工商業者社會擔當的部分，對今天的工商業者，仍然具有重要的意義。土特產故事中包括的經營智慧和人文精神，也具有一定的參考價值。

第十四章　雇傭關係故事研究

引　言

　　這裡說的雇傭關係，是雇主和受雇者之間的關係。在長期的封建社會中，江蘇也和我國其他地區一樣，是自給自足的自然經濟社會。江蘇主要以農業為主，一般的家庭，都是男耕女織。農民耕種自己的土地，或者是租來的土地。耕種租來的土地，當然要交租的，可是，出租者也不能隨便把土地收回去，再說，耕種租田，一切農務，由承租者自己安排，出租者是不能干預的，承租者只是承租土地這生產資料，並沒有出賣勞動力，出租者無權支配對方的勞動力，因此，土地出租者和承租者之間的關係，不是雇傭關係。

　　隨著土地兼併這一封建社會中無法在體制內治癒的頑疾的發生和發展，農民失去土地，沒有自己的土地可以耕種，而某些人的土地越來越多。在生產效率低下、生產工具落後的情況下，耕種土地所需要的勞動量是很大的。土地多的人，自己無法耕種這些土地，又出於這樣那樣的原因，無法或者不願意把土地租出去，因此，就需要購買勞動力來耕種土地。另外一方面，社會沒有土地的農民逐漸增加，剩餘勞動力越來越多，於是，就使購買這些勞動力得以實現。於是，地主和長工或者短工之間的雇傭關係，就這樣產生了。在上個世紀八十年代之前，江蘇的經濟基本上是農業經濟，封建社會中，尤其如此。因此，地主雇傭長工或者短工，此類現象，在江蘇是很常見的。相應地，在江蘇民間故事中，關於此種雇傭關係的極多。

　　江蘇歷來是我國文化最爲發達的地區之一。在清代結束之前，沒有學校。即使是二十世紀的上半葉，現代的學校教育還是遠遠沒有普及。那麼，文化教育是如何實現的呢？那就是私塾。私塾有這樣那樣的種類，其中比較常見的一種，就是大戶人家，請教師教子弟讀書。於是，東家和塾師之間這樣的雇傭關係，也就產生了。江蘇民間故事中，關於這種關係的故事，也是常見的。

　　在封建社會中，江蘇的手工業比較發達，但一般還是在家庭作坊的層面上，現代意義上的工業，直到清末張謇才正式開創。工廠主和工人之間的關係，也在那個時候才大規模地出現。在江蘇民間文學作品中，關於工人生活、工人和工廠主之間矛盾的作品，也有一些，但幾乎都是民歌，而很少故事。究其原因，這應該是民歌和民間故事傳播方式不同的緣故。

　　總之，在江蘇民間故事中，關於雇傭關係的故事，主要是長工或短工和地主的故事，還包括比較常見的東家和塾師之間的故事，以及少量的店主和夥計、戲班子班主和演員、官員與隨從之間的故事，至於工廠主和工人之間關係的故事，是極爲少見的。

　　雇傭關係的本質是利益關係，但是，雙方都是社會的成員，彼此之間存在倫理關係，雇傭關係產生以後，其間的倫理關係就不僅更加密切了，還會增加這樣那樣新的內容。雇主出錢，購買受雇者的勞動力。這在當代社會，也許會顯得相對簡單一些，但是，在封建社會中，這些雇傭關係，特別是長工或者短工和地主之間的關係中，會表現得比較複雜。

　　雇傭雙方，在相同的利益關係之中，但雙方的利益指向是不一致的，甚至是尖銳矛盾的。雇主出錢購買受雇者的勞動力，其價格是約定的，對雇主而言，這價格越低越好，對受雇者而言，正好相反，在這一點上，雙方是尖銳矛盾的，約定的價格，是雙方妥協的結果。雇主出了錢，受雇者的勞動力就在相應的時間內，歸雇主支配，受雇者必須接受這樣的支配，而這樣的支配，又必須在合理的範圍。總之，就雇主而言，最好是支付儘量少的錢給受雇者乃至不支付，而最大限度地使用受雇者的勞動力，以創造最大的價值，獲得最大的利益。就受雇者而言，最好是獲取儘量高的報酬，而盡可能地少付出勞動力乃至享受盡可能好的生活條件和閑暇。於是，在相對於工業生產來說要複雜得多的當時農業生產和農村生活的環境中，利益關係和倫理關係又交織在一起，雙方的博弈就展開了。

　　爲了在雇傭關係中獲取最大的利益，雇主除了盡可能地壓低給受雇者的工錢外，還利用雙方倫理關係中他可以支配對方勞動力的優勢，提出若干附加條件，作爲懲罰措施，名義上是對對方的行爲予以約束，或者是保障對方爲自己提供的勞動的數量、質量和效益，實際上是旨在盡可能地減少給受雇者的實際支出。筆者曾經和當年長期當長工的一些長者有較長時間的接觸，有的甚至就是筆者的族中長輩。長工或者短工使用的農具是東家提供的，可是，在使用過程中，農具被損壞，在很多情況下，東家要求長工或者短工賠償的，一般是在雇傭關係結束或者年終東家付工錢的時候，從工錢中扣除。損壞東家提供的生活用具，例如打破碗碟之類，也是如此。至於塾師，讀白字之類，或者教得不認眞，也是要扣工錢的。

　　於是，許多相關的民間故事，就這樣產生了。

第一節　面對惡意的機智反制

　　最爲常見的故事類型是：東家出於扣受雇者工錢的惡意，提出附加條件，說不符合這些條件就如何扣工錢，而這些附加條件，都是爲受雇者設的陷阱。受雇者利用自己的智慧，達到了這些條件，使東家扣其工錢的陰謀破產，甚至受到損失。例如《新沂卷》之《眞假話》中，賈財主要求長工在雇傭期間講兩次眞假話，否則工錢全無。長工周七說的眞假話是：「月亮掉在碗裏了」，因此他慌了，失手打破了碗；「你夫人生了隻小羊羔」，因爲東家夫婦都屬羊。《睢寧卷》之《王小七巧鬥財主》云，彭財主對長工王小七提出的要求是：隨叫隨到；耕種時起五更睡半夜；農忙時大小便不耽誤農活。不能做到這三條，拿不到工錢。王小二弔井水，弔桶快要出井的時候，聽到財主叫，就讓弔桶掉落井下打碎；請財主監督他起五更睡半夜；在打麥場上大小便。於是，財主只好把這些附加條件全部取消。屬於此種類型的故事，還有《如皋卷》之《巧治老狐狸》，《中國民間故事集成》之《江蘇卷》之《王二當長工》，《通州卷》之《出工錢》，《邳州卷》之《哄財主》《揭瓦》，《豐縣卷》之《乾剃頭》等。

　　如果受雇者沒有反制雇主惡意的能力，雇主的惡意實現以後，另一個人利用自己的機智，成功地反制了雇主的惡意，且幫先前的受雇者也贏回了工錢。這種模式是這樣的：某甲到某地主家當長工，雙方談妥工錢後，東家又提出附加條件，例如，長工三次未能完成東家交給的任務，就要扣除全部工

錢，或者是每次扣除多少。結果，按照這樣的條件，某甲在東家辛苦一年，工錢也沒有拿到。次年，某乙（多為某甲的弟弟）前往同一個地主家應聘長工，東家又提出上一年對某甲提出的條件，某乙答應，並且要求，如果他能夠完成東家交給的任務而東家讓他終止該任務，或者是東家不能配合或者不能提供必要的條件，或者他完成了這些任務，那麼，東家必須支付他罰款額度雙倍的工錢。雙方成交。最後，某乙拿到了雙倍的工錢，這意味著不僅他自己拿到了工錢，也把某甲上一年的工錢也要了回來。這可以說是另類的討薪藝術了。例如，《銅山卷》之《王二混智鬥朱家修》中，哥哥王老實到地主朱家修家當長工，講好年薪三十弔錢，比當時雇長工頭的工錢還高五弔，這正是東家誘人上當之處，因為有附加條件：長工無法完成東家交給的任務，一次扣除十弔。東家先後讓王大做用礱糠搓繩、犁屋頂、把彎地扯直這三件事情，王老實無法幹，而被扣除全年工錢，他辛辛苦苦卻白給東家幹了一年。次年，王二去朱家修家當長工，幹農活遠遠沒有象他哥哥那樣賣力。東家要他搓礱糠繩的時候，他讓東家給個樣；東家要他犁屋頂的時候，他真的上屋面去犁；東家要他把彎曲的地拉直的時候，他讓東家在另外一端拉。東家沒有辦法，只好給了他雙份工錢。此類故事還有：《新沂卷》之《智鬥老財主》《半年戲》，《邳州卷》之《給錢也不要》等。

　　私塾先生故事中，也有與此類似的。某甲回答不出某些問題，或者認不了某個字，就被東家扣除工錢。次年，某乙（某甲的弟弟、兒子、朋友或者其他人）前往，巧妙回答了東家的問題，取回雙倍工錢回家。例如《如東卷》之《罰俸》云，東家要塾師回答：孔明的父親和周瑜的父親分別叫什麼名字？張飛的外婆家姓什麼？天上和地上相隔多少里？「月」字少一撇是什麼字？塾師都沒有能夠回答，一年四十兩銀子的薪水被扣除。次年，兒子到同一個東家家當塾師，回答東家同樣的問題：「既生瑜，何生亮」，因此，周瑜的父親名「既」，孔明的父親名「亮」。「無事生非」，因此，張飛的母親是「無氏」，他的外婆家當然姓「無」。天上地下相去三千里，因為臘月二十四送灶，臘月三十接灶，灶王爺從地上到天上，來往六天，其馬日行千里，單程當然是三千里。「月」字少一撇，就是店家記錄肉賬的草字一斤二兩。於是，他得到了雙倍的工錢。《如東卷》之《最大的一字》中，某秀才在某財主家當塾師，年薪三十兩銀子，但東家問的字，一個答不出，扣除一兩。到年底，工錢全部扣光，因為東家問的字，都是《康熙字典》上也沒有的俗字。該財主用此法

多年了。曹秀生前去應聘塾師，年薪六十兩銀子，回答不出東家問的字，每字除了扣一兩工錢外，曹還要倒給東家一兩。曹帶行李若干，有很多箱子，上邊寫「奇字第一箱」、「奇字第二箱」等等。一立軸上多圈中一豎，旁邊注釋：「有人問難字，先把此字認；此字不認得，請你不要問。」包括東家在內的任何人，當然不可能認識這個字，所以他們也就消停了，不敢問。年底，曹六十兩工錢到手，財主問立軸上的是什麼字。曹說，教此字的工錢是六十兩。財主無法抗拒自己的好奇心，就出六十兩請教。曹回答：這是「一」字，因為太長，所以只好盤起來。東家以扣除塾師工錢而問的古怪問題，江蘇民間故事中還有：堯九男二女，除了長子丹朱和娥皇、女英外，其餘分別叫什麼名字？關羽的女兒嫁給了誰？見《新沂卷》之《認假不認真》。東天跑到西天，要多長時間？地下到天上，一個來回要多少時間？諸葛亮的娘姓什麼？周瑜的娘姓什麼？見《南通市區卷》之《生薑遇辣手》。此類故事，當是長工哥哥和長工弟弟故事的變體。

在雇主和受雇者之間，雇主有倫理上的優勢，受雇者在某種程度上接受其支配。面對不合理甚至惡意的支配，受雇者也常根據雇主的指令或者規定，作相關的邏輯推演，來反抗這樣的支配，捍衛自己的利益，或者懲罰雇主，使他明白自己的荒謬。《揚州民間故事集》之《挑實擔》中，地主雇傭短工往農田挑糞，一天只付半天的工錢，理由是：挑糞到田裏，是實擔，確實是在挑糞，可是，從農田回來的時候，雇工們挑的是空的擔子，沒有為東家挑什麼，不能夠算工錢了。這當然是荒謬的邏輯，因為，把糞從廁所挑到農田，固然是往農田挑糞，從農田回到廁所，這也是挑糞的一個必要環節，一個不可缺少的部分，否則，又如何挑糞？次日，吉高去加入挑糞的隊伍。他讓同伴把挑到農田的糞挑回來，然後睡覺。東家來檢查，說來回都不是空擔，都是實擔。東家只好支付他們全薪。《沛縣卷》之《聰明的阿生》云，東家以白天短為由，讓雇工中飯晚飯一起吃，免得來回浪費時間。阿生帶領大家到了田頭就睡覺，因為晚飯以後就是睡覺啊！《邳州卷》之《何老狠挨整》云，財主何老狠雇傭短工砍高粱，不許短工休息，說「有太陽是我的天，沒有太陽才是你們的天」。短工們砍完高粱扛高粱，趟河的時候，太陽下山，大家把高粱扔在河裏，以此教訓何老狠。此類故事還有《邳州卷》之《喜禮的故事》《智公編筐大無邊》《換季》《打酒》，《蘇州民間故事》之《張亂說與李勿信》，《海安卷》之《吉利話》，《新沂卷》之《請木匠》等。同書《幫工》記載了

多個這樣的故事。

故意誤解東家的不合理甚至惡意的規定或者指令，為自己爭取利益，也是雇傭故事中受雇者特別是長工或短工對付東家常用的方法。《揚州民間故事集》之《別人不做的我做》中，賈員外雇吉高當長工，要吉高「別人不做的你要做」、「別人不吃的你要吃」。下雨大家搶收曬在場上的麥子，既然有別人在做，他就不做了，睡覺。中秋節祭拜月亮，供品沒有人在吃，他全吃了。《邳州卷》之《王小二打工》中，東家分配活兒的時候說「挑水墊牛圈，和泥餵牲口」，小二就把水挑到牛圈裏，用和的泥去餵牲口。以抗議東家給的活兒太多太重。《新沂卷》之《人心黑》中，長工也用這樣的方法，對付東家「人心黑」。

舊時雇主要負責受雇者的伙食。雇主為了節約開支，不讓受雇者吃飽，或者給他們吃粗劣、便宜的食物，這在舊時是常見的。面對雇主這樣的惡意，受雇者往往巧妙地表達對雇主供應伙食的不滿，以敦促東家改善伙食。《揚州民間故事集》之《放牛》中，吉高給地主家放牛，一日三餐稀粥。長工農忙耕田吃晚茶，建議地主也讓吉高吃，地主不肯，說他還小。次日，吉高拴小牛而僅僅放牧大牛。同書《哭小魚》云，地主雇人挑糞，許諾晚飯有大魚大肉，但結果僅僅是一些小魚燒鹹菜。吉高邊吃邊哭，說這些小魚命苦，在草叢中被提起來吃掉。《豐縣卷》之《麵條汁》云，李財主和家人吃了麵條，用麵條湯煮粥給長工吃。張三和李四故意爭吵，張三罵李四先回東家家裏把麵條全部吃掉了。李四賭咒發誓，說誰吃了麵條誰就是閨女養的！李財主很狼狽，於是吩咐廚房給他們擀麵。《睢寧卷》之《門前掛豬肉》云，地主雇短工十幾人，早上中午兩餐，菜總是青菜和蘿蔔，解渴也僅僅是兩桶井水。某短工寫詩警告東家，說以後會難以雇到人。地主寫詩，說不怕。後來又遇到農忙，這地主買了大魚大肉掛在家門口，但沒有人願意受雇，地主損失巨大。《睢寧卷》之《教書先生》云，東家給塾師下飯的菜，總是蘿蔔。東家檢驗孩子的功課，做對子。塾師預先告訴孩子，以他夾的菜為對。因此，不管老東家出什麼上聯，孩子都以「蘿蔔」為對，而塾師利用廣博的學問，總是能夠說通。此類受雇者抗議伙食等待遇的故事，還有《邳州卷》之《栽蒜》，《沛縣卷》之《張三和李棍》，《睢寧卷》之《吝嗇的財主》，《海安卷》之《七幫小木匠》。上文已經說過，雇主和受雇者之間，存在著倫理關係，他們都是社會的成員，彼此都要遵守社會倫理。在社會倫理中，雇主應該善待受雇者，受

雇者也要照顧到雇主的聲譽和尊嚴。因此，受雇者面對雇主對他們不合理的伙食待遇，巧妙地表達自己的不滿，既起到了敦促雇主改正的作用，又在面子上保全了雇主的聲譽和尊嚴，維護了彼此之間的倫理關係。否則，在此後的雇傭關係存在的日子，彼此如何合作？

　　除了上文論述的工錢、伙食、勞動強度等方面外，雇主還會存在其他方面的惡意。《邳州卷》之《喜禮的故事》中，財主錢抓子巧立名目，以請酒為名，要長工送禮。某次，長工喜哥請管賬先生記下他出喜禮兩文，旁注「欠一文，賒一文」。東家責其抹黑，他說，東家能夠拖欠我三年工錢，我怎麼不能欠你兩文喜禮？東家付工錢的時候扣除就行了。某次東家又要他們送禮，喜哥送了乾豆草，說這是過去的豆芽，還有一個雞蛋，說是未來的老母雞。

　　除了利用自身的優勢，盡可能地在受雇者身上榨取錢財外，有些東家還要掠奪美色等，而受雇者的妻子，就可能成為他們的目標。民間故事中，也有人針對這樣的惡意，設法懲治東家，保衛自身的權益。《通州卷》之《夥計巧治色財主》云，地主和夥計江華的妻子勾搭。江華和東家約定，他出謎語給東家猜，猜對了，他輸妻子，猜錯了，東家的一半財產歸他。江華把答案告訴妻子，其妻子把答案告訴東家。在猜的時候，財主以江華妻子所告回答，但江華給出另外的答案。知縣認為，江華給出的答案更為準確，因此，江華贏得了東家的一半家產。後來，他也教訓了妻子。《蘇州民間故事》之《娶老婆》中，則是旁人出手相助弱者。丫環春江被東家調戲出逃，無家可歸投水，被長工嚴促狹所救。嚴到其東家朱財主家，偽稱春江已經投水死亡，留下了逼死她的人的姓名，威脅說要報官處理。朱財主害怕，出錢請嚴促狹處理春江的後事，並且在嚴的要求下，拿出春江的賣身契交給嚴。嚴就用這樣的方法，為春江取得了自由，還有一筆生活費用。

　　當然，受雇者的機智，實際上很難反制雇主的種種惡意。以上我們討論的這些故事，無非是受雇者在無奈之下自娛自樂尋開心的產物罷了。《新沂卷》之《朱洪武》中，地主唐善人父子為強佔長工朱洪武的妻子，謀殺朱洪武及其母親，放火燒其家，逼得朱洪武走投無路。後來，朱洪武在朱元璋王權的幫助下，報仇雪恨。作為長工的朱洪武，即使具有再大的智慧，也無法和唐善人相對抗。他要和唐善人鬥爭並且獲勝，非借助於級別更加高的強權不可。在中國封建社會裏，王權是最大的強權，足以壓倒其他一切強權，唐善人這

樣的土財主，當然會在王權之下不堪一擊。可是，對一般的長工等受雇者來說，很難借助到足以和雇主對抗的強權，更加難以借助到王權。這個故事，也不過是受壓迫者的暢想而已，退而言之，即使是真的，也遠遠不具有普遍的意義。

第二節　面對強勢的狡黠自利

在雇傭關係中，雇主是強勢的一方，受雇者是弱勢的一方。強勢的一方，也並非總是利用其強勢優勢實現其惡意。在沒有證據表明雇主有惡意的情況下，受雇者面對強勢的雇主，施展自己的狡黠，來為自己謀種種利益，此類故事，在江蘇民間也有不少。

受雇者也會向雇主提附加的條件，以儘量減少自己的工作強度或工作量，並且儘量提高自己的待遇。有的人利用雇主的愚蠢實現自己的利益。《蘇州民間故事》之《引線頭碰著皂角刺》云，財主引線頭，非常刻薄厲害，許多長工都在他家裏白忙，拿不到工錢。某甲前去應聘，談到工錢，某甲提出：為期三年，工錢是一個稻穗上的稻穀及其收成，在東家的田裏連種三年所收到的稻穀。第一年，一個稻穗的稻種，只有收了一小堆稻穀。東家大喜：這長工一年白白給我們做了。第二年，這一小堆稻種種後收到了三畝田的稻穀。第三年，這三畝田稻穀作種子，收到了很多的稻穀！因為寫有合同，東家無法反悔。《無錫民間故事精選》之《三粒黃豆》中，長工沈七哥和東家約定：他在東家幹活的報酬，是三粒黃豆及其收成在東家的土地上連種四年的收成。東家以為佔了便宜，主張定五年。很明顯，在這樣的合同中，東家是吃了大虧的。東家吃虧的原因，在於他們對幾何級數增長沒有起碼的概念，因此沒有完全明白這合同的意味著什麼。某甲和沈七哥就利用了東家這個弱點，達到了自己的目的。我們不能指責某甲和沈七哥實施了合同詐騙，因為東家作為成人，具有完全的民事能力，完全應該知道他簽訂的合同意味著什麼，他簽訂了這合同，他就應該為他的輕率和無知付出代價。某甲和沈七哥的做法，在法律上沒有什麼瑕疵，但是，在道義上是有一些瑕疵的，至少是不厚道。

受雇者在向雇主提附加條件的時候，故意誤導對方對附加條件的理解，不讓對方確切地理解附加條件的含義，矇騙對方，使對方落入陷阱，以此來獲得自己的利益，損害對方的利益。這就在「一個稻穗連種三年」之類之上，

又向前走了一步，不僅是不厚道，就是欺詐了。《揚州民間故事集》之《吉高做活計──不走盤香路》云，某地主雇夥計，若是夥計辭職，無薪；老闆解雇夥計，全薪。吉高提出的條件是：不走盤香路。老闆不知道底細，也就同意了。因此，凡是拉犁、碾場之類的活兒，吉高就都不幹了。老闆發現上當，但也不能解雇他，因為解雇就是全薪！同書《鬥董閻王》中，吉高應聘當地主董一旺家的長工，對東家說，他什麼農活都能幹，只是「背後抽筋」、「半空跑路」和「雙篙撐船」他不會。這三樣，一般人很難確切地理解他說的是什麼，僅僅是根據常識判斷，一個長工，不會這三樣，也是正常的，對履行長工職責，沒有任何妨礙，甚至這些和長工沒有什麼關係。可是，當東家接受後，吉高把這三樣分別解釋成「拉犁」、「車水」和「罱泥」這三種重要而繁重的農活。一個長工，不做這三樣農活，還叫長工嗎？但是，因為有合約在，東家也不能提前解雇他。吉高就在東家家裏，這樣當長工，混到聘期結束。這故事中的吉高，說他合同欺詐，應該不算過分的。《邳州卷》之《砍半個啦》云，某財主只給受雇者吃半飽，受雇者吃不消而跑掉，他正好，可以不付工錢，還省伙食。某年高粱成熟，不及時砍則無收，財主著急。某老頭應聘，財主許諾：頂個半，三份工錢；頂半個，吃半飽。老頭表示，他去幹活，東家不必送飯，他不砍一半不回來。晚上老頭回來，說已經砍了一半。財主以為是那一大塊田的一半，大喜，安排老頭好吃好喝。他後來才發現，老頭的所謂「一半」竟然是半株高粱！儘管這老頭僅僅是騙了一頓晚飯，其性質還是欺騙。《通州卷》之《回長工》云，三個長工分別取名順遂、發財和來富，受雇於某大戶。第一年，他們的表現還好，第二年就不那麼好了，東家準備在年底辭退他們。他們卻在年底東家燒利市的時候問，下一年可要順遂、發財、來富？東家只能說要。誰能在這求神賜福的檔口拒絕這些好事？他們用這樣的方法，在這比較仁慈的雇主家混了幾年。《揚州民間故事集》之《改名高升》云，某縣官很想聘個叫高升的隨從，這名字能夠幫助他高升。於是，吉高就改名高升，當了這縣官的隨從。作為隨從，這高升幹得很不好。縣官準備在年底辭退了他。大年初一，縣官剛開出大門，吉高早就等候在門口，問縣官：「今年大人要不要高升？」縣官當然說要。於是，吉高在這一年中佔了這個肥缺。這兩個故事中的受雇者的行為，都不是正當的吧？

《新沂卷》之《爹拐彎了》云，張肉頭苛刻待長工短工，無人願意受雇於他。大虎和小牛願意到張家打工，他們幹活勤快，但到秋天就辭職了。張

家雇了別的長工，但是，耕田的時候，牛不肯拐彎。張家只得把大虎和小牛以雙倍的工錢請回來使牛，東家還要在牛拐彎的時候叫「爹拐彎了」，牛才肯拐彎。原來，大虎和小牛特意把牛訓練成這樣的。大虎和小牛的行爲，完全是敲詐勒索。員工在服務的公司工作期間，故意將公司最爲重要的設備設置只有他才可以打開的密碼，然後辭職。原來的公司要他輸入密碼啓動這設備，而他以此向公司索要高額錢財，得不到滿足，他就不幹。這是什麼樣的行爲？

《蘇州民間故事》之《背娘舅過年》中，嚴促狹當長工，年底，工錢被東家七扣八扣所剩無幾。東家大魚大肉，長工爛麥陳穀。嚴促狹乃給財主家的肥豬喂酒糟，讓豬沉醉，然後把他裝扮成人的模樣，偷了出來宰殺。怕東家知道，他又慫恿少爺對豬棚放大炮仗，燒了豬棚逃了豬。嚴促狹的這種行爲，不是犯罪是什麼？盜竊罪加上教唆縱火罪。

可是，這些故事中的主角，狡黠的受雇者，都是正面的形象，從故事的字裏行間可以看出，人們對他們的行爲，是津津樂道的。

細細觀察這些故事，其中有些重要的問題，需要討論。例如，「路見不平拔刀相助」，「路不平，旁人踩」，當然是必要的，維護社會秩序和社會正義，是社會每一個成員的責任，但是，邊界到底在哪裏？用什麼方式、從什麼方面、在什麼範圍內加以干預，程度又如何把握？這些干預，對先前的被傷害的人，有哪些幫助和意義？這些，都是有邊界的。從現代觀念來說，某甲傷害了某乙，其他人當然可以加以干預，但是，這樣的干預，是有邊界的。這就是讓某甲停止這樣的傷害，並且也可以對某甲進行抨擊，但是，人們不能對某甲進行處罰，在某甲停止對別人的傷害以後，人們也不能對他作任何傷害。對他的處罰，只有公共權力才能決定和實施。在法治很不健全的封建社會裏，人們的認識當然不是這樣的。所謂的俠客體現俠義精神，某甲傷害了某乙，俠客可以出手，爲某乙報仇，這就是「路見不平拔刀相助」，「路不平，旁人踩」。可是，俠客只是爲了維持社會正義，幫助弱者，而不是爲自己謀利益。但是，以上所列舉的許多民間故事中，那些主角所爲，和俠客體現的俠義精神，是完全不同的。財主損害了此前受雇者的利益，這當然是可惡的。但是，這並不能構成其他人可以用任何方式、在任何範圍、在任何程度傷害他們的理由。例如，《邳州卷》之《買罐鼻》中，某罐子窯老闆好無理剋扣夥計工錢。周七猴說他要買罐子的鼻，一文一個。一對罐子才一文，而

一隻罐子有兩個鼻子。於是，老闆把許多罐子的鼻子敲下來。不料，周七猴只有買了一個——他早就說一文錢買一個，你敲那麼多幹嗎？《邳州卷》之《打牛虻》云，財主雇傭工，試用期三個月，沒有工錢，第四個月才發工錢，還要扣除前三個月的伙食費。周七猴秘密抓了六隻牛虻，猛擊財主背上好幾掌，然後，裝作打死牛虻的樣子，罵道：「揍喝血蟲！」周七猴有權這樣做嗎？但是，在舊時的民間，人們會認爲他們所爲，乃是俠義行爲，替那些受害者出了氣、報了仇。可是，這些，在實際上，對先前的那些受害者而言，有什麼意義呢？至於以上幾個故事中的吉高、某老頭、大虎和小牛等，他們傷害雇主，僅僅是爲自己謀利，對先前那些被雇主傷害的人，沒有絲毫好處，他們也根本沒有什麼俠義精神。如果他們的行爲是正當的，那麼，強盜搶劫了東西，人們私自去殺傷強盜、搶劫強盜的贓物占爲己有，也是正當的行爲嗎？

誠然，如果是先前被雇主傷害過的受雇者，他們用自己的智慧等能力向雇主討回公道，這有其正義性。可是，別人卻不可以以此爲理由，運用智慧等能力從這些雇主那裡，爲自己取得不合理的利益，因爲他們的此類行爲，就不具備正義性了。如果別人的正義性可以被我們自己的行爲當作理由，那麼，正義性是可以假借的嗎？事實上，正義性可以假借，長期以來，是民間的一個非常嚴重的誤區。這個誤區，至今仍然在一定程度上存在。這個誤區，會導致嚴重的災難。某人只要在某個方面或者某件事情上，其正義性有所缺失，那麼，其他任何人都可以假借正義，通過對他的傷害，來獲取自己的利益，難道這不非常危險嗎？如果這樣，誰還會有足夠的安全感？如果再加上客觀上仍然嚴重存在的株連思維，那就更加可怕了。回顧歷史，這樣的狀況，不也是不少見的嗎？

又如，富人是否都有原罪？如果回答是肯定的，那麼，是否因爲這些原罪，任何人都可以不擇手段地對他們下手，來爲自己謀取利益？在民間故事中，以財主出現的角色，百分之九十以上是反面角色。在江蘇民間故事中，正面的財主形象極少。茲舉一例。《豐縣卷》之《劉陳相蓋屋》云，暴發戶劉陳相爲人器量大，他家蓋屋的時候，殺了四百多斤重的一頭大肥豬，但是，工匠們三天沒有吃到肉，很是窩火。第四天完工，每人領到了工錢和一大塊豬肉，東家說各位回去可以和全家人一起吃。工匠頭兒說他的瓦刀忘記在屋面上了，要上去拿。大批工匠都上屋幫他找瓦刀，其實是上屋返工。原來，

他們因為沒有吃到肉，幹活粗糙，現在見東家對他們如此熱心，考慮得如此周到，覺得活沒有幹好，對不起東家，於是就找個藉口返工了。為什麼劉陳相是正面形象？因為他對受雇者好，仁慈。民間故事體現民間立場，這是典型的例證。

《海安卷》之《娶妻》中，吉高在卜財主家當長工，和東家的養女相好。東家不願意把養女嫁給吉高，吉高乃假裝打獵高手，買了天鵝等獵物送給東家，說是打獵打到的，以此入贅東家。此後他又懶惰又好折騰，丈人和他分家過，於是他白白得到了一份財產。吉高愛財主的養女，看上去沒有什麼不妥。可是，他的行為，難道不卑下嗎？在民間，他卻可能會引起人們的豔羨，也有人認為這財主活該，因為他貪吃，更是因為他有錢，該挨吉高這樣的無賴騙去家產。

在本部分論述的民間故事中，除了《劉陳相蓋屋》這個故事外，其他故事中的財主，幾乎都是反面的角色。他們是財主，他們就有原罪，就活該被吉高、大虎和小牛，還有嚴促狹等欺負、懲罰、敲詐，不僅不值得同情，人們還會拍手稱快。富即有罪、人人可以懲罰、人人可以從富人那裡用各種方式取得好處，這樣的思維，當然是非常危險的。可見仇富意識，其來久矣，其根深矣，其影響廣矣。

再如，如果某甲確實受到某財主的傷害，他要向那個財主復仇，或者討還公道，當然是這也是應該的，但是，這也是應該有邊界的。例如，《如皋卷》之《小馬馴馬》云，惡霸張剝皮騎馬撞死撞傷多人，曾撞傷了小馬，當然他不會負任何責任。小馬先是打草餵那馬，後來成為張家的餵馬人。他先是對馬恭敬作揖，並且叫「老爺好」，然後使勁打馬。馬經過一段時間的訓練，對人作揖問好形成了條件反射。張剝皮乘馬外出，遇到人向他作揖問好，馬以為又要挨打，狂奔，把張剝皮拖死了。在當時的社會裏，小馬被傷害，討公道無門，只能自己復仇。這在當時的語境下，也是可以理解的，也是具有一定的正義性的。可是，他的行為，卻導致了張剝皮的死亡。這樣的復仇，確實過當了。人們會認為，張剝皮騎馬撞死撞傷多人，死有餘辜！《孟子・公孫丑下》云：「今有殺人者，或問之曰『人可殺與』？則將應之曰『可』。彼如曰『孰可以殺之』？則將應之曰：『為士師，則可以殺之。』」〔註1〕他即使有可殺之罪，也只能由公共權力來判決並且執行其死刑。《邳州卷》之《換糖

〔註1〕 《十三經注疏》本，中華書局，1980 年影印本，第 2697 頁。

缸》中，店裏的糖少了，老闆要扣夥計工錢。夥計知道是老闆的女兒偷吃的，就在糖缸裏放了毒蟲。小姐去偷糖吃的時候，被毒蟲咬了。老闆這才知道是女兒偷吃了糖。夥計要洗清自己的干係，找到偷吃糖的人，這也是應該的，但是，應該還有更加好的方法，非得讓一個小女孩吃這樣大的苦頭，這似乎也確實有些過分了。再如上文所論《背娘舅過年》中，東家藉故扣除了嚴促狹一些工錢，這確實是錯誤的，但是，他因此而偷東家的肥豬，設計燒東家的豬棚，導致東家的若干頭豬燒死、逃脫，這樣的報復，早已大大超越了邊界，但是，卻得到人們的認可甚至推崇。這難道不是很可慮的嗎？

　　《蘇州民間故事》之《捉姦》云，東家和他的堂侄兒媳婦有姦情。嚴促狹等長工知之，乃把他們當賊捉，有意讓東家的妻子也參加捉賊，真相大白。根據袁枚《子不語》記載，說政府規定，捉姦之類，除了親屬之外，其他人不能擅自去做。這是謹防曖昧之地，容易出現陷害等事情。實際上，在舊時，無關人員捉姦的事情，還是有的。嚴促狹等捉姦，不是爲了維持社會風化，而是爲了報復東家對長工的苛刻。東家對長工苛刻，和侄兒媳婦發生姦情，這些當然都是錯誤的。可是，在一件事情上吃了對方的虧，其人可以在其他和他沒有關係的事情上進行報復嗎？如果這樣的行爲被人們普遍地認可，那麼，社會會產生哪些弊病？

結　語

　　民間故事中，雇傭關係出現的矛盾，大多是由於沒有規範而明確乃至精確的勞動合同所致。現代社會的勞動關係，必須吸取這些教訓，以減少雇傭關係中的矛盾，節約社會資源。這主要在於依法行事，並且加強仲裁機構、行業協會、工會等的作用，以規範雇傭雙方的行爲，妥然解決他們之間的矛盾。當然，清除人們在關於如何對待富人、對待雇主問題上的某些思想誤區，也是必要的。

第十五章　佛教神靈故事研究

引　言

　　江蘇的佛教信仰一向很興盛。杜牧的《江南春》云：「南朝四百八十寺，多少樓臺煙雨中。」這既和江南良好的地理、經濟環境有關，也和江南文化總體發達有關。南北朝時期，南朝和北朝都信仰佛教。南朝主流社會喜歡佛教義理的比較多，北朝主流社會則似乎沒有這樣的興趣，他們的興趣在造像造石窟之類。江蘇民間社會的佛教信仰，到底如何呢？我們只能在民間故事中來尋找了，儘管民間故事中的佛教，未必就是當時民間的佛教，但民間畢竟流傳著這樣那樣的說法。

第一節　佛教神靈的出身故事

一、如來佛

　　「如來」，是佛的十號之一，「如實道來，故云如來」。「如來」就是「佛」的意思，佛也可以稱爲「如來」。這樣，只要是佛，就都可以被稱爲「如來」了，「如來佛」也可以指稱所有的佛。大乘佛教中，佛如恒河泥沙之數，更不用說我們熟悉的燃燈佛、彌勒佛、阿彌陀佛、藥師佛等等了。其實，在我國，「如來佛」是專指釋迦牟尼佛，小說戲曲等文學作品中都是如此，例如人們最爲熟知的《西遊記》就是如此。民間故事中也是如此。關於釋迦摩尼的出身，佛經中有詳細的記載。相傳釋迦牟尼是古印度北部迦毗羅衛國釋迦部落

淨飯王的太子，屬於剎帝利種姓。他的母親叫摩耶夫人，生下他七天後，她就去世了。悉達多受到良好的教育，文武全才。因深感人生的苦難，他成年後出家求道，多年後，在一棵菩提樹下靜坐思維，經過七天七夜的苦思，終於覺悟得「四諦」、「十二因緣」之理，遂創立佛教。記載悉達多事蹟的漢譯佛經主要有《佛本行經》、《佛所行讚》、《悉達太子成道經》等。釋迦摩尼生前，和我國沒有什麼關係。

　　《啟東卷》之《凡人不服如來佛》云，太上老君以泥捏一菩薩，派大鵬守護之。三千年後，菩薩有了靈氣，太上老君遂收之爲徒，封之爲如來佛，去西天當佛祖。能夠撞破一切的撞頭空和能夠遮住半邊天的遮半天，欲至西天挑戰如來佛。如來知之，命大鵬向太上老君告急。太上老君乃命哼哈二將前往護衛。哼哈二將戰勝挑戰者，佛祖得以無恙。故寺廟門口，都有哼哈二將。這個故事中的「菩薩」，不是指佛經中的「菩薩」，而是指被人們供奉的人形塑像或者雕像。「太上老君」，是後人給老子的封號。唐高宗乾封元年（666 年），朝廷封老子爲太上玄元皇帝，宋眞宗大中祥符六年（1013 年），加號太上老君混元上德皇帝。老子生活在春秋末期，孔子還曾經向他學禮。歷史上的釋迦摩尼，僅僅比孔子大幾歲，當然由於當時的交流不發達，他們彼此不知道對方的存在。老子和釋迦摩尼，也是如此，他們根本沒有交集。這個故事中，如來佛竟然是老子用泥巴捏出來的，老子不僅給了他生命，而且給了他靈魂，還收他爲弟子。他有應付不了的困難，就要向老子求救，老子能夠有效地保護他。根據這個故事，不僅在法力上，佛遠遠不如老子，而且，在「親」、「師」、「恩人」極爲尊貴的我國傳統文化中，老子之於佛，有絕對的倫理優勢。

　　其實，這個故事，是我國宗教中佛道兩家矛盾在民間的體現。就學說的博大精深、原創性等方面，道教是遠遠不如佛教的。如何在和佛教的競爭中取勝呢？在學說方面下工夫，道教信徒們根本沒有能力取勝，辯論不過人家。於是，他們用別的方法。例如，他們把在社會上特別是民間社會有影響的神靈，都收編到道教的神系中去，甚至把主意直接打到了釋迦摩尼的頭上。老子晚年，離開周地，出函谷關西去，此後的行蹤，就沒有文字記載了，見《史記》本傳。魯迅先生據此寫了小說《出關》，見《故事新編》。出函谷關後的老子，又有哪些經歷呢？這就給後人展開想像，提供了廣闊的餘地。東漢末年，就有老子出函谷關後西去「入夷狄爲浮屠」的說法。西晉年

間，出現了一本《老子化胡經》，據說作者是道士王浮。此書收集並且編寫了
許多故事，老子出關後，西遊，化胡成佛，以佛爲道教授弟子。這些如果是
事實，那麼，所謂佛教，就不過是道家學說的一脈而已。因此，道教徒就以
此爲利器，以攻擊佛教。此書於是成爲佛道兩家矛盾的一個爆發點。元代，
先後四次焚毀《道經》，《老子化胡經》就失傳了。後人根據敦煌石窟中發現
的此書卷一、卷十，以及其他文獻中零星的記錄，加以整理，有殘本傳世。
「老子化胡」的說法，明顯是荒謬的，沒有任何依據。《凡人不服如來佛》這
個故事，可以說是「老子化胡」的民間版本。民間社會，對佛道各自的學
說，既不感興趣，又沒有能力領會，對老子和如來佛的這樣的關係的敘述，
圍繞的是倫理和法力，人們既感興趣，又容易理解，而道教和佛教的高下，
也就隨之深入人心了。

二、阿彌陀佛

　　佛經中的阿彌陀佛，是佛教傳說中西方淨土或西方極樂世界的教主，能
夠接引念佛的人往生他的西方淨土，故稱「接引佛」。其別名甚多，有「無量
壽佛」、「歡喜光佛」等，是我國淨土宗信仰的主要對象。在我國，阿彌陀佛
也被稱爲「彌陀」。《廣弘明集》卷二十八上北齊盧思道《遼陽山寺願文》云：
「願西遇彌陀，上征兜率。」在民間，阿彌陀佛往往被混同於彌勒佛。江蘇
民間也是如此。《海門卷》之《彌陀山》云，落第書生張秦柏率眾到餘東場北
荒灘開荒，荒灘成良田。一蛤蟆精以毒污染河道水溝，百姓皆中毒，或死或
傷。彌陀佛知之，救死扶傷，殺死蛤蟆精。秦柏率百姓新開河引清潔之水。
彌陀佛將開河挖起的泥土堆在蛤蟆屍體上，遂成彌陀山。這故事中的彌陀，
則明顯不是這個阿彌陀佛，而是是彌勒佛。故事中，彌陀鬥蛤蟆精，以乾坤
袋收掉蛤蟆精的毒漿，才得以戰勝這蛤蟆精並且把它殺死。在佛經和佛教傳
說中，阿彌陀佛可沒有乾坤袋這樣的法寶，而這法寶，只是屬於我國佛教中
的彌勒佛，因爲其原型是五代奉化地區一個法名「契此」、綽號「布袋和尚」
的僧人。民間常將此二佛混淆。

　　江蘇民間爲阿彌陀佛編寫了出身故事。《海門卷》之《阿彌陀佛》云，長
工阿彌，在地主家幹活，每頓飯僅得一餅，而勞苦異常。某日，一老婦到地
主家乞討，被地主所拒，又遭地主踢到在地。阿彌遂將自己一餅給老婦，老
婦食之，又要阿彌駄之，因爲她走不動了。阿彌忍饑駄之，便昇天而去。蓋

老婦乃一仙佛，以此度阿彌。阿彌遂成「阿彌陀（駄）佛」。《南通市區卷》之《阿彌陀佛》云，阿彌當長工二十年，常救助窮人。某日，見飯店老闆趕一乞丐，乃出錢請乞丐吃飯。乞丐吃飯而死，阿彌被逮至公堂，被判罰去全部積蓄並充軍邊關。一和尚為其伸冤，充軍得免。和尚讓阿彌駄其過一溝，阿彌駄之而上天，乃至和尚度他為佛。以其窮兄弟尚在凡間，故阿彌又回人間，被稱為「阿彌陀佛」。「駄」和「陀」，讀音相同。民間社會對佛的理解，以慈悲助人為主。作為弱勢者，阿彌幫助正遭受強勢者欺負的比他更為弱勢的人，慈悲助人的精神，體現得更加突出，故人們以此詮釋佛教和佛教偶像。「又回人間」，則體現了普度眾生的大乘佛教精神。

三、觀音菩薩

佛經中有關觀世音出身的記載，最有名的有兩處。一是《觀音菩薩得大勢菩薩受記經》，說觀世音是威德王花園中蓮花中化生。二是《悲華經》卷三，云寶藏佛世界的時候，轉輪聖王第一太子因種種功德，修佛精進，後來成觀世音菩薩。這兩部佛經中，主角都向佛發「普度眾生」的宏願，說世界上有眾生遇到危難，只要念他的名字，就可以得到他的救助。若是有眾生還不免於遭受煩惱之苦，他就不能成就佛道，也就是不能成佛。於是，佛就給他取了「觀世音」的名字。唐代，為了避李世民的諱，「觀世音」就被省稱為「觀音」了。

《揚州民間故事集》之《觀音的三個生日》中，觀世音的出身，就和佛經完全不同了。云，莊王第三個公主，生於二月二十九日，長大後，不願意和大姐二姐那樣遵從父親的旨意成婚，立志出家修行，普渡眾生，遂至白覺寺出家。莊王以其違抗父親兼國君的旨意，乃命人於六月二十九日火燒白覺寺，寺中五百僧眾都被燒死，而觀音得救。五百僧眾之靈魂到地府告狀，莊王身上乃生五斑大瘡。莊王懸賞醫生醫治，一瘋僧應徵至，以其身上污垢塗抹莊王患處以控制病情，云親骨肉手眼可以治癒莊王之病，並云只要做三件事，其三女觀音就願意以其手眼治療莊王之病：重建白覺寺；塑五百僧像並且裝金；九月九日到大香山還願並且給觀音添加手眼。莊王應允，乃得觀音之手眼醫治而病癒。莊王如約做此三事，故觀音有千手千眼，所塑五百僧眾為五百羅漢。《鹽城市故事卷》之《千手千眼觀世音》中，云皇帝繆莊薩三個女兒，依次為繆嬋、繆顏和繆善，其餘主要情節，大致相同。

　　其實，這故事也是有所本的。唐宋時，有妙善救父而成觀音大士的故事。宋人朱弁《曲洧舊聞》卷六云：「蔣穎叔（筆者按：即蔣之奇。）守汝日，用香山僧懷晝之請，取唐律師弟子義常所書天神言大悲事，潤色爲傳。載過去國莊王，不知是何國。王有三女，最幼者名妙善，施手眼救父疾。其論甚偉，然與《楞嚴》及《大悲》、《觀音》等經頗相失。」臺北新文豐出版社公司《石刻史料新編》第三輯第 30 冊爲清人武億所著《寶豐金石志》六卷，實爲《寶豐縣志》之《金石》部分。其中卷十五云：「《汝州香山大悲菩薩傳》，存，碑正書元符三年九月刊，至大元年七月重刊，在香山寺內。通議大夫同知樞密院事弋陽郡開國公食邑二千戶食實封三百戶蔣之奇撰，翰林學士承旨□□□制誥兼侍讀修國史上柱國食邑一千二百戶食實封二百戶蔡京書。碑文不錄，錄贊。」《中國名勝辭典》第 660 頁「香山寺」條下介紹，「寺內碑刻林立，較爲珍貴的有宋代著名書法家蔡京所撰大悲觀音得道證果史話碑」等。可見，載有此故事的石碑，至今仍然爲香山寺所藏，但我們無法看到。幸好阮元《兩浙金石志》卷七有《宋重立大悲成道傳》，據筆者考證，內容就是此碑文，可惜前面一部分缺失。清陸增祥《八瓊室金石補正》，亦有此碑之文，題爲《大悲成道傳贊》，與阮元所收完全相同，並詳細記載碑文款式，又云「額存『碑之傳』三字，並正書。在紹興府學。」可見阮、陸各爲此碑擬題錄之。大致情節是：某國王有三個女兒，她們都到了結婚的年齡。大女兒妙因和二女兒妙緣聽從父命也就是王命而成婚，而小女兒妙善心向佛道，拒絕父王結婚之命。父王怒，讓小女兒出家，並一次次地迫害她。小女兒修道心堅，在神靈的幫助下逃脫了一次次迫害，甚至屠殺，成爲神人。父王患惡瘡，需至親手眼爲藥，才能治癒。小女兒獻出手眼，爲父王救治，其疾乃痊癒，她自己也成了觀音菩薩，甚至是千手千眼觀音。以這個故事爲題材的文學作品很多，例如元朝管道昇的文言小說《觀音大士傳》，《三教源流搜神大全》卷四之《觀音菩薩》載觀音出身故事，題「明西大午辰走人訂著，朱鼎臣編輯」的長篇白話小說《全像觀音出身南遊記傳》，戲劇《香山記》《海潮音》，《中國民間故事全集》中《安徽卷》有《千手千腳娘娘的由來》，《浙江卷》有《千手觀音》，《河南卷》有《千手千眼佛》，《北京卷》有《千手千眼佛》故事，只是人物的名字和故事中次要的情節有所不同罷了。拙著《佛教與文學的交會》中已經論之。

　　揚州等地民間故事《觀音的三個生日》和鹽城等地的《千手千眼觀世音》，

其淵源也是石刻「觀音成道傳」。其中的「莊王」或「繆莊薩」就是傳中的「妙莊王」，「繆善」就是小公主「妙善」。「白覺寺」就是傳中的「白雀寺」，在江蘇許多地方的方言中，「雀」、「覺」發音相近。然《三個生日》故事雖然本《觀音成道傳》，但是，兩個故事之間，甚至和同題材的其他故事之間，還是有很大的不同的。對觀音三個生日的詮釋，五百個被燒死的和尚成為五百羅漢，莊王為觀音「添手添眼」，都是《觀音成道傳》和以上列舉的那麼多同題材作品中所沒有的情節。《觀音的三個生日》中，也略去了《觀音成道傳》等中的大量情節。《千手千眼觀世音》則更加簡單。就主題方面而言，《觀音成道傳》等所宣揚的，是出家修行能夠消除父母的惡業，因此是更高層次的行孝，而《觀音的三個生日》和《千手千眼觀世音》，則是淡化了出家修行是更高層次的修行這樣的宗教主題，僅僅是突出了靈異的情節，用以對佛教的某些表層的文化作出有趣的詮釋，例如觀音的三個生日、千手千眼觀音、五百羅漢之類。民間故事具有極強的普適性，而佛教的普適性，遠遠沒有達到民間故事普適性那樣的強度，因此，在民間故事中，佛教的宗教意義被淡化了。《觀音傳》畢竟是佛門用以宣揚教義的作品，和民間故事相比，功用不同，受眾更是不同的。

　　《觀音的三個生日》和《千手千眼觀世音》中的觀音，出身高大上，出家修行、割下手眼救其父親等，還是普通百姓遙不可及的，而《南通市區卷》之《灶君休觀音》，則體現出觀音的充分的世俗化。云太平莊上一對夫婦，丈夫名灶君，妻子名觀音，他們經過多年辛勤勞動，成了財主。連年災荒，百姓飢餓，而灶君夫婦家中，糧食堆積，甚至在黴變。觀音勸丈夫開倉賑災，為丈夫嚴拒。觀音乃自作主張賑災，灶君大怒，寫休書休棄觀音。觀音作書辯解。灶君以觀音所寫辯解材料點火吸煙，以致天帝知此。經過派員調查，天帝封觀音為普陀大士，到南海雷州任職，專門管人間姻緣，可以常常往來天堂；灶君乃下界為神，封東廚司令，只准每年臘月二十四才能上天庭一趟。這個故事，在江蘇流傳甚廣，情節略有不同，但大致相同。《觀音成道傳》和《觀音的三個生日》等同題材作品中，觀音儘管已經被中國化了，但是，觀音乃是公主，又出家為尼姑，經歷了那麼多靈異情節，還沒有被世俗化。在封建社會中，夫婦二人在幫助別人的問題上意見不一致，這是很常見的。這故事中讚揚觀音而批評灶君，乃是提倡幫助別人，既體現了觀音大慈大悲、救苦救難的大乘佛教精神，又提倡富有家庭幫助別人，對教化大眾，最為切

近。因此，這樣的世俗化，是很有意義的。佛教傳入我國後，就逐漸和我國本土宗教乃至本土文化相融合。在《觀音》系列作品中，佛教、道教和本土民間宗教的神靈，已經混雜在一起。這個民間故事中，丈夫灶君爲道教神靈，妻子觀音是佛教神靈，而他們之成神，又必待作爲民間宗教和道教最高神靈的玉帝之封。諸宗教神靈的混雜，在這個故事中，顯得誇張而且集中。只是普陀在浙江，雷州在廣東，雖然都在海域，但是相去甚遠。管轄人間姻緣的職能，在觀音的諸職能中，並不突出，此或是從中國觀音是女子身這一點而來。至於灶君爲「東廚司令」，明顯是「東廚司命」之誤會。灶君又被稱爲「東廚司命」，可是，「司命」乃百姓不易懂，「司令」則易懂。司令也好，司命也罷，反正都是頭兒。

觀音大慈大悲，發宏願救助眾生，度盡眾生方能成佛，這樣的理想和抱負，當然是正大無加了。如果世人都向她學習，盡力幫助他人，這個世界，豈不非常美好？觀音的意義，正在於此。觀音信仰傳到我國後，發展得轟轟烈烈，但幾乎都是祈求觀音的幫助，求官、求財、求姻緣等等，眞正領會到觀音信仰要義的，有幾個人？更加莫說實踐這樣的「普度眾生」的精神了。

四、羅漢

羅漢是小乘佛法的高級果位。修到這樣的境界，一切就完美了，其人可以超凡入聖，遠離世俗世界。「羅漢」有三義：「殺賊」，也就是殺盡一切煩惱之賊；「應供」，就是應受天人供養；「不生」或者說「無生」，永遠進入涅槃，而不再進入輾轉紅塵的輪迴。可是，佛教修行者都爭相進入涅槃，那麼，這個世界上，誰來弘揚佛法？佛法如何普及？人們如何體悟佛道？因此，大乘佛教對此作了修正，認爲羅漢不應該進入涅槃，而應該還是在這個世俗的世界，弘揚佛法。佛經中羅雲、大迦葉、君屠鉢歎和賓頭盧，號稱四大羅漢，他們都是釋迦摩尼的學生，其中羅雲還是釋迦摩尼的親生兒子。佛經中又有「十六羅漢」之說，他們的名字和居住地，慶友尊者臨終時所說《法住記》載之。這些人物、名字和所謂的居住地，當然都是虛構的。四大羅漢中的羅雲和賓頭盧二位，進入了十六羅漢。五百羅漢之說，也見之於佛經。或云他們是婆羅門延如達的五百豪族弟子；或云佛的五百弟子，或云五百蝙蝠住在樹洞裏，聽誦經聲音入迷，火燒而不逃出，終於被燒死，轉世而修成了羅漢；或云五百大雁聽經後被殺，轉世而修成羅漢；或云五百強盜

臨刑聞佛道，死後轉世修成羅漢。五百羅漢的名號，什麼「第幾尊者某某某」之類，是佛經中沒有的。我國佛寺中五百羅漢的名號，都是古人偽造的。至於「十八羅漢」的說法，佛經中也是沒有的，是我們中國佛教中的，有不同的說法。例如，佛經中的十六羅漢，加上佛經中四大羅漢中沒有進入十八羅漢的兩位，就是十八羅漢了。再如，十六羅漢加上降龍、伏虎羅漢，就是十八羅漢了。通俗小說中羅漢的出身故事，例如《二十四尊羅漢出身故事》就是。

　　江蘇民間故事中，關於羅漢出身的故事有不少，例如《海門卷》之《十八尊羅漢》云，師徒二人在山中修煉，徒弟偶然好奇剝開田中三稻穀而嘗之，師父令其轉世為牛，到田主家服役三年以償之。十八強盜前來搶劫，牛對主人說其因緣並建議主人設宴招待強盜。強盜知牛的故事，幡然悔悟，改惡從善，隱居深山修道而得道。玉帝封他們為十八羅漢，下凡民間保平安。《海安卷》之《十八羅漢和三池蛙》云，十八個強盜之一提出改惡從善，眾強盜贊同，乃同上西天修行。一對修行的老夫婦加入他們行列。到西天後，如來給他們每人一個茄子，說煮熟後再找他。十八羅漢採集柴草，老夫婦煮茄子，如此四十九天而未熟。老夫婦把十八強盜的茄子放在鍋蓋上，專門煮他們自己的兩個茄子。強盜歸，老夫婦謊稱鍋蓋上的茄子已經熟，眾強盜食之，到如來處，如來令他們入池洗澡，他們入池而成十八羅漢。老夫婦趕忙食未煮熟的茄子入池，而成蛙。《如東卷》之《一米渡十八盜》，強盜因牛所說因果而悔悟等情節，大體同《海門卷》之《十八尊羅漢》，而十八強盜得道的情節，則大體同《海安卷》的《十八羅漢和三池蛙》，但未云十八強盜成十八羅漢，也沒有提到十八羅漢之說。《如皋卷》之《十八羅漢》中，則是十八強盜聽了牛的因緣和勸說，願意改邪歸正。牛讓主人燒沸一大鍋油，令十八強盜在油鍋中洗澡。強盜們如其言，乃都成羅漢。《南通市區卷》之《十八羅漢》中，十八強盜見老虎都能夠改惡從善為人服務，就不再做強盜，修身養性，終於成十八羅漢。《鹽城市故事卷》之《十八羅漢的傳說》云，十九個強盜西行修道，觀世音用船渡他們。船太小，觀世音必須把他們砍成兩截，才能放在船裏。一個強盜就跑了。於是，十八個強盜就成了羅漢，而世界上還有強盜。《常州民間故事集》之《十八羅漢的來歷》情節大致相仿。

　　這些故事情節有這樣那樣的不同，但都是說十八個強盜改惡從善，而成羅漢。這樣的情節，符合「放下屠刀立地成佛」的說法，和佛經中五百羅漢

是五百強盜轉世修成的說法有一定的關聯，也和明代鄭之珍《目連救母勸善戲文》中十個強盜跟隨目連到西方求佛而終成正果的情節相類似。至於上文論述的《觀音的三個生日》中，說五百羅漢是被觀音的父親所命人燒死的五百僧人，則不見於其他的故事。

第二節　觀音的職能

一、救苦救難

　　《妙法蓮華經》卷七第二十五品《觀世音菩薩普門品》中，或問觀世音之義，佛說：「若有無量百千萬億眾生受諸苦惱，聞是觀世音菩薩，一心稱名，觀世音菩薩即時觀其音聲，皆得解脫。」並舉了他的種種法力，如「若有持是觀世音菩薩名者，設入大火，火不能燒」之類，大到水火刀兵不能害，小到一個瑣碎的小小煩惱，也都可以得到成功解脫。可是，現存印度佛經中幾乎沒有觀世音救苦救難的故事，來支撐或者兌現其宏願。觀音隨著佛教信仰傳入我國後，以其「立竿見影」式的爲眾生救苦救難承諾，迅速得到我國信眾的追捧，而大紅大紫起來。關於觀世音救苦救難的故事，迅速產生，運篇累牘。魏晉六朝及其以後的文言小說中，此類故事難以計數。魯迅先生稱之爲「釋氏輔教書」的那些小說中，觀世音救苦救難的故事，是絕對的大宗。江蘇民間故事中，關於佛教神靈救苦救難的作品中，這佛教神靈主要是觀音。

　　關於觀音給大眾救苦救難的故事，一般是救饑荒和水旱之災。《揚州民間故事集》之《佛珠變銀杏》中，觀音見世間發生水災，乃扯斷佛珠鏈，將佛珠撒落泰興一帶，佛珠落地生根，三天就長成參天大樹，人們上樹避水，並且食其果實充饑，許多百姓賴以存活，故寺院多栽銀杏樹，泰興幾乎家家戶戶栽之。《南通市區卷》之《觀音山》云，某年海水暴漲，百姓至一高墩躲避，而海水暴漲不止。人們絕望，信佛者念「觀音菩薩」。一老婦提一魚籃，踏浪而來，拋下籃中鯉魚，海潮乃退，老婦亦消失。此老婦乃魚籃觀音，鯉魚爲神龍。人們乃名其地爲觀音山，於其上建太平寺，奉觀音法身。又同書《雁濱》云，百姓在海濱之地雁濱開荒種地，安居樂業，龍王妒忌，興風作浪，淹沒其地。觀音山太平寺觀音知之，令龍王在三天內退水，龍王只得從命。百姓於其地爲觀音建一廟，名「限三天」。《太湖的傳說》之《蜻蜓爲啥有四

隻翅膀》云，玉帝認為三陽縣百姓得罪了他，屢次用水淹三陽縣，都被觀音以淨瓶收去其水。某次，玉帝又以水淹之，觀音不及收其水，乃抛下其玉簪變為蜻蜓，下界給百姓報信。百姓得信，及時轉移，而其地被淹沒為太湖。《中國民間故事集成》之《江蘇卷》之《為啥觀音赤腳彌勒笑》云，海龍王外甥擔水欲淹南京，觀音化一師太，以小花瓶討水養花，倒乾其水，保全南京。《南京民間故事》之《仙米洞和七根柱》中，觀音指點救濟災民。同書之《靈巖山和橫樑旬》云，民工築長城非常辛苦，觀音送給他們每人一根紅線，讓他們繫在扁擔頭，百十斤的擔子就如燈草輕。

觀音也救助個體。《如東卷》之《河豚和鱘魚》中，某年大年初一，觀音、財神和土地下界，見三個窮漢在辛勤勞動，觀音富有同情心，讓財神使三人發財，土地則說那三人都是黑心，發財則死。觀音求財神一試。財神從命，讓三人得金銀，而三人相互爭奪，同歸於盡。觀音道：「我本是一番好意，不想倒真害了他們」，乃將他們三個屍首卷到東海，一為鱘魚，二為河豚。所以，在不少故事中，觀音在救苦救難之前，要考驗所救對象的品質。《中國民間故事集成》之《江蘇卷》載淮安之《水淹泗州城》中，在泗州城將淹之際，觀音救一老婦及其孝順的孫子，《陶都宜興的傳說》之《水淹半邊胡》中，有相似的情節。《如東卷》之《洪水滅朝代》中，觀音從洪水中救出一對好心的兄妹。《南通市區卷》之《三黃湯、虎頭鞋》中，獵人夫婦新生的女兒患鵝口瘡，危在旦夕，觀音命以三黃湯救之，又云穿虎頭鞋卻妖，如其言，孩子病癒。《太湖的傳說》之《太湖與善卷洞》云，其地大旱，一鱔精同情百姓，鑽洞引東海水解旱。玉帝知之，欲治鱔精之罪，觀音為鱔精求情，玉帝乃放過鱔精。《通州卷》之《觀音顯靈》中，觀音幫助江西瓷商偷運鹽過關卡。《中國民間故事集成》之《江蘇卷》之《人不可貌相》中，觀音幫助貌相從龍王處獲得三斗三升珍珠作為采禮，娶得心上人。《啟東卷》之《黃牛和水牛》云，水牛被黃牛騙換衣裳後，衣不蔽體而哭罵，觀音乃予一白毛巾，蓋其不足。《南通市區卷》之《觀音點化紅娘子》中，紅娘子因為丈夫不聰明而不理，觀音設法使其夫婦和好。這些故事中，涉及的苦難，範圍仍然包括水旱饑荒，但明顯很大，內容很雜了，有些還是很瑣碎的，似乎沒有什麼章法，這和佛經中觀世音在佛面前發的宏願，和佛闡釋的「觀音」之意，倒是一致的。

但是，有的故事中，觀音救苦救難，卻破壞了她大慈大悲的形象。《南通

市區卷》之《簪花緣》中，張獻保因爲未能如約敲響石鐘，被皇帝關入天牢。張的未婚妻李千金，爲觀音救到普陀山，觀音云：「我白馬一匹，瓶棱樹椏一根，缽頭一個，桃花劍一把給你，一路上見人殺人，見狗殺狗。要殺七七四十九個擔身婆娘，七七四十九隻雌狗，把血放在缽頭裏。到了東京城，你用瓶棱樹椏子，左甩三轉霍落響，右甩三轉出荷桃，把血往石鐘上一澆，用瓶棱樹椏一敲，孩兒哭，狗子咬，一敲應旺響。」李千金如其言，敲響石鐘，救出其未婚夫。那些雌狗暫且不論，那些孕婦，母子何罪？爲救一人而犧牲如此多的無辜者生命，身爲大慈大悲的觀音菩薩，能夠這樣嗎？這顯然受到江湖觀念的影響。

有些故事，儘管夠不上救苦救難，但排難解紛之類，也是幫助人們解除煩惱。《江蘇山水故事》之《玉女潭》云，觀音在天堂享受榮華富貴，日久生煩，乃在宜興湖父西面以山上造一花園居住，附近有玉女潭等，玉女爲觀音花園澆花。因爲幫助一窯工治療被燒傷的眼睛，玉女取犀牛角，導致東海龍王的三隻犀牛化爲石，龍王大怒。觀音知之，親自到龍王處調解，並且將玉女帶回南海。玉女幫助窯工療傷，當然是好事，由此惹出的麻煩，觀音出手解決，也和觀音的形象是一致的。

二、除怪罰惡

其實，除怪罰惡，也是救苦救難的另一個方面。我國古代文言小說的觀音故事中，觀音救苦救難，都是種種自然災害、火災和兵災之類，而並非個人或者神怪之類所造成的災害。在通俗小說和戲曲之類通俗文學作品中，觀音救苦救難，有不少表現爲除怪罰惡，因爲這些災難，是某些妖怪和邪惡的人之所爲。民間故事中，情況也是如此。此類故事，江蘇民間故事中也有不少。

佛經中，佛菩薩降妖魔伏外道等等，只有戰勝，沒有殺戮。佛門有殺戒，妖魔外道精怪，在佛教看來，也都是生命，殺戒也包括不殺戮他們。佛教傳入我國後，則在通俗小說和戲曲中，佛教神靈有行殺戮者。《初刻拍案驚奇》卷二十四《鹽官邑老魔魅色，會骸山大士誅邪》云，會骸山上，一猴妖作怪，攝民女淫樂。觀音顯靈，誅殺此妖及其部下諸妖猴甚眾，並將此老妖首級，掛於幡竿示眾。這簡直就是封建社會中負責剿滅強盜的官員的做法。可是，此類情節，即使在戲曲和白話小說中，也是少見的。

　　民間故事中觀音等佛教神靈之除怪罰惡，降伏擒拿是多見的，有時也會有殺戮。《常州民間故事集》之《漏湖的故事》中，觀音使惡人聚居的地方沉爲湖，惡人俱死。《中國民間故事集成》之《江蘇卷》之《溧水老鼠精》云，溧水縣官白赤土，打死官倉公老鼠。母老鼠逃到皇宮，咬死西宮娘娘後自己化爲西宮娘娘，迷惑皇帝，並以心痛病發作、須以白赤土心醫治爲由，以皇帝之命，宣白赤土進宮。觀音在白赤土胸脯畫一貓。假西宮欲剖白赤土胸，而貓咬住假西宮，假西宮露出原形，並且被貓咬死。《邳州卷》之《玉龍山與白馬河》云，有惡龍爲害，漁民夫婦玉龍和白瑪，跋涉數千里，得觀音所授法寶和法術，歸而與惡龍同歸於盡。

　　當然，更多的例證是控制而不殺戮。《揚州民間故事集》之《通州無北門》云，欲淹通州城的水母娘娘到麵店吃麵，裝成店主的觀音讓水母吃進一碗化成麵條的金絲索，水母口中吃進，金絲索另外一端直通其肛門，觀音將金絲索兩頭一絞，輕鬆擒拿了水母，將她壓在狼山底下，並且讓護法神鎮守。《中國民間故事集成》之《江蘇卷》之《大聖菩薩》中，觀音收伏水母，情節也與此相類。顧希佳《中國古代民間故事長編》之《明代卷》載明人李浩《三迤隨筆》之《觀音收羅刹》云，觀音化爲漁家女子，以百雙海螺肉獻給羅刹，羅刹食之而嘔出鐵鍊，其心已經被拴住，蓋海螺肉已經化爲鐵鍊，於是羅刹被觀音所收伏。〔註1〕同書《除水怪》中，觀音亦以此法降伏水怪。〔註2〕很明顯，《通州無北門》等民間故事中觀音收伏水母的情節，和李浩所記載的故事中的，有明顯的聯繫在。《揚州民間故事集》之《龐公龐婆變河豚》云，龐公龐婆爲人擺渡，卻常在中流勒索人錢財，觀音「爲百姓解難」，把他們兩人變成河豚。《南京民間故事》之《觀音兜》云，鯉魚精迷千金小姐，八仙無法捉住。觀音設計用兜捉住，放在池中。此後，世人也仿照，用網兜捉魚，這樣的網兜，就叫觀音兜。《常州民間故事集》之《毒蛇都是瞎的和聾的》中，說是觀音決定讓毒蛇這樣的。

　　有的「罰惡」故事中，觀音所罰的「惡」，並非惡人，或者妖魔之類，也包括某些不良行爲。《中國民間故事集成》之《江蘇卷》之《冬天爲什麼下雪》云，冬天本來下麵粉。某年，玉帝派觀音下凡查看，觀音發現世人嚴重浪費

〔註1〕顧希佳《中國古代民間故事長編》之《明代卷》，浙江大學出版社，第383頁。

〔註2〕顧希佳《中國古代民間故事長編》之《明代卷》，浙江大學出版社，第385頁。

糧食，且寧可浪費，不願意將糧食施捨行人，遂上天匯報。玉帝大怒，故此後多天不再下麵粉，改爲下雪。這些故事，就對大眾有教育意義了。

三、度人

　　佛經中，佛菩薩等成功勸人皈依佛教的故事很多，但是，從來沒有超度凡人成爲神仙的故事。超度凡人成爲神仙，是我國道教人物故事中的情節，當然是很多的。在民間故事中，也有觀音渡人成仙的故事。

　　觀音等佛菩薩度人的故事，在江蘇民間，常表現爲尋找眞善人而度之。所謂眞善人，未必是吃齋念佛的人，而是眞心行善或者眞心向善的人。《海門卷》之《仙鶴圖》云，黃員外夫婦吃素念經、拜佛燒香多年，在其爲其母親祝賀八十大壽的典禮上，觀音乃化爲一乞丐，欲渡其昇天。黃員外見觀音化成的乞丐，遂命人趕走。乞丐堅持索取施捨，黃大怒，命人暴力驅除乞丐。李姓樵夫夫婦收養乞丐，寧可自己受苦，也要讓乞丐得溫飽。觀音乃讓這樵夫夫婦騎鶴昇天。黃員外見之，懊惱而死。《通州卷》之《觀音渡人》云，觀音化一失明老婦開店賣油，掛牌三錢一斤，或一錢三斤。來買油者，都一錢買三斤，甚至有人欺負其失明，取油而不給錢者。唯獨一青年遵母教，以三錢買一斤，認爲「做人不能太貪心」，觀音乃渡其母子成仙。此類故事，在古代文言小說中，也是多見的。《海安卷》之《殺豬的和修行的》云，王道人念經吃素，一心想成仙。一日，他覺得自己火候已到，欲去南海見活觀音，以脫離凡胎成佛。一殺豬匠知之，要求同去。王道人百般譏笑，認爲殺豬和佛法相違，殺豬匠難以成佛。殺豬匠堅持，兩人遂同行。途中遇一病婦，殺豬匠不忍見其受苦，留下照顧，而王道人則不耐等候，竟自先走。後殺豬匠得以成仙，而王道人在路上爲虎所食。原來那病婦，就是觀音所化。《揚州民間故事集》之《司徒廟的傳說》云，五兄弟爲非作歹，欲找一人訓導。觀音化爲一老婦，五兄弟迎之爲母，非常孝順。觀音又以神力令五兄弟敬信，且糧食豐收。災荒之年，哀鴻遍野，五兄弟分稻穀給饑民，被皇帝封爲司徒，死後，人們立廟祭祀。《中國民間故事集成》之《江蘇卷》之《茅山的傳說》中，觀音度三兄弟成仙的故事，大致與此相類，三兄弟以賑災的功德而成爲神仙。《茅山的傳說》異文云，茅三修行上西天，如來和觀音在路上迎接他，讓他脫去肉體凡胎成神。《徐州民間文學集成（上）》之《四大金剛的由來》云，四大金剛本來是民間的四個大力士，觀音度他們成神。

第三節　佛、觀音、金剛等的世俗化

　　佛教中的神靈，都是那樣的莊嚴，超凡脫俗。可是，民間故事中的佛教神靈，未必都是如此，而往往帶有濃厚的世俗化的色彩。

　　南朝梁武帝以後，我國佛教徒是吃素的，祭祀佛教神靈，也是不用肉食的。殺戒是佛教的大戒。按照這些規矩，捕魚人家，是沒有資格修佛道的。《常州民間故事集（二）》之《河口佛教徒吃葷》云，某個多日，某漁家夫婦敲冰打漁，網中有觀音像。他們向觀音像說明，他們是打漁的，不吃素。可是，那像屢次出現。他們進一步說明，如果再來，那麼，就是說，觀音是來和我們一起過這樣的日子，也包括吃葷的日子。觀音像果然還來到他們網中。於是，他們就建觀音庵供養觀音，請觀音保祐他們多子多孫，並且打漁豐收。很明顯，「打漁豐收」，是和佛教的戒律和理論都相違背的，可是，民間的佛教，民間文學作品中的佛教，就有這樣的內容。

　　他們被賦予了俗人的喜怒哀樂，有這樣那樣的缺點，甚至暴露出醜陋的人性。《南通市區卷》之《山秧子》，兩位神仙奉命把天上的山搬到下界，他們把大山搬到西方，因為如來佛喜愛清淨，如此可以免除俗人的打擾。例如，《海安卷》之《長魚六月裏死了不生蛆》云，長魚和地鱉蛇聽如來講經，地鱉蛇咬了如來一口就溜了。如來以為是長魚所咬，乃罵長魚道：「罰你千刀萬剮。」長魚辯白清楚後，如來也不願意改正錯誤，僅僅是作了彌補：「封你六月裏死了不生蛆，但是還要千刀萬剮。」

　　《中國民間故事集成》之《江蘇卷》之《為啥觀音赤腳彌陀佛笑？》中，觀音以小花瓶裝下龍王外甥欲淹南京之水，去向如來佛顯擺，如來將這些水倒入自己指甲，還不滿半指甲。觀音沮喪生氣，出門時被絆，丟了鞋子，故赤腳。彌陀見之，以那些水蘸睫毛，半根睫毛也沒有濕透。如來沮喪生氣，閉上眼睛，彌陀見之，大笑。同書《韋陀為何面朝裏》云，一書生被懷疑偷竊姐姐家金圈子，到廟中向韋陀像發誓以明心跡，說若他偷了金圈子，出門就跌倒。韋陀作弄書生，讓書生出門就跌倒。書生又羞又怒，離家出走。姐姐家找到了金圈子，書生的嫌疑得以消除。後來，書生中狀元後，入此廟打韋陀像嘴巴，打掉一塊。和尚百般修補無效，遂將韋陀像轉頭，以避免讓香客見到。《鹽城市故事卷》之《彌勒佛看廟門》云，釋迦摩尼和彌勒佛比賽，彌勒佛作弊取勝，所以他獲得了看廟門的位子，笑容滿面。《無錫民間故事精選》之《投劍為井》中，武當山真武大帝和觀音爭地盤。同書

《觀音和張果老鬥法》中，觀音和張果老爭地盤。《蘇州民間故事》之《四月十八汛》云，每年二月十八，老和尚過江，觀音總要施大風，吹落老和尚的帽子，讓他顯出光頭。次日爲觀音生日，老和尚報復，總要下雨，打濕觀音的繡鞋。

　　關於金剛世俗化的故事，相對而言，比較多一些。印度佛教傳說，須彌山腰有一山，名犍陀羅山，山有四峰，各有一王居之，各護一天下，合稱「四大天王」。中國內地寺院的前殿，一般都有他們的像。「金剛」是天王的俗稱，「金中之最剛者」的意思，比喻難以戰勝的力量。他們是佛教中的護法神，所以，他們的形象，都是威猛高大的。《豐縣卷》之《臥佛寺》云，八大金剛欲叛亂，取玉帝而代之。如來令他們抬自己，如果他們抬得動，他就不管，否則他們不能叛亂。八大金剛抬之，而未能直起腰。臥佛寺中，就有八大金剛抬如來的造型。這個造型，也許就是以此詮釋佛的法力無邊，而世俗卻以佛鎮欲叛亂的金剛釋之。《中國民間故事集成》之《江蘇卷》之《天王殿裏沒天王》云，雲龍山上天王殿中的天王，見大雄寶殿的香火遠遠盛於天王殿的，以爲徐州百姓怠慢了他們，遂讓百姓長膿瘡。有人發現，天王塑像的泥土可以治療這種膿瘡，眾人爭相取之，天王像遂盡，而百姓膿瘡亦痊癒。大雄寶殿是釋迦摩尼等佛的殿堂，「大雄」就是佛的別稱，而天王或者金剛，僅僅是保護寺院的神靈，相當於門衛，其香火當然就難以和大雄寶殿相比了。此諷刺盲目和人家攀比者。《揚州民間故事集》之《興教寺的傳說》中，興教寺中的四大金剛，議論揚州轅門橋附近將發生火災，相士王鐵嘴聞知，設法阻止了火災的發生。玉帝以四大金剛洩露天機，遂派大力神將他們抽筋去骨，故此四大金剛倒下，自此再也無法修成，遂以畫代之。好議論而不小心洩露機密，即使客觀上對人們有好處，但是，還是給自己招致了災難，這和用於犧牲自己而饒益大眾，是有很大不同的。《中國民間故事集成》之《江蘇卷》之《長蘆寺裏沒金剛》云，六合長蘆寺中，本來有兩個很大的金剛像。後來，好吃甜醬的老和尚覺得甜醬少得很快，發現竟然是兩個金剛偷吃的，於是，他就大罵兩個金剛，說這事會影響寺廟的香火，讓他們要吃就到外面去偷。兩個金剛就到瓜步鎮偷醬吃。那裏幾乎家家都做醬，家門口都有醬缸，兩個金剛吃得飽飽的。在回去的路上，擺渡的時候，一個金剛沉到河裏，另一個逃到了橫營。故事中寫他們在瓜步偷醬吃：「兩個金剛饞得直滴口水，急猴猴地大吃起來，邊吃邊講：『嘿，瓜步的醬比老和尚的好吃！』

『噓，輕點！不要讓人聽見，又是一頓罵！』」活脫脫的兩個底層社會的青年在惡作劇。

《揚州民間故事集》之《韋陀和觀音》云，觀音化爲一美女，云誰用金子打中她，她就嫁給誰。她用這樣的方法，爲當地造向陽橋募集了大量資金。呂洞賓幫助韋陀用泥化的金塊擊中觀音。觀音以其簪子擊呂洞賓背，呂洞賓負痛而逃，其所背之劍，即是其簪所化。觀音當然不能和韋陀成婚，乃點化他成神，讓他住在其廟中，對面相望而無法在一起。這個故事中的觀音，有了某些江湖女子的色彩。

第四節　閻王

在民間信仰中，閻王是地獄之主，他的職責是將當死的人和動物個體的靈魂收入地獄，也就是讓其肉體死亡，然後依據其生前的所作所爲，對其靈魂予以處理。某人或者某動物壽命多少，生存狀態如何，到陰司後受何等賞罰，來世的生存狀態和壽命，也都由閻王決定。對人或者動物而言，還有什麼比生存狀態和壽命更加重要的呢？因此，在民間信仰中，閻王是權力最大的神靈之一。

掌握如此至爲重要的權力的閻王，如果有私心，或者有疏漏，後果就會非常嚴重。佛經中，閻王就被稱爲「閻摩羅闍」，意譯就是「平等王」。在民間信仰中，閻王及其部下，都是鐵面無私、明察秋毫的，辦理任何事務，都至爲公正允當，非世間官吏好徇私枉法、貪酷瀆職者所能比。

閻王常被用於體現社會教化。在江蘇民間故事中，也有利用閻王信仰以勸善懲惡的故事。陽世無法實現的善惡之報，民間故事中就往往借助於閻王的力量來實現。公道以閻王而存在，閻王成了捍衛公道的最後一道防線，公道在閻王的終極裁定中得到體現。

例如《中國民間故事集成》之《江蘇卷》之《正直還陽》云，富家子富貴和貧家子正直同歲。十歲的時候，正直忍受不了貧窮和社會的不公，遂跳河自殺。閻王以其當活八十歲而不予收錄，並云富貴只能活二十五歲。正直請閻王予以財富，寧可二十五歲而死。閻王允諾，放正直還陽。正直之母親得藏金，家中因此大富。正直樂善好施，做好事無數。二十五歲生日，正直等死而竟然不死，遂守諾言自殺。閻王以其多做好事，放他還陽。富貴花天酒地，爲非作歹，二十五歲壽數盡，而歸陰司。同書《黑筆訟師變驢》云，

淮陰王營街黑筆訟師周二，為人打官司，好顛倒黑白，陷害許多人致死。冤鬼告到閻王殿，閻王命人將周二拿入陰司審理。罪證如山，閻王判周二下油鍋，命牛頭馬面執行。周二唆使牛頭馬面將用於炸他的油三百斤，留下二百斤食用，為防閻王追究，將二百斤油分成三份，牛頭馬面各得一份，另外一份送到閻王家中。牛頭馬面如其言。周二藉故見閻王，狀告閻王和牛頭馬面貪污，以此要挾閻王放他還陽，且要借屍還魂到大財主家。周二所行，不可謂不周密，但是，閻王揭穿其詭計，將他借某富家之驢子還魂，於是，訟師就成了驢子。《如皋卷》之《豐樂橋》云，豐相公遊冥間，見父親受刑。《通州卷》之《十殿閻王圖》，介紹十殿閻王及其種種酷刑。這些，都有勸人為善的教化作用。美國民間故事也有此類地獄情節。《環壩》載 W. S. Hendrix《地獄獵犬》的故事中，一黑人夢見入地獄，被地獄獵犬所追趕，從第一層到第六層，看到種種酷刑，例如人被夜叉用叉子叉入火湖、被滾燙的瀝青所澆等。

在江蘇民間故事中，閻王更多地被用於社會批判和人性批判。在這些故事中，閻王不再是平等王，也沾染有社會和官場的不良習氣，也有人性的缺陷，且其缺陷，因為其非凡的權力而變得非常誇張。在許多故事中，閻王實際上就是世間常見官僚的形象。

批判當局者不公。《常州民間故事集》之《三個吃素佬》中，「說真話遭殃，說昏話沾光，這就是閻王殿上的真理」。《常州民間故事集（二）》之《地獄奇案》云，閻王胡亂判案，世上壞人多，因為好人都在地獄裏。

批判好恭維。《中國民間故事集成》之《江蘇卷》之《閻王也喜歡拍馬屁》云，王四以拍馬屁成牢頭，與獄卒李二之妻子私通，李二與之論理，反被革去職務。李二氣死，告於閻王。閻王乃拘捕王四審理。王四大談他拍馬屁的本事，聲稱任何人他都能夠拍得動。閻王問：「那麼連本王你都能拍得動嗎？」王四云：「王爺管理陰陽，英名果斷，洞察秋毫，鐵面無私，小的哪敢捧拍啊？」閻王大喜，乃將李二打入十八層地獄，而賜王四十年陽壽還陽。《啓東卷》之《閻王愛吃馬屁》《閻羅王審馬屁精》，《揚州民間故事集》之《馬屁精》等，都諷刺閻王好恭維。

批判貪婪。《中國民間故事集成》之《江蘇卷》之《不討替身》云，瓜農張阿大和落水鬼書生是朋友。後書生因為仁慈，為陰司判官。張阿大求書生將無惡不作的惡棍收入陰曹地府，打入十八層地獄，書生如其言。惡棍暴死，

其家屬請和尚道士做法事，給閻王送厚禮。閻王收受了賄賂，革除書生的判官之職。

批判強權護短。《啓東卷》之《閻羅王自己沒有揩乾淨》中，閻王殿臭氣薰天，玉帝責令查出原因後整改。牛頭馬面都知道問題在閻王，小聲議論，閻王大怒，下令對他們作仔細檢查，得一斑點，而加以重罰。牛頭馬面指出問題在閻王自己，並欲請玉帝使者驗證。閻王知道問題在自己，遂禁止談論此問題。

批判愚蠢而自負。《新沂卷》之《閻王判案》云，狐狸、麻雀巧妙美化自己的害人行為，分別被閻王獎賞，轉世為富貴人家的千金小姐和少爺。醫生自述救死扶傷，卻被閻王認為妨礙小鬼抓人，下地獄受罪十八年。閻王還以為自己「清明廉潔，判決公正」。《海門卷》之《六月初六吃麵餅》中，無常小鬼因為貪婪，耽誤了抓人，回到閻王殿，見閻王在睡覺，便在生死簿上，把其人應活年歲從「十歲」改為「千歲」，以此輕易騙過閻王。

諷刺吃白食。《中國民間故事集成》之《江蘇卷》之《閻王也不收》，三人被好吃白食的好吃鬼害苦了，欲害死他。閻王派鬼救之，因為好吃鬼一旦入地獄，「不光要吃我們小鬼的，還要白吃我們閻王的。」

諷刺臉皮厚。《啓東卷》之《灶家菩薩的傳說》云，八敗星吃喝嫖賭五毒俱全，臉皮又厚又臭，賣盡家產後，乞討為生，運氣又極壞，但是，仍然好說謊話，為非作歹，廉恥全無，難以生存，只好自殺。閻王命人扒下其臉皮，然其臉皮有許多層，扒不完。閻王又命人用太上老君八卦爐中煉出來的金剛鑽鑽，竟然鑽斷了十七個金剛鑽，仍未鑽入，於是，只好將他送到玉帝的凌霄殿。

有時也用於解釋一些現象。《海門卷》之《活在狗身上》云，閻王定：人壽二十享福，牛壽四十耕田，馬壽四十拉車，狗壽四十看家。人和動物都不願意，動物各減下二十給人。於是，人二十以前享福，二十以後勞作，六十以後，就行狗看家之事。《中國民間故事集成》之《江蘇卷》之《豬臨死叫而羊不叫》，云豬羊都是該殺的，因為是閻王決定的。《啓東卷》之《閻羅王發信》云，張三做了閻王，其舅父李四要張三照顧，說他死之前，請張三發信息給他。張三允諾。李四將死，責怪外甥沒有發信息給他。張三說已經發過三個信息：耳朵聾，眼睛老光，腿腳不便。這些，都是民間把將這些現象的合理化的思維方式。

第五節　大聖菩薩

大聖菩薩，是佛經中所沒有的，他是我國本土產生的佛教神靈，但在南通及其附近地區民間信仰中有重要的地位。

南通狼山上的廣教寺，供奉大聖菩薩，香火極盛。《海門卷》之《麵魚燒香》云，狼山燒香的人實在太擁擠，以致於把鯿魚給軋扁了，鰳皮魚眼睛都軋紅了，它們都軋壞了身體，無法回到海裏了，所以只能在內河，前者身體扁扁的，後者眼睛紅紅的。《通州卷》之《狼山大聖》云，狼山是佛教八小名山之一。某年大戰之後，大量屍體污染水源，百里之內，水族死亡，田禾枯萎，百姓罹病者眾。狼山高僧遁塵精通醫術，製「八香闢瘟丹」廣施百姓，全活甚眾。百姓以狼山大聖顯靈，此後香火越旺。

其地民間有不少關於他的故事。在這些民間故事中，關於大聖菩薩的出身和經歷等，有不同的說法。《中國民間故事集成》之《江蘇卷》載如皋民間故事《大聖菩薩》云，大聖菩薩俗名張大壽，家中貧困，打獵爲生，後感動物有靈，乃棄獵吃素。觀音以白兔引張大壽至一草蕩，而草蕩化爲一城，城門有「捉拿張大壽」字樣，而張大壽無法出城，乃求救於觀音，觀音以其必須削髮爲僧作條件，張從之，乃至泗洲一廟作和尚。水母娘娘以妖術攝泗洲官員之子時庭芳爲夫婿，時逃走，水母大怒，以兩桶挑五湖四海三江之水，欲淹泗洲。觀音命張大壽前去向水母討水，張幾乎喝盡水母桶中之水，水母決意以桶中剩水淹沒泗洲。張知之，乃以石獅眼見血則泗洲沉沒告百姓，百姓得以及時逃離。張大壽至南通狼山，向山主狼王借一袈裟地安身，狼王答應，而張一袈裟罩整座狼山，狼王無法食言，此後張就在狼山修行。水母到南通，欲向張大壽復仇。張大壽裝成麵店主人。水母到這麵店吃麵，麵從其口入而從其肛門出，貫穿其身，化爲鐵索。張大壽將鐵索兩端鎖住，輕鬆擒拿水母，將她扔在南通北城門一枯井中。《如皋卷》之《大聖菩薩》《大聖鎖水母》，《海安卷》之《大聖智鎖水母娘娘》，《如東卷》之《狼山上如何供大聖菩薩》，《海門卷》之《狼山大聖》，《南通市區卷》之《大聖借狼山》及其附錄等所載相關情節，大致和《中國民間故事集成》之《江蘇卷》所載相類。又云，大聖乃泗洲人，父張廣裕，母高翠娥，家中貧困。大聖年十六，以打獵爲生。其父母卒，大聖入贅鮑家莊，卻三年半中，未進妻子的臥室。某日，大聖悟動物有靈性，遂棄獵吃素，觀音引其成神，並言其位在南通，大聖乃到南通修行。大聖菩薩鎖水母的關鍵情節，和觀音故事中觀音鎖水母的關鍵

情節，完全相同。

關於大聖菩薩的出身，江蘇民間故事中，還有其他的說法。《南通市區卷》之《大聖借狼山》云，大聖乃靖江人，卻在四川峨眉山修行成正果，雲遊九州到泗洲，見百姓受江淮水災，乃入住泗洲城，建廟宇修行。此後江淮間連年豐收，社會太平。玉帝妒忌之，水淹泗洲城，大聖乃至南通狼山修行。故靖江人到狼山進香者多，且往往稱大聖是靖江人。《南通市區卷》之《靖江人敬大聖》云，靖江某寺廟主持大聖法師知洪水將至，命百姓準備木盆以待，又令拆寺廟取其木料爲盆，分發百姓。洪水至，百姓大多得以逃生。然寺廟已殘，不堪居住，大聖乃攜雨傘穿草鞋，到南通狼山修行，化緣修建廣教寺。靖江百姓知之，紛紛到狼山進香，且仿照大聖初到狼山打扮，攜雨傘，斜背黃布香袋，以玉米燒餅爲乾糧。

《如皋卷》之《大聖菩薩》云，大聖本西岐一農家子，某日耕田，獲一石盒，開盒而有刀飛出，殺其母。官府追究，此子乃外逃，打獵爲生，遇觀音而得度，到泗洲某寺廟爲僧。《海門卷》之《狼山大聖》云，通州卷地方大旱，玉帝三太子憐之，潑水下雨，使其地豐收。玉帝知之，乃罰三太子下界，投生於四川一財主家爲子。此子十歲時，獨自在家看場上曬的稻穀。太白金星前來化緣，欲化一木魚稻穀，此子應允。然其家所有稻穀入木魚，仍不滿，太白金星攜去。此子懼父母責難，乃離家出走，穿草鞋、推小車，幫人家運物爲生，到狼山，愛其地，遂住下修行，終成狼山大聖。

大聖到狼山後的故事，除了向狼王借狼山、擒拿水母外，主要還有安寶塔、修城和爲民除害等。

大聖和南通幾個寶塔的故事，有多種版本。一云，大聖背負三籠到南通，一籠放在北門，是爲天寧寺光孝塔。至三元橋，因爲考慮到橋身承重，大聖將一籠放在橋東，是爲文峰塔。大聖將一塔放在狼山，是爲支雲塔。《南通市區卷》之《擔塔的扁擔》云，大聖菩薩用某老木匠所製的扁擔，將被水淹沒的泗洲城中的一個寶塔，挑到狼山上，是爲支雲塔。《海門卷》之《立發橋》云，新石橋落成，一和尚攜三塔經過，和負責建橋的老石匠打賭，說如果橋承受不起他攜三塔經過，老石匠就必須代他將三塔背到狼山。和尚上橋而橋搖晃，老石匠乃到橋下托住橋面，橋終於未跨。和尚無力攜三塔，乃置二塔於通州，是爲光孝塔和文峰塔，僅將一小者帶到狼山，是爲支雲塔。該橋因石匠戰勝和尚法術而未跨，故名「立法橋」，訛爲「立發橋」，而和尚就是大

聖。《南通市區卷》之《通州塔四六八》云，大聖駐狼山後，外出募化，建設寺宇，大爲可觀，而以無塔爲患。大聖乃到托塔天王處求塔，到塔庫，見塔甚多，遂儘量多取，出而見一王子玩塔，又向王子索一小塔納於袖。到通州上方，腋下一八角塔掉下，是爲天寧寺光孝塔。入城後，大聖擔心三元橋承重力不夠，乃將六角塔放在橋東，是爲五福寺文峰塔。一塔放在狼山，是爲支雲塔。大聖脱長袍時，袖中寶塔落在大殿旁，爲實心塔。同書《寶塔葫蘆》云，支雲塔上的葫蘆常被風吹掉，甚至毀傷磚瓦。大聖託夢給做銅匠的好友，囑其用「分風銅」鑄造葫蘆。所謂「分風銅」，乃是各家用銅鏟刀炒菜時和鍋子摩擦掉下的銅屑。百姓信仰大聖，銅匠很快收集了足夠的分風銅，鑄造了不怕風吹的銅葫蘆，安放在支雲塔上。同書《狼山沒後壁》云，海盜爲患，通州卷官員姚某決定修城牆，派民工到狼山取石，然民工以狼山爲神山，不敢採石。姚某乃親至狼山採石。大聖知之，乃使法力削下後山部分，被削處成峭壁，而削下之石，作修城之用。

　　大聖爲民除害的故事，有多個。《海門卷》之《狼山燒香的傳說》云，狼山一蟒蛇精，化爲黑大漢，爲非作歹，被眾人所攻，入大江，繼續爲害。一道人擒之，鎮於狼山底下。百姓乃塑道人像祭祀之，是爲狼山大聖。《如東卷》之《大聖廟》云，一黑狗精強迫徐員外之女與之成親，大聖知之，乃化爲徐員外之女，利用黑狗精前來成婚之機，將它殺死。徐家爲答謝大聖，捐資修廟供奉大聖，是爲如東縣石甸鄉與袁莊鄉交界處的大聖廟，其大聖之像，一本狼山祖廟。

　　維護南通的繁榮和秩序。《南通市區卷》之《仙人洞》云，狼山香火旺盛，隔江福山的和合二仙，潛來觀看。出於妒忌，他們將百花幻作彩色蝴蝶飛舞，引誘香客追逐，而無心進香。大聖知之，以禪杖逐二仙，二仙逃到北山腳下，開闢隧道逃回江南，而留此過江隧道，方便行人。後隧道中有人爲非作歹，大聖乃堵塞此隧道，僅留在江北的出口，即北麓園中一仙人洞。同書《石龜上狼山》云，通州城東儒學前一對石龜，羨慕狼山熱鬧，夜間向狼山進發，天明時到半山，被發現。大聖見之，舉杖欲打，母龜在逃跑途中摔碎，公龜被打，而只能在原地。同書《半千石》云，狼山葵竹山房內一石，以半於虎丘千人石，故名半千。或云一人好賭，其家人歷試諸法，其好賭如故。其妻求助於大聖，大聖出手亦無效。無奈之下，大聖乃將他化爲半千石。

南通乃移民區域，大聖也是移民到南通的。至於他本來的籍貫，一說泗洲，一說靖江，一說先從四川到泗洲的。無論如何，大聖是移民。南通等地民間故事中大聖菩薩的形象，實際上就是早年南通移民及其精神的化身：他們在多少有點無奈的情況下來到南通，但雄心勃勃，勇敢無畏，勤勉刻苦，在幾乎一無所有的情況下，白手起家，篳路藍縷，和種種自然災害作鬥爭，孜孜不倦地建設南通，而成就斐然。大聖菩薩的故事，就是這樣的經歷的曲折表達。

結　語

江蘇民間故事中出於佛經的佛教神靈，和佛經中關於他們的記載相比較，都有較大的變化。這些變化中，最爲突出的是這些神靈和我國固有的傳統文化之間的衝蕩和融合，以及樸素的、直觀的善惡觀念等爲主的鮮明的民間色彩。有些神靈本來所體現的思想，如觀世音救苦救難的大乘佛教精神等，並沒有改變，卻是通過具有濃鬱的民間色彩的故事，得到了生動、形象的詮釋。某些神靈例如金剛等的外在形象，和佛經所記載，也有直接的關係，至於羅漢成道故事，儘管和佛經所載有很大不同，但依稀也有些關係。閻王形象和金剛形象，則較多地體現了民間的社會批判，而大聖菩薩的形象，則是創業者的形象，是南通早期移民及其精神的化身。

附錄：六朝佛教之盛與「聲色大開」

六朝是佛教非常興盛的時期。在我們的印象中，佛教崇尚節儉簡靜，可是當時的社會風氣以奢華著稱，有「六朝金粉」之稱。當時的文學，也以華麗精美爲尙。就詩歌而論，什麼宮體詩之類，也產生在那個時代。因此，不論是社會風氣還是文學風氣，當時都是「聲色大開」。那麼，這樣的風氣，和當時盛行的佛教之間，有沒有什麼關係呢？

某日，和幾個同事遊覽無錫靈山大佛景區。看到梵宮美輪美奐，幾乎竭盡奢華，一同事感歎，佛教修行之地，不當如此奢侈，更何況是釋迦摩尼所居住的地方。陪同我們一起參觀的當地主管幹部說，他們也不懂，如何建造這個景區，包括如何建造這個梵宮，都是請多位專家反覆討論後確定的。專家們的討論，往往會激烈到摔杯子的程度，他們所摔壞的杯子，前前後後加

起來有不少。看來，專家們確實是認真討論的。我知道，專家經過認真討論決定的，確實沒有錯。不止一部佛經中，對釋迦摩尼出家前所居住宮殿的描寫，其奢華精美，是遠遠爲無錫的這個梵宮所不及的。更何況，佛經中釋迦摩尼的宮殿，除了建築、擺設之類硬件外，宮女之色藝俱佳，美豔動人，魅力四射，也是佛經中鋪張渲染的，這是無錫的梵宮沒法模擬的。要知道，釋迦摩尼出家前，是王子！更何況，他的父親淨飯王爲了拴住他的心，盡力給他提供世俗的物質享受。

那麼，佛經中刻意突出這些，有沒有什麼深意在呢？當然是有的。佛教在思維方面，常用否定的表達方法。釋迦摩尼貴爲王子，享受著這樣的生活，還是出家了。出家就是對世俗生活的否定。把他出家前的世俗生活描繪得越是奢華，他出家就越是顯得不凡，對世俗生活的否定就越有力。對奢華的渲染，是爲否定服務的。佛經中對其他富貴者生活的描寫，也是如此，因爲這些富貴者，幾乎都皈依佛教的。

釋迦摩尼創立佛教後，富貴者給他造的幾處精舍，也是精美的。有些富貴者皈依佛教後，物質生活資料也還是華貴的。佛經每逢此類內容，也常常刻意鋪陳渲染。這有另外的意義，是用外在的華貴，反襯他們心靈的寂然，對富貴的淡然。這也是一種否定。

六朝時期，佛教大盛，富貴者閱讀佛經，讀到此類奢華的描寫，自然容易生出仿傚之心，雖不能至，心嚮往之。富貴者中的文人學士，寫作詩文，自然也容易受到佛經中此類描寫的影響，而崇尚華美精緻。對女性美的細緻刻畫，當是直接受佛經中關於「采女」之類描寫的影響。於是，從社會生活到文風詩風，就這樣「聲色大開」了。至於佛經撰寫者們的苦心，卻很容易地被人們忽略了。

我們常說司馬相如等以諷諫爲宗旨的如《大人賦》之類的賦作是「勸百諷一」，其實，佛經中關於富貴生活的描寫，也是如此。

第十六章 八仙等神仙故事研究

引 言

八仙有不同的說法。一般的說法是：鍾離權、呂洞賓、鐵拐李、韓湘子、藍采和、何仙姑、張果老、曹國舅，是爲八仙。可是，劉海蟾、徐神翁等，也往往參差其間。在江蘇民間故事中，就筆者所見，關於八仙或者八仙出現的故事，多達 90 多個，可謂大宗，可見江蘇民間創作八仙故事之豐富和此類故事傳播之盛。關於江蘇民間的八仙故事，學術界尚未有專門的研究。

第一節 八仙故事的本地化

在古代的文人作品中，包括詩詞、散文、筆記、戲曲、文言小說和白話小說等，關於八仙的有不少，詳見拙作《八仙故事源流考》。可是，這些故事中，八仙和江蘇的故事，非常少見，江蘇作家的作品中，也很少八仙的故事。可是，江蘇民間故事中關於八仙和八仙出現的作品極多，這充分體現了八仙的江蘇化。這種江蘇化，主要體現在以下若干方面。

八仙中某些神仙出身在江蘇。《江蘇山水》之《張公洞原是張躬洞》，云宜興龍山張公洞，其名源於張果老。《徐州民間文學集成（上）》之《張果老到騎毛驢》云，徐州泉山是張果老的得道之處。張果老是其地古觀小道童，因爲違其師父龍泉眞人命，吃了人參娃娃而成仙。《常州民間故事集（二）》之《劉海戲金蟾》云，虎山腳下窮樵夫劉海，善待外來的孤老太觀音，不受狐狸精的迷惑，反而得到了它的千年道行，又在石頭下獲得金蟾，被觀音度

為神仙。《銅山卷》之《何三姑成何仙姑》中，銅山東北大塔山腳下何家灣童養媳何三姑成何仙姑。關於這個方面，下文還有論述。

　　江蘇某些山水風貌或風物和八仙中神仙有關。《通州卷》之《呂四原來叫呂三》云，麻姑和呂洞賓打賭，移動了長江南岸，東州一帶遂多雨，民多因此而病。呂洞賓奉玉帝之命，第四次到東州賣藥治病，故其地地名「呂三」就改作「呂四」。《揚州民間故事集》之《拋來的孤山》云，因為和百花仙子吵架，鐵拐李向彌勒佛借了乾坤袋，裝了許多山苗，以張果老的驢子背了，去塞百花仙子的洞府。百花仙子乘鐵拐李酒醉之機，以靈芝寶劍戳破乾坤袋，山苗陸續撒在下方，待鐵拐李發現，乾坤袋中只剩下一山，鐵拐李遂將此山隨便拋下。這就是揚州和南通之間唯一的山，故名孤山。《徐州民間文學集成（上）》之《琵琶山》云，琵琶山在徐州城北，本是韓湘子身邊的寶物。《中國民間故事集成》之《江蘇卷》之《東海佘山》云，呂洞賓奉玉帝之命將呂四東南地方沉為海，因為好心腸的祖母和孫子在佘山休息，未沉此山，故其山在海中。《無錫的傳說》之《惠山茆峰》云，其山半山腰有棋盤石，無錫棋手過百齡曾和年羹堯下棋，夢中至棋盤石下棋，得呂洞賓指點，而戰勝年羹堯。同書《棋盤洞》云，宜興張公洞中有一棋盤洞，張果老和張天師常在此下棋。同書《美人石》云，惠山愚公谷寄暢園中的美人石，乃是藍采和的徒弟的未婚妻所化。同書《石門》云，惠泉山麓西南角上有一洞，為八仙所曾經居住，他們曾在其門口打牌，其地的草，就叫「骨牌草」。同書《蜈蚣峰》云，有蜈蚣精害人，鐵拐李助人殺之，蜈蚣乃化為秦履山上的蜈蚣峰，其上三洞，乃鐵拐李所刺。這些故事中，八仙中神仙，法力巨大，甚至到了可以安排河山的程度。

　　某些公共設施為八仙建設，或者是參與建設。如東縣石甸鄉和袁莊鄉交界之處的某個地方，叫「鐵果門」，其地原來有一石門，就叫「鐵果門」。相傳鐵拐李和張果老幫助一對貧困的小夫妻設曬鹽田，並造此石門攔海水曬鹽。見《如東卷》之《鐵果門》。《太湖的傳說》之《神仙造起棗子橋》中，蘇州附近光福鎮上一座木橋，名棗子橋，相傳乃劉海以棗核為橋樁，故名。《南通市區卷》之《三元橋》中，鐵拐李幫助陳實治癒了制臺大人少爺，制臺乃為造橋方便人們到陳實處求醫，名三元橋。《啟東卷》之《大仙橋與牛橋的傳說》云，呂洞賓在呂四蒿枝港救助了飢寒受傷的挑鹽人牛二，此後，此橋邊求仙治病的人很多，遂名大仙橋。《南通市區卷》之《韓湘壩》云，韓湘子在

觀音山鎮南某地助人們築壩便民，其壩名韓湘壩，至今猶存。《新沂卷》之《呂仙井》云，城崗鄉土城村西南的呂仙井，乃是某大旱之年呂洞賓協助村民所開。《啓東卷》之《仙堂山的傳說》中，呂洞賓協助匠人在呂四西北一無名小山上造一廟，故名此山爲仙堂。這些故事，體現了八仙爲人民造福的特點。

其他以江蘇爲背景的故事，則更加多了。例如《啓東卷》之《呂四的來歷》云呂四乃以呂洞賓得名，一云呂洞賓去過四次，一云三次。呂洞賓在那裡開酒店、開餅店、當和尚、當乞丐、算命等等。其地三官殿，是呂洞賓當過和尚的地方，慕仙樓則是其住過的樓。《揚州民間故事集》之《狗咬呂洞賓》中呂洞賓在揚州賣湯圓，《啓東卷》之《呂洞賓賣缸爿餅》《呂洞賓擺攤賣藥》《大公雞》則是呂洞賓在那裡懲罰惡官，《呂洞賓鬥妖魔》的故事發生在那裡的白水蕩。《小花浹的傳說》中，呂洞賓協助孝子捕魚。《邳州卷》之《聖賢愁》中，鍾離權、呂洞賓遇到的吃白食大王「聖賢愁」，就是其地白馬村的。《南通市區卷》之《三遇鐵拐李》寫鐵拐李協助南通名醫陳實功治病救人。《鎮江民間故事》之《劉海的故事》中，劉海在鎮江移井，造福鄉里。《徐州民間文學集成（上）》之《白雪變麵》云，徐州蓮草湖地區三年饑荒，八仙使降雪變白麵，災民大喜。官府和財主盡力搜刮。鐵拐李下凡瞭解，得其實，看到財主如此爲富不仁，遂讓天不再下白麵。

相比較而言，蘇北沿海地區的八仙故事，明顯要比江蘇其餘的地區多。蓋蘇北沿海地區，許多地區是新形成的陸地，或者是尚未充分開發的荒地，吸引了大量外地百姓前來謀生。這些百姓，絕大部分屬於下層人物，這些故事中的呂洞賓、鐵拐李等等，他們的形象、爲人處事的方式等，和這些流民或者早期移民中許多人，多相似之處。

土特產之起源及其生產。《太湖的傳說》之《呂純陽和蠶王神打賭》云，本來桑樹每年只長一次葉子，而蠶三眠而可以成繭。某年，呂純陽說桑葉茂盛，蠶吃不完，蠶神則說桑葉不夠。二人鬥法，蠶神讓蠶三眠後仍然吃桑葉而不成繭，呂純陽遂讓桑樹再次長出葉子，以滿足蠶。自此，蠶必四眠而後成繭，而桑樹每年可以長二次葉子。《中國民間故事集成》之《江蘇卷》之《陸稿薦熟肉》云，蘇州臨頓路熟肉店陸老闆家雖窮，但是於某年四月十四日救一躺在街上快要餓死的道人，將他帶到店裏，給他食物。道人復原後，遂將其一張破席子留在肉店而去。陸老闆某日燒肉時，無引火柴，乃以那破席子引之，而所煮熟肉有異香，遂成名產。這熟肉店更名爲「陸稿薦」。「稿薦」

就是「席子」。人云那個道人，就是呂洞賓。《無錫的傳說》之《肉骨頭》所云，和這個故事相似。主人公爲無錫崇安寺附近以賣狗肉骨頭爲生的孤老太陸阿福，而道人則是鐵拐李。陸阿福那個店，就是無錫的陸稿薦，其醬排骨聞名全國。《中國民間故事集成》之《江蘇卷》之《揚州剪紙》云，揚州剪紙技術，乃是何仙姑傳授給揚州姑娘花丫頭，由花丫頭傳出。《邳州卷》之《神剪》云，是後來成爲宋朝妃子的邳州姑娘高妃，向何仙姑學了剪紙技術後把此技術傳出來的。初五不動剪的風俗，乃是因爲這是何仙姑收徒弟的日子。《無錫的傳說》之《金飯碗》云，窮老漢將鐵拐李所贈金飯碗扔入太湖，故太湖物產豐富。這些故事，實際上就是利用八仙的知名度做產品廣告，和今人利用名人做廣告，是同樣的道理。

解釋某些風俗。包括蘇州在內的江南許多地方，有「依九做生日」的風俗，叫「慶九不慶十」。《中國民間故事集成》之《江蘇卷》之丹陽的《依九做生日》云，孝子小王，當於十九歲死，呂洞賓設計，迫使閻王將小王的壽命延長到 99 歲。蘇州養蠶人家，有在大門貼《蠶貓圖》的風俗。《太湖的傳說》之《蠶貓大戰老鼠精》云，太湖中一鼠因進龍宮偷食珊瑚寶草而成精，危害百姓，尤喜食蠶，常貓懼之。洞庭西山農民蘭生在四月十四軋神仙的時候，購買一《蠶貓圖》，掛在家中，圖上貓變成眞貓，殺死鼠精，餘鼠逃竄。自此，桃花塢《蠶貓圖》有名，蠶農們紛紛張掛。《海安卷》之《蓮花落和何仙姑》云，縣官需要七種魚治療其母親的病，通過魚行老闆責令孝子王二捕之。何仙姑教王小二在捕魚時以安有蓮花的竹板敲打並且念誦歌詞，就容易打到七種魚。王小二如其言行之，果然很快地打到了七種魚。此後，當地就流行唱「蓮花落」了。這些故事，有助於這些風俗的傳承。

第二節　八仙的進一步俗化

八仙本來是通俗文化的產物，但是，用以加工的材料，還是來源於相對而言有雅的色彩的史書、筆記、文言小說等，且通俗文學本身，也有向雅的一面，因爲通俗文學作品的作者，幾乎都是受過雅文化薰陶的人。因此，通俗文學中的八仙故事，相對來說，還有其比較雅的一面。可是，在民間故事中，情形就不同了。民間故事的創作者、傳播者和接受者，幾乎都是民間的老百姓，絕大多數而言，沒有受過雅文化的薰陶，從各方面說，民間故事和通俗文學作品相比較，更加顯得俗。這裡說的俗，當然是多方面的。我們以

八仙故事為例，就很容易地看到通俗文學作品和民間文學作品的俗，其間是不同的，儘管民間故事中的八仙，就是來源於通俗文學作品中的八仙。

出身的俗化。通俗文學作品中的八仙，他們的出身，其實並不是都俗的。鍾離權是漢代的將領，打了敗仗，被神仙度化了。張果老是個會變戲法的老道士，老道士當然是俗的，但是，這個老道士不一般，長期在宮廷中，給唐明皇和其他達官貴人服務，這就不一般了，變的戲法，也有學問，能夠說出漢代的情況。呂洞賓家世顯赫，他本人也是個書生，到京師參加進士考試的路上，遇到鍾離權，被度成仙了。韓湘子是韓愈的侄孫，官至大理寺少卿，通俗文學作品中說是韓愈的侄兒。劉海蟾是五代時候的大官僚，位極人臣，後來才出家修道。曹國舅是宋朝的國舅兼高官，富貴中人，後來才被度成仙。徐神翁是道士，但是他修道，有法術，清高，不能算俗。鐵拐李是乞丐，算是俗的，但是，也還有其他的說法，或云他是修道的散仙，或云他是六案都孔目李岳和某財主少爺的合成體，也不是尋常人家出身。藍采和是俗的，民間藝人，但人家是名演員。何仙姑是女巫，算是俗的，但是，她和尋常女巫不同，喜歡和官員和著名的文人打交道，歐陽修就去見過何仙姑，這就不是尋常的女巫了。此外，關於何仙姑的出身，還有其他的說法。總之，即使是通俗文學作品中的八仙，就出身而論，他們未必都俗，未必都是來自於尋常百姓家。

江蘇民間故事中的八仙，就不同了。《邳州卷》之《鐵拐李的腿是怎麼瘸的》云，鐵拐李就是當地的一個青年農民，名李鴻山，孤兒又赤貧，遇見呂洞賓等七仙後，被度成仙。《新沂卷》之《鐵拐李燒腿》中，鐵拐李原是當地一個好吃懶做又赤貧的農民，家無柴火而竟然燒自己的腿。《銅山卷》之《何三姑成仙》中，何三姑是銅山東北大塔山腳下何家灣村的一個童養媳，其未婚夫已亡，其婆婆刻薄陰毒，肆意虐待她，張果老、呂洞賓等度之，遂成神仙，名何仙姑。《如東卷》之《鐵拐李與何仙姑》中，何仙姑是當地何家之女。《新沂卷》之《何秀姑成仙》云，當地藥鋪女掌櫃何秀姑，在瘟疫大行之時，救活了很多人，遂被張果老度為神仙，名何仙姑。《新沂卷》之《張果老倒騎毛驢》中，張果老本是個小道童，因為嘴饞，偷吃了師父龍泉真人的人參而成仙。《江蘇山水故事》之《張公洞原是張躬洞》云，張果老乃宜興的張歌郎，因為偷吃了道人的千年人參而成仙。

所行之事俗。呂洞賓等，身上充滿了酒色財氣。《啟東卷》之《請客吃飯

為什麼叫請酒》中，呂四地方，因為觀音說：「見酒不吃是為高，見色不採筋骨牢。見財不愛眞君子，見氣不惹禍事消。」呂洞賓則針鋒相對：「無酒不得誠意，無色地廣人稀。無財不分窮富，無氣怎辦事體。」《如皋卷》之《呂洞賓收元神》中，呂洞賓在杭州何家，和外號白牡丹的何小姐偷情且生子。《江蘇山水故事》之《張公洞原是張躬洞》中，張歌郎成了張果老後，雲遊過宜興，見一美麗姑娘在削棉花，乃唱歌調戲之，被其妻子發現後責罵，原來那個削棉花姑娘，乃是張果老的女兒。《如東卷》之《彭祖擺壽臺》中，鐵拐李和彭祖吹牛比老，彭祖不及；和彭祖的老婆比老，敗下陣來，且遭到羞辱。《邳州卷》之《鐵拐李的腿是如何瘸的》中，李鴻山赤貧，但是不肯認窮，且誇其窮：說其破爛棉襖乃是「玉皇大帝送的」，其破鞋乃「虎頭龍爪」，吃的明明是「凍得像個琉璃蛋的山芋葉子窩窩」，卻說這是仙丹，「俺這仙丹吃一口，能活八百載，吃兩口，不老能長生；吃三口，能騰雲駕霧；吃四口，能入地上天。瞎子吃一口，睜眼看到南天門；瘸子吃一口，拐棍一丟能駕雲；禿子要是吃一口，頭髮能長萬把根。」《南通市區卷》之《鐵拐李服輸》中，鐵拐李和紅娘子都聰明機智，但他終究敗給了紅娘子。《揚州民間故事集》之《拋來的孤山》中，鐵拐李和百花仙子吵架鬥法。《如皋卷》之《談話店》中，張果老和鐵拐李想「贏點銀子開開心」，和開「談話店」的秀才鬥智，結果輸給了秀才。《江蘇山水故事》之《岩山南靈稱靈巖》云，山間醫生張老漢醫德高尚，醫術高明，救了許多人性命，被百姓稱為「活神仙」，鐵拐李知道後，很不服氣，不顧其他七仙阻攔，下界測試張老漢是否配得上這個稱號。《江蘇山水故事》之《金焦二山一擔挑》中，八仙和二郎神同行，張果老和何仙姑「頭靠頭地嘰咕，又掉頭看看他，又捂著嘴笑笑」，原來是在說二郎神的妹妹和凡人結婚的事情。這故事中的張果老和何仙姑，也喜歡那些無聊的八卦。《通州卷》之《呂四原來叫呂三》云，呂洞賓和麻姑打賭，致使長江尾改道。《太湖的傳說》之《呂洞賓和蠶神打賭》中，呂洞賓就該年桑葉是否夠蠶吃和蠶神打賭。《新沂卷》之《張果老倒騎毛驢》和《江蘇山水故事》之《張公洞本是張躬洞》中，張果老得以成仙，乃是偷吃了道人的千年人參。《常州民間故事集》之《鐵拐李偷鍋還鍋》云，鐵拐李得道之前，是一個窮困的糟老頭。他竟然做出偷鍋子的勾當。偷是無奈，還了就好。

　　行事方式粗俗。《何三姑成仙》中，呂洞賓、張果老等度被婆婆肆意虐待的童養媳何三姑成仙，乃是讓何三姑吃他們嘔出來的麵條。《中國民間故事集

成》之《江蘇卷》之《依九做生日》云，呂洞賓等八仙讓當十九歲死的王小二在花果山下設一宴席，然後請閻王等神靈，說：「我們去花果山，敲敲孫悟空的竹槓，弄頓酒吃吃。」閻王等乃隨他們到花果山，誤吃王小二設的宴席，王小二索回報，呂洞賓乃提議由閻王將王小二的壽命改爲九十九歲以報之。因爲吃了人家的酒，眾神靈也附和：「這酒席是大家吃的，有福同享，有難同當。玉帝追查下來，大家一起承擔」，於是閻王只得就範。呂洞賓等設局，既幫助了王小二，他自己和仙友們也吃了一頓白食。《如東卷》之《巧女鬥仙家》，飯店主人家小姐聰明，鬥敗了許多人。呂洞賓、藍采和前往與小姐鬥猜字謎，輸給小姐。二仙乃分別割耳朵、鼻子下酒，意在逼迫小姐仿傚而羞辱之，小姐以機智鬥敗了他們。《邳州卷》之《聖賢愁》中，漢鍾離和呂洞賓分別割下自己的鼻子和耳朵作下酒菜，以迫使好吃白食的「聖賢愁」也出下酒菜。《南通市區卷》之《歌敗呂洞賓》中，呂洞賓和山歌之鄉聰明美麗又擅山歌的紅娘子鬥歌時，「擠眉弄眼地挑逗」，完全是個「骨頭只有四兩重的輕薄漢」。

至於鐵拐李，動不動就顯露他的爛腿甚至爛肚皮。《常州民間故事集（二）》之《鐵拐李考察人心》云，溧陽殷橋鄉藥店老闆善待肚皮有爛瘡膿水直流的鐵拐李，生意興隆，而梅渚藥店的老闆討厭鐵拐李，生意蕭條。

第三節　故事中八仙的職能

一、通過勸懲體現某些道德導向

勸孝、懲罰不孝。《啓東卷》之《呂洞賓賣缸爿餅》云，呂洞賓發現只有長輩買餅給晚輩吃，不見晚輩買餅給長輩吃，獨獨一個男孩拾海鮮孝養婆婆，常買餅給婆婆吃，乃欲度男孩成仙，恐其祖母無人照顧而罷，勉勵孩子「孝心可嘉，永作善人」。眾人方知是呂祖下凡，點化眾人。《海安卷》之《龜背十三塊》中，飽受兒媳虐待的婆婆以僅有的粗穅餅施捨給瘸腿叫化，叫化回報一以十三塊破布縫成的背心。婆婆穿上，異常溫暖。不孝兒媳知而奪背心穿上，背心縮小，使之成一烏龜。這瘸腿叫化，就是鐵拐李。

勸爲善。《鹽城市故事卷》之《鐵拐李學醫》云，一流浪老頭病，藥店老闆拒絕醫治，而藥師李大將老頭背回家中，精心醫治。老頭原來是李老君，他教李大醫術，讓李大成仙，是爲鐵拐李。《常州民間故事集》之《鐵拐李

和樹德堂》云，藥店樹德堂老闆醫術高、心眼好，鐵拐李協助他救死扶傷，藥店因此發了大財。後來，老闆的子孫掌管藥店，他們不再像過去那樣行善，鐵拐李就不幫他們了。藥店的生意也就沒有以前好了。《無錫民間故事》之《沈郎中遇仙》云，沈郎中善待張果老，和八仙一起吃飯喝酒，而得到他們的幫助，提高醫術，自己也變得年輕。《常州民間故事集（二）》之《曹國舅棄官離風塵》云，曹國舅見堂弟仗勢欺人，強搶民女，制止不成，又遭到姦臣陷害，被放回家鄉養老。災荒之年，他散財賑濟災民，得鐵拐李超度為神仙。

懲貪婪。《如皋卷》之《鐵拐李戲弄老鼠眼》中，化成乞丐的鐵拐李為財主老鼠眼攢稻，使法術攢出十萬八千擔，財主要他再攢，鐵拐李說，「貪心不足，倒去八百」，攢下的稻穀都不見了。《如皋卷》之《人心第一高》，《啓東卷》之《井水當酒賣，還缺一把糟》，《啓東卷》之《小寡婦酒肆》，《豐縣卷》之《呂洞賓與白醪酒》，《海門卷》之《呂洞賓打酒井》等，大體情節都是這樣：因為酒店主人或大度、或貧窮、或弱勢、或生意不好，呂洞賓乃使其店之井產酒，酒店由此興旺，而店主也因此而勢利，且貪心大發，埋怨沒有酒糟。呂洞賓乃使其井不再出酒，作為懲罰。《啓東卷》之《長鼻子財主》云，窮孤兒小虎到山間打柴，遇神仙聚餐，見一老神仙遺下一葫蘆，小虎乃拾而追還之。老神仙乃以葫蘆賜小虎，云此乃寶貝，人要什麼，葫蘆就給什麼。財主趙老虎知之，迫小虎說出實情，自己如法在山間等候。八仙果然又來聚餐，然沒有遺失葫蘆，趙老虎竟然追搶之，被發現，八仙乃拉長其鼻子，圍其腰兩圈。《揚州民間故事集》之《凹鼻子阿哥》中，主要情節相類，只是兩位主人公不再是窮孩子和財主，而是弟弟和哥哥，還增加了嫂嫂將煮熟的種子借給弟弟等情節，是典型的「兩兄弟型」故事。同書《狗咬呂洞賓》云，呂洞賓在揚州賣湯圓，一文錢一個，眾人只揀大的，不要小的，狗也如此。一狗爭不過，只好吃小的。哪裏知道，小湯圓中有仙丹，那狗吃而成仙。《海門卷》之《狗咬呂洞賓》中，情節大致相同。《啓東卷》之《東海佘山的來歷》云，呂洞賓在當地賣油，一個錢可以裝滿一容器，容器大小則不拘。眾人競相以大容器前往購買，以致於用船裝。獨一男孩奉祖母之命，以小容器購油，因為祖母說「為人總要做好事，不能叫做生意的太蝕本」。呂洞賓乃在當地沉沒的時候，救了該祖孫倆，而其他的貪婪者，全部喪生。《徐州民間文學集成（上）》之《張果老賣油》，情節相仿。

懲好色。《啓東卷》之《呂純陽剃芋芀老頭》中，理髮師只顧和抱孩子的女子嬉笑，給孩子剃了陰陽頭，孩子不依，理髮師草草了結。理髮師給呂洞賓理髮時，呂洞賓的頭髮剃而復迅速長出。理髮師發現勞而無功，乃向呂洞賓道歉，呂洞賓乃罷，留下聲音：「刀下割髮斬亂麻，心頭思緒要專一。」同書《大公雞》云，揚州府衙門主官溫某，調戲婦女，強搶財物，爲非作歹。呂洞賓教訓他，溫某不思悔改，還讓手下抓呂洞賓。呂洞賓乃幻出一公雞，殺了溫某。

二、造福大衆

《啓東卷》之《八仙賑災》中，八仙造稻穀等農作物。《海門卷》之《麥肚皮上有條縫》《大米爲啥缺隻角》分別說八仙造稻子和麥子，《磨子溫莎有陰陽面》講八仙爲人間造磨。《呂洞賓鬥妖魔》云，白水蕩中有妖，興風作浪，毀田壞屋，吞食牛羊，呂洞賓乃誅之而去。《呂洞賓擺藥攤》云，白水蕩周圍鬧瘟疫，呂洞賓擺藥攤，救人無數，在五魁橋邊，留下墨蹟而去。《新沂卷》之《呂仙井》云，大旱之年，村民救了化成將死老道的呂洞賓，呂洞賓乃指點他們開井得水。《南通市區卷》之《三元橋》云，鐵拐李幫助醫生治病。《揚州民間故事集》之《海水爲啥是鹹的》云，鐵拐李隨唐明皇遊月宮，偷鹽到人間。《啓東卷》之《漢鍾離拔胸毛》云，漁民沒有合適的材料製作捕海蟄的漁網，漢鍾離乃拔下若干胸毛，化爲一種茅草，漁民乃用這種茅草製作捕海蟄的漁網，俗稱茅千斤，堅韌耐磨，海水浸泡，也不腐爛。《南通市區卷》之《韓湘壩》中，韓湘子幫助當地人作壩以擋風潮。《太湖的傳說》之《神仙造起棗子橋》云，劉海幫助當地人造橋。

三、救助貧弱

《啓東卷》之《靈眼樹與鐵拐李》，清官過善，以府衙糧倉失火，損失巨大，抑鬱致盲。其女銀杏至呂祖閣爲父祈禱。一老僧給銀杏一裝有數顆銀杏的葫蘆。過善偶而食用葫蘆中銀杏而目明。此後，過善廣植銀杏樹，以銀杏果施予百姓，並爲醫，擅用銀杏治病，又命人廣植銀杏樹，其地遂多銀杏樹，人亦長壽。那個老僧，就是鐵拐李。《銅山卷》之《何三姑成仙》云，童養媳何三姑，被婆婆的百般虐待，因爲超負荷勞動，極度勞累，磨麥子時撒了麥粒打了盆，怕遭婆婆毒打而尋死，八仙救之，並且超度她成仙。《啓東卷》

之《大仙橋與牛橋的傳說》云，牛二被嫂嫂虐待，離家出走，賣鹽爲生。一日，牛二挑鹽過橋，因飢寒交迫體力不支，連人帶擔滾下橋塊，雙腿被壓斷，呂洞賓救之。《如東卷》之《鐵果門》云，一對貧困小夫妻多次建曬鹽場而未成，而能善待化作乞丐的鐵拐李和張果老，鐵拐李和張果老給他們造控制海水出入的石門，而建成曬鹽場。《無錫的傳說》之《棋盤洞》云，樵夫幫助張果老，張果老乃治癒樵夫祖母之病。《金飯碗》云，艄翁無償渡化爲和尚的鐵拐李，鐵拐李乃贈艄翁金飯碗。《無錫的傳說》云，新婚之夜，新娘被蜈蚣精所劫，鐵拐李幫助新郎殺死蜈蚣，救出新娘。

第四節　能使死魚復活的仙藥

顧希佳《中國古代民間故事長編》之清代部分引樂鈞《耳食錄》初編卷十云，某漁夫夜臥溪畔，聞鬼語云，其地次日，鐵拐李將經過。漁夫遂於次日候之，見一乞丐，遂上前抱其足求度。乞丐乃從其葫蘆中取一藥丸予之。某日，漁夫偶然將此藥丸放魚甕中，死魚復活。此後，漁夫每有死魚，就以此藥丸活之，獲利甚豐。有人欲謀其藥丸，漁夫乃吞之，而成仙。同書引程麟《此中人語》卷四云，赤貧之人張邋遢夜臥石橋，聽土地神和夜遊神對答，知八仙將過此橋。果然有八人過橋，張邋遢拉住最後一個跛腳乞丐求度，乞丐予以一塊瘡疤，云可如意。張乃撿魚肆所棄死魚放水盆中，放入那瘡疤少許，魚無不活蹦亂跳。眾人無不訝異。某日，眾人偷窺，見其使死魚復活，破門而入，欲搶其瘡疤。張邋遢以瘡疤盡咽入口，大笑而去。據筆者所知，此類民間故事流傳於江蘇者，有這樣幾個版本：《中國民間故事集成》之《江蘇卷》所載流傳於漣水的《張邋遢成仙》，《揚州民間故事集》之所載流傳於高郵的《張邋遢》，《海門卷》之《孝子成仙》，《啓東卷》之《李十三和魚老闆》，《通州卷》之《漁祖耿七公》，《無錫民間故事精選》之《活佛戴定光》之《巧遇鐵拐李》，《鎮江民間故事》之《登仙橋》，《常州民間故事集（二）》之《周線巷的傳說》，以及筆者幼年時親聞於先伯祖父的《戴定光》，該故事流傳於江陰等地。這些故事的大致內容是：主人公知道有神仙經過某地，乃求神仙幫助，神仙予以靈藥。主人公以此靈藥使死魚復生而獲利。人知之，欲奪其靈藥，主人公乃吞靈藥而成仙。

此類故事中的主人公，都是貧賤者，有些甚至是赤貧，生活狀態很不好，然而，他們都心地善良。因此，此類故事所體現的最爲基本的主題，也是民

間故事中最爲常見的：貧賤者好心獲得好報。貧賤而善良，是其獲得神仙幫助的原因，這反映了民眾的願望，也體現了勸人爲善的道德導向。例如《捕魚仙》中的捕魚仙，以捕魚爲業，其兄「十餘年未歸」，他獨自「竭力奉母，未嘗缺乏」。《此中人語》中的張邋遢「子然一身，家赤貧，與乞丐無以異」，而爲人極爲隨和。漣水《張邋遢成仙》中的張邋遢，其兄在東京做生意，他和嫂嫂在漣水。他對嫂嫂很體惜，儘管由短工而至於討飯，還是對家人「情深心好」。高郵的張邋遢，和嫂嫂兩人在家，「日子也算過得不錯」，但他也是個尋常魚販，對嫂嫂亦好。海門的張邋遢，是一個魚販，「待娘很孝順」。啓東李十三，是個販魚的小商人，家中貧窮，但是，對八十歲的老母親很孝順。通州的耿七公，是個孤獨的老頭，早年是個漁民，常熱心助人，漁民們「因此都很敬重他」，後來，他因爲船網被魚霸所奪，無法下海，只好以在海灘上撿小魚蝦生活。江陰等地《戴定光》中的戴定光，也是一個尋常魚販。這些故事中，其中多個故事中的主人公是張邋遢，且都以邋遢著稱。在舊時下層社會，邋遢者是很多的。

　　這些故事中，除了《耳食錄》和啓東版外，主人公遇到神仙之處，都是在橋上。這當然未必有「度人」的象徵意義，而是出於敘述故事的方便。「橋」是一個特定的地方，不同於「路」、「田」、「場」之類的廣闊，也不同於某個建築內之類那樣不具有充分的開放性。橋作爲故事發生的地方，具有人們易於感知的有限性。橋的長度和寬度有限，也爲故事情節的行動性預設了緊迫感。就故事中而言，主人公守候神仙，神仙未過橋，他易於阻攔求助，若神仙過了橋，他便無法阻攔求助了。

　　那麼，主人公是如何知道那裡有神仙經過的呢？高郵版中，是主人公夢中聽說，海門版中是菩薩託夢。通州版中，是主人公因爲無家可歸，住在橋洞，夢中橋神見告。漣水版中，是主人公不願意回家麻煩嫂嫂，乃以橋爲家，聽到橋公橋母打掃橋時的對話，乃知道他們掃橋，是因爲八仙將在這裡經過。江寧版，則是主人公無家可歸，睡在橋上，聽到夜遊神和掃橋的土地神之間的對話，乃知道八仙將在這裡經過。江陰等地《戴定光》故事中，魚販戴定光，每天早晨要起早到集市賣魚。其妻子爲了和相好幽會，乃在半夜三更到屋後竹園去搖動竹竿，竹子上的鳥都叫起來。當時沒有鐘錶，戴定光聽到鳥叫，就以爲天快要亮了，於是起床出發，到集市去賣魚。其妻子就如願和相好幽會。戴定光到城門口，發現城門還沒有開，於是，就坐在附近一座橋上

打盹。橋神土地掃橋，就把八仙要經過的消息告訴了他。

　　以夢境推動故事情節的發展，固然容易，但是，這不及敘述情節更爲生動，更爲容易被人接受。和主人公夢中得知神仙經過相比，漣水版、江寧版、江陰版的情節，似乎爲勝。這些故事中，主人公都是在橋上聽到神仙將經過此橋的消息的。橋是交通要道，行人往來頻繁，何以別人沒有聽到而能讓他們聽到？在民間信仰中，神靈出來活動，往往是夜深人靜的時候。可是，此時常人當在家中安睡，主人公何以能夠在橋上或者橋下？這些故事中，主人公幾乎都是住在橋上或者橋下，此與他們貧困的境況相合，也就便於設置夜深人靜之時聽到神靈對話而知道神仙將要經過的消息這些情節。至於戴定光，則是被妻子所欺騙，也符合情理，且事涉桃色，尤爲容易傳播。

　　在此類故事中，給主人公靈藥的，除了啓東版爲一個老神仙外，其餘都明確是李鐵拐。這是符合情理的。李鐵拐瘸腿，行動不便，八仙一起行動，他總是落後。主人公見到八人，未能及時悟得此乃八仙，及至悟得，七仙已經走過，不及攔求，尙來得及攔求者，唯有李鐵拐而已。漣水版的處理，更加細緻。八仙過橋，有的走得太快，未容主人公出手，就已經過了橋；有的吹笛子樂聲優美，主人公被迷住而未攔求；有的是做官的模樣，主人公又不願意也不敢攔求；青年男女親熱，主人公又不忍打擾，放過去了。只剩下最後一個李鐵拐，他行走不便，「艱難地走了過來」，主人公就只好出手了。

　　所謂靈藥，漣水版中是李鐵拐在身上亂搓而得的一個紅球；揚州高郵版是李鐵拐在攔腿上摳下的一塊爛肉，《此中人語》、江寧版、海門版是李鐵拐身上的一塊瘡疤；《耳食錄》中是李鐵拐從葫蘆裏拿出的一顆櫻桃大的丸藥；啓東版是老者給主人公的一顆仙珠；通州版是李鐵拐破棉衣上的一團棉絮，謂之「招魂絮」；江陰版是李鐵拐搓下的一團耳垢。除了仙珠、藥丸比較雅外，其餘都是髒臭之物，和李鐵拐的身份、形象相一致，也更有趣、更刺激，這也和舊時下層社會中多不講衛生者的現象相合。

　　此類故事中，主人公都以仙藥使死魚復活，以此賣個好價錢，結果引起別人的覬覦，甚至遭到搶奪。在揚州高郵版、海門版、江陰版中，搶奪者是同行魚販；《耳食錄》、《此中人語》、江寧版中，沒有明確搶奪者的身份。同行競爭，常人好奇，都是可信的。漣水版、啓東版中，搶奪者都是魚行老闆，通州版中是漁霸，這樣的設計，就有了強者壓迫弱者的社會批判意義。常州版中，則是隔壁的無賴。

面臨強者或者眾人的搶奪，主人公明知不敵，乃吞仙藥，而後成仙。啓東版例外。魚老闆知道李十三以仙珠使死魚復活的秘密後，設計偷了仙珠，如法行之，而大獲其利。魚老闆認爲，此珠既然可以使死魚復活，那麼，定可使人起死回生。他見打漁旺季已經過去，魚行所雇員工不忙，就將員工打死數人，準備到忙的時候，讓他們復活。官方知道後，立案審理。漁老闆無法用仙珠使死者復活，被官員下令打死。李十三以另外一顆仙珠和漁老闆所偷那顆合用，讓被漁老闆打死的員工起死回生，此後李十三就爲漁老闆，買賣公平，大家滿意。和此類故事中的其他故事相比，此故事中，社會批判的意義更爲明顯。漁老闆之不仁，一至於此，也體現了人們對理想的漁老闆的期望。

關於主人公成仙後的後續故事，《耳食錄》中的捕魚仙，有把遠在外地的哥哥迅速背回家和母親團聚、把宅子旁邊的高塔背到南海二事。前者當從唐代萬回故事中萬回「一日萬里探兄而回」的故事而來。《中國民間故事集成》之《江蘇卷》之句容民間故事《張邋遢背哥哥》《張邋遢背寶塔》，以及《鹽城市故事卷》之《朦朧塔的傳說》，《常州民間故事集》之《文筆塔爲啥在東門》等故事，明顯和《捕魚仙》故事相類似。高郵版中主人公到鎮江哥哥那裡買醬油，給哥哥帶回髒衣服，也背寶塔，海門版中，主人公背遠方的弟弟回家和母親團聚，也都是如此。

結　語

在江蘇文人筆下的八仙故事中，最爲活躍的，當然是呂洞賓，其次就是鐵拐李了。這和古代筆記小說與通俗文學中八仙的活躍排序是一致的。可是，仔細看看，江蘇民間故事中的鐵拐李，比古代筆記小說和通俗文學中的鐵拐李，更加活躍。呂洞賓身爲書生，多才多藝，學問廣博，風流倜儻，好酒好色，遊戲人間，其活躍，這很容易理解。鐵拐李是個乞丐而已，不僅沒有文化，於諸般才藝，一竅不通，且相貌醜陋，身體殘疾，衣衫襤褸，髒污不堪，簡直一無可取之處，爲何在民間故事中，如此活躍呢？其主要原因，乃是鐵拐李代表著最爲底層的社會群體的形象，他能夠體現社會弱勢群體的悲情，在封建社會中，民間以弱勢群體爲多，鐵拐李那樣的人物特別多，人們注目於鐵拐李，也就可以理解了。

第十七章　民間宗教信仰故事研究

引　言

　　廣義的民間宗教，是指所有超現實信仰在民間社會傳承的形態和內涵。至於關於宗教信仰的部分，和宗教本來的內容，會有這樣那樣的區別。例如，民間社會奉行的佛教，和經典中的佛教、僧侶奉行的佛教、學者研究的佛教，是有很大不同的。狹義的民間宗教，是指佛教、道教等有思想體系和超現實格局、秩序、系統的宗教之外的信仰，例如對民間俗神或雜神等超自然物的信仰。在我國古代，把神靈分爲天神、地祇和人鬼。天神就是天上的神靈，地祇就是山水土地等大地的神靈，人鬼就是人的靈魂。以屈原的《九歌》爲例，東皇太一、雲中君等，就是天神，河伯、山鬼，就是地祇，國殤就是人鬼。除了天神、地祇和人鬼外，民間宗教的信仰對象，還包括某些自然物、物品的神靈等等。

　　我們在這個部分要討論的，是江蘇民間故事中狹義的民間宗教，因爲民間佛教和八仙等，已經在前面討論過了。至於此前還尙未作研究的民間道教中的少數幾個在民間影響比較大的神靈，這部分也有所涉及，但這些神靈，也是發端於民間的，後來才被道教收編到神系中去的。特別要明確的是，民間故事中的民間宗教，和民間信仰中的民間宗教，是有不同的。民間信仰中的民間宗教，儘管也有這樣那樣的不同，但是，大致有一定的規範，不會過於出格，而民間故事中的民間宗教，變化就更加大了。

第一節　關於幾種常見神靈

　　除了佛道神靈之外，在江蘇民間最爲常見的神靈，也是在我國民間最爲普遍被信仰的神靈，有兩類。一類我稱之爲「行政神」，就是土地神和城隍神。另一類是家庭神靈，那就是灶神和門神。

　　土地神叫社神，起源於人們對土地的崇拜。一個或者附近若干個村莊共同祭祀一個社神，這些人就是「同社」，於是，「社」也就有了基層組織的意義，叫做「里社」。土地神可以依附在某棵高大而年久的樹上，這樹就叫「社樹」，如果依附在一塊石頭上，這石頭就叫「社石」。最爲常見的是，土地神的像或者神位被供奉在廟裏，這廟，文言叫「社廟」，俗話叫「土地廟」，也有叫「土地堂」的。魯迅小說《阿 Q 正傳》中，這主人公住的土穀祠，實際上就是土地廟。土地廟大小不一，大的有幾間房子，小的如鄉下的雞窩，長寬高都不到一米。一般的土地廟，也就一兩間房子，在廟宇中，算比較小的。最爲簡單的，裏面供奉土地神的神位，或者畫像。稍微考究的，就是土地神的塑像，或者再加其他的神像。《南通市區卷》之《三十夜子打囤子》云，通州鄉鎮都有土地廟、土地堂，供奉土地神、土地奶奶，還有雷公電母、追風馬、小馬童之類的神像。通州這樣的移民區域如此，其他地方，就更加普及了。

　　中國古代的自然崇拜，發展到後來，都是對人鬼的崇拜，幾乎沒有例外。土地神，也常常被人以人實之。民間故事中也有此類內容。《睢寧卷》之《土地爺的來歷》云，韓湘子度韓愈，八次才成功。可是，韓愈過不慣上界的生活，想念妻子。韓湘子讓他下界。韓愈下界，進了土地廟，當了土地神。因此，諸神中只有土地神有老婆。《豐縣卷》之《土地老爺韓文公的來歷》所載略同。同書《土地奶奶是何人所封》云，姜子牙封神，封其妻子爲土地奶奶。《南京民間故事》之《天下都土地》云，南京有「天下都土地」，皇帝爲立「都土地祠」，廟門匾額爲「敕建都土地祠」。朱元璋封田德滿爲都土地神。在這裡，「都」是「大」、「總」的意思。

　　土地神就如同人間世界鄉村基層的負責人，對當地實行全面的管理和監督，在該地擁有絕對的權威，所以叫「當方土地」。

　　土地神最爲原始的屬性，就是掌管和土地有關的事務。民間故事中大量故事，正是如此。《邳州卷》之《二月二炒豆子》云，某農民留豆種，下種時發現豆都被蟲蛀了，怒而燒鍋炒豆，把蟲子炒死，然後下種。這樣的豆種，

當然不會發芽了。可是，好心的土地神命小鬼把這些炒了的豆子換成正常的豆子，於是，這農民還是獲得了豐收。《南通市區卷》之《蚯蚓和螻蛄》云，以何香為首的農民把大量荒地變成良田，惡霸前來強佔土地，雙方械鬥。何香和惡霸的女兒雷姑雙亡。土地神把何香變成了蚯蚓，而雷姑成了螻蛄。《邳州卷》之《駱馬湖》云，當年駱馬湖還是農田的時候，玉帝懲罰世間浪費糧食，命土地神和五穀神把農田中的麥穗抽掉，每株只留小的，且經過八十三場雨才能成熟。土地神保護百姓的利益，改為八月、十月和三月各下一場雨，麥子成熟，以免麥子受澇災歉收。玉帝默許，但永不提拔土地神。這些都是和種植有關的事務，種植當然和土地有關。農民要個好收成，祭祀土地神，在民俗中是常見的，民間故事中也有此類情節。例如《邳州卷》之《土地爺為啥沒有耳朵》，《通州卷》之《老農夫計戲土地》，《如東卷》之《土地公公分紅利》等，都有關於農民祭祀土地神祈求豐收的敘述。

除了種植，造房子等營建，當然也和土地有關，要「動土」，因此也和土地有關。《海門卷》之《糊塗的土地菩薩》云，本來土地和城隍在同一廟。城隍神能幹，土地神年邁糊塗。人們有事找城隍，冷落了土地。某日，城隍神奉天帝命上天，土地神獨自管事。他給造房子定了許多規矩，例如風水、擇日和這樣那樣的儀式等等，勞民傷財，百姓怨氣衝天。天帝知道後，就命城鎮由城隍執掌，土地只能到鄉下去。

在民間故事中，土地神不僅僅管土地，還有管天的職能。《啟東卷》之《土地公公吃素不吃葷》，《通州卷》之《兩個土地菩薩》，《海安卷》之《圓滑的土地公公》中，土地神還能決定當地的陰晴風雨之類氣象。

不僅如此，土地神還熟悉該地的任何情況，包括細小、隱秘的情況，他是全知的。《如皋卷》之《土地佬救討丫頭》云，某富家幼兒佩戴的珍珠散落，被鴨子所吞食。富家認為是丫環所竊，迫使丫環交出。丫環無以自明，逃到土地廟，聽土地公公和土地奶奶在談論此事，遂告富家而找到珍珠。

在當地發生的自然性和社會性的一切事務，土地神都有責任、有權力處理。《啟東卷》之《靈祐侯的來歷》云，明代正德皇帝遊呂四鎮，風雨大作，一俊美童子前來護駕。風雨過後，童子消失在當地土地堂中。正德皇帝乃封呂四土地神為「靈祐侯」。《沛縣卷》之《土地爺戴王冠》云，秦兵追殺未來的天子，劉邦的母親抱著小劉邦躲進豐縣城東七里鋪土地廟中。土地神發動蜘蛛在門上織網，劉邦母子逃過一劫。劉邦稱帝後，下令把這廟由三間改為

五間大廟，把土地爺的方巾換上了王冠。

可是，超出土地神管轄的區域，他的權勢就消失了。《啓東卷》之《當方土地出門》云，龍王村土地在龍王村，受到百般尊敬，連木柱都恭維他。但是，出了龍王村，就沒有誰搭理他了。《南通市區卷》之《三十夜子打囤子》云，人們祈求土地神「土地公公保祐，風調雨順，天下太平」。就土地神的職能說來，這恐怕就太大了點。

「當方土地當方神，出了當方就不靈」。正如土地救劉邦故事中說的，「土地爺只相當於人世間的地保一類賤役。」「賤役」是對官府而言的。總之，在神靈世界，土地神大致相當於村長、里長之類。

城隍則是城市的保護神。「城」爲「城牆」，「隍」爲城壕，也就是相當於護城河。城牆和城壕，或者是護城河，都是用來保護城市的。因此，城隍神最爲原始的職能，就是保護城市不受兵匪盜賊水火之類的侵犯。後來，城隍神的職能擴大，城市及其所轄地區農村的晴雨之類也歸他管。唐代李白，就寫過向城隍神求雨的文章。根據趙翼的考證，到唐代，幾乎所有的城市，都已經設立城隍了。縣以上政府都設在城鎮，即使縣政府所在地是鎮，也叫「縣城」。明代，朝廷規定，省、府、州、縣，都要造城隍廟，城隍神的職能進一步擴大，都有監察並且協助地方同級別行政長官治理當地的任務，對管轄區域作全方位的治理，叫「監察司民」。就這樣，城隍神從城市的保護神，就變成了對城市及其所轄地區的管理神。那麼，府城隍就相當於神靈世界的知府，縣城隍就相當於知縣了。

在江蘇民間故事中，城隍神幫助城市抵禦兵匪盜賊水火侵犯的故事沒有見到過。官員、民眾等祈求或者要挾城隍讓下雨，唐代就已經如此了，此後一直到上個世紀五十年代之前，都有這樣的事情發生。江蘇民間故事中，也有反映。例如《啓東卷》之《張宗昌爲城隍畫像》云，某年山東大旱，百姓到城隍廟燒香求雨，但乾旱如故，人們就罵當時主政山東的張宗昌。張帶炮兵進駐城隍廟，斥責並且打城隍耳光，然後令炮兵炮擊天空而雨下。其他一些故事，也反映城隍神有這樣的職能。

既然城隍神相當於那個級別的行政首長，例如省城隍、府城隍和縣城隍，土地神則是村長、里長之類，那麼，城隍就直接管轄著土地神了。這也是我把他們稱爲「行政神」的理由。

在江蘇民間故事中，城隍和土地，有時確實是上下級關係。例如，《徐州

市區卷》之《猴土地爺》中，徐州北邊的平邑縣北門外土地廟土地神空缺，徐州的城隍神，就派一個叫小猴的乞丐去當那裡的土地神。這就是說，土地神由當地城隍神任命，這和知縣任命鄉里社會的首腦，是一樣的。《揚州民間故事集》之《王二借旗杆》中，王二造房子急需一根合適的木頭，而一時沒有辦法購買，就去砍土地廟前的旗杆來用。土地神知道後，憤怒但怕王二，就去向城隍神求助：「跪倒城隍腳下，頭如倒蔥，涕泗橫流」。這也說明，城隍是他的上級。可是，在另外一些故事中，他們的地位卻是不分高下的，只是本事有差別而已，所處地方不同而言。《啓東卷》之《土地公公吃素不吃葷》云，城隍和土地兩神，本來在同一個大廟的。城隍樂於助人，本事也大，所以前面香火旺盛，土地神則無所事事，冷清一旁，能夠享受的供品，也就一些豆腐茶乾之類。土地神向「城隍老弟」請教，城隍給他機會，土地也沒有辦法完成任務，所以，他就從那個大廟搬了出來，到偏僻的鄉村居住，廟堂狹小低矮，供品簡單，且盡是素食。

　　灶神。灶神起源於對火或灶燒煮食物的屬性的崇拜，後來發展爲家庭的保護神和監察神。在民間信仰中，灶神作爲家庭保護神和監察神的職能，在江蘇民間至今都普遍存在。在民間故事中，監察神的職能和保佑其家順利、發財的職能比較突出一些。《沛縣卷》之《灶王爺休妻》云，「灶王爺是掌管人間煙火的，權力很大，家家戶戶的貧窮富貴，全由灶王爺做主，所以百姓又怕他，又敬他，不敢得罪他。初一十五要給他燒香上供，過年的時候，還得在灶門口貼灶君像，磕頭禮拜。」《通州卷》之《過年爲啥要撣塵》云，舊式土灶上的灶家廟，對聯是「上天言好事，下界保平安」。灶君臘月廿四上天，人們燒黃錢元寶，點明香燭，上供祭品，口頭求「灶神老爺上天好話多說，醜話少說」。灶神記性不好，把其家的罪過記錄在房頂的蘆笆上，撣塵的時候，撣掉了，他就不記得了。可是，《常州民間故事集》之《撣簷塵》云，三尸神把人間對天帝的不恭記錄在塵土上，灶君爲了保護百姓，讓人們在臘月廿四之前撣簷塵。

　　門神。我國很早就有門戶之祭祀。《禮記・祭法》所云大夫三祀、適士二祀，都有門。庶士、庶人立一祀，或戶，或灶。鄭玄注云：「小神居人之間，司察小過，作譴告者耳。門戶主出入，往主道路行作。」此門戶之神，非後世之所謂門神。民間之所謂門神，乃張貼在門上之畫像，用以驅鬼辟邪者，是守門之神，故多威猛之像。最早的門神是神荼、鬱壘，《山海經》中就有他

們捉鬼的故事。知名度最高的門神，是尉遲恭和秦叔寶，這大概是和《西遊記》的廣泛傳播有關。《西遊記》第六回中，有尉遲恭和秦叔寶成爲門神的故事。相傳在詩文好復古的明代，讀書人家的門神，都是貼神荼、鬱壘，而尋常百姓家則貼尉遲恭和秦叔寶。

《通州卷》之《門神的來歷》中，門神的來歷，和《西遊記》中的相關情節差不多。《南通市區卷》之《貼門神》中，則有新的說法：唐太宗賜尉遲恭和秦叔寶鋼鞭和寶劍，上面分別有「鞭斷人亡」、「劍斷歸天」字樣，讓他們上打昏君，下打姦臣。李治當皇帝，昏庸無能。他們三番五次勸諫都無效，只好帶了鞭、劍上殿責問。李治見了，逃入深宮。二人擊門而鞭、劍皆斷，乃頭撞鐵門而死，後人奉他們爲門神。皇帝猶懼，何況鬼耶？這個悲劇故事，有抨擊昏君的主題在。

和門神功用類似的，是鍾馗。在江蘇民間故事中，關於鍾馗的故事不多，但還是有的。《中國民間故事集成》之《江蘇卷》之《掛鍾馗像的傳說》中，鍾馗像能夠驅除黃鼠狼精。

相比之下，民間關於「行政神」的故事，要比關於「家庭神」的故事多得多，這大概是因爲「行政神」所包含的內容更爲深廣，更爲豐富多彩。

第二節　格局的渾然、無序和職能的重複、多元

廣義的民間宗教，是一種渾然的存在。不同宗教的神靈或者信仰，可以交織在一起，甚至某些人也有如同神靈的某些超自然能力，在神靈世界中發揮作用。

這樣的渾然存在，首先以物質形態的形式體現出來。不同宗教的神靈，可以在同一所廟宇中接受人們的崇拜。例如，《海門卷》之《雷不打天》中，東餘的東皇廟中，居然有大雄寶殿。東皇是我國傳統文化中的神靈，《楚辭》的《九歌》中，第一首就是《東皇太一》，一般認爲是天帝，或者是太陽神。可是，大雄寶殿則是供奉釋迦摩尼等佛的，「大雄」就是「佛」的別稱。《啓東卷》之《北三清殿元帥爲啥臉青》云，這三清殿最初供奉的是太清天、玉清天和上清天，故稱「三清」，都是道教的神靈。後來，改奉元始天尊、靈寶天尊和道德天尊，儘管不是「三清」了，但還是道教的神靈。再後來，又加進了千手觀音、溫公元帥和真武大帝等。這就混亂了。觀音是佛教中的神靈，竟然跑到道教的殿堂了。清代中期，藥師、釋迦、彌陀三個大佛，也竟然在

這三清殿中了。《蘇州民間故事》之《關公爲啥進羅漢堂》中，佛教的羅漢堂中，竟然還供奉著和佛教沒有什麼關係的關公，據說是關羽去世後跑到羅漢堂想修佛。《銅山卷》之《施堂廟》云，徐莊鄉腰莊村東北角施堂廟，供奉神農氏，東山牆下塑觀音，西山牆下塑華佗。《南通市區卷》之《肉店不歇夏》中寫通州的城隍廟中，兩廂是十殿閻王，審「犯人」的是城隍老爺。牛頭夜叉之類排列兩旁，判官身穿綠袍，翻看陳年賬本。這樣不同宗教的神靈混雜的情況，儘管不是普遍的，但是，還是不難見到的。現在臺北的龍山寺，則把這種渾然的特點，發揮到淋漓盡致，不管是佛教的，還是道教的，還是別的神靈，只要在民間屬於比較常見的，除了屬於基督教等的神靈外，這寺中一應俱全，幾乎就是一家「信仰超市」。

民間佛教和民間道教的某些風俗相互影響。北京等地正月十九燕九節，有在白雲觀附近尋訪神仙丘處機之俗。南方則蘇州四月十四在皋橋一帶軋神仙，這個神仙是呂洞賓，說四月十四是呂洞賓的生日，他會在這天下降到皋橋一帶。《無錫民間故事精選》之《香花橋上軋神仙》云，祗陀寺和尚阿彌陀化成癩和尚昇天，他許諾次年四月八日會來看大家。於是，每到四月八日，其地就有「軋神仙」的風俗。這和北京的燕九節、蘇州的軋神仙，十分相似。

有些宗教建築或者場所，供奉或者崇拜神靈的地方，其名稱，也會和裏面的神像不一致。寺廟等宗教建築中供奉的神像和其管理者，有可能屬於不同的宗教。《啓東卷》之《呂四城隍廟的傳說》云，呂四城隍廟佔地 20 畝，有各類房舍 108 間，規模不小。城隍是我國本土信仰中的神靈，和佛教沒有關係，可是，在這城隍廟中管理並且修行的，是和尚。《睢寧卷》之《大王廟》云，睢寧卷城西北角小村莊廟灣大王廟，供奉灄水大王，廟由和尚管理。《海安卷》之《護國寺一廟供二神》云，此寺中供奉關公和岳飛二神，而沒有別的神靈。《海安卷》之《青墩護國寺殿門因何朝東》云，這個護國寺供奉的，也是關公和岳飛，寺內有方丈和僧人。「寺」是佛教修行場所，是供奉佛教神靈的地方，怎麼沒有佛教神靈，而只有關公和岳飛呢？僧人住在其中修行，更是覺得彆扭。再說，關公和岳飛並不吃素，祭祀關公和岳飛，怎麼辦呢？

在民間信仰活動中，誦經是常見的。可是，佛教經典幾乎是「國際貨幣」，通用的。佛教中沒有灶神，灶神是我國民間信仰中的神靈，道教把他收

編了，勉強算道教的神靈也行。祭祀灶神的時候，念《灶王經》，當然是最爲合適的。但是，灶神的神像後面，會印《心經》，人們祭祀灶神的時候，會念誦《心經》，先祖母就這樣做過，我親眼所見。《心經》是佛教經典，不是道教經典。禮斗是道教活動，念誦《全眞禮斗眞經》是必要的環節，可是，還要念誦佛教經典如《心經》和《金剛經》之類。此乃我親聞之於參加禮斗活動的人。我還聽說「三官廟中做道場」的說法。三官神是民間神靈，或者是道教神靈，而「道場」乃是佛教法事。

　　這樣的混雜，有時候也會產生矛盾的。《南通市區卷》之《江海神祠》云，明代，官軍在狼山打敗劉六劉七的部隊，朝廷認爲，江海神相助有功，故頒詔建立「江海神祠」，塑像爲大禹模樣，放在狼山寺中接受祭祀。但是，朝廷規定，祭祀這江海神，要用全豬、全羊和全鹿之類，而佛教是不殺生的，寺廟中也禁止食用此類肉食。如果這樣祭祀立在狼山寺中的江海神，成何體統？因此，後人就撤掉了所謂的江海神，在其地改立觀音等的塑像。於是，「江海神祠」也就改名爲「圓通寶殿」。

　　民間故事中，不同宗教的神靈混雜在一起。《南通市區卷》之《雁濱》云，觀音山太平寺中的觀音菩薩，可以降佛旨，令龍王退水，並且賜當地百姓一道神符，上書「限三日」字樣，讓龍王執行。龍王無奈，只好照辦。佛經中也有龍。觀音制約龍王，也可以通的。《太湖的傳說》之《太湖爲啥不是圓的》中，王母娘娘做壽，玉帝送銀盆，卻命四大金剛抬著銀盆去送禮。《揚州民間故事集》之《鵝爲什麼怕傘》云，玉帝命四大金剛持傘捉拿犯了錯誤的鵝。《太湖的傳說》之《蜻蜓爲啥有四隻翅膀》云，玉帝想水淹山陽縣，怕觀音救護，便利用王母娘娘做壽的機會，拉觀音到御花園下棋，約好不能中途離開，同時派天兵天將實施水淹山陽縣。觀音知道後，拔下頭上的簪子，化爲蜻蜓，飛到山陽縣報警。

　　不僅是不同宗教的神靈可以摻雜在一起，而且人也可以摻雜進去，和神靈世界渾然一體，對神靈發生影響。《蘇州民間故事》之《崑山城隍眼開眼閉》云，少年顧鼎臣進入城隍廟，城隍就要起立致敬。《蘇州民間故事》之《羅漢燒狗肉》中，顧鼎臣讓叫花子用木雕羅漢燒了狗肉，羅漢也沒有辦法。《如東卷》之《南通都城隍廟》，《如皋卷》之《南通都城隍廟》都云，少年顧春安，可以罰南通城隍到邊關充軍，當然也可以讓他回來。《徐州市區卷》之《罷免城隍》云，李蟠見城隍什麼事情都不幹而享受供品，寫了張紙條作命令，命

城隍每天早晨去遼陽，晚上又必須回到徐州，又將紙條貼在城隍像上。城隍只好照辦。後來，城隍覺得實在太累，託夢李蟠的老師，讓李蟠揭去紙條，城隍才得以安寧。《南通市區卷》之《復土地廟》云，少年顧養謙可以讓土地神充軍到遼陽。他們憑什麼能夠如此對鬼神發號施令？民間信仰中認為，這是因為他們本來就是神，最為普通的說法，是天上的星宿下凡，不僅早就注定要當高官的，且他們本來作為神的職分，在這些城隍、土地之上，例如，城隍神對顧春安一口一個「星君」，可見他本來就是星宿。他們差使城隍、土地之類，就如同品級高的官員差使品級低的官員一樣。這樣說來，人和鬼神也在同一個世界中，渾然一體，都是按照同樣的品級系列定高下，定誰差使誰。民間信仰中，正是如此。筆者小時候聽一位姨祖父說，某甲少年時很窮，為人家放牛。他背著草籃去巫師之類活動的場合，巫師之類就會說，鬼神跑掉了，或者是不願意來合作，因為他們要迴避這位割草少年。後來，這位割草放牛的少年，成了一位高級軍官。《如皋卷》之《縣官拆廟》云，興化縣一連多任縣官死於妖精。新任縣官是探花，他查明是城隍廟中的妖精作怪後，下令拆廟，兩個兒子死去也不停止，然後在另外一個地址新造一個，妖精之害乃消。因此，一般省、府、州、縣的城隍廟在衙門的上首，而興化縣的則在縣衙門的下首。在民間信仰和政府規定中，知縣和縣城隍，一個在人間，一個在神靈世界，是平級的，且城隍還有監督知縣的職能，那麼，這個知縣憑什麼可以清除城隍呢？用民間信仰來解釋，第一，此君既然是探花，也就有可能是「星君」之類下凡。第二，除了品級以外，還有邪正在。邪不壓正，此之謂也。這樣說來，兩個世界的道德標準、邪正標準，也應該是一致的了。其實，所有這些，歸根到底，所謂神靈世界，都是現實世界的曲折體現而已。

　　這樣的現象，原因何在呢？首先，佛教、道教和民間信仰中的種種神靈和方術、巫術之類，在民間信仰中，都是可以相容的。所有這些被人民大眾信仰的對象，對人民大眾而言，是一個渾然的整體存在，並沒有多少矛盾衝突。其次，人們接受的宗教教育，都是淺層次的，以致於他們無法分清所信仰的神靈的宗教歸屬，甚至無法分清寺院、道觀、祠廟之間的區別。再次，在民間信仰中，這些神靈都是勸善懲惡的，社會的善惡觀大體相同，人們可以賦予這些神靈社會的善惡觀，而不必考慮這些神靈原來的宗教性質或者歸屬，在民間信仰中是如此，在民間故事中，更是如此。

　　民間信仰作爲這樣一個渾然的存在，還有一個特點也是很有趣的，這就是，這些神靈之間，缺少秩序，統屬關係是不嚴格、不明確的。玉皇大帝是神靈世界的最高統治者，這沒有問題，大家都知道。可是，除此之外，諸神之間是什麼樣的關係？就不大明確了。按理說來，城隍神和土地神之間的統屬關係，是最爲明確的，但是，有些民間故事中，還是不明確的。此外，還有哪些神靈之間，有明確的統屬關係和高下之別呢？很難找到多少。例如，同樣是管理風雨之類氣象的神靈，是龍王領導風伯雨師，還是風伯雨師領導龍王？他們之間，誰的品級更加高？更何況，管理氣象的神靈，還遠遠不至於他們。再如，同樣是家庭的保護神，灶君、門神、鍾馗、石敢當等，他們之間是什麼樣的關係？同樣是財神，趙公明和五路財神之間，是什麼樣的關係？同樣是救苦救難的神靈，觀音、關公等等之間，是什麼樣的關係？這些，都是不甚了了的。

　　在民眾的意識中，整個神靈世界，也和人間世界一樣，有個最高的統治者統治著，人間世界的最高統治者是皇帝，而神靈世界的最高統治者是玉皇大帝，也稱玉帝。這一點，人們是確信無疑的，婦孺皆知。除了這一條，其他的大大小小的統治者，及其他們之間的關係，許多人就不那麼清楚了。例如，朝廷的種種官職，人民大眾就未必清楚，最多模糊地覺得這些官職大致的職位高低。道教關於天庭的描述，基本上就是把封建朝廷，搬到了天上。因此，人們對所謂天庭各種神靈的職位之類，同樣是模糊的。在封建社會中，地方是有行政區劃的，例如，明清時期，有省，省下有府，府下有縣，縣下有基層的組織，例如圖、都以及里之類。這些行政區劃，有些人是知道的，但是，有些人就未必在意，也未必知道了，因爲除了基層組織的首腦以外，其他的官員，和絕大多數人沒有關係，人們也懶得留意了，愚夫愚婦孺子，自然就對這些不甚了了了。神靈世界的「行政區劃」，完全是按照人間世界的行政區劃，那麼，神靈世界的官員們，人們也就未必清楚了。在封建社會中，朝廷和軍隊等的官員，也可以對地方事務施加影響力。在官位和權力至上的社會中，如果沒有更加高的官位和更加大的權力介入，這樣的影響力，對具體事務來說，往往就是決定性的。因此，對許多民眾來說，除了皇帝以外，各類官員的職位權力等等，他們是不甚了了的。人間世界對官職、權力等，都有明確的規定，也是實實在在的政治存在，人們尚且不甚了了，神靈世界是虛擬的，神靈的職位是無限的，沒有人像人間世界一樣，作嚴格的政治設

計，規定格局和序列等，因此，神靈們儘管有元帥、將軍、后、妃、君之類的稱號，但是，在民間社會，他們的職位高下，他們之間的關係等等，大多是不明確的，對百姓來說，他們幾乎都是至高無上的。

和民間信仰中諸神的渾然一體、秩序不明確相一致的是，在民間信仰和民間故事中，神靈的職能，大量是重複的。

關於管理晴雨等氣象，就有多個神靈有這樣的職能。某些民間故事中有這樣的情節：茱農向神靈甲祈求下雨，漁民向同一個神靈祈求天晴。果農祈求不要颱風，航船祈求有風可以張帆。他們都許諾重重的酬報。神靈甲覺得這些要求相互矛盾，無法解決，求教於神靈乙。神靈乙很容易地解決了：夜裏下雨利茱農，白天晴天讓漁民曬魚乾。江河颱風利行船，果園微風以免吹落果實。在《啓東卷》之《土地公公吃素不吃葷》中，神靈甲和神靈乙分別是土地和城隍；《通州卷》之《兩個土地菩薩》中，分別是河西土地和河東土地；《揚州民間故事集》之《周倉管天》中，分別是周倉和關公；《豐縣卷》之《周倉看家》中，分別是周倉和關平；《無錫民間故事精選》之《關老爺吃豬頭》中，是周倉和關羽；《海安卷》之《圓滑的土地公公》中，分別是土地公公和土地娘娘；《沛縣卷》之《老天爺的傳說》中，分別是李老天爺和張老天爺；《徐州市區卷》之《王母娘娘掌權》中，分別是王母娘娘和玉皇大帝。從這些故事來看，掌管氣象的神，就有天帝、城隍、土地、關平等，他們都可以支配某一區域的氣象。天帝管理整個神靈世界和人間世界，當然可以管理氣象。城隍神、土地神作爲「行政神」，守土有責，當然也可以管理當地的氣象，這些於理可通的。關公、關平等有保護百姓的責任，似乎就也可以管理氣象了。至於龍王、風伯、雨師等，則相當於人間的「職能部門」，氣象屬於其分內之事，當然也可以管理了。

保護百姓不受侵犯，也有不少神靈有這樣的職能。《海安卷》之《青墩護國寺殿門因何朝東》云，該寺供奉的關公和岳飛，騎馬幫助朝廷軍隊打敗倭寇，保護百姓。《如東卷》之《白馬廟》云，岔河鎮關嶽廟中，岳飛像的坐騎白馬，連續數夜晚上出、凌晨歸，和吃家禽家畜乃至小孩的黑蟒蛇精搏鬥，終於殺死黑蟒蛇精。《中國民間故事集成》之《江蘇卷》之《磨刀雨的來歷》中，蟒蛇精將雨水吸掉，造成乾旱，關公磨刀，欲斬蟒蛇精，而磨刀之處，正是蟒蛇的頭部，蟒蛇再不敢吸雨水了。《鎮宅石的由來》云，石敢當能夠驅鬼辟邪。《掛鍾馗像的傳說》中，鍾馗像能夠驅除黃鼠狼精。關公和岳飛

及其相關的神靈之保護百姓，多致力於公共安全，石敢當和鍾馗，則是家庭安全。

保祐人們發財，同樣有若干神靈有這樣的職能。人們相信，財神當然能夠保祐人發財。《海門卷》之《五財神》，此財神爲趙公明兄弟。《徐州民間文學集成（上）》之《壩子街橋》中的財神，也應該是趙公明。過年時有燒利市祭祀財神之風俗。能保祐人們發財的，還有土地神。《南通市區卷》之《下馬神》中，丈人六十大壽，小女婿讓妻子當了首飾購買麵和肉，前去祝壽，遭到冷遇，麵和肉也沒有收。小女婿回家路上入一荒涼破敗的土地廟避雨，以麵和肉供土地神夫婦。土地神夫婦大爲感激，就讓他發了大財。《通州卷》之《下馬鞍》中的情節也相類似。《南京民間故事》之《人心不足蛇吞象》《鷹叼老鼠》，《徐州民間文學集成（上）》之《馬尿》中，土地神也能保祐人發財。土地神是「行政神」，當然可以幫助其子民發財啊！在民間信仰中，灶神也能夠保祐其家發財。

某個神靈的職能，大多不止一個，是「多功能」的。天帝、城隍神、土地神等「行政神」，是綜合性的神靈，相當於人間的行政長官，他們對管轄區域內作全面的治理，他們的「多功能」可以理解。可是，絕大多數「職能部門」的神靈，除了其「本職」之外，往往擁有其他的職能或者責任。例如，關公是除暴安良的神靈，但是，竟然還管理氣象。有時還是可以繞彎子說通的。例如，上文所引《磨刀雨的來歷》中，蟒蛇精吸去雨水，製造乾旱，關公磨刀於斬殺蟒蛇精，蟒蛇被威懾，不敢再吸雨水而雨乃下。可是，這和管理氣象，畢竟是兩回事。《睢寧卷》之《靈姑——李集的媽祖》中，保祐航海安全的靈姑，也保祐其他水域船隻的安全，這於理可通，她能夠在農忙階段給農民照顧孩子，固然和她女子的身份符合，但是，和她保祐水域安全的主要職能，似乎就沒有關係了，至於她維持風化，懲罰不孝之類，離開水域安全同樣也遠了。最爲神奇的是窮神。窮神是能夠使人或者地方窮的神，到哪裏窮哪裏。韓愈的名篇《送窮文》所送，就是窮神。在江蘇民間故事中，窮神是姜太公的老婆。《中國民間故事集成》之《江蘇卷》之丹陽故事《貼紅紙的來歷》云，姜太公封神，他的妻子討封，太公恨她，罵她「窮神」，她就當窮神，所到之處，必定遭窮。太公和她約定：他到的地方，有紅紙的地方，她不能去。因此，人們造房子的時候，都要貼「太公在此，百無禁忌」的紅紙。《如皋卷》之《芝麻杆兒鎮窮神》中的封神情節大致相同，只是太公對窮

神的約束是「每年三十夜門口插芝麻杆的人家，都不准你進去」。窮神的職能，就是使人或者地方窮困。可是，民間故事中，窮神也能夠保祐人發財！《如皋卷》之《王小二敬窮神》云，王小二請先生寫「財神之位」來供奉，先生戲寫「窮神之位」。小二不識字，虔誠供奉，感動窮神，因爲此神從來沒有人供奉。於是，他向玉帝奏明，讓小二發了財。同樣一個神，竟然在民間故事中有完全相反的職能。可見用得其宜，可以化腐朽爲神奇，用失其宜，也會化神奇爲腐朽！

那麼，民間信仰中的神靈世界，爲什麼會如此「事權不明」、「政出多門」、「一神多能」的呢？首先，當時的社會就是如此。巡撫、知府、知縣等，對所轄地方負全面的責任，他們肯定是「多能」的，民政、教育、錢糧、治安之類，都得管。此外，職能部門官員，除了履行他們所在部門的職責外，對其他的事務，也是會有影響的。例如，著名的楊乃武案件中，就有「學臺充刑臺」的實例，也就是管一省教育的提學使，去幹管一省治安的按察使的事情，這還是奉命而爲。即使不是奉命而爲，提學使對治安事件的處理施加影響，或者按察使對教育問題施加影響，在封建時代的官場，是很有可能的。至於各種官員，超越地域和職能，對家鄉的任何事件施加影響，則就太常見了。這樣的現實，反映到民間神靈信仰中，就是神靈職能的重複，一神多能，甚至是一神萬能，因爲當時的現實世界中，就是官位或者權勢通吃的。其次，歸根到底，神靈及其職能，是人們心靈的產物。人們需要什麼樣的神力相助或者安慰，或者造神，或者給某個既有的神賦予他們所需要的職能。相比之下，後者明顯方便和可行得多，幾乎不需要任何物質的消耗，就可以達到。

第三節　神靈的移植、創造和嫁接

一、移植

在我國民間信仰中，有一些神靈，產生於某個地方，然後影響逐漸擴大，最後衝出地方，走向全國，成爲全國性的神靈，例如關公、媽祖、泰山神、文昌神等，在全國各地，只要稍具規模的城鎮，往往有他們的祠廟。實際上，就是人們把這些起源於外地而有全國性影響的神靈信仰，移植到了本地。

移植外地神靈到本地，不僅僅是造祠廟、做塑像、按時上供而已，而是還可能有將這些神靈本地化的過程。這樣的過程，民間故事中就有所反映。

關公。關羽之祠，興於荊州，早年亦以荊州為盛。《全唐文》卷六百八十四董侹《荊南節度使江陵尹裴公重修玉泉關廟記》言關羽之神威，就可以說明這一點。宋代皇帝多次加封關羽，封到他「王」的爵位。但是，在宋代神靈信仰中，關羽的地位不算高，影響也不大。關羽之交隆運，則在明清兩代。趙翼《陔餘叢考》卷三十五云：「明洪武中，復關羽漢壽亭侯原封。萬曆二十二年，因道士張通元之請，進爵為帝，廟曰英烈。四十二年，又敕封三界伏魔大帝神威遠鎮天尊關帝聖君，又封夫人為九靈懿德武肅英皇后。子平為竭忠王，興為顯忠王，周倉為威靈惠勇公。賜以左丞相一員，為宋陸秀夫；右丞相一員，為張世傑。其道壇之三界馘魔元帥，則以宋岳飛代。其佛寺伽藍，則以唐尉遲恭代。劉若愚《蕪史》云太監林朝所請也。繼又崇為武廟，與孔廟並祀。本朝順治九年，加封忠義神武關聖大帝。今且南極嶺表，北極寒垣，凡兒童婦女，無有不震其威靈者。香火之盛，將與天地同不朽。」可見其大略。明代，關羽始主武廟，與主文廟的孔子平起平坐。孔子稱聖人，關羽就亦有「關聖」之稱，清初給他的封號中，就有「聖」字。於是，關帝廟就遍天下了。

江蘇很早就有了關帝廟，且不少，見各地方志。民間關於關公的故事也不少。有些故事，是說關公在江蘇當地的神跡。如《啟東卷》之《關老爺顯靈懲惡徒》云，呂四有關帝廟，相傳曾經在半月內三次顯靈，懲罰偷盜，懲罰搶劫背著孩子為公婆買藥的寡婦的惡徒。《海安卷》之《儲貫遇關公》云，泰州讀書人儲貫在趕考途中，遇到關公，和關公對對子。《中國民間故事集成》之《江蘇卷》之《鄧家關帝廟》云，如皋東鄉鄧家莊鄧百萬，相傳在清朝順治年間當過河北太守。他家田地無數，帳目難管。他乃造一關帝廟，讓佃戶自己交租，然後到關帝廟中向關帝說老實話。大家不敢糊弄關帝，老實交租，還要買了香燭祭祀關帝。後來，某個大膽的佃戶故意少交租子，賺了若干田地。因為被鄧百萬當成收租的工具，關帝發怒，託夢佃戶，說少交租子，他也不管，並讓鄧百萬窮了下去。這些故事，都是把關公信仰移植到了江蘇，而不僅僅是在江蘇傳播關公的故事而已。

真武帝君。玄武神是道教大神。古代神話中的北方之神為玄武，指二十八宿中的北方七宿。古人將玄武解釋為龜蛇，或者龜蛇合體，與青龍、白

虎、朱雀同爲四方之神。道教傳說云，黃帝時，玄武託胎於淨樂國善勝皇后，從母親的左脅生，得大神仙所授無極上道，到太和山修煉，得道飛昇，玉帝冊封爲玄武。太和山也因此改名爲武當山，乃非玄武不足以當之之意。宋眞宗時，避王室祖先趙玄朗諱，玄武被改爲眞武。大中祥符年間，朝廷封之爲「鎭天眞武靈應祐聖帝君」，後有「玄壇神」、「眞武大帝」、「眞武帝君」、「玄壇帝君」等稱呼。其神像一般是披髮、黑衣、仗劍、踏龜蛇，隨從都是黑衣、黑旗，因爲在中國傳統文化中，黑和北方相應，他是北方之神，所以尙黑色。

　　無疑，眞武帝君也是全國性的神靈，也不是起源於江蘇。可是，江蘇有祭祀他的廟宇，還有相關的民間故事。《銅山卷》之《玄祖廟》云，銅山王崗集的村後，有玄祖廟。神像踩一龜一蛇。相傳玄祖修仙的時候，飯量特別大，爲了不讓百姓麻煩，他就挖出自己的腸胃扔掉。腸被蛇吃了，胃被龜吃了，這龜蛇就成仙了，危害百姓。於是，玄祖就把它們踩在腳下。當地的人們感謝他爲民除害，就立廟並且塑像祭祀他。這「玄祖」，明顯就是眞武帝君。

　　三官。道教神系中，有三位合稱「三元大帝」之尊神。云有陳子檮者，與龍王三個女兒締結良緣。三女各生一子。長生於正月十五，次七月十五，幼十月十五。此三兄弟，長而神通廣大。元始天尊便分別予以封號職位。長爲「上元一品九氣天官紫微大帝」，主天上之事；次爲「中元二品七氣地官清虛大帝，」主地上之事；幼爲「下元三品五氣水官洞陰大帝」，主水府之事。此即所謂「三元大帝」。三元大帝之封號過繁，故簡稱天官、地官、水官，總稱「三官」。見《三教源流搜神大全》卷一等，且云三官之職權頗重。

　　江蘇供奉三官的廟宇比較普遍，大小不一。民間關於三官的傳說，都是把三官給本地化了。《中國民間故事集成》之《江蘇卷》之《三官老爺的傳說》云，三官老爺是玉皇大帝的三個外甥，出生在陝西。兄弟三人樂善好施，成了神仙。老大管天，老二管地，老三管水。寶應地方遭災，天官給百姓提供種子，秋天也不收賬。寶應的土地神託夢農民，爲三官老爺塑像立廟。三官在陝西。老三和老二先後察看建廟情況，而分別搶了首座和次座，天官只好坐下席，所受香煙少。雲台山山神又託夢人們，讓他們在三官廟的前面蓋座靈殿，單獨供奉天官。於是，進香的人們先拜天官，再拜三官。天官盡力爲百姓做事，其他兩位也明白公道自在人心的道理，仿傚天官做好事。於是，

其地就成了「三官老爺福地」。《沛縣卷》之《城子廟》云，咸豐五年大澇災後，微山湖兩岸荒無人煙。劉滿莊西邊五里的西城子，有一座高大的三官廟，巍然獨存。據說洪水漲，廟基也漲。三官老爺顯靈，指點山東幾個縣的逃荒災民，到微山湖地區開荒種地。數年間，那裡出現了大批的良田和村莊。人們認爲這是天官賜福，三官廟香火不絕。《沛縣卷》之《三官廟》云，張寨鄉杜樓祠附近，一百多年前某次黃水後，人們發現了三尊塑像在莊前地裏，遂於其地造三官廟。今杜樓小學，就是其舊址。

媽祖。媽祖信仰，根據可靠的文獻，起源於宋代。此神也稱天妃、天妃娘娘、天后娘娘、媽祖、媽娘、媽祖娘娘、海神娘娘、娘娘等，因爲從宋代開始，朝廷多次加封號。

關於天后的出身，有多種說法。最爲通行的說法是，她是五代時福建莆田湄州嶼人，姓林名默，或稱林默娘，其父親林願，任都巡檢。此女生有異稟，長而通法術，能預言凶吉之事，給百姓治病，又能乘席渡海，乘雲遊島嶼之間。卒後，她又常常顯靈於海上救人。見《三教源流搜神大全》卷四，《古今圖書集成·神異典》卷二十八，張爕《東西洋考》，魏禧《魏叔子文集》卷十六《揚州天妃宮碑記》等。

作爲海神，天后的神通主要是保護海上安全，使人免於風濤、海盜等的威脅。此信仰產生於福建沿海地區，盛於福建、廣東、臺灣、天津等沿海地區，後來在擴大到其他沿海地區。江漢之間的船家，竟也信仰天后。見清朝趙翼《陔餘叢考》卷三十五。在人們信仰中，除了在江中海中救人外，天后還有保祐國家平安、主晴雨等重要職能。

媽祖信仰傳入江蘇，也逐漸被江蘇化了。《南京民間傳說》之《天妃鎮海》云，鄭和下西洋，遇到海難，有仙女救助而得平安。鄭和回國後，將此事稟報朝廷，明成祖乃封此仙女爲「天妃」，在南京下關獅子山附近建天妃宮，並且立碑紀其事。清代，天妃晉封天后。當時，東南沿海人出海，常到天后宮朝拜。於是，此神就和江蘇有了直接的關係。《蘇州民間故事》中的《天妃娘娘》云，天妃娘娘是女媧的女兒，嫁給天帝。天妃被想像成了「天帝的妃子」。女媧補天死後，因爲恨天帝，天妃不願回到天上，遵其母親的囑咐，管理海水，不讓海水跑到陸地。此後，她就住在東海日出之處，看管海水，保祐海上安全。根據《附記》云，太倉婁東劉家港的漁民，除了出海捕撈外，婚配、生育、疾病、禍福等，都要祈求她。這是天后的蘇州化。對

這些漁民來說，天后就是對他們實行全方位保護的保護神了，其職能大大擴大了。

天后被進一步的江蘇化，見之於睢寧的一個民間故事。《睢寧卷》之《靈姑——李集的媽祖》云，李集旗杆街祖籍福建的林姓人家，寡婦和兒子林海、女兒林姑貞一起生活。林姑貞年方十八，是十年前龍捲風吹到林家的，因此已經許配給林海。林海出海期間，某日，林姑貞如入噩夢，許久，其養母喚醒她。林姑貞說，她在夢中見到林海他們遇到風暴，她幫助他們脫離險境。林海平安歸來，說遇險的時候，有仙女來相救。於是，他們就確認林姑貞不是凡人。林姑貞見已經無法保密，乃坦承她是天上司水司的仙女，謝過養母和林海，昇天而去。這天正是農曆三月二十三。在林海的那條船上，有昂貴的貨物，還有十餘名福建商人。他們賣掉船上的貨物，在李集鎮北福建會館內，為林姑貞建造了一座祠堂，叫靈姑廟。據說這是李集的媽祖廟。廟會日是三月二十三日。乾隆帝下江南，在濉河和淮河交會處遇到暴風雨，靈姑顯靈救駕。乾隆帝乃封靈姑為天上聖母，靈姑廟遂改為天后宮。清末，靈姑廟香火鼎盛，廟宇美輪美奐，塑像非常考究。據說，靈姑還能在農忙時節給人們照顧小孩、懲罰不孝者、厭惡淫戲等。這靈姑，其實就是媽祖，她的籍貫和姓氏、立廟人的籍貫、三月二十三的紀念日，其間的痕跡，宛然可見，而故事的發生之地，都在睢寧。

海神是沿海地區普及度很高的神靈。江蘇不少沿海地區，有海神廟。《啟東卷》之《海神廟的傳說》云，乾隆下江南，私民女，致其懷孕。民女羞憤自殺，後被乾隆封為海神娘娘。民女有程姓和秦姓兩說。至於《無錫民間故事精選》之《赤腳黃泥郎》，則是男版的天后。

碧霞元君。碧霞元君是道教所尊奉的大神，也叫泰山娘娘。最為通行的說法是，她是泰山神東嶽大帝的女兒。見清朝福格《聽雨叢談》卷七等多種古籍。道教有《碧霞元君護國庇民普濟保生妙經》，見《續道藏》第 1063 冊。《徐州市區卷》之《泰山廟會》云，徐州城南，雲龍山和鳳凰山之間，有座山叫泰山，原來叫龍虎山。某年，瘟神在徐州作怪，有錢人到六七百里外的北頂泰山燒香。北頂泰山山神的女兒泰山姑，十五六歲，在憨舅舅的幫助下，違背父命來到此山，驅趕瘟神。人們乃為蓋坐南朝北的泰山大廟。後來，人們稱之為泰山奶奶廟，四月十五是廟會的日子。很明顯，徐州的這位女神，正是碧霞元君。

郭子儀。郭子儀是唐代的名將、名相，但是，他不是著名的神靈，民間
信仰中，一般不會提到他是個神。《蘇州民間故事》之《汾陽廟》云，吳江銅
羅嚴墓鄉一帶有人祭之俗，每年清明節前夕以不滿周歲的嬰兒獻祭土地神。
貧婦無錢贖買，只得獻出嬰兒。郭子儀趕考經過其地，救下嬰兒，和村民一
起殺死一頭老野豬，這老野豬就是所謂的「土地神」。後人爲立廟祭祀郭子儀。
郭子儀是唐代華州鄭縣（今山西華縣）人，和蘇州沒有什麼關係。再說，他
趕考，無論如何不必路過蘇州的吳江。原來，這個故事來源於吳江銅羅的古
代移民。這個故事，如果有事實依據，也是發生在陝西，最初立廟當然也在
陝西，不會是在吳江的。當地的部分民眾移民到吳江銅羅，就把他們對郭子
儀的信仰帶了過來，仿照他們家鄉的郭子儀廟，在銅羅也建造了一座郭子儀
廟，並且改編了那個原來的故事，把故事發生的地點，從陝西移到了吳江的
銅羅，也是把他們的郭子儀信仰，徹底地吳江化了。

把外地的神靈信仰移植到本地，並且本地化，這有助於這些信仰的流傳
並且起作用，因爲經過這些本地化處理，這些神靈信仰，就和當地的整體文
化，更加和諧統一了。

二、創造

神靈的產生，是人們某種心理需求的結果。這有不同的具體情況。

《蘇州民間故事》之《火燒鯗魚廟》云，范仲淹進京趕考，乘船而行，
發現水面上有條大魚。船家把大魚撈起來，做給范仲淹吃了。范仲淹覺得魚
來得太容易，問船家，船家說那是人家放的麥鉤子上的魚。范仲淹認爲，吃
人家放到的魚，是不道德的。於是，他就讓船家把他從家裏帶出來的一條鯗
魚，掛到麥鉤子上去，作爲那條鮮魚的補償。放麥鉤子的漁翁收到麥鉤上那
條鯗魚，大驚，到市場上宣揚。大家都很驚奇。一老嫗忽然口吐白沫，自稱
鯗魚王附體，要求人們給他造廟，說人們向他求男得男，求女得女。於是，
一些多年不生育的人，還有一些好事之徒，用蘆席搭了一個棚，買下漁翁的
那條鯗魚，掛在棚裏，供人們禮拜。香火旺盛，有幾個在禮拜這魚神之後，
確實生了兒子。於是，正式的廟宇造了起來，塑像爲人頭鯗魚身，香火更加
旺盛。每年此日，迎神出會，所費不貲。三年後，范仲淹路過這裡，知道了
這個廟的來龍去脈，就告訴大家真相，把這廟燒了。《海門卷》之《魚乾龍王
廟》中，人物不同，而情節大致相同。《南京民間故事》之《項羽廟與香魚

廟》中，則是有人在山上用香魚換下了獵人夾子上的兔子，導致人們造了「香魚廟」。《啓東卷》之《臼壇廟的傳說》中，情節不同，但同樣是荒唐立廟。《銅山卷》之《火神廟》云，三堡集北火石崗上的石頭可以打火。一人進京趕考遇到雨，戴斗笠在崗上避雨，雨過即走。人們發現崗上有塊地方是乾的，以爲是火神顯靈，很驚訝，於是就在那裡立廟。其人回，云：「去時避暴雨，回來火神廟。世上無鬼神，本是凡人造。」這不算造神，因爲火神本來就存在於民間信仰之中，但其荒唐同。韓愈詩歌云：「無心題作木居士，便有無窮求福人。」這些，都是人們始而有所驚，既而有所懼，既而有所求，有了這些心理上的要求，於是，神就產生了，廟也產生了，禮拜等信仰行爲就產生了。

　　有些神靈，則是人們始而申敬，既而酬報，既而祈求，然後被創造出來的。這些神靈，幾乎都帶有濃厚的地方特色，和當地人們的生活和生產密切相關，因此，都是人們的心理所迫切需要的。例如：

　　沿海鹽民所造的神靈：《中國民間故事集成》之《江蘇卷》之連雲港故事《鹽婆婆生日》云，正月初六日，鹽民用三股香、一對小紅燭、紅方、白方、黃小馬、紙上印龍的圖案，到海灘祭祀鹽婆婆。有人還畫鹽婆婆的像，貼在灘頭上祭祀，祈求鹽婆婆保祐燒鹽的灶民收成好，老幼平安，過好日子。放過鞭炮後，灶民幹點製鹽活兒，表示一年的鹽業生產從此開始。或云，鹽婆婆是龍王的女兒，或云是天帝的女兒，或云是海邊一個貧窮的寡婦嚴氏，靠織網度日，發現了鹽及其用處，以及曬鹽的方法。《如東卷》之《錢公太保》云，海邊鹽民每逢年三十和正月初二，敬鹽神錢公太保。相傳錢某發現了鹽的用途，向皇帝呈獻。皇帝發現他呈現的原來是一袋泥沙，怒而命人殺之。後來，皇帝知道了鹽的用處，乃封錢某爲太保，並且命各地鹽墩供奉。鹽民們尊之爲「錢公太保」。

　　沿海漁民所造神靈：《通州卷》之《漁祖耿七公》云，貧苦的老漁民耿七公，遇到神仙，得能使死魚復活的「招魂絮」，遭漁霸搶奪，吞而成仙。《如東卷》之《耿七公》云，耿七公是海船上做飯的。他精打細算，連洗鍋水也留著吃，因爲在海上，食物和淡水，性命攸關。某次海船遇到風浪，漂泊七天，由於耿七公精心安排，大家平安歸來。某次到山東打漁並且做生意，臘月底還沒有回家，他讓大家睡覺，獨自操舵，夜行千里到狼山，而他累死了。海船上奉其像或者神位，求其保祐。《啓東卷》之《水獺菩薩》云，長江口南

岸有水獺菩薩廟。水獺菩薩是個船老大，經常在黃海或者黃海以北的海域捕魚。某年除夕，太陽快要下山時分，他們的船還在黃海以北海域捕魚，大家希望能夠在大年初一和家人團聚。晚飯後，水獺菩薩讓大家進船艙睡覺，他在船上作法，船在空中飛行，次日天明到家，而水獺菩薩用盡法力而累死。漁民為他立廟，廟中供奉他的像。漁民遇到海霧，船老大跪在船頭祈禱，就有燈火樣亮物導航，據說就是水獺菩薩顯靈了。

煤礦工人造的神靈：《徐州市區卷》之《煤窯神節》云，徐州某些礦區以冬至日為煤窯神節。每逢此節日，礦工在上下礦井的進出口處，把羊頭、豬頭放在瓦盆中，上香跪拜，祭祀煤窯神，祈求保祐他們平安。同書《太陽神節》云，農曆五月二十七，是太陽神節。煤窯的窯場上，人們用一頭羊，燃三堆炭火，擺上米飯、糯米團、雞、肉、魚等，燃燭焚香，祭祀太陽神。相傳某父親和七個兒子下井挖煤被堵，得一團紅球引導，放得脫險。人們就認為，這是太陽神搭救。

農民造的神靈：《中國民間故事集成》之《江蘇卷》之《劉猛將的傳說》云，劉阿大小時候，受後母的迫害。在後母的誣陷和唆使下，劉父竟然把他踢入江水。阿大為土地公公所救，漂浮到舅舅家，為舅舅所收留。他給舅舅家放牛、放鴨，遇到八仙而有異能。蝗災之年，阿大施展法力，把蝗蟲趕到海裏喂魚蝦，也因此累死。人們立廟供奉他，稱之為猛將老爺。吳地風俗，七八月水稻長成的時候，人們做猛將會，又叫青苗社，抬著猛將出巡，田間插彩色紙旗，以驅除稻田蟲害。《新沂卷》之《冷姑奶奶廟》云，謝姓夫婦帶兩個孩子和十四歲小妹到新沂，住在紅花埠村神仙廟。謝姓夫婦外出打工，小妹在廟中照顧兩個孩子，打掃衛生。她打掃殿堂時，能夠讓神像先走出廟門，打掃完畢後，再讓神像走回到神龕。某日，神像出而不回，小妹好奇，自己坐到神龕裏，卻不能離開了，於是就成了神。這廟也就成了「冷姑奶奶廟」。此神專門管冰雹。即使天氣再冷，紅花埠也不會下冰雹，因為謝家在那裏繁衍，冷姑奶奶念自家人。

江海附近人們造的水神：《海門卷》之《海神廟》云，縣官徐文燦帶領百姓築堤抵禦海潮，關鍵地段難以成功，得一老者指導，終於成功。人們以為是海神幫忙，遂建海神廟而祭祀之。《睢寧卷》之《大王廟》云，睢寧城西北角小村莊廟灣，有大王廟，供奉灘水大王，有身長八尺的金甲神塑像。《揚州民間故事集》之《仙女廟》云，南宋初年，在仙女的鼓舞下，韓世忠所部打

了大勝仗。人們紀念這仙女，就爲之立廟，叫仙女廟，其鎭叫仙女廟鎭，後來才叫江都鎭。

　　爲地方作出重大貢獻或相傳爲地方作出重大貢獻的人被奉爲神靈：《啓東卷》之《棉三娘與蘆扉花》云，明末清初，句容婦女棉三娘在呂四發明以蘆葦爲材質的土布，她廣泛傳授技術，地方受益巨大。她去世後，當地沙民籌錢於古大安鎭東建棉三娘祠。《海門卷》之《元帥菩薩》云，倭寇攻餘東鎭，武舉袁才率領青壯年和倭寇戰。倭寇投毒井中。身負重傷的袁才投井而死，以警示眾人。人們塑其像於東皇廟中。袁才和元帥，乃音近致誤。《徐州市區卷》之《五毒廟》云，商人吳某遇到瘟神。瘟神說徐州一帶有不少人作惡，他奉天帝之命前來散佈瘟疫。吳某求免除之法，瘟神說五月初五前一天門上貼亞亞葫蘆，他就不往此門內撒瘟疫。吳某仁心，讓家家如此，而忘記了在自家門上貼亞亞葫蘆。瘟神見只有一家門上沒有亞亞葫蘆，就把所有的瘟疫都撒在此家。吳某一家都中毒，黑臉去世。人們建廟祭祀他，稱爲五毒廟。每年五月初五日廟會，人們給他上香。《徐州民間文學集成（上）》之《五毒老爺》，情節相仿。《常州民間故事集》之《清水潭與西平王》云，一農民知道妖魔在清水潭放毒液，爲了有效警示大家，自己喝毒水而死。後來，瘟疫流行的時候，人們就抬其像遊行驅除妖邪。《無錫民間故事精選》之《青面孔老爺》云，黃巷鄉梨莊村聖賢殿有「青面孔老爺」，爲小和尙一空。他夢見毒蛇向井中噴毒，爲了警示人們，他飲用井中毒水而死。同書之《審毒廟》云，官員殺蟒蛇，廢除人祭之俗，當地立廟祭祀之，廟在無錫南門外三十里處。同書《雞犬不留》云，元順帝時宜興知縣張一清抗命救百姓被殺，百姓爲立張公廟祭祀之。同書《長舍娘娘》云，王姑娘樂善好施，失火時從樓上跳入荷花池而死，人們立廟祭祀之。

　　和上面的例子相似的是白馬神等動物神。《如東卷》之《白馬廟》云，岔河鎭關岳廟內岳飛像的坐騎白馬，和吃家禽家畜乃至孩子的黑蟒蛇精搏鬥，終於殺了黑蟒蛇精，但被陽光照了，後無法回到廟中。百姓乃在原地建廟，廟中塑白馬像，加以供奉，香火旺盛。「白馬廟村」的村名，也由此而來。《徐州民間文學集成（上）》之《老龜橋》云，蛇精危害地方，靈龜戰勝之。人們乃立廟祭祀之，塑靈龜奶奶像。每年舉行靈龜奶奶廟會，求她保祐此地平安。

　　發端於某些個人所造的神靈：《如皋卷》之《陸二爹廟》云，私塾先生宗

先生教陸大的兩個孩子等少年，陸大的弟弟陸二對宗先生很敬重，經常為宗先生服務。一日，陸二上街給宗先生買文具，一人暴病死於陸家田頭。陸大的妻子誣陷陸二殺人，陸二被判處死刑，秋後處決。宗先生上京師告御狀得准，帶了刑部的文件往回趕，要在立秋前趕到如皋，否則陸二可能被處決。宗先生累死於泰州。官府發現文件後，把文件轉到如皋，陸二獲釋。獲釋後，陸二知其情，求宗先生遺體不得，乃在家中塑宗先生像而供奉之，人稱「陸二爹家裏的廟」，久之而訛為「陸二爹廟」。衙門某差役為立廟，從陸二家移像供奉之，遇疑難案件，人們向其像禱告。由於像從陸二爹家出，仍然稱陸二爹廟。此外，還有別的一些廟中，也有宗先生的像。

三、嫁接

地方創造的神，可能會轟動一時，但是，其最大的缺陷，是沒有歷史文化的資源，在資歷、淵源等等都非常重要的社會中，這樣的缺陷無疑是至關重要的。這些神靈，或許可以動近人，但是明顯不足以來遠人。即使是近地方的人，也可能會覺得他們的名氣不夠響亮。

要彌補這樣的缺陷，最容易的方法，就是嫁接。把當地民間創造的神靈，嫁接到名氣大、資格老、淵源正大堂皇的神靈身上，充當這些神靈。

為救百姓犧牲的郎中被嫁接為藥師佛。《啓東卷》之《北三清殿元帥為啥臉青》云，清代中葉開始，該殿中加入藥師佛、釋迦摩尼和彌陀佛。這三大佛，就是佛教中的「橫三世諸佛」，藥師佛是東方淨琉璃世界之藥師琉璃光佛，簡稱藥師佛。阿彌陀佛為西方極樂世界的佛，而釋迦摩尼是為娑婆世界之佛，也就是我們這個世界的佛。相傳藥師佛曾發下十二大願，願一切眾生無病痛之災，身心安樂，故稱。可是，在當地民間，這藥師佛不是佛教中的藥師佛，而是當地的一個郎中。某年，某水井井水有毒，郎中阻止人們汲水，人們不聽。郎中乃投井，以自己的死警示人們。人們把他打撈上來的時候，他已經死了，臉色青紫，一看就是中毒而死，人們當然就不汲此井的水了。人們為了紀念他，就把他封為藥師佛，其塑像的臉色，就是他被毒死時的臉色。這郎中無疑是很高尚的，但是，作為神，他沒有多少優勢。藥師佛，是何等的高大上！將他嫁接上去，他作為神的不足，就馬上彌補了。

為救百姓犧牲的人被嫁接為「旻天大帝」。《揚州民間故事集》之《都天菩薩》云，某地人得罪了某位神仙，神仙在天帝面前誣陷該地人。天帝派五

嶽神下界，在該地百姓用的一口井中下毒，欲毒死他們。都天菩薩護井、跳井而死等，這些情節，和《北三清殿元帥爲啥臉青》中元帥菩薩同。此日乃農曆五月十八。百姓燒香敬都天菩薩，天帝明白眞相，乃封他爲都天大帝，專門管轄三江水利，做個「消災菩薩」。人間又封他「旻天大帝」，於是建廟供奉，燒香朝拜，是爲都天廟。每年五月十八，都天菩薩駕雲上天，就要下雨。人們於此日抬其塑像出會，求他消災降福，是爲都天廟會。這所謂「都天菩薩」實際上就是天帝。

好官戚天官被嫁接爲天官。《中國民間故事集成》之《江蘇卷》之泗洪縣故事《天官賜福》云，明代崇禎間，戚天官幫助泗州一帶因遭受旱災而免除皇糧三年，被西宮娘娘誣陷而自殺。泗州百姓悼念天官，在泗州城西北堆一土丘，稱爲「天官墓」。當地上樑都要貼「天官賜福」紅紙，求戚天官保祐。

不往江海倒污物的漁婦被嫁接爲天后。《南通市區卷》之《楚奶奶廟》云，南通西鄉有個文廟叫天后宮，原來叫楚奶奶廟。楚奶奶是長江中的一個窮漁婦，一貫嚴令家人不許將污物倒在長江中。長江龍王因此非常感激她，讓她的船多打魚蝦，在風浪中保祐她的船。漁民遇到風暴，常到她的船上避難，或者向她的船靠攏。某日風暴，在她船上避難的漁民中，有人向江中小便，正好淋了夜叉，夜叉大怒，掀翻了楚奶奶的船，一船人包括楚奶奶在內，全部淹死。漁民們在江邊立一小廟，供奉楚奶奶，稱爲「楚奶奶廟」，人們常到廟中祈求楚奶奶保祐水上平安。相傳楚奶奶顯靈，營救遇險的船民。朝廷封之爲天后。《楚奶奶廟附錄》所載，情節也大致如此，「楚奶奶」作了「褚奶奶」，「江中」變成了「海中」，且又增加了一些情節：那個在褚奶奶船上往海中小便的漁民，是新出海的，叫「小九郎」，存活了下來。小九郎幾十年後成了九令公，某次被風浪帶到一個海島，見到滿頭白髮卻精神抖擻的褚太太。褚太太要他轉告漁民們，如果遇險，喊她三聲，就會平安。然後，褚奶奶騎鯊魚而去。皇帝封她爲天后娘娘。海邊江邊，有許多天后宮、天后廟。南海黃海一帶，更爲盛行。南通李港鄉就有個村，叫「天后宮村」。

勇鬥強盜的青年被嫁接爲石敢當。《銅山卷》之《泰山石敢當》云，徐州西南角泰山山溝裏的青年石敢當，打柴孝養母親，跟老道學習武藝。徐州王大戶家小姐爲妖怪所纏，石敢當戰勝之，原來，所謂妖怪，乃強盜所假扮。強盜又到別的地方故伎重演，人們就請石敢當去對付，強盜聞聲而逃。於是，

百姓就在門前貼「石敢當在此」驅邪，或者把「泰山石敢當」的石塊嵌在門檻或者牆頭上驅邪，或者用圓鏡子掛在門前驅邪，據說這是泰山娘娘送給石敢當的照妖鏡。

移民領袖被嫁接爲土地神。《南通市區卷》之《三十夜子打囤子》中，人們奉某個德高望重的早期移民領袖爲土地。

這樣的嫁接，明顯有助於這些神靈信仰的傳播，也能增強人們的地方文化自信。

第四節　民間宗教信仰故事的主題

一、嘲諷鬼神信仰

《論語・雍也》中，樊遲問知，孔子說：「務民之義，敬鬼神而遠之，可謂知矣。」〔註1〕相信鬼神無靈的人，很難「敬」鬼神；相信鬼神有靈的人，很難對鬼神「遠之」。爲什麼既要「敬」，又要「遠之」呢？當官的人，應該如此。沒有證據表明孔子相信鬼神的存在，那麼，他爲什麼主張當官應該「敬」鬼神呢？因爲百姓信仰鬼神，當官的又不可能讓百姓不信仰鬼神，所以，最好的選擇，就是自己「敬」鬼神，以此感染百姓，然後，利用鬼神，來對百姓進行教化，爲自己的統治服務。鬼神無靈，當官的當然不能沉溺其中，乞求鬼神保祐。可是，這說的是當官，管理百姓的方法，未必是民間處理人和鬼神關係的方法。

在民間，當然肯定會有很多人不信鬼神，面對濃厚的鬼神信仰氣氛和深厚的傳統，他們根本沒有辦法在大眾中消除鬼神信仰，但是，他們也要發出自己的聲音。於是，嘲弄鬼神信仰的作品，就在民間產生了。

直接宣揚鬼神是人造且無靈的故事，例如上文所論《蘇州民間故事》之《火燒鱻魚廟》，《海門卷》之《魚乾龍王廟》，《啓東卷》之《臼壇廟的傳說》等就是，此不再論。

在江蘇民間故事中，凡是關於人和鬼神鬥爭的故事，勝利者都是人。例如：《如東卷》之《土地公公分紅利》云，張莊土地神貪財，農民孝敬了才有好收成。張小剛無錢孝敬，故收成不好。他向土地神提出，一起合作，紅利

〔註1〕《十三經注疏》本，中華書局，1980年影印本，第2479頁。

對分。土地神參與，當然百事順利。他們約定，土地拿汁，張拿乾的，張就做豆腐，張得豆腐，土地得泔水。土地要拿汁，張就釀酒，張拿酒，土地拿糟。土地要拿莊稼下部，張種小麥。土地要拿上部，張種山芋。土地要拿上下，張種玉米。土地神一次次地輸。〔註2〕《邳州卷》之《土地爺爲啥沒有耳朵》云，土地神在廟上貼春聯云：「冷清清兩杯燒酒，白生生一個刀頭。」人們說他貪吃。次年他又寫：「燒酒甜酒都不論，公雞母雞只要肥。」人們說他沒有盡心幫助農民種田，故年成不好。土地又寫對聯：「有蟲子怪我，無糞草怪誰？」農民知道，種田要靠自己，土地廟香火不旺。土地奶奶生氣，把土地爺的耳朵抓脫了。《啓東卷》之《孫沛強與土地爺》，情節類似。《通州卷》之《老農夫計戲土地》，也是戲弄土地神。這些故事中的土地神，貪婪而愚蠢，狡詐而無能。《啓東卷》之《鋸樹》云，土地廟門前有樹，土地神說，誰截取樹枝，就要嚴加懲罰。某甲占卜，說得陽則刨，得陰則鋸。土地神讓卦不動。某甲曲解而鋸之。《揚州民間故事集》之《王二借旗杆》云，王二造房子，缺少一根柱子，無法及時購買，就到土地廟前，把旗杆砍下，做了柱子，許願正月十三日前還上。土地神欲懲罰王二，屢次被王二無意中的話嚇退。這兩個故事中的土地神，色屬而內荏。既然土地神品性如此，能力如此，那麼，人們有什麼必要對土地神如此畏懼、如此禮敬呢？

土地神在神靈世界中，級別低，本事小，固然鬥不過人。可是，只要人有足夠的勇氣，高級別神靈也同樣無奈。《蘇州民間故事》之《司徒廟》云，漢光武帝手下的大將司徒鄧禹退休後，住在蘇州附近的光福。他造了一所大房子，供奉釋迦摩尼，釋迦摩尼保他千年不死。太上老君不答應，威脅鄧禹的性命。鄧禹只好在正堂供奉太上老君，把釋迦摩尼移到東邊。城隍神又來鬧，也威脅。鄧禹又把太上老君移到西邊，正堂供養城隍。於是，鄧禹想，如果觀音、土地、玉皇大帝、閻王等都來，如何是好？於是，他就把釋迦摩尼等的像擊得粉碎，塑自己的像，放在正堂。從此太平。

這些故事，儘管不是直接宣揚無神論，但是，客觀上就是告訴人們，不管什麼宗教，不管什麼神靈，不管他們自稱法力如何廣大，他們的許諾如何誘人，他們的威脅如何可怕，他們之間的爭鬥如何激烈，這一切都是虛幻的。人自身才是最爲可靠的，最爲值得尊重的。

〔註2〕　《英格蘭和北美民間故事類型索引》中有「分莊稼」這一類型。《埃及民間故事》之《狼和鼠的合作》中，它們合作種莊稼，就是這一類型。

二、人性的讚美和批判

　　首先，有些故事，對神所體現的美好人性予以讚美，對神所體現的醜陋人性予以批判。至於神的人性，或是人成神之前作為人的人性，或者是人們賦予神的人性。

　　在造神故事中，那些死後被百姓作為神靈信仰的人，大多體現了美好的人性，例如，《元帥菩薩》中的袁才、《五毒廟》中的吳某，還有《都天菩薩》和《北三清殿元帥為啥臉青》中的主人公，他們都是為了救民眾而犧牲了自己。《陸二爹廟》中的宗先生，為了為陸二平反而吃了那麼多苦，冒了那麼大風險，最後竟然累死。《棉三娘與蘆扉花》中的棉三娘，無私地傳授自己發明的技術，饒益大眾，功德至今猶存。又如《海安卷》之《玉帝本是凡人做》云，張家富而待人很好，收留一個老乞丐。老人吃一餐打碎一隻碗，而其家不動氣。三年後，老人露出真面目，其實就是玉帝，因為年老，用這樣的方法尋找接班人。於是，張家主人張玉書就成了玉帝。張玉書及其家人的善良品格，也是民間社會倡導的。關公、岳飛、靈姑、泰山娘娘等神，救助百姓於危難之中，也體現了美好的人性。

　　某些神靈身上，也體現了醜陋的人性。例如，有些神靈喜歡賭錢，恰如人間的賭棍。《沛縣卷》之《黃河搬家》云，黃河神要搬家，徐州北郊還有當年的故道，原因是那裡的朋友常找他賭博喝酒。《中國民間故事集成》之《江蘇卷》之《鹽城的都天老爺三隻眼》云，鹽城泰山廟東首的都天廟，香火旺盛，但其中的神像，和興化、東臺的都天老爺像不同，有三隻眼睛。據說，這都天老爺和城隍神賭錢，賭錢輸了，就賭老婆。城隍神的小鬼作弊，讓都天老爺輸掉了老婆。都天老爺沒有了錢，沒有了老婆，絕望跳井了。人們把他撈上來，像的頭上破了個洞，於是成了三隻眼。《常州民間故事集》之《踏雙忙》云，祠山大帝和朋友賭錢輸掉了妻子，朋友帶著他的妻子遊玩，祠山大帝打斷了他的手臂。兩人都無以為生，只好以歌舞乞討，遂成這一職業。《南京民間故事》之《都土地輸妻》中，管天下土地神的都土地，和東嶽大帝賭錢，把妻子也輸掉了。同書《土地老爺賭錢》云，眾土地神賭錢，其中一個輸掉了老婆。土地神也有貧富和權勢大小的分別。《揚州民間故事集》之《王二借旗杆》中，土地神到泰州去賭錢。《徐州民間文學集成（上）》之《無神廟的故事》中，土地神調戲婦女，被毀了神像。

　　這些故事，對大眾作人性方面的教化，還是有一定作用的。

三、社會批判和政治批判

關於不良夫妻關係的批判，張某成爲灶神的故事，體現得最爲集中。《如皋卷》之《四神本是一家》云，張生和葛丁香是夫妻。張生嫌棄妻子命不好，將妻子休棄。葛丁香無家可歸，拾荒的三角老太收留了她，她就和老太的兒子范井泉結婚。此後，范井泉和葛丁香發了大財，而張生窮得要飯。范井泉慶祝三十大壽，張生來要飯，被派去燒火。當他發現女主人是葛丁香時，非常慚愧，鑽入灶膛被燒死。三角老太灰塘邊跌死，范井泉跳井死，葛丁香跳水死。天帝封張生爲灶神，三角老太爲灰堆姑娘，范井泉爲井欄童子，葛丁香爲水母娘娘。《通州卷》之《灶神與地神》《灶君菩薩上天》，《南通市區卷》之《灶君與灰堆婆婆》，《中國民間故事集成》之《江蘇卷》之大豐民間故事《灶神的由來》及其附錄，《南京民間故事》之《灶王老爺》等，情節大致相同，僅人物名字有不同。《沛縣卷》之《灶王爺休妻》云，灶王爺原來是天上的神仙，犯錯而被貶人間，爲張郎，娶葛女。因爲葛女不能生育，所以張郎把她休棄了。此下的情節，和以上諸故事相仿。《啓東卷》之《灶家菩薩的傳說》，主要情節也大致相同，而踵事增華，繁富有加，還有天庭、地府和封神等等。《南通市區卷》之《灶君休觀音》中，則是富豪灶君在連續九年水旱災荒之年不願意賑濟災民，而其妻子觀音擅自賑災，故灶君將她休棄。此下的情節，也和以上所舉類似，而妻子成了觀音菩薩。

在封建時代的農村，女子因爲所謂的命不好而被人家特別是丈夫家看不起甚至虐待，是不少見的，被休棄，則是其極端表現。這些故事中，張某認爲妻子命不好而將她休棄，終於導致自己和前妻相見時無地自容，譴責的意味，非常明顯的。至於《南通市區卷》之《灶君休觀音》中，張某因爲妻子違背其意旨賑災而休妻，當然是很不應該的。封建時代，丈夫休妻的條件「七出」中，「無子」是其一。這是當時的禮法，主流社會的認識。按照這樣的禮法和認識，《沛縣卷》之《灶王爺休妻》中，張某休棄其不能生育的妻子，並沒有什麼不妥。可是，在這個故事中，對張某的行爲，也明顯是譴責的。因此，民間社會和主流社會，評判標準會有很大不同的。

對富人利用債務盤剝窮人的批判。人際之間，物質關係顯然是非常重要的。人際之間許多感情，在生活實踐中，是需要通過物質表達的。社會上富人和窮人之間的關係，如果出現問題，幾乎都是和錢財有關，最爲常見的，就是債務。

　　在錢財問題上，富人和窮人從來就是不公平的，即使是在財神面前。《如東卷》之《財神》云，虧了本的商人和窮人一起祭祀財神，財神只讓商人發財。小鬼問其故。財神說，商人敬財神多，有錢馬上還上。窮人有事才燒香，年年借錢，年年不還。這樣說來，財神幫助人們發財，也是類似於放債，而向他還願，也就等同於還債了。那麼，所謂財神，不就是影射社會上放高利貸等的人嗎？《南通市區卷》之《陰債》中，這樣的「影射」，就更為明顯了。五聖老爺向人間放的陰債，就是可怕的高利貸。農民王二無奈，向五聖借錢，先交一兩銀子的求見費用，沒有銀子就作借款處理。王二借陰債二十兩銀子，當月還清，否則每月加銀子二十兩，再利上滾利，如此子子孫孫也還不清。《蘇州民間故事》之《賴債廟》，則又進一步，直接把矛頭指向人間的放高利貸者。蘇州虎丘有一座供奉牛馬王的磨王廟。某年除夕，被債主高利貸逼迫的張三李四在廟中躲債，張三甚至欲自殺。一夥討債人毒打張三，牛馬王神現身阻止。債主大病，乃許願重修廟宇。年關廟中演戲，避債的人都到此地躲債，債主不能討。附近有官府立的一塊碑，內容是嚴禁放高利貸。這些故事，都是民間被債務壓迫者的吶喊。

　　政治批判：官員的貪污腐敗。在此類故事中，神靈明顯是影射人間的官員。《南通市區卷》之《肉店不歇夏》云，南通肉店，有「歇夏」的風俗，即在最為炎熱的夏天，停止營業一個月。屠戶花三，當然也遵守這樣的風俗。不料，城隍老爺把他抓到陰曹地府，對他說：「下民有肉吃沒肉吃，與我不搭界，但你不殺豬，善男信女哪有豬頭三牲來供我？難不曾要叫我堂堂城隍老爺也跟你們天天吃青菜豆腐不成？」花三答應不歇夏，繼續營業，城隍這才「喜笑顏開」，命小鬼送花三還陽回家。可是，花三到了小鬼手裏，小鬼竟然以打入十八層地獄相恐嚇，向花三勒索了一塊豬板油。這城隍神僅僅是在乎善男信女的豬頭三牲，儘管是不合理的事，但是，神靈世界的體制內也是通行的。可是，《中國民間故事集成》之《江蘇卷》之《沒鬍子的城隍老爺》中的城隍神，就是名副其實的貪贓枉法了。這故事說，讀書少年發現城隍神收受賊的供品並且保佑賊偷東西得手，遂寫狀子上告天帝。城隍知道後，託夢少年的先生。先生發現那狀子，用朱筆圈點後扔入字紙簍。這狀子被焚化，天帝知之。少年到城隍廟察看，見城隍像已經倒塌。他上神龕坐，遂不起，成了城隍。《啟東卷》之《城隍老爺打獵》云，城隍神化妝成普通獵人到陰陽山打獵，不見獵物，傳問山神土地。他們說，飛禽走獸都被他們圈禁了，因

爲他們的規矩是：「想吃蟑螂灶雞，先要拜拜山神土地，」何況要吃飛禽走獸呢！這山神土地，就是明目張膽地索賄了。《徐州市區卷》之《王母娘娘掌權》中，王母娘娘是個「鬧漢子精」，要丈夫玉皇大帝給她掌權一天。她掌權後，收了人家的酬謝，卻不知道如何辦事。玉皇大帝對他說：「拿人家的手短，吃人家的嘴軟。手裏有了神權，不能見財就貪，連蠍子都拿。那樣長了成啥傢伙？那叫昏神！老百姓對這號子神怨天怨地。權也不靈啦，神也倒運啦。不許願的事，該辦則辦，不該辦的許願也不能辦。對善良的人有求必應，還得懲罰那些作惡之徒。這就叫動權、顯靈、有神。懂麼？」這一番大道理，正是對人間貪污腐敗官員苦口婆心的勸告和警示。

　　封建社會中，其政治狀況，應該批判的部分，肯定是很多的，例如，專制統治、任人唯親之類。可是，在關於民間宗教信仰的故事中，爲什麼如此地集中在貪污腐敗方面？民間社會，對專制統治並不關心，他們離皇帝、離朝廷，甚至離大衙門遠著呢，專制統治對他們的生活，沒有直接的、他們可以明確感受到的關係。至於任人唯親，這也和他們的生活沒有直接的關係，他們也不關心，甚至還會認同這樣的現象，因爲我國傳統文化最爲核心、最爲基礎的部分，就是家庭、家族、宗族和親族文化，在這樣的文化中，親親是最爲重要的，「親親，仁也」，大家認同。至於官府或者官員的貪污腐敗，則是他們能夠直接感知到的，可能會和他們的生活直接有關，甚至會給他們造成災難。因此，他們最爲痛恨這些貪污腐敗的行爲，以至於在神靈故事中，通過寫神靈的貪污腐敗，稍微曲折地體現他們對貪污腐敗的批判。

　　那麼，此類故事中貪污腐敗的主角，爲何總是城隍神、土地神？因爲，上文已經說過，他們是「行政神」。那麼，《徐州市區卷》之《王母娘娘掌權》中的王母娘娘呢？從故事中看，她既然是玉皇大帝的妻子，代玉皇大帝執掌朝政，類似於攝政，那麼，她當然也是「行政神」了。抨擊「行政神」貪污腐敗，政治批判的意圖，不就昭然若揭了嗎？

結　語

　　江蘇民間故事中的民間宗教信仰，既體現了江蘇本地的地理、經濟、社會、文化等方面的特色，又通過多種方式，加強和外地民間宗教信仰的聯繫和融合，爲更好地傳播和傳承這些信仰創造條件，充實地方文化。這些故事所表現的種種主題，幾乎都具有教化社會的作用，且有鮮明的民間特點。

第十八章　龍故事研究

引　言

　　就地理而言，江蘇是長江入海之處，有很長的海岸線。江南素有水鄉之稱，蘇北也有多個湖泊。就氣候而言，江蘇雨量充沛，許多地區容易發生水災。就產業而言，主要是農業和漁業，而這些，都和「水」有密切的關係。在古代信仰中，龍的主要職能是管理水的。因此，江蘇民間，關於龍的故事有不少，故本章作專門的研究。

第一節　救助龍子女獲得好報型故事

　　人們救助龍的子女獲得好報一類的故事，佛經故事中至少有兩個，我國古典小說和戲曲中，此類故事有不少。我在《佛教與文學的交會》中，有比較詳細的論述。《埃及民間故事》之《感恩魚》中，漁夫之子某甲放一魚入河，後來，此魚化為一位巫師，幫助某甲娶到了國王之女。這和我國的此類故事相似。

　　《蘇州民間故事》之《洞庭東西山》中，十八歲的阿良是貧窮的漁民，家中只有母親，他是個孝子。某日，他將網得的小白魚放生。這小白魚就是龍公子。龍公子為了報恩，假扮賣油郎，告訴阿良，其地將塌陷。阿良將此消息告訴鄉親們，鄉親們得以免遭災禍。《徐州民間文學集成》之《陳樓莊的來歷》，基本情節也相同。同書《泥墩溝》云，獵人泥墩射死老鷹救了化為蛇的龍王女兒，得到了懂動物語言的神通，此後打獵就更加方便。某日，他聽

-375-

到鳥說這一帶要水淹，就違背禁忌，將這個消息告訴大家，救了許多人，而他則因此變成了山，永遠不能復活。《蘇州民間故事》之《楊明得妻》中，誠實的長工楊明，孤身一人。某日，他幫助退潮被困的大蛇入海，這大蛇正是龍王三太子。楊明入龍宮，在三太子的提示下，在龍王讓他選擇寶物的時候，選擇了一隻三足蛤蟆。他帶三足蛤蟆回家。當他外出的時候，這蛤蟆變成一個女子，為他做飯。後來，這女子成了他的妻子。某財主想霸佔楊明的妻子，幾番逼債等詭計，都為楊明的妻子所破。後來，這仙女回到龍宮，楊明娶人間女子為妻子，把財產分給窮人。同書《張捕蝦》中，窮漁民張捕蝦，父母雙亡，將無意中撿到的龍宮至寶水晶石卵子還給龍宮，得龍王第四女所變之白雞。在他外出時，白雞變成人，給他做飯。這被張發現後，女子和張成婚。《通州卷》之《魏小二與龍女》中，長工魏小二，家中僅母親存。他買一小金魚而放之。小金魚乃龍王第三女。該女嫁給魏小二，以法術致富。財主石大想霸佔魏小二的一切，與之換房子。石大發現房子等一切消失。《海門卷》之《攀魚人遇龍王》中，某窮漁民，家中僅有失明母親。某日，他將入網小鯉魚放生。該小鯉魚乃龍公主。龍公主幫助漁民打漁。龍王有意嫁公主，讓漁民選一物回家。漁民選一貓回。漁民外出，貓恢復龍公主相貌，給漁民做飯。被撞破後，龍公主與漁民結婚。《啟東卷》之《撈貨泥壩與青龍港》中，窮漁民王小二，父母雙亡，兄嫂棄之。某日，小二捕獲一異樣生物而放之，此物實乃一青龍。明泰昌七年辛卯，海濤狂作，生靈塗炭，小二籲請青龍相助。青龍於天庭盜得息壤，成堤壩捍海，又於龍宮取五穀至壩，供民撈取食用，以此犯天條被殺，身成青龍港。《豐縣卷》之《柳毅三戰霸王軍》中，宋國大將柳毅，放了小鯉魚，此乃龍王三公主。三公主幫助柳毅療傷，和柳毅成婚，後奉父命回龍宮。柳毅兵敗將被擒，三公主救柳毅入龍宮，龍王讓柳毅與三公主成婚，柳毅鎮守洞庭湖。《如皋卷》之《龜背十三塊》中，辛勤的農民老二，在蛇口救下一小鳥。此小鳥乃龍公主，龍王乃將龍公主嫁給老二。《如皋卷》之《龍女下嫁》中，孤身窮人王癩子，斫草傷手，血滴鵝卵石，石中出一女子，乃龍女，與之成婚。龍女助癩子致富、變俊。財主欲霸佔癩子的妻子和財產，提出不可能達到的要求，龍女一一破解，財主被燒死。龍女和癩子將財產分給窮人，回龍宮。《海安卷》之《阿三和龍女》中，窮人阿三，家中僅存老母，在海邊開荒打漁為生。某日，他從烏鴉爪下救一魚，此魚為龍王三公主。龍王請阿三入宮，並請擇一寶物報之。阿三擇一珠花而歸。

阿三外出，珠花恢復三公主的原貌，爲阿三做飯，被阿三撞破，乃與阿三結婚。某地主欲以賽馬等贏得龍公主，龍公主敗之。地主及其房子被大水沖走。《海安卷》之《樵柴人當駙馬》中，樵夫劉二，救了被怪物控制的魚，此魚爲龍王三小姐。後劉二與三小姐成婚。同書《夥計變老闆》中，老闆命夥計茶童殺死園內一蛇，茶童救了此蛇。蛇爲龍王三公主。三公主奉父命和茶童結婚，助茶童致富。老闆和茶童換房子後，發現房子消失，自己成了茶童，而茶童由原來的夥計成了老闆。《邳州卷》之《孝男得龍女》中，楊鎖家中僅存老母，且很窮。某日，楊鎖奉母命放網得的一紅鯉魚。此魚乃龍王的女兒。龍王讓楊鎖選擇一物作爲報答，楊鎖選擇了小花貓，龍王無奈同意。楊鎖回家後，花貓在其外出的時候，恢復成龍公主的原形，爲他做飯，被楊鎖撞破後，二人成婚，並成大富。《如東卷》之《張扒蝦》云，張扒蝦是海邊窮人，以斫草扒蝦爲生。某日，張扒蝦獲得一奇怪的石頭，可以驅趕水。原來此石頭乃龍太子靈魂，張歸還此石，太子痊癒。太子給張一白花，張攜之回家。在張外出時，白花恢復龍王三公主原貌，爲張做飯，後爲張撞破，乃和張結婚。其家很快大富。贓官張某屢次設法圖謀張扒蝦的妻子和財富，被三公主一一挫敗，贓官身死。《中國民間故事集成》之《江蘇卷》所載，也是如此。同書《不得了》中，漁民王小二，在鷺鷥爪下救下小金魚，這小金魚是龍王三太子。王小二得太子點撥，當龍王要他選擇一物的時候，他選擇了小花貓回家。當他外出時，小花貓變成一大姑娘，爲他做飯。被他撞破後，他們成婚，且很快致富。縣官欲奪王小二的財產和妻子，屢次設詭計，被龍女一一挫敗，最後火龍燒了縣官。《太湖的傳說》之《龍女助造橋》亦此類故事。江蘇民間故事中，此類故事還有很多，且較之於佛經和我國文人所創造的文學作品中的同類故事，有不少明顯的差異。

　　首先，這些民間故事中，救助者的狀況就很值得注意。和佛經和我國文人創作中的同類故事不同，此類故事，除了極少數外，救助龍的子女的人，有這樣一些狀況：都是男青年；家中都很貧窮，甚至是赤貧；大多是漁民，或者是長工、夥計等下層勞動人民；家庭關係都很簡單，往往家裏只有老母親，甚至是孤身一人；他們的德行幾乎都很好。他們都是社會最爲底層的人，在當時社會中，這樣的人是很多的。就是他們的名字，也是非常普通的，例如小二、王小、老二、劉二、阿三等，都是排行而已，至於癩子則明顯是外號，扒蝦、攀魚人、茶童之類，則是社會地位低下的職業而已。這些，都是

在當時的下層社會最爲常見的人。至於他們的家庭關係簡單，也就比較容易安排故事的情節。

對這樣的男青年而言，兩大人生問題最爲突出。一是經濟問題，二是婚姻問題。家中貧窮，經濟問題自然突出；家中缺人，婚姻問題就更爲迫切。在這些民間故事中，他們這樣兩大問題，都因爲救助了龍子或者龍女而得到解決。給人以希望和安慰，勸人爲善，是民間故事最爲基本的功能。把這些故事的主人公設置爲社會底層的人物，不僅可以給此類人物希望、安慰和勸勉，也可以給身處其他階層卻也面臨這樣兩大人生問題的人以希望、安慰和勸勉：境況之糟糕如他們者，尚且可以通過善舉獲得如此好報，更何況境況比他們好的人呢？因此，此類故事，在民間就容易得到傳播和接受，人們需要這些故事，實際上就是需要希望、安慰和勸勉。

其次，「人和動物婚配」的故事嵌入其中。佛經同類故事中，商人救助龍女而獲得厚利，中國文人創作中，雖然救助者也有獲得龍王贈予的婢女等，但這些婢女等未必是救助者婚姻的對象，更加不會是正妻。在民間故事中則不然。其中絕大部分故事中，救助者獲得龍女並且娶之爲正妻，也是唯一的配偶，這和下層社會男子的婚姻狀況是一致的。貧困的未婚男子難以解決的婚姻問題，於是得到解決，而且，另一個難以解決的問題即經濟問題，也隨著婚姻問題的解決而很快順利解決了，因爲龍女有創造財富的法力。在救助者娶龍女爲妻的故事中，救助者一般是獲得龍宮所贈送的蛤蟆、白母雞、貓、珠花、白花等，而這些東西，在救助者家中化爲女子，與救助者成婚。如此可以體現救助者「施恩不望報答」的高尚品質，進一步鞏固其美好的道德形象，也使故事情節更爲曲折有趣。這些動物、植物或者物品化爲女子的情節，則往往移用「螺女故事」的模式。變幻成人的外貌，是動植物精靈參與人類社會生活的必要步驟，這一步驟，在我國敘事文學作品中，多種多樣，但是，「螺女故事」那種類型中，於男主人公是社會底層勞動者的故事而言，是最爲合理且方便的，也最爲人民大眾所熟悉，因而也容易得到流傳和接受。《英格蘭和北美民間故事索引》也有《帶有魚尾巴的女子與人婚配》一個類型，經常是美人魚報答把她放回水中的人，而和他婚配，或者給人來自海底的金子。

救助者救助龍子或者龍女，也和佛經和我國文人創作的故事中一樣，也都是在不知情的情況下進行的，故事中表現爲，或將小魚放生，或者救助被

兇猛動物所擒拿的小動物，或者救助被困的蛇之類，突出了他們對比他們更為弱勢的生命的同情心。提倡愛護生命這樣的生態感情，這也是此類故事的主題之一。同樣是救助危難中的小生命，屬於弱勢群體者的救助，較之於其他人的救助，更加具有感染力。

再次，此類民間故事中，有多則，在救助者獲得好報以後，尚未結束，而是再起波瀾，引出後續故事，且展現與「救助而獲得好報」不同的主題。其情節大同小異：財主或者官員等富貴者或者強勢者憑藉其社會政治方面的優勢，或者設陰謀，或者用暴力，搶奪男主人公的財物、寶物乃至妻子。男主人公的妻子施展法力和智慧，戰勝敵人，使敵人受到應有的懲罰。在當時的社會中，富貴者與貧賤者之間的矛盾，既普遍，又尖銳。在這樣的社會矛盾中，富貴者以其財富和社會政治方面的優勢，肆意剝削、掠奪貧賤者的利益，侵犯貧賤者的尊嚴，而貧賤者因為處於劣勢，在那樣如此缺乏社會公平正義的情況下，幾乎無力與之抗爭，而被侮辱、被損害。救助龍子龍女而獲得好報型民間故事中的這些後續情節，把這樣的社會矛盾引入了神話故事，增進了社會批判，表達了人們「懲惡」的願望，由此豐富了此類故事的主題，也使此類故事有了更加深廣的社會意義。

此類故事中，還有兩個故事中，救助者沒有獲得財物和妻子之類個人的利益，而主題更為博大崇高，這就是《蘇州民間故事》、《啓東卷》中的兩個故事。在蘇州故事中，龍公子為了報答阿良的救命之恩，把其地將塌的消息先告訴了阿良，阿良則把這個消息遍告當地百姓，救助了許多鄉親，這體現了阿良的大愛。《啓東卷》中，王小請小青龍幫忙，並不是請小青龍幫助他獲得個人的利益或者解決個人的困難，而是請小青龍幫助抵禦海潮，保護百姓的生命財產。小青龍出於報恩，也為了百姓的利益，不惜違反天條，到天庭盜竊息壤，到海邊形成長堤，並且入龍宮取五穀種子給百姓，以此被殺。這故事，體現了小人物的大仁大愛，小青龍的大仁大義。

第二節　人母龍子型故事

婦人得龍種的故事，最早的記載，應是《史記·高祖本紀》。《豐縣卷》之《劉邦出世》系列故事中的《龍霧橋的來歷》，就是敷衍其事。杜甫《哀江頭》詩中「高帝子孫盡隆準，龍種自與常人殊」，就是用的這個典故。可是，劉母所生的是劉邦，是人，不是龍。民間故事中，婦人與龍交配後，所生的

一般是龍，而不是人類。此類故事，古代志怪小說中很多，大致情節為：婦人神奇懷孕而生龍，龍昇天，婦人去世，龍哀悼紀念，而風雨隨之，甚至由此建立相關的廟宇，產生相關地方的名稱。《搜神後記》卷十《三蛟望娘》，顧希佳《中國古代民間故事長編》魏晉南北朝卷認為此為「古代人生龍子神話傳說中一種較早的記載」，是。

江蘇民間故事中此類故事不少。主要有：《蘇州民間故事》之《小白龍》，女子香媛，未婚，忠厚老實，秀美伶俐，食水上之桃而而懷孕，龍子生，得水即上天，香媛被嚇死。龍子築墳埋母，為救家鄉旱，違背天條下雨，被斬，屍骨掉下變山。是山名小龍山，有白龍廟，塑儀態端莊之少婦奶白龍。附近有龍塘橋。《蘇州民間故事》之《瞟娘灣》，農婦懷孕兩年半，從脅下生一小兒，遇水化為龍。其母生下此兒遂亡。龍曾經望娘墓十八次，成十八灣水道，通於海。同書《白龍潭》，五十多歲老婦，生子有鱗，異人云當忌水。大旱之年，此子入潭浴，成龍，大其潭，大雨，水漲，龍入海洋而去。其潭名為龍潭。《揚州民間故事集》之《儀徵龍河》云，老龍凡心未盡，使一村姑懷孕。一小白龍從村姑腋窩下生出。村姑將白龍養在房中，張天師收養白龍，點化其成人。白龍知道母親死於水災，哭母，開河治水，是為龍河。白龍每到清明，必來祭祀母親。當地為修白龍廟。《如皋卷》之《小白龍》云，仇家有七十二花園，仇姑娘如花似玉，東海龍王敖廣之子使之懷孕。姑娘生一小白龍，養在花園一池塘中。龍父欲來迎接小龍，母子不忍分離。巫師設計殺白龍，僅斷其尾。白龍每逢秋天，即來探其母。《邳州卷》之《盤龍集》云，要飯婦女在王姓善人家生一龍，其母要飯餵養之。大雨天，龍飛昇，母嚇死。龍祭母哭母。其村乃名為盤龍集。《銅山卷》之《鄭集河》，李姓窮漁民家美女，因閃電入懷而懷孕，兩年多後，從肋間生一龍。李父刀砍之，落其尾，龍飛去，而其母死。龍為母築墳，開河排澇。每逢清明前後探母，六月初六給母送龍袍。鄭集河又名龍溝，相傳即為龍所開。《南通市區卷》之《白龍廟》，人品出眾的姑娘，誤食綠萍而懷孕，被逐出家門，要飯為生，生一子，撫養之。子十二歲，變龍飛昇。此龍每年都要探母。某年，此龍解南通之大旱。當地為造白龍廟。附錄同題目故事云，漁家姑娘某，聰明秀氣，很守規矩，夢騎巨龍上天入海，而懷孕。姑娘羞愧，至海邊，欲跳海，龍從其脅下出。姑娘跳海而亡。龍在其母去世處遊動，助其外公捕魚，還請龍王讓出海邊土地為沙田，供百姓耕種。當地造白龍娘娘廟。此外，《鹽城市故事卷》之《六

月初三小白龍探母》，《常州民間故事集》之《白龍廟的來歷》，《常州民間故事集（二）》之《白龍庵》，《南京民間故事》之《小白龍探母》，《無錫民間故事精選》之《下白龍》，《徐州民間文學集成》之《妖龍探母》《龍河的傳說》《小白龍探母》《白龍探母》等，都是此類故事。

　　在這些故事中，生龍子的婦女，多爲未嫁之女，多出於清白人家，且德行高尚，甚至聰明漂亮。即使是乞丐女子，也未見德行有虧，相貌未佳，且亦是在積善之家生下龍子。其中三例，還是龍從母親脅下生出。在此類故事中，龍幾乎都是正面的形象，是神物。在民間信仰的觀念中，正神的出生必須正，父母乃至其家庭，都要有善的業力和功德，故這些民間故事中，爲龍子所設置的人母，其出身和形象，都是如此。至於從脅下生，則另有其說。在世俗的觀念中，產道不僅是髒的，且有神奇的力量，能夠污染神物，使神物失去神聖，或者失靈。神靈故事或者通俗小說中，以穢物破除法術的情節，是常見的。因此，神物如龍者，也不可以經過產道，而從脅下出生。從脅下出生的情節，也非這些民間故事所獨創。佛經中，釋迦牟尼、彌勒佛，皆是如此。在我國民間故事中，更有老子也是從其母親脅下出生的情節。《蘇州民間故事》之《瞟娘灣》等故事中，龍子出生的情節，明顯是從老子出生化來的。

　　正是由於這些女子出身在清白人家，所以，他們未婚而懷孕，很自然地遭到家中的猜忌，或者是鄉鄰的非議。即使家人充分相信這女子的爲人，確信她不可能有不符合禮教的行爲，亦會以爲其所懷乃「怪胎」或者「鬼胎」，總是醜事。如《蘇州民間故事》之《小白龍》中，懷了龍胎的香媛，其家「怕家醜外揚，把香媛姑娘一直關在房間內服侍，逢人相問，就推說她到舅舅處學做刺繡去了。」其地爲吳縣東渚鄉山前村，那裡有女子學繡的傳統，至今仍盛行這樣的傳統。《揚州民間故事集》之《儀徵龍河》中，村姑是「瞞著家人」把所生小龍在房中飼養的。《銅山卷》之《鄭集河》中，父母完全相信女兒的清白，但是總覺得或是妖怪污人良女，或者是得了怪病，不是好事。《南通市區卷》之《白龍廟》云，姑娘懷孕，其父親以爲她有私情，姑娘否認，父親大怒，將姑娘趕出家門，姑娘只能以討飯爲生，生下男孩後，也只能討飯養活他。該故事附錄另一個《白龍廟》故事中，鄰居也認爲姑娘很規矩，不會做傷風敗俗的事情。道士說這姑娘懷的是鬼胎。姑娘沒臉見人，於是就跳海。所有這些情節，都是進一步表明，龍子之母親是如何守禮，其家是清

白人家。實際上，這些都是強調龍子根基之正。

　　此類故事的核心所在，乃是龍子和其母親乃至其他的血緣之親之間的倫理關係和相應的感情。儘管受盡屈辱，不知道龍子的父親是誰，即使龍子是人類的異類，母親對待龍子，都充滿了慈愛，都不願意放棄。例如，《南通市區卷》中《白龍廟》的女主人公，被父親趕出家門，乞討為生，生下孩子後，乞討養活孩子，歷時長達十二年。此類故事中，龍子對母親的感情，也都是非常深厚的。母親去世後，龍子無法像人類一樣盡禮盡哀盡孝，但是，葬母築墳，祭母哭母，歲歲省母等等，足見其對母親的感情之深。《如皋卷》中《小白龍》，所表現的母子深情，最為動人，而以母子訣別的情節尤為成功。母親為了留住小白龍，誤聽奸人之計，使兒子險些遭到殺身之禍，被斬斷了尾巴。母親見此，方知上當，哭瞎了眼睛，抱著龍尾巴投池自殺。這樣的情節，令人傷心欲絕。

　　這些故事中的倫理主題，往往超越母子。《銅山卷》之《鄭集河》中，龍子被外祖父砍斷尾巴，但它並沒有對外祖父採取報復措施，甚至沒有怨恨外祖父。在蘇州、揚州、南通等地的此類故事中，龍子還為家鄉做抗旱、排澇、縮水增地等好事，惠及其地百姓。於家鄉報恩盡誼，固是我國傳統文化中子弟的分內之事，即使是龍子也是如此。

　　此類故事，也體現了人們控制自然力的願望。在江蘇，農業生產的收成，和水旱有密切的關係，交通也多依賴於水路。至於海邊江邊和湖邊的人們，和水的關係更為密切。對百姓來說，水可以造福，也可以為害。在人們的信仰中，水是龍管轄的，且龍還有開河等的治水功能，河不僅有助於交通，且可以排澇抗旱。因此，如果龍可以為人類服務，水就可以為人類造福，而不會給人們帶來災難。龍怎麼樣才能夠為人類服務呢？龍又憑什麼要為人類服務呢？世間兒子為母親服務，子弟為家鄉服務，是被視為天經地義的事情，其依據就是倫理關係和天然的感情。母親生了兒子，家鄉土地養育了子弟，母親於兒子，家鄉於子弟，就有了一種倫理上的優勢，兒子於母親，子弟於家鄉，就有了倫理上的某種義務，此外，當然還有感情上的天然聯繫。如果龍是人類的兒子，那麼，人類之於龍，家鄉之於龍，也就有了倫理上的優勢，龍和人類之間，就有了天然的深厚感情，他們為人類、為家鄉服務，也就天經地義的了，是自然而然的報恩行為。那麼，龍管轄下的水，也就能夠為人類造福，不會危害人類了。

　　此類故事中，常將故事情節和其地名稱或者廟宇等相關古蹟聯繫起來。《如皋卷》之《小白龍》云，白龍斷下的尾巴，化成了許多銀魚，白龍戀母哭母的眼淚，被蚌姑娘收藏爲珍珠。這些具有永久性的實體，有助於這些故事的傳播，也有助於對故事中倫理主題的深化，使這些故事，更好地起到宣傳這些倫理主題的作用，使人們在潛移默化中，受到這些倫理和情感的薰陶，而興母慈子孝、敬愛長輩、造福桑梓之風：龍且如此，何況人類？

第三節　善龍與惡龍

　　在民間信仰中，龍司水旱。江蘇民間故事中的善龍，多爲百姓解水旱之困者。對此類故事，我們可以從兩個方面來探討。

　　水旱形成的原因。在此類故事中，水旱之災形成色原因，主要有二。一是神靈世界管理水旱的統治者，他們的醜陋的人性和失職造成了水旱之災。這些統治者，主要是兩種角色。第一種角色，是神靈世界的高級統治者。例如，玉皇大帝，被普遍認爲是神靈世界的最高統治者，他當然可以管理水旱，且其旨意不容違抗。在某些故事中，玉皇大帝認爲某地百姓不尊敬自己，作爲對那些百姓的懲罰，他就讓其地發生旱澇之災，讓那裡的生靈受苦受難。例如，《陶都宜興的傳說》之《龍窯的來歷》，同書《豬婆龍的故事》，《南通市區卷》之《關公紅臉》中，都有此類情節。《海安卷》之《關公爲什麼紅臉》等故事中，也有玉皇大帝以水旱懲罰百姓，當然，在有的故事中，百姓也確實有某些過失，但是，玉皇大帝的懲罰明顯過頭。《南通市區卷》之《龍爪閣》中，則是玉帝聽信了誣告，讓狼山南通地界乾旱。《如皋卷》之《露水龍轉世爲關公》中，造成其地旱災的，則是佛祖，因爲在民間信仰中，佛祖也是神靈世界的最高統治者。第二種角色，就是龍王。在民間信仰中，龍王直接管理水旱，如果龍王性格缺陷或者失職，當然也會造成水旱之災。《海門卷》之《龍游溝》中，龍王因爲哪吒鬧海給他造成的危機，禁止向世人供應食鹽，世人面臨災難。白龍公主與青龍太子向父親進諫，以拯救萬物生靈，被龍王拒絕，乃告百姓藏鹽之處，並爲百姓開河以利運鹽，由此犯家規而雙雙遭到鎖拿。《海安卷》之《蒼龍和三太子》中，龍王每逢生日，就游泳取樂，導致風潮，危害百姓。

　　在民間信仰中，水旱等既然由玉帝等最高統治者和龍王等職能部門官員所司，發生水旱之災，應該就是他們的責任。那麼，他們爲什麼要如此呢？

人們就從人性的缺陷上找原因。人們把他們當作人,然後,把導致水旱之災的原因,歸結爲他們身上所存在的人性的缺陷。需要人們的尊敬和服從,作威作福,濫施刑罰以顯威權等等,都是許多統治者的通病。因此,這些情節的設置,有社會批判和人性批判的意義在。

民間信仰中,造成水旱之災的第二大原因,是那些地方上的妖邪精怪之類的胡作非爲。例如《通州卷》之《白龍廟》中,海邊鼈魚精興風作浪,以海潮危害百姓;《江蘇山水傳說》之《青龍黃龍烏龜變鼎山》中,惡龍青龍以風雨殘害百姓。《如東卷》之《仇莊禿尾龍》中,仇莊牛汪塘中,一惡龍食牛無數。《新沂卷》之《一條龍村》中,一黑蟒使其地大旱,《邳州卷》之《五龍溝》中,蜘蛛精害人。《陶都宜興的傳說》之《石龍》中,宜興張渚螺岩山火龍爲害,欲將方圓幾十里內燒成赤地。世間盜賊宵小,也常在地方給百姓造成災害。人們認爲,神靈世界也有此類匪類,以此來解釋地方性災難的發生原因。當然,這些故事,也有抨擊世間不肖者的社會批判意義在。

結　語

人們以人間世界的倫理規範,就生活和生產環境中的水和水生物展開想像,往往把人際倫理移植爲環境倫理,希望人和環境能夠良好互動。救龍王子女而獲得厚報、人母龍子這兩個類型的故事,就是如此。在這兩個類型的故事中,人固然佔了倫理上的優勢,但這正是人類中心這樣的環境理論和生態理論的曲折體現。這兩類故事,和善龍和惡龍的故事,都體現了讓自然造福人類的希望,而深沉的社會內容,又寓乎其間。

第十九章　小說戲曲題材故事研究

引　言

　　小說戲曲在江蘇地區流行的情況，民間故事中也有反映。《中國民間故事集成》之《江蘇卷》所載《上河王少堂，下河李佩章》，同書所載《書場端大碗》，同書所載《柳敬亭說書》，都是寫說書藝人對說書藝術精益求精的故事，同時也反映了當時說書聽書的盛況。《邳州卷》所載《三國迷》中，一個賣燒餅的老頭對《三國演義》滾瓜爛熟，連該書中「有姓無名」、「有名無姓」、「無名無姓」的人物，也記得清清楚楚，且和人力爭曹操赤壁之戰前南下的兵力是 83 萬而不是對方說的 82 萬，對方不服輸不休，有人提醒他，不要爭了，燒餅要焦了，他說：「一爐燒餅值幾個錢，少了一萬人馬，那還了得！」《邳州卷》所載《放牛小》中，放牛娃利用《西遊記》的情節，愚弄主人。可見下層民眾，對某些小說的喜愛和熟悉程度。

　　戲曲的流傳，在江蘇民間故事中，也有反映。《中國民間故事集成》之《江蘇卷》之《蝗娘娘看戲》云，某地，蝗蟲落滿了田間，但是都沒有開口吃莊稼。人們認為，它們的口上，都貼著封條，被封住了。如果管理蝗蟲的神靈蝗娘娘沒有戲看，發怒了，就會讓這些蝗蟲開始吃莊稼。蝗蟲吃莊稼，頃刻之間，就可能全部吃光。於是，村人演戲，把蝗娘娘的像從廟裏抬到田間看戲。鑼鼓聲響，蝗蟲就被嚇跑了。《豐縣卷》之《華祖老爺批戲》云，豐縣趙莊有華祖廟，這華祖老爺，不知道是何等神靈，但是，據說喜歡看梆子戲，百姓也尊敬他。每年從三月十五日開始，總要唱三天大戲。到時候生意人、

藝人都來湊熱鬧。某年因爲特殊情況，沒有唱戲。這華祖老爺竟然親自到戲班子定戲。這故事流傳了近一百年。《常州民間故事集》之《神船》中，有城隍廟廟會演戲的記載。其實，廟會演戲，幾乎是約定俗成的。《豐縣卷》之《蔣念言借燈籠》中，有財主辦戲班子出去演戲，被當地惡霸搶了戲班子的情節，說玩戲班子的，要有錢有勢才行，「沒有勢力，沒有後臺靠山也是玩不長的」，因爲勢力大的人會來搶演員，而演員越是被搶越是紅。於此可見當時戲劇的生態環境。

說書藝人在說書的時候，會插科打諢，以吸引聽眾。他們會在原書情節的基礎上，添枝加葉，生出這樣那樣的情節和細節。《上河王少堂，下河李佩章》《書場端大碗》中，都有此類情況。擬話本小說中，更有「得勝回頭」之類的插曲，說書藝人添加的相關小故事，《上河王少堂，下河李佩章》中稱之爲「外書」。說書藝人對原著的改編或者添加的插曲，散落民間，流傳日久，也就成了民間故事。民間善於講故事的人講小說戲曲故事，和說書藝人相比，更爲隨意。於是，民間故事之中，就有了和小說戲曲相關的一類。

第一節　熟悉化

在傳播和接受中，「陌生化」是一個策略。其實，和「陌生化」相比，「熟悉化」的運用，要常見得多。

某種當地常見的動物、植物、用品和小說中情節或者人物有關。和《西遊記》中情節或者人物有關者：《沛縣卷》之《五穀的傳說》云，穀物一株一穗，唯獨豆莢滿枝結實，這和孫悟空有關。《鹽城市故事卷》之《孫悟空偷鹽》云，孫悟空從玉帝御廚偷鹽，欲以此造福人間，但鹽掉到東海中，故海水中有鹽。《海門卷》所載《孫悟空盜蔥蒜》云，蔥蒜都是孫悟空從天上偷到人間的，於是人間才有了蔥蒜。《常州民間故事集》之《建昌大蒜的來歷》云，建昌大蒜是孫悟空帶回來的。《如東卷》所載《海蜇爲啥沒眼睛》，講孫悟空大鬧龍宮的故事。《沛縣卷》所載《耷拉柳》云，如來和觀音偷情，被孫悟空撞破，觀音在慌亂之中，把窗臺上插柳枝的仙瓶打翻，柳枝落到西湖，芽朝下而生長，所以柳枝朝下垂。《無錫民間故事精選》之《水蜜桃》云，孫悟空大鬧天宮，偷吃王母娘娘的仙桃，返回花果山的時候，他一路走一路吃，兩個核掉在無錫太湖邊上的陽山，故其地水蜜桃甜美異常。《豐縣卷》所載《公雞打鳴猴哥哥》，說因爲公雞幫助了孫悟空，就認了孫悟空哥哥，所以，其打鳴

聲音，似乎在呼喚其「猴哥哥」。《通州卷》之《貓爲什麼要打呼嚕》，云唐僧師徒取經歸途中，貓吃了一本經書。《南通市區卷》所載《楝樹爲什麼沒有正頭》，云此乃唐僧等曬經於楝樹上被妖風吹折所致。《南通市區卷》所載《蘿蔔鼻祖》云，蘿蔔是唐僧師徒西天取經帶回來的。《常州民間故事集》之《西瓜的來歷》云，唐僧在沙漠中行走，發現了西瓜，帶回了種子，故名。

在江蘇民間故事中，關於這些動物植物性狀等的故事，大量都和《西遊記》有關。其間原因何在？無疑，瞭解常見動物植物的性狀，幾乎對任何人來說，是必要的，對農村的人尤其如此。對這些性狀作解釋，有助於人們關注這些性狀、記住這些性狀。那麼，如何解釋這些性狀呢？動植物的這些性狀，在科學非常落後的時代，對人們說來，是神秘莫測的。動植物爲什麼有這些性狀？人們只能歸之於神使它們擁有這些性狀。《西遊記》是民間流傳最爲廣泛的神魔小說，其中各類神很多，孫悟空尤其神通廣大，因此，人們就用孫悟空等來解釋這些性狀的形成了，如此，就容易編故事，此類故事，也容易傳播、容易接受了。

民俗和小說中的人物有關。《銅山卷》所載《正月十五點花燈》，云正月十五張燈的風俗，起於孫悟空誆騙殘暴的天神而救百姓。《通州卷》之《門神的來歷》，故事情節，大致同《西遊記》中秦瓊和尉遲恭爲唐太宗守門的故事。《海安卷》所載《端午插菖蒲》，情節出《西遊記》魏徵斬龍王的故事。《蘇州民間故事》所載《立夏稱人》云，立夏稱人的節日風俗，起源於孫權的妹妹、劉備的夫人孫尚香。同書所載《結婚爲啥要送喜餅》云，此風俗起源於劉備和孫尚香的婚事。《中國民間故事集成》之《江蘇卷》所載《磨刀雨的來歷》，《海安卷》所載《磨刀水》和《沛縣卷》所載《大旱不過五月十三》，都是講五月十三下雨爲關公磨刀雨的民俗傳說。《中國民間故事集成》之《江蘇卷》之所載《玩馬燈》云，句容朱巷村玩馬燈的風俗，起源於村民仿傚尉遲恭廟中尉遲恭騎馬。

當地某名勝、地形地貌和小說或者戲曲中的人物或者情節有關。和《西遊記》中情節或者人物有關者：《邳州卷》所載《雙眼井》云，邳州境內的宿羊山，原名「宿娘山」，因王母娘娘在其山住過之故。其地的雙眼井，是二郎神捉拿孫悟空的時候留下的。《通州卷》所載《狼山的來歷》云，狼山也是孫悟空和二郎神鬥法而得名的。《蘇州民間故事》所載《太湖爲啥不是圓的》云，王母娘娘做壽，玉皇大帝送了一隻銀盆。孫悟空因爲沒有被邀請參加壽

宴而發怒，打了這銀盆一棍，銀盆被打歪且掉下，變成了太湖。《如皋卷》之《唐僧過如皋》，云唐僧師徒西天取經回來，途徑如皋，發生了若干故事，多個地名和此有關。《新沂卷》所載《黃草關》云，馬陵山上有個水庫叫「黃草關」，在那個地方，孫悟空和白馬化成的白衣秀士，曾經幫助黃巢逃脫官軍的追捕。

和《三國演義》等歷史小說或者戲劇有關者：《睢寧卷》所載《岠山神瓜》和呂布、貂蟬有關，同書《半戈山》云，關羽以兩個半戈在古邳的一座山化解爭地衝突，故其山名半戈山。《中國民間故事集成》之《江蘇卷》所載《關羽斷案》所載大致相同，云此山就是古邳半邊的半山。《銅山卷》所載《白馬河》云，徐州城東南的白馬河，因劉備的白馬遇虎救主而死於河得名，該馬死後，其靈魂又幫助關羽逃脫曹軍的追擊。《中國民間故事集成》之《江蘇卷》所載《周瑜點將臺》云，無錫舊時縣衙門後院有座土臺，叫阜民臺，最早是周瑜的點將臺，周瑜曾經在那裡宣佈獎懲事項。《徐州民間文學集成（上）》有《臥雲觀石》，說華山石壁上「臥雲觀石」四字，是趙雲到徐州投奔劉備遭到曹洪等追殺、被圍困在山上的時候用利劍刻的。

和其他小說戲曲有關者：《睢寧卷》所載《迷魂陣》云，睢寧鎮廟灣村及其附近的九頂山，是楊六郎擺迷魂陣戰勝強盜任金定等的地方，甚至說擺迷魂陣用的六十四個大石滾，上個世紀五十年代還保存有多個。同書所載《楊排風擺迷魂陣》云，其地又是楊排風幫助楊六郎擺迷魂陣鬥敗遼軍的地方。《徐州市區卷》所載《穆桂英與演馬莊》云，該市賈汪東北二十多公理的演馬莊，曾經是穆柯寨穆桂英占山為王時的演馬場。《沛縣卷》所載《斜廟》云，穆桂英曾經在該縣斜廟村一帶擺迷魂陣，打擊入侵者白天佐，並且在陣上生下兒子楊文廣。《中國民間故事集成》之《江蘇卷》所載《孟良石》，云贛榆縣境內夾谷山上有大青石叫孟良石，傳說孟良在這石頭下埋了許多金銀。《睢寧卷》所載《安墩廟》云，睢寧邱集正東三里處的青雲寺，相傳羅成在寺外遺落一馬鞍，改為「鞍子廟」，後來才改為「安墩廟」。《睢寧卷》之《秦羅井》云，當地有秦羅井，乃秦瓊和羅成率領軍隊經過其地，將士口渴，羅成以槍刺地而出清泉，修井而得名。《中國民間故事集成》之《江蘇卷》之《踏兒頭》云，泰州城有個叫踏兒頭的地方，在那裡，尉遲恭殺了兒子並且踏其頭。《如皋卷》所載《千人鍋》云，如皋丁西、林梓、丁塾三鄉交界之處，有地名叫「千人鍋」，乃因薛仁貴故事得名。該故事出佛經，云主人不起，飯食不盡的

故事。《沛縣卷》所載《李三娘與八寶琉璃井》云，李三娘和劉智遠的故事，發生在沛縣城北三里的李塘村，其地的八寶琉璃井，就是當年李三娘日日挑水的地方，後來成為「沛縣八景」之一。《中國民間故事集成》之《江蘇卷》之《白兔鎮》云，丹陽市白兔鎮，乃是李三娘故事發生的地方，白兔鎮也以白兔而得名。《如皋卷》所載《飛來磨》云，李三娘的故事，發生在如皋磨頭鎮，該鎮以李三娘的磨盤飛落其地而得名。

　　這樣的「熟悉化」，在有些情況下，也會發生問題。例如，小說、戲曲中的某些人物和情節，按照世俗的眼光看，有不完美的地方，將這樣的人物和情節「熟悉化」，搬到本地，似乎會對本地的聲譽，造成負面的影響。在這樣的情況下，民間故事會對原著作相應的改編。《揚州民間故事集》所載《丫子橋》云，揚州小東門的亞仙橋，為唐代書生鄭元和所造。鄭元和進京趕考，路過揚州，因病耽誤了考期，盤纏用盡，乃賣唱為生。小東門外姑娘李亞仙，父母雙亡，靠做針線生活，和鄭元和相愛結婚。在李亞仙的督促和激勵下，鄭元和考取狀元。數年後，李亞仙病逝，鄭元和乃在她的住處附近，造了一座橋，取名亞仙橋，後人誤為丫子橋。此故事實本於唐代白行簡傳奇《李娃傳》等，截取其中的某一段情節而改編之。《李娃傳》中，男主人公是常州刺史滎陽公的兒子，沒有寫明姓名，女主人公李娃，只有姓而未明名字，因為「娃」是年輕女子，此非其名字。故事的地點在長安。元代石君寶雜劇《李亞仙花酒曲江池》，直接改編自《李娃傳》，而男主人公是滎陽人、洛陽府尹鄭公弼的兒子鄭元和，女主人公是李亞仙。故事大致情節是：男主人公奉父命到長安參加科舉考試，戀上身為青樓女子的女主人公，耗盡錢財後，被拋棄，無奈在喪葬店肆幹唱輓歌的下賤職業謀生，而竟然以此才藝成名。其父發現真相，將兒子打成重傷而棄之。女主人公收留男主人公，養其身體，幫助、激勵他用功讀書，男主人公終於掇巍科而得高官。於是父子相認、夫婦成禮。《丫子橋》，把故事的地點搬到了揚州，男女主人公的姓名承襲《曲江池》，女主人公的身份，則由青樓女子變成了貧苦的良家女子，鄭元和落魄的原因，也由青樓縱情變成了患病，《李娃傳》和《曲江池》中男女主人公的青樓情節，當然就無影無蹤了。究其原因，乃是青樓情節，諸如男女纏綿、揮霍錢財之類，以及與之相關的當事人，在樸素的民間觀念中，都是負面的，許多人會認為，此類事情出現在本地，會有損於本地的形象，因此，這樣的改編，也就在情理之中了。

　　《邳州卷》所載《官湖與打漁殺家》中，將戲曲《打漁殺家》的故事，搬到了當地的官湖。梁山事業失敗後，阮小二化名蕭恩，到官湖西岸三聖堂落腳，租了東岸丁樓莊漁霸丁三豹的漁船在官湖打漁，後因病交不起漁稅，被丁三豹搶了女兒。蕭恩忍無可忍，殺了丁三豹及其全家十幾口人，救出了女兒。此故事最早見之於陳忱《水滸後傳》，後來，又被改編為戲劇《討漁稅》，而以《打漁殺家》為最有名。邳州卷有官湖鎮，三聖堂、丁樓莊等，其地也皆有之。這個故事，明顯有損於丁樓莊特別是丁氏家族的形象，因此，丁樓莊特別是其地的丁姓人家，對這個故事都是反感的，他們不准表演這個故事的任何戲劇在村上演出。

第二節　對原作的改編

　　《沛縣卷》所載《李三娘與八寶琉璃井》，本元代劉唐卿戲文《白兔記》，其中劉智遠、李三娘和李家兄嫂之間的矛盾，李三娘受到兄嫂迫害，咬臍郎射兔而和母親相見等，和原作基本相同，只是將原作中李三娘的父親見劉智遠異常而將女兒嫁之，改成了父母雙亡的李三娘和流浪漢劉智遠在廟中偶遇而相愛結婚，而原作中劉智遠出門投軍後的經歷，只是以「百戰百勝」,「在西梁做了王」簡括交待，至於劉智遠入贅豪門等，都刪除乾淨。這樣的剪裁，使李三娘在兄嫂的折磨下終於苦盡甘來的主要內容，表現得更為集中。劉智遠投軍後發跡的故事，則是另外的主題了。在戲劇中，這樣兩種主題的故事，可以捏合在一起，以顯示情節的豐富性，並且相互為用，但是，就民間故事而言，這兩種性質的故事捏合在一起，有可能分散主題和要表現的主要內容，不利於傳播和接受。因此，這樣的剪裁，也是合理的。至於李三娘奉父母之命和劉智遠成婚，改為在父母雙亡後私定終身，這更加增添了傳奇色彩。《如皋卷》所載《飛來磨》的故事，亦本《白兔記》。其中李三娘在父母去世後遭受迫害、終於和兒子、丈夫團聚的情節，和原作基本相同，劉智遠離開李家後的經歷，咬臍郎出生後的曲折，全部刪去，只是說「劉智遠成了後漢的開國皇帝，找到他們母子，一家人終於團圓了」。原作中，迫害李三娘的是其兄嫂，而此故事中，三娘之兄是一個傻瓜，也心疼妹妹，也想幫助妹妹，但其妻兇悍，所以他看到妹妹受種種迫害，也無可奈何。如此改編，既保留了原作李三娘受到殘酷迫害的情節，又體現了兄妹之間的血緣情分，把李三娘受迫害的原因，歸結為其嫂嫂的兇惡。在舊時代的農村，姑嫂矛盾比較普遍，

而兄妹矛盾儘管也存在，但是，並不普遍，鬧到激烈程度的非常少。因此，這樣的改編，和社會眞實狀況是一致的。《中國民間故事集成》之《江蘇卷》所載《白兔鎭》，也是改編自《白兔記》，李三娘和劉智遠結婚、李三娘受迫害的情節，和原作基本相同，而較爲簡單，但母子相見的情節則比較詳細，而劉智遠投軍後的經歷，也是一筆帶過而已。《南京民間故事》之《李山頭奇事》，實際上也是本《白兔記》，而男女主角私定終身，李三娘讓咬臍郎出生後就木盆漂流，李三娘產後去世，劉智遠殺三娘嫂嫂等情節，是戲劇所沒有的。這些情節，也不適合戲劇表演，且沒有了李三娘，大量的感情戲也就沒有著落了。

　　《海安卷》所載《端午節插菖蒲》，改編自《西遊記》第九回和第十回魏徵夢中斬老龍的故事，講老龍和占卜先生鬥氣，違背玉帝命令下雨，被魏徵夢中所斬，基本情節，和原作大致相同，而刪除了原作中的很多次要情節，也彌補了原作中的缺陷：魏徵和唐太宗下棋，沒有帶寶劍，夢中如何斬龍？故事中，魏徵從河邊拔了一葉菖蒲作爲寶劍，斬了老龍。次日爲端午，故有了端午掛菖蒲驅逐邪魅的風俗。原著中的占卜先生是袁天罡的叔父袁守誠，而這故事中，則成了袁天罡和李涼風兩人，說他們是同母異父的兄弟，他們的母親是天帝的三女兒，故能預知未來。袁天罡和李淳風，是唐代初年的兩位占卜大師，比袁守誠有名多了。用他們代替袁守誠，也無不可。「李淳風」變成了「李涼風」，乃是村人讀白字之故。《通州卷》所載《門神的來歷》出自《西遊記》中秦瓊和尉遲恭爲唐太宗守寢室的故事，主要情節大致相同，而簡明過之。《南通市區卷》所載《楝樹爲什麼沒有正頭》，改編自《西遊記》中唐僧師徒取經歸途中通天河打濕經書後曬經的故事。原作中，他們在石頭上曬經書，這故事中，則是在楝樹上曬經書，癩頭黿興起妖風，吹走曬在楝樹上的經書，楝樹正頭折斷，此明「楝樹沒有正頭」的緣由。《銅山卷》之所載《爛石山》講豬八戒調戲嫦娥的故事。《西遊記》第十九回中，豬八戒以一首長詩敘述自己的經歷，其中有調戲嫦娥被罰下凡塵成錯投胎的情節。這故事中，則增加了豬八戒在妓院鬼混而遲到蟠桃大會的情節，又將原作中豬八戒醉入廣寒宮調戲嫦娥，改爲醉後在蟠桃會上調戲正在跳舞的嫦娥，嚇跑了嫦娥，因此被罰。這樣的改編，更加突出了豬八戒的好色。《徐州民間文學集成（上）》之《豬八戒出世》，則以離奇取勝，增加了天蓬元帥下凡時受孫悟空下降花果山干擾而落在徐州白龍山中母豬肚子中出生、被人家收養、將被殺而

逃跑、太白金星化爲方丈在徐州西北香山頂上點石成廟教化豬八戒成人形且明佛理等情節，和當地風物相結合，使當地某些地形地貌被「文化」了。

《中國民間故事集成》之《江蘇卷》之《六月雪》，截取《竇娥冤》中竇天章和竇娥靈魂相見一段而改編之，而託之爲夢。這故事中，竇娥僅僅求父親爲其雪冤，而沒有像劇中那樣，向父親復述其冤情。至於竇娥生前養護的小樹在六月雪中開花而名爲六月雪，則是劇中所無。這故事的重點，在於六月雪，而竇娥訴冤，乃是背景，故只要簡明交待，不必如劇中那樣復述。戲劇傳播，有其特點。例如，觀眾有遲到者，有未注意觀看者，他們對劇情的瞭解，難以充分，故戲劇中復述情節、再現或者多次出現重要的關目，是有其必要的，而民間故事，則不必如此。

小說、戲劇的情節，應該符合生活常識，即使是神怪故事，也是如此。例如，民間故事可以在一定程度上違背生活常識，明顯地誇張。《中國民間故事集成》之《江蘇卷》之《諸葛亮悶死周瑜》，明顯本於《三國志通俗演義》。《三國志通俗演義》中，周瑜死後殯葬，諸葛亮前去弔孝，成禮之後，機智地平安脫身。這民間故事中，則云周瑜裝死，欲引諸葛亮前來弔唁，然後加以捕殺。諸葛亮聽到周瑜死訊，果然前來弔孝，撲在棺材上大哭，找到並且按住了棺材上的氣孔，將周瑜悶死在棺材裏。周瑜如此被悶死的情節，顯然不符合生活常識，也不符合情理。

《如皋卷》所載《王昭君》，當然出自王昭君的故事。在關於王昭君的眾多故事中，這個民間故事，和元代白樸的《漢宮秋》最爲接近，但無其繁複。阮姑娘家賄賂毛延壽而以阮姑娘取代王昭君爲西宮娘娘，王昭君由神人賜衣保護貞節、投江自殺後屍體漂浮到京師護城河、其靈魂怒斥皇帝等情節，爲其他同題材故事所無。這些增加的內容，無疑打有民間意識的烙印。直接壓迫民間百姓的，不是朝廷及其大員，而是地方官吏和同樣生活在民間的豪強。豪強以其金錢等優勢，殘酷壓迫、剝削百姓，根本不管公平正義，這是百姓最爲痛恨的。因此，阮家的相關情節，揭露地方豪強和朝廷官員相互勾結壓迫人民的罪惡，發洩了百姓對他們的痛恨。神助王昭君保護貞節的情節，和民間的貞節觀、種族觀是一致的，失節於外族人，是百姓所無法容忍的。皇帝負心，讓深愛著他的王昭君，付出了如此慘重的代價，讓王昭君的靈魂痛斥皇帝，其實也是反映了百姓的心聲，不如此難以平息百姓的憤怒。王昭君靈魂的怒斥，也是爲百姓出氣。

第三節　派生和擴展

一、前傳型的派生

　　爲原作中人物、情節，作「前傳」，以解釋人物的某些特徵，或者是情節的前因，也就是「爲什麼如此」。對文藝作品，人們「打破沙鍋問到底」的情結非常普遍。這些故事，就是回應這樣的情結而產生的，或者說，正是這樣的情結所產生的。因此，這些故事，應該是和原作中人物特徵和相關的情節相一致的，但是，在有些情況下，也能夠實現形象的疊加和主題的派生。

　　孫悟空是怎麼來的？《西遊記》中說，「東勝神洲海東傲來小國之界，有一座花果山，山上有一仙石，石產一卵，見風化一石猴」。這石猴，當然就是孫悟空了。那麼，這石頭又是怎麼來的呢？孫悟空又如何會和天兵天將有矛盾呢？《中國民間故事集成》之《江蘇卷》所載連雲港民間故事《孫悟空是哪裏來的》云，石磯娘娘因徒弟被李天王的兒子哪吒誤射而死，雙方發生矛盾而動手，石磯娘娘被哪吒的師父太乙眞人化爲一石，太乙眞人命哪吒將這石頭背到東海，哪吒貪圖省事，只背到花果山就丟在那裡了。此石化出孫悟空，和李天王等作對。《鹽城市故事卷》之《孫悟空的父母》則云觀音和如來先後小便在花果山同一個地方的石縫，卵子和精子正好結合，所以生成了孫悟空。孫悟空的金箍棒，《西遊記》中說是東海龍宮中的「天河定底的神珍鐵」，「是大禹治水之時，定江海深淺的一個定子」。那麼，這「神珍鐵」又是如何來的呢？《啓東卷》所載《大禹王牙籤定四海》回答，它原來是大禹的一根牙籤而已。

　　諸葛亮最大的特點是「智」，神機妙算，幾乎從不落空。那麼，他爲什麼那麼聰明呢？他是劉備的軍師，後來官居丞相，一人之下，萬人之上，爲什麼他從來不穿官服、執手板，而以穿道服、手揮鵝毛扇這樣的外在形象出現呢？《揚州民間故事集》所載《諸葛亮的故事》中《爲何穿道服》《茅廬當家》，《通州卷》所載《諸葛亮出師》，《海門卷》所載《諸葛亮隆中得道》，《中國民間故事集成》之《江蘇卷》所載《諸葛亮當家》，同書所載《諸葛亮的扇子》《諸葛亮求婚》等，就是回答這些問題的，大抵是說諸葛亮得到妖怪、神仙的智慧，得到神人、高人的教導等。這些，和諸葛亮的智慧形象，都是相一致的。

　　關於關羽，也有一大堆問題。關羽的武藝爲什麼那麼高強？他的力氣爲

什麼那麼大？他的臉孔為什麼是那麼紅？他為什麼要流浪在外面？他的青龍偃月刀為什麼那麼厲害？《啓東卷》所載《關公為什麼臉紅》云，關羽因為殺了人逃亡在外，一日，在辦喪事的人家，殺了閻王的牛頭馬面並把它們煮熟吃了，所以力大無窮，臉也通紅。《揚州民間故事集》所載《青龍偃月刀》，講關羽青龍偃月刀的來歷和神奇，突出關羽的神勇。《銅山卷》所載《關公的傳說》，《如皋卷》所載《露水龍轉世為關公》中，關公乃為了保護百姓而被天帝所斬的露水龍下凡，故站在正義的一邊，是保護百姓利益的英雄。《睢寧卷》所載《小關出逃》，說關羽賣豆腐，發現買主們都是只認賣主不認貨物，賭氣製造桃木刀，說要殺人，不料他有神性，村人果然被殺，於是，他有殺人嫌疑，故出逃，此後沉默少語。《徐州市區卷》所載《關羽名字的由來》中，關羽殺惡霸，觀音救之，要他保劉皇叔，於是，就姓和「觀」同音的「關」了。這些故事，大部分和《三國演義》中關羽的形象是一致的。至於他賭氣說要殺人，也是少不更事，可以理解的。

在人們的印象中，小說和戲曲中，武將多黑臉，文官多白臉，那麼，同樣是小說和戲曲中，身為文官的包公，為什麼是黑臉？而身為武將的狄青，又為什麼是白臉？包公又為什麼如此聰明？破案為什麼如此神奇？《如皋卷》所載《包公與狄青》，《揚州民間故事集》所載《包公的故事》之一《為何臉黑》中，都說包公本是天上的文曲星，自然是白臉；狄青是天上的武曲星，自然是黑臉。某日，他們各自取下自己的頭顱，相互拋擲玩耍。正在這時，天帝的命令到達，命他們下凡，保護大宋江山。緊急之中，他們顧不得仔細辨認，匆忙將手中的頭顱往自己脖子上一安，就下界投胎去了，想不到，他們各自安的是對方的頭顱，就這樣，包公成了黑臉，而狄青則白臉。於是，這樣的問題就得到了解釋。《如皋卷》所載《包公出頭》，則是寫包公少年時的神奇故事。

《中國民間故事集成》之《江蘇卷》所載《小花臉的「豆腐乾」》《曹操深藏笑刀臉》《（張飛的）蝴蝶臉》《聞太師蒙賜貼金臉》《鄭子明單眼雌雄臉》《包拯別開陰陽臉》《馬鞭》等故事，乃是釋角色或者人物的戲劇臉譜的來源故事，這些當然都是虛構的故事，決不是歷史事實。

人們追求真相，追求原因，似乎永無止境。這些「前傳」式的故事，仍然滿足不了人們的追求，於是，某些創作故事就產生了。孫悟空的金箍棒的來源，豬八戒的出生，《西遊記》中有明確的描寫，可是，吳承恩為什麼要這

麼寫呢？《中國民間故事集成》之《江蘇卷》所載連雲港民間故事《吳承恩寫金箍棒》《豬八戒出生記》，就回答了這樣的問題。同書所載《吳用名字的來歷》，《南通市區卷》所載《蕭筱生寫金瓶梅》等故事，也都屬於此類。

二、枝葉型的派生

在原作的情節的主幹上，生出枝葉，豐富情節。

《三國演義》中，周瑜設計，以將孫權的妹妹孫尚香嫁給劉備為名，利用劉備前來迎親的機會，對劉備不利。不料弄假成真，劉備和孫尚香真的結婚了。周瑜又欲以豪奢的生活，來留住劉備，實際上就是扣留劉備。這是當年齊桓公對重耳所用的方法。趙雲按照諸葛亮的錦囊行事，使劉備脫離控制，帶孫尚香回到蜀國。《中國民間故事集成》之《江蘇卷》所載《昭烈宮》，則講趙雲在這個其間找劉備的故事。說是劉備成親後，和孫尚香住在東吳鎮江丹徒葛村一個專設的宮殿即昭烈宮中。東吳對劉備的住處，嚴格保密。趙雲找劉備，先後問訊於漁夫、樵夫、農夫和書生，這些人以詩歌的形式回答，來暗示劉備的住處。趙雲解得這些暗示，終於找到了劉備。《三國演義》中，有司馬懿派人打聽諸葛亮身體情況的情節。《中國民間故事集成》之《江蘇卷》之《抽屜的來歷》云，諸葛亮身體已經很不好，飯量很小了，會見司馬懿派來打探其身體情況的使者，和使者一起吃飯，用障眼法，將飯倒在抽屜裏，以顯示其飯量大、身體好。

《西遊記》中，孫悟空大鬧龍宮。大鬧龍宮，當然涉及水族和水下景觀等，因此，以此為背景，在大鬧龍宮的主幹情節上，可以生出很多故事。《如東卷》所載《海蜇為啥沒眼睛》云，孫悟空大鬧龍宮的時候，海蜇拼死保衛龍王，被孫悟空踩爛了頭，眼珠也丟了。此後，龍王表彰其忠勇，將三公主的珍珠給它當眼睛。不料，這珍珠被蝦偷走，蚌又從蝦那裡偷了珍珠而藏入身內。龍王只知道蝦偷了海蜇的眼睛，乃命蝦為海蜇指路。這故事中，孫悟空的形象，和《西遊記》中沒有什麼變化，但是，海蜇的忠勇，是故事的亮點。《西遊記》中二郎神追捕孫悟空的故事，膾炙人口。追捕的過程中，兩人多次交手。在原作的基礎上，增加若干次，完全沒有問題，當然要符合人物的性格特點。《通州卷》所載《狼山的來歷》云，孫悟空被二郎神追趕，逃到東海邊一土堆前，以一毫毛化一白狼，在土堆上撒尿，因為二郎神最怕異味，故孫悟空以此對付二郎神。二郎神用「慈善圈」將狼圈在土堆上，又施法將

土堆推入海中。後鐵拐李聞狼哀號，乃解除「慈善圈」，又遺落一「助長丸」，土堆長成了山。以上曾有狼之故，此山名狼山。用化狼撒尿的手段來對付敵手，這和孫悟空的性格特點是一致的。大鬧天宮，也可以生出許多小故事。《海門卷》之《孫悟空盜蔥蒜》就是大鬧天宮的故事，而《西遊記》中是沒有的。《蘇州民間故事》所載《太湖爲啥不是圓的》云，王母娘娘做壽，玉皇大帝送了一隻銀盆。孫悟空因爲沒有被邀請參加壽宴而發怒，打了這銀盆一棍，銀盆被打歪且掉下，變成了太湖。《南通市區卷》之《一毛不拔》中，講孫悟空當弼馬溫時戲弄天庭神靈的故事，說孫悟空當了弼馬溫，眾神相繼宴請他，但是，不久後，他們就不繼續宴請了。孫悟空瞭解後方知，這是他不回請他們的緣故。孫悟空乃發請帖，邀請眾神來赴宴，而過後又忘記了此事。到眾神來赴宴，孫悟空才想起。時間倉促，孫悟空乃施法到眾神家裏偷偷掠取種種山珍海味和美酒宴請眾神。眾神大喜，回家後方知被孫悟空戲弄。這些也可以算是大鬧天宮的插曲，和《西遊記》中孫悟空的形象，完全一致，主題也沒有什麼不同。唐僧取經，歸途中也是有故事的，例如經書掉在水裏之類。從「歸途」上，也可以生出這樣那樣的故事。例如《如皋卷》所載《唐僧過如皋》云，唐僧取經，歸途中經過如皋，有一連串故事，因此有了「仙鶴樹」等名勝和「加力站」、「搬經」、「搬經橋」等地名。其中過橋時經書落水、在平頂榴樹上曬經等，和通天河經書掉入河裏的情節，有幾分相似。《通州卷》所載《貓爲什麼要打呼嚕》，也是唐僧取經歸途中關於經書的故事。

《中國民間故事集成》之《江蘇卷》所載《呂蒙正困窯堂》，本於王實甫《呂蒙正風雪破窯記》，而原作中女主人公劉月娥拋綵球選夫婿、劉家父母阻攔婚事、呂蒙正夫婦與劉家父母的矛盾衝突、寺院飯後鐘、呂蒙正試妻、大團圓等情節，統統沒有出現在這個故事中，這個故事的人物，除了渲染「天氣寒冷」的轎夫外，就只有呂蒙正夫婦了，原作中沒有渲染的呂蒙正夫婦的破窯生活，以及兩人在苦難中的樂觀精神、相互鼓勵，正是該故事的主要內容。許多苦難中的貧賤夫妻，也可以從中找到精神慰藉，這故事的編寫和傳播，肯定和他們有關。

三、後傳型的派生

一部小說或者戲劇成了名著，往往會有人做續書，例如《西遊記》、《水滸傳》、《紅樓夢》等，就各有多種續書。其實，續書性質的故事，在民間也

是有的，只是具有民間的特點，篇幅短小，零碎，缺乏相對嚴密的系統和連續的情節，往往只是片斷式的。可是，形象的擴展和主題的派生，則比前兩種情節的派生要多見。

《豐縣卷》所載《聖水將軍柳毅》云，柳毅和龍女成婚後，被玉帝封為聖水將軍，管理洞庭湖雨水大事。此後，他為豐沛一帶的百姓做了很多好事。同書《柳將軍廟和投書澗》也記載了關於柳毅的多個神異故事。《柳毅和豐縣》，講了柳毅成神后為百姓解蟲災、水災、風災的故事。相傳柳毅就是豐縣人，豐縣有他的廟，廟中有他和龍女的像。因此，關於他成神後的故事不少。唐代傳奇《柳毅傳》和戲曲《柳毅傳書》，或者是相關的白話小說中，柳毅古道熱腸，為受迫害的龍女傳書，不求回報，不向強權屈服，可是，心繫百姓、為百姓造福的特點，是唐代傳奇和後來戲曲、小說中的柳毅所沒有的，而民間的柳毅故事，則其重點在此。因此，這些民間故事中柳毅的形象，是對原作中柳毅形象的擴展。這些故事的主題，也成了歌頌為民造福者。這樣的主題，都是原作中所沒有的。

《西遊記》中唐僧西天取經的故事，發生在唐代初年。《新沂卷》之《黃草關》，則是寫孫悟空和白龍馬幫助黃巢逃脫官軍追捕的故事，而黃巢起事，是唐代末年的事情了。這個故事中，孫悟空和白龍馬的形象，和《西遊記》中相比，沒有什麼變化，但是，主題卻變為對農民革命的讚頌和對不良統治者的譴責。《蘇州民間故事》所載《桃子世界日腳勿能過》云，孫悟空取經歸來，回到花果山，問群猴子有什麼要求。猴子要求世界上所有樹木統統變成桃樹，孫悟空滿足了他們的要求。可是，次年，桃子酸苦，不能吃。土地爺告訴它們，桃樹要靠楊柳滋養。猴子乃希望世界上的樹全部是桃樹和楊柳，這樣桃樹可以得到滋養了。土地爺說，楊柳也要別的植物滋養，「世上萬物之間全有聯繫，缺掉啥也不成功」。孫悟空乃施法使世界恢復了原貌。其中孫悟空的形象沒有什麼變化，但是，主題卻是《西遊記》所沒有的，這就是強調生態環境中生物的多樣化。

《邳州卷》之《黑旋風認輸》云，李逵聽人讀《水滸》，聽到武松打虎神乎其神，而他殺一窩虎，則輕描淡寫，就找武松論理。武松無奈，乃說他打虎是見到縣令的「印信」文告打的，而李逵是在沒有官方命令的情況下打的，於是得出結論：「當官的讓你去做的事情，你沒有干好，是你的錯；當官的沒有讓你去做的事情，你硬要去幹，即使幹好了，也是你的錯。」李逵乃信服。

李逵和武松的形象，和《水滸傳》中沒有什麼變化，但是，主題則是批評某種社會現象，這是原作中所沒有的。

《如東卷》所載《關公蟹》，寫關羽被殺後的故事。關羽驕傲自大，大意失荊州，兵敗身死。死後，關羽欲上天訴於天帝，被守衛南天門的巨靈神所阻，雙方發生口角。龍王上前相勸，關羽又和龍王吵了起來。巨靈神和關羽相約決鬥，龍王做公證人。兩人相約：巨靈神輸，關羽進入天門；關羽輸，入海為魚蝦之類。結果，關羽輸了，乃跳海，龍王把他變成蟹。此蟹殼如人臉，細看如關羽廟裏的關羽像，故名關公蟹。《蘇州民間故事》之《關公上南天門》中，喜歡聽恭維話，聽不得批評。這兩個故事中的關羽形象、主題，和《三國演義》中的關於形象及關羽某些故事的主題，是一致的。

《中國民間故事集成》之《江蘇卷》之《呂蒙正困窯堂》中，將呂蒙正發跡後，身在富貴，某日大雪，他從轎子中向外伸出一根手指探測寒冷的程度，竟然因此患了傷寒，後經醫生診治而病癒。其妻子提醒他，要他富貴不淫、貧賤不移。這也是戲曲《破窯記》中情節以後的事情，因為《破窯記》只到呂蒙正夫婦團圓為止。人物形象在原作的基礎上更加豐富，主題也更加深化。

《揚州民間故事集》所載《世上再無包青天》云，包公的妻子一貫和包公唱反調。包公去世前不久，有人給他算命說，他去世後，要睡鐵枕，這樣，鐵枕爛了的時候，他就可以託生人間，再為人們辦事，如果睡了石枕，要石枕腐爛後，才能託生人間。包公心想，妻子總是和他唱反調的，於是，他吩咐妻子，他去世後入棺材，要枕石枕，千萬不能枕鐵枕。他去世後，他的妻子想，他生前，我一貫和他唱反調，現在他去世了，我要聽他一回了。於是，她給包公枕了石枕。石枕什麼時候腐爛呢？於是包公就無法託生人間了。據說，這也是人間再無包公的原因。抨擊社會之黑暗這樣的主題，包公小說中也有之，但是，這個民間故事，無疑是這一主題的深化。

第四節　情節的移植和形象的拓展、主題的派生

來源於小說戲劇的民間故事，還會移植某些其他作品中的情節，且往往會由此導致形象的拓展和主題的派生。

關於《西遊記》。《銅山卷》所載《正月十五點花燈》，乃「矇騙上司（天廷、皇帝等）救百姓」類型情節，移植於此，擴展孫悟空的形象，這樣的情節和思想，《西遊記》中的孫悟空是沒有的。

　　關於《三國演義》。《中國民間故事集成》之《江蘇卷》所載《昭烈宮》中，移植「一路問訊得暗示」的情節模式，以表現趙雲的智慧。《三國演義》中的趙雲，也是有智慧的，但這些情節，進一步體現了他的智慧。同書所載如皋民間故事《桃園三結義》中，劉備、關羽、張飛結拜兄弟後，他們吃酒，都是關、張付錢，劉備總是吃白酒。關、張乘船在河中吃酒，也被劉備找到。關、張利用吃酒的機會，讓劉備坐放在蘆席的椅子上，蘆席下面是深井，以此謀害劉備，而劉備居然安穩而坐。劉備醉酒而伏在桌子上睡覺，關、張探究竟，發現有五條金龍撐著劉備，於是他們認為劉備非常人，乃放棄謀害劉備的念頭，轉而決定忠於劉備。這裡包含了兩類情節，都是民間故事中常見的。一是吃白食情節類型。模式是：某人好吃白食，朋友刻意避開他，而他總能適時趕到，巧合或者利用智慧，他總能吃到白食。《豐縣卷》所載《慶有餘》云，關羽和張飛為了躲開吃白食的劉備，到廟裡吃酒吃魚。劉備找到，關、張急忙把魚等下酒菜藏到磬裡，並以此說下酒菜已經吃完，無法喝酒了。劉備以「向陽門第春常在，積善人家慶有餘」的對聯，誘使張飛說出「慶有餘」，而說「磬中有魚」，拿出來下酒。二是帝王將相等沒有發跡的時候，出現異常現象，使人敬信。這在通俗文學中，也是常見的。例如，《白兔記》戲文中，流浪漢劉智遠被李家收留牧牛，睡在臥牛崗上。李父見那裡「一道火光，透入天門」，就認為劉智遠是「真龍」，於是就把女兒嫁給了他。這些情節的移植，使劉、關、張的形象，和《三國演義》中完全不同，就是市井或者江湖中的無賴的形象。這些故事的主題，不是頌揚忠貞不渝的友誼，而是揭露人際關係中的醜惡，而這樣的醜惡，是市井和江湖人際關係中所常見的，那就是打著友情幌子的爾虞我詐。這樣的形象和主題，以劉、關、張來表達，是否破壞了《三國演義》中他們的形象？是否褻瀆了他們之間忠貞不渝的友誼？劉、關、張一向是江湖社會中結義兄弟的典範，為結義兄弟所效法、所標榜，可是，真正能善始善終的結義兄弟，能有多少呢？這個故事，乃是對此類社會現象的揭露和批判，以劉、關、張來編故事，一是表明，劉、關、張尚且如此，何況其他人呢？二是直接諷刺那些以劉、關、張為標榜的結義兄弟。此類故事中的形象和主題，就走到《三國演義》的反面去了。究其原因，江湖或者市井的許多結義兄弟，他們實際上也走到《三國演義》中劉、關、張的反面去了，故社會對這樣的現象，以故事的形式，作出回應。

　　《中國民間故事集成》之《江蘇卷》所載《張飛斷雞》云，燒雞店老闆偷了窮老婦人的雞，已經宰殺拔毛，和他宰殺的其餘的雞混在一起。老婦人無從辨別，人們也無法辨別眞假。張飛根據被宰雞內臟中的食物，斷定其中有兩隻雞是老婦人的，懲罰了偷雞的老闆和夥計。在《三國演義》中，張飛是莽夫，但是，有時候也粗中有細，福至心靈，用一絕妙的計策，克敵制勝。這個故事，倒也和原作中的張飛形象一致的，更何況，原作中的張飛，是屠戶出身，「斷雞」這個案件，正好是屬於他的專業範圍。

　　《揚州民間故事集》所載《諸葛亮的傳說》之一《爲何穿道服》云，修煉了八百年的狐狸精胡媚娘，用採陽補陰之術成大羅神仙。因諸葛亮根基深厚，一人抵常人千人，故胡媚娘欲和諸葛亮成婚，以採其陽。諸葛亮採用北山眞人之計，吞下胡媚娘吐出的八顆紅珠，得到了她修煉八百年的精華。胡媚娘臨死前，知道這是北山眞人的計謀，乃告諸葛亮，北山眞人是修了千年的蛤蟆，此時其靈魂正往北極朝拜玄武大帝，建議諸葛亮前往穿上他的道袍，北山眞人的靈魂回來的時候，就會附在諸葛亮身上，如此則其千年修煉的精華，就爲諸葛亮所用了。這些情節，也是屬於一個情節模式，這就是利用妖邪將自己作爲修煉材料的機會，設法獲取妖邪修煉多年的精華。這樣的情節，小說和民間故事中是常見的。胡媚娘欲害諸葛亮，諸葛亮戰勝她，奪取她修煉多年的精華，不讓她再去害人，這當然是有充分的正義性。可是，北山眞人對諸葛亮有恩，他也沒有去害別人，諸葛亮這樣對待他，就太不應該了。儘管《三國演義》中的諸葛亮，魯迅評價是「近妖」，但是，還沒有到害人的地步，因此，這民間故事中諸葛亮的形象，相對於《三國演義》中的諸葛亮形象，也是一種遷移。《中國民間故事集成》之《江蘇卷》所載《諸葛亮當家》云，諸葛亮當家，讓人收割他家還沒有抽穗的水稻，一部分用於蓋茅屋，結果抵禦了強大的冰雹。還有一部分，則賣給曹操兵營醫治馬瘟，賺了大錢。這樣的情節，在表現神人或者智慧人物的故事中，也屢次見之。

　　《睢寧卷》所載《巨山神瓜》，乃屬於「山中金庫要特殊鑰匙開」一類的故事，抨擊人間貪財的現象。此類故事，民間故事中是很多的。而這個故事中，神人是呂布和貂蟬，他們欲將財富給當地百姓，以報答他們收斂埋葬之恩。這和《三國演義》中他們的形象，也是不同的。《三國演義》中的呂布，是個忘恩負義的人物，怎麼會如此感恩？當然，死後醒悟，痛改前非，也是符合情理的。因此，這也是形象的遷移。

關於《柳毅傳書》等。《豐縣卷》所載《柳毅和豐縣》云，柳毅託夢給知縣，云次日有一穿青衣騎黑驢的女子在城西南大路經過，若向她哀求，可以免除該縣蝗災。次日，知縣派四位老人向這女子苦求，女子只好答應，云定是柳毅多嘴。隨後，大批蝗蟲非來，不吃莊稼，但把柳樹吃得光秃秃的。《聊齋誌異》中也有此類故事，而未云柳毅，只說是「柳秀才」。《徐州民間文學集成（上）》之《柳毅外傳》中，柳毅奉命行雨，保護百姓。唐代傳奇《柳毅傳》和《柳毅傳書》等小說戲曲中，沒有柳毅爲民造福的內容，因此，這些民間故事中柳毅的形象和故事的主題，都和原作不同了。

《如東卷》所載《一粒米渡十八盜》云，仙童奉命下界察看年成，無意中把農家一顆稻穀帶上天，他只好吃了。玉帝罰他下界爲牛，到農家還這粒米之債。十八個強盜欲搶劫農家，在牛的現身說法下，放棄強盜營生而修行。兩個老年修行者和強盜一起修行。神僧命他們煮鐵茄子，說煮熟後吃了方能成佛。十八個強盜打柴，兩位老年修行者燒火。老年修行者有私心，煮他們的茄子，而把強盜們的茄子放在鍋蓋上。結果，強盜們的茄子都熟了，強盜吃了成佛了，而他們的茄子則沒有熟，他們當然未能成佛。《海安卷》所載《十八羅漢和三池歪》的大致情節，也與此相同。這些故事，和明代鄭之珍《目連救母》戲劇中的一段情節基本相同，形象和主題，也沒有什麼不同。

《如皋卷》所載《包公出頭》云，包拯出生的時候，其父親見其相貌怪異，讓包拯的大嫂將包拯送掉，大嫂則將包拯養大。包拯十四歲的時候，被父親發現。其父親爲難他，要他三天之內開三畝荒地，又要他把已經播種下去的一斗芝麻收回到斗裏。在動物的幫助下，包拯都完成了這些任務。此類情節，在民間故事中也是常見的。某家姑娘被黑魚精所纏生病，其家由神靈託夢，請包拯解決。包拯在無意中聽到其家樟木門閂和黑魚精的對話，知道原委，乃派人車乾池塘，捕殺黑魚精，看好了姑娘的病。

結　語

民間故事中的戲曲、小說故事，在情節的豐富性、思想的深刻性、藝術的精緻性等方面，當然是遠遠無法和原作相比的，但是，卻具有鮮明的民間特點，有豐富的人民性在。白話小說和戲曲，屬於通俗文學。在創作這些通俗文學作品的時候，作者預設的受眾，當然主要是人民大眾，因此，和傳統的詩詞歌賦文言文相比，白話小說和戲曲，和人民大眾最爲接近。可是，白

話小說和戲曲的作者，就一般來說，畢竟都是知識分子，和人民大眾自身，畢竟還是有區別的。可是，民間文學作品，作者、傳播者、接受者都是人民大眾，傳播的平臺，也在人民大眾之中，因此，其人民性就體現得更爲突出了。

第二十章 四大傳說題材故事研究

引 言

　　傳播性是民間文學最爲基本的特點之一。某個故事，在許多不同的地方流傳，而其角色、情節、主題等等，卻並不完全一致，甚至和最爲通行的版本，也有較大的差異。這樣的現象，是普遍的。在這個方面，前人已經做了許多研究，但是，研究的空間還是很大的。民間四大傳說，在我國流傳最廣，因此，筆者選擇這幾個案例，來作這個方面的研究。

第一節 本地化

　　《白蛇傳》的故事，涉及的地方，有杭州、鎮江、蘇州等。《梁山伯與祝英臺》的故事，說是產生於浙江東部的寧波、上虞、杭州等地，也有江蘇宜興等的說法。《孟姜女》的故事，涉及的地名，以蘇州爲多。至於通行的《牛郎織女》的故事中，則沒有確切的現實中的地名。不管是何種情況，將此類流傳甚廣的故事本地化的現象，普遍地存在於各地，江蘇許多地方也是如此。這和人們對仙佛故事、戲曲小說故事乃至歷史故事的本地化或者熟悉化，是一致的。

　　南京：和《牛郎織女故事》相類似的《七仙女故事》，據說就發生在南京地區。《中國民間故事集成》之《江蘇卷》之《七仙女與董永》云，他們的故事就發生在南京，雨花臺下的雲錦娘娘廟，就是祭祀七仙女的。這和南京紡織業的發達有密切的關係。同書《七仙山和飯山》云，七仙女和董永的故事，

就是發生在江寧縣，該縣和安徽交界的地方小丹陽鄉，其地七仙山，就是七仙女下凡的地方，上有她的腳印，其地七仙墩，就是她坐過的地方。七仙女的兒子闖禍形成的飯山，就在七仙山的旁邊。

徐州新沂：《徐州民間文學集成（上）》之《塔山的傳說》云，玉帝令鵲王在新沂縣的塔山捉拿牛郎織女，而鵲王反從天兵天將手裏救了他們，犯了天條，被天帝所派鷂鷹攻殺。其靈魂召集舊部，爲牛郎織女七夕相見造橋。

無錫：《江蘇民間故事集》之《皋橋上的傘洞》云，無錫白蕩圩口大石橋橋面上的洞，是孟姜女尋夫路過時用傘撐走路時刺出來的。《無錫民間故事精選》之《白娘娘法海鬥法》云，白娘娘被法海打落在江陰華士鎮北，化爲龍山。山的東北首建白龍寺，供奉白娘娘。白娘娘臨死前吃的湯糰，沒有完全消化，豆沙溢出，故名砂山。同書《孟姜嘴》云，孟姜女尋夫，在江陰遇到風浪，無法過江，住在君山頂上庵堂內。乾糧吃光，她以蜜棗充饑。棗核成山頂上棗樹，只開花不結果。風浪平息，她從君山西面山腳下石頭登舟出發，其石就稱爲孟姜嘴。

宜興：《無錫的傳說》之《梁山伯與祝英臺》云，梁山伯祝英臺的故事就發生在善卷洞周圍一帶。善卷洞的後洞出口處附近，有刻有「碧鮮庵」字樣的石碑，傳說那裡就是祝英臺讀書的地方，庵中曾經有「祝英臺讀書處」的石碑，附近還有「晉祝英臺琴劍之冢」的石碑以及「蝶亭」等。那裡的祝陵，就是原來的祝英臺的祝家莊，下東就是梁山伯的梁家莊，盛家渡就是馬文才的馬家莊。梁祝和馬文才他們讀書的書院，後來改爲碧鮮庵，又改爲善卷寺。這個故事，又見《太湖的傳說》。

常州：《常州民間故事集》之《三堡街三寶》云，河有怪物，街東大橋屢次倒塌。孟姜女過此，拋銀簪化爲利劍鎮河怪，橋乃成，是爲西倉橋。《常州民間故事集》之《梁祝七夕相會》云，武進縣湯莊鄉有祝九廟，供奉祝英臺像。廟東七里，有廟坐東向西，爲梁山伯廟，供奉梁山伯像。兩個廟會，都在七月初七。次日，兩廟間泥路沒有露水，民間云梁祝送別往返而多次，而露水消失。或云露水神有情，不忍打濕英臺繡鞋。

蘇州：《白蛇傳》故事：《蘇州民間故事》所載《白娘娘在蘇州》云，因爲小青偷了官府的銀子補貼家用東窗事發，許仙被押解蘇州，於是白娘娘和許仙在蘇州開藥店。因爲小青偷了崑山宰相顧鼎臣家的百鳥燈，被顧家公子發現，許仙夫婦怕惹麻煩，這才搬走了。類似的情節又見《中國民間故事集

成》之《江蘇卷》之《小青嫁人》。同書所載《白素珍含冤認妖》云，白素珍是一位總兵的女兒，醫術高明，和丈夫在蘇州開藥店，後因爲夫君遭到逮捕，無奈承認是妖。

《孟姜女故事》：《江蘇民間故事集》之《太湖孟姜女》云，太湖邊上孟家灣的孟老漢收養鄰村姜家孤女，此女就叫孟姜女。孟姜女尋夫到許墅關，沒有錢交出關的錢，唱十二月尋夫小曲子，感動管理關的官員，乃得過。一路上，孟姜女由烏鴉相伴、相助。《蘇州民間故事》所載《孟姜女》云，孟姜女尋夫經過蘇州。同書所載《孟姜橋》云，孟姜女是松江華亭縣人，萬喜良是蘇州府元和縣人，婚後未入洞房，萬喜良就被官兵抓去修築長城。嘐縣婁邑，也就是崑山玉山合興村的孟姜橋，乃是孟姜女尋夫經過的時候一老嫗搭的便橋改建而成。同書《小腳橋》云，吳江盛澤鎮東面小神洲的一座名叫小腳橋的小石橋，是孟姜女鬥傭人的地方。

《牛郎織女故事》：《蘇州民間故事》所載《黃姑村》云，牛郎就是崑山縣朗蓬鎮市梢的一個青年農民。因爲牛郎星叫河鼓，人們訛傳爲黃姑，所以就叫黃姑星。牛郎所在的那個村莊，就叫黃姑村，旁邊牛郎當年拉著老牛犁出來的河，就叫黃姑涇。河邊還有一座廟，裏面供奉牛郎織女的像，人們年年祭祀。同書所載《牛頭涇》，云此河是老牛被雷劈死的時候形成的。同書所載《神犁河》云，牛郎拉老牛犁出來的河叫神犁河，經崑山塘流入東海，後來因爲河西岸來了瓦、浦兩家，才改名爲「瓦浦河」。同書所載《金梭子》的故事，云，織女的金梭子掉到了蘇州一家機房的井裏，發生了一系列的事情。其間又涉及「玄妙觀機房殿」等，而玄妙觀是蘇州的著名道觀，就在最爲繁華的觀前街，而觀前街也正是因玄妙觀得名。蘇州紡織業發達，這個民間故事，也反映了這樣的事實。

揚州：《揚州民間故事集》之《儀徵孟姜女》云，孟姜女是儀徵的，孟、姜兩家，就住在儀徵的北門。孟家田裏的特大西瓜，根卻在姜家田裏。西瓜中出來的女孩，就叫孟姜女。孟姜女乃瓜類中所生，這樣的說法流傳很廣，江蘇當然也是如此，但歸到儀徵，則應該是儀徵人的說法。

還有一些地方性動植物的性狀，和這些傳說有關：

銀魚：《蘇州民間故事》所載《麵條魚》云，孟姜女從松江一路向北尋夫，在北望亭橋落水，爲一對漁家母女所救，她們給她吃蝦湯麵。後她們得知孟姜女因爲哭倒長城被殺，就以蝦湯麵條倒在水裏祭祀，而麵條入水，化爲銀

魚。《中國民間故事集成》之《江蘇卷》之《孟姜女和銀魚兒》云，銀魚是孟姜女投水死後被秦始皇下令碎屍萬段後化的。類似的說法，還見之於《無錫的傳說》之《銀魚》，《南通市區卷》之《銀魚》。

蘆葦葉：《南通市區卷》之《蘆葦上的齒印》云，孟姜女萬里尋夫君，歷盡艱辛。為了回來時不迷路，她在蘆葦葉上咬上牙齒印，又綰一個蘆尖稍結。因此，直到今天，蘆葦葉在中部有齒印狀缺口，蘆葦叢中有不少蘆尖稍結。

不結果的棗樹：蘇州附近有一個區域的棗樹，有很多不結果的。據說是孟姜女尋夫走過那裡的時候，看見許多棗樹，就發願：「我孟姜女回來多結棗，我孟姜女不回常青青。」見《蘇州民間故事》之《孟姜女》。《南京民間故事》之《棗樹的情分》云，孟姜女尋夫，到溧水縣晶橋鄉棗樹巷，見棗樹開花，就說「等我尋夫雙雙歸來的時候，你再結果」。孟姜女沒有歸來，因此，那些棗樹永遠也不結果。江陰君山上的棗樹也是如此，見上文所引《無錫民間故事精選》之《孟姜嘴》。

蠶和「山」：《中國民間故事集成》之《江蘇卷》之蘇州民間故事《英臺化蠶》中，化成了蝴蝶的祝英臺被馬文才的鬼魂所迫，逃進蠶房，化成了蠶。梁山伯化成了蠶吐絲的「山」。因此，蠶總是要爬上「山」，傾吐其「思」，直到死亡才「思」盡。蠶快要吐絲的時候，蠶農就用稻草稈製成龍狀物，叫做「山龍」，稻草稈向周圍蓬鬆伸展，蠶就在上面吐絲。「梁山伯」之「山」和這種「山龍」之「山」正好是同一個字。這故事，無疑產生於養蠶的地區。

老鼠魚：馬文魚，又名馬面魚，俗稱老鼠魚，油筒魚，傳說是馬文才變的，人們恨馬文才，所以，先前沒有人喜歡吃這種魚。見《中國民間故事集成》之《江蘇卷》之啓東民間故事《沒人吃的老鼠魚》。這故事應該產生在啓東沿海，那裡多這種魚。

第二節　三個世界的隱喻

在民間故事中，常有天上、人間和精靈這樣三個世界。在《牛郎織女》和《白蛇傳》系列故事中，這三個世界都是隱喻。至於其隱喻的具體內涵，我們結合民間社會的具體情況，作一些探測。

其實，這三個世界，就是隱喻人間不同的社會等級。天上隱喻上層社會，

人間隱喻中層社會，而精靈隱喻下層社會。牛郎娶織女，是人間社會的人，娶天上的仙女，隱喻所屬社會階層較低的男子，娶所屬社會階層很高的女子為妻，彼此所屬的社會階層，是懸殊的，門不當、戶不對。就常理來說，按照常規議婚，這樣的婚姻很難實現。但是，這樣的婚姻，在現實生活中，也是存在的。這當然要有其特殊之處。這特殊之處，或者體現在特殊的環境。例如，《拜月亭》中，男女主人公在戰亂中分別與家人失散，走到一起，在艱辛和危險之中一起走出來，日久生情，結成連理。這是一種特殊。《鹽城市故事卷》之《七仙女又一說》云，富家第七個女兒在戰亂中和家人失散，逃難途中，和董永相愛並且結婚，戰亂平息，富家找到女兒，拆散了她和董永的婚姻。這和《拜月亭》中完全一樣。或者男主人公是潛力股，女主人公及其家長慧眼識珠，識英雄於未遇之時，如《荊釵記》中的男女主人公，這又是一種特殊。還有，在中外大量的民間故事中，男主人有大恩於女主人公乃至其家庭，例如救了女主人公乃至其家人，這也是特殊。孟姜女故事中，孟姜女為什麼心甘情願嫁給被追捕的萬喜良？在江蘇流行得非常廣泛的一種傳說是，孟姜女乘涼，扇子掉到河裏去了，丫環不在，又沒有旁人在，她就脫下衣服下水取扇子，躲在樹上的萬喜良看見，就忍不住笑出聲來，被孟姜女發現。見《蘇州民間故事》所載《孟姜女》。她的裸體，被他看見了，在舊時代的觀念看來，就接近於「失節」了，於是，她就只好嫁給他了。這也是一種無奈。但是，這些種種特殊，要麼可遇不可求，要麼對尋常青年男子來說難以達到。在舊時的社會，更為實際的做法是，青年男子採用非常手段使女主人公就範，包括採用暴力手段，甚至是「生米做成熟飯」。《詩經》中有「將仲子兮，無逾我牆」的歌聲，﹝註1﹞《孟子》中有「逾東家牆而摟其處子，則得妻」的說法，﹝註2﹞可見此類事情，在古代也是有發生的，民間社會尤其如此。《牛郎織女》中，牛郎是如何得到織女的？最為通行的說法，也是江蘇的牛郎織女故事中最為通行的說法，就是牛郎偷走了正在河裏洗澡的織女的衣服，以此要挾，而娶到了織女。這在任何文明社會，都是會被譴責的流氓行為，如果是在當代，絕對要受法律的懲處。一種說法是，織女被牛郎要挾，無奈和牛郎結婚。還有一種說法是，牛郎把織女的衣服藏了起來，織女失去飛翔的能力，無法回到天上，所以，只能和牛郎結婚。《如皋卷》之《小牛郎》，

﹝註1﹞　《十三經注疏》本，中華書局，1980 年影印本，第 337 頁。
﹝註2﹞　《十三經注疏》本，中華書局，1980 年影印本，第 2755 頁。

是牛郎織女、七仙女董永故事等捏合而成，男主角是牛郎，女主角是七仙女中的六姑娘。牛郎娶六姑娘，也是聽老牛的話，用在人家洗澡時搶衣服的勾當來實現的。不管哪種說法，都是表明，和牛郎結婚，非織女所願，她是被迫的。《小牛郎》中，就是在牛郎的要挾下，仙女沒有辦法，才和牛郎結婚的。此其一。其二，她已經被牛郎污辱，已經沒有能力回到天上。其三，當她具有回到天上的能力的時候，她有很大的可能就要離去。《小牛郎》中，仙女生下兒子後，仍然沒有放棄尋找被牛郎偷走的裙子，她找到後，穿上裙子，就回了天上。這隱喻：社會階層高的女子，被社會階層低的男子污辱了，她就無法回到原來的階層了，於是被迫和她並不願意嫁的男子結婚，而如果她能夠回到原來的階層，她很可能就要回去。古代的社會現實，也正是如此。有些故事中說，織女和牛郎這樣結婚後，他們相愛了，且愛得很深。「弔絲」男子用這樣卑劣的手段娶來的女子，會不會和他相愛？當然也有這樣的可能，特別是在「回不去」的情況下，這樣的可能就很大，生育孩子後，一方面更加難以回去，另一方面和丈夫之間有了難以分割的聯繫，這樣的可能性就更加大了。

用「搶衣服」之類污辱女子的方法來獲得婚姻，明顯是違反倫理和法律的。因此，在牛郎織女題材的有些故事中，把牛郎織女的姻緣向前追溯，編了一個「前傳」。說是牛郎和織女本來都是天上的星宿，且已經相互戀愛，只是因為牛郎觸犯了王母娘娘，被罰下人間「受苦」。牛郎臨行前，織女還殷勤送別，此後相思不盡。後來，牛郎在老牛的指點下，偷了正在洗澡的織女的衣服，和織女成婚。見《蘇州民間故事》所載《黃姑村》。這樣，似乎有在天上相愛的經歷，偷衣服之類，也就減輕了罪過。更為重要的是，牛郎和織女，在同一個社會階層，他們之間的婚姻，沒有了社會階層方面的問題，門當戶對，也就容易多了。也正因為如此，這故事的社會意義，也就減小了許多。

在牛郎織女故事的變種董永和七仙女一類的人仙配故事中，又是另外一種表達。《中國民間故事集成》之《江蘇卷》有南京民間故事《七仙女與董永》。董永還是人間的董永，沒有天上背景，但是，仙女是奔著董永下凡的，自願下凡嫁給董永的，其理由是，董永是個非凡的孝子，竟然賣身葬父。仙女下嫁董永，就是獎勵其孝行。其隱喻是：下層社會的男子，如果有非凡的德行，其德行到了足以感動身處較高社會階層的女子自願嫁給他作妻子的程

度，這樣的「逆襲」也就可以實現了。這在人間社會，也是可能發生的事情。因此，此類故事，對勸孝是具有積極意義的。

即使織女們和牛郎們相愛了，死心塌地地和牛郎們過日子了，但是，這樣的日子還是很難安生的。中國人的婚姻，不僅僅是兩個人結婚了，而是兩個家庭、家族、親族乃至宗族的聯姻，兩人背後，有巨大的力量和錯綜複雜的背景。「弔絲男」即使「逆襲」「白富美」成功，兩人相愛，但是，「白富美」家族強勢的干預，幾乎是難以避免的。干預的極端，就是不承認乃至解除他們之間的婚姻。王母娘娘等以天河阻隔牛郎織女，這是各地流傳的牛郎織女故事的關鍵情節。七仙女被奉了玉帝之命的天將捉拿回天上，也是七仙女和董永故事的關鍵情節。牛郎織女或者董永故事中王母娘娘等天神及其行為，正是這樣的社會現實的隱喻。

其實，還有更加糟糕的。上層社會的女子下嫁給下層社會的男子，在下層社會組成家庭，僅僅愛情，很難支撐起這樣的婚姻和家庭。這樣的婚姻和家庭難以走下去，除了女子原來的家庭背景的干預，例如王母娘娘的干預之外，女子本人的思想感情，其實也很可能是個變數。《江蘇民間故事集》之《織女變心》，就是反映這樣的現實。織女織雲錦，花草都如真，導致牛郎割草誤割，織女上前制止。通過這樣的交往，織女愛上了牛郎。她欲下凡嫁給牛郎，遭到爺爺玉帝、奶奶王母娘娘的激烈反對。金牛星私自背著織女下凡，織女嫁給了牛郎，金牛則給他們家耕田。織女生兒育女後，漸漸變得好吃懶做，懷念天上的生活。她在王母娘娘派來讓她回天上的奎木狼的幫助下，撇下牛郎和兒女，啟程回天上。牛郎發現，挑了孩子追趕，而織女連劃九條河，阻止牛郎追她。牛郎用牛的骨頭填平了八條，無法填最後一條。織女和牛郎隔岸吵架並且相互扔東西攻擊對方。孩子叫喊，織女心軟，不忍離去。玉帝乃許他們每年七夕相會。他們抵抗住了來自女方家庭的壓力，但是，沒有能夠抵抗住女子思想感情的變化。對出身於上層社會的女子來說，長期過辛勤的日子，畢竟是很艱難的。這也是人世間的無奈。此類故事，就是這樣的無奈的產物。

《小牛郎》中，小牛郎和仙女最後是團聚的。仙女回天上後，老牛給小牛郎出主意：「你抱伢兒上她家去，叫伢兒喊六娘。王母收了伢兒就要收你，不收就登在她家裏不走。」小牛郎如其言，王母最後果然只得讓仙女六娘和小牛郎父子回家團聚。熟悉農村情況的人，就會覺得，這樣的事情似曾相識。

各方面條件較好的女子沒有得到父母的同意，和條件較差的男子結婚，生育兒女後，和丈夫鬧矛盾而回到娘家，而男子以孩子打動妻子及其娘家成員，再以低姿態甚至帶有無賴色彩的言行，實現家庭的大團圓。這樣的事情，在農村，也不是少見的。而老牛這樣的人物，參透世故，狡黠甚至帶有邪氣，在農民中，也是有的。

在民間社會，牛郎和董永的兄弟姐妹，肯定要遠遠多於織女等仙女一方的，因此，站在牛郎和董永一邊的人，肯定要比站在對方的多，於是，牛郎織女和董永題材的故事中，同情肯定是在牛郎和董永一邊，而對王母娘娘，肯定是譴責的。

《白蛇傳》則可以詮釋底層社會女子和所屬社會階層比她高的男子結婚所遇到的困境。誠然，在舊時代，底層社會女子嫁給所屬社會階層比她高乃至上層社會的男子，也是不少見的，但是，基本上都是做妾侍，即使經歷種種艱辛得到機會晉升正妻，也是後來的事情，況且終究是極少數。這樣的不平等，下層民眾是無法心悅誠服的。在社會的認知中，精靈即使神通廣大，但是，和人類相比，它們的文明遠遠低於人類的文明，連到人的外形，它們也要經過多年的刻苦修煉才能得到，且要保持這樣的外形，還並不容易，而具有人的外形、學得人類的文明，進入人類社會，是它們修行的階段性目的，達到這樣的目的後，它們才有可能向更加高的層次也就是可以進入上天的神仙世界前進。它們可以隱喻處於社會下層的人們。處於社會下層的人們，都想提升自己的社會地位，進入中層社會乃至上層社會。在封建社會裏，從理論上來說，下層民眾提升自己的社會地位，進入較高的社會階層，也是有途徑的，例如男子刻苦讀書，走科舉道路成功，那麼，就可以使全家提升到較高的社會階層。在這樣的過程中，女子也可以發揮作用，例如相夫教子。當然，這個過程是漫長的，也許要經過若干代人的努力。通過婚姻的方式進入較高的社會階層，《牛郎織女》故事詮釋了男子走這條道路的艱辛曲折，表達了下層民眾關於這方面的心聲，而《白蛇傳》則是下層社會女子試圖通過婚姻進入較高的社會階層的誇張展現，同樣表達了民眾在這個方面的種種思想感情。

中國古代，包括在主流社會，評價一個女子的標準，是「德言工容」。用這樣的標準來衡量白娘娘，白娘娘無疑是應該得到高分的。但是，在世俗中，除了這樣四條標準外，門第也是一條。用這一條衡量，白娘娘就不夠格了。

在一般的傳說中，白娘娘是蛇精。但是，在《鹽城市故事卷》之《張天師遭妖迷》中，她是張眞人的妹妹和白蛇精的後代，有一半的人的血統，且機緣湊合，吃了可以讓人成仙的湯圓。此又見《海安卷》之《白娘娘出世》，《如皋卷》之《許仙與小白蛇》。即使如此，白娘娘還是有蛇的血統，蛇的本性。白娘娘實際上隱喻各方面優秀但是出身低下的女子。這樣的女子，如果嫁給所屬社會階層比較高的男子，一般只能作妾侍，可是，如果是妾侍，她還是處於較低的社會階層中。她要提升自己的社會階層，她就只能作正妻。但是，這當然是困難的。

首先，她看到心儀的男子，必須隱瞞自己的身份，且首先出手。白娘娘也正是這樣。《中國民間故事集成》之《江蘇卷》所載邗江地區民間故事《借傘》中，許仙遇雨，向白娘娘借傘，白娘娘故意和許仙調侃，甚至說「雙層傘八尺八寸雙，好包一對大鴛鴦」之類的曖昧話。後來，白娘娘的侍女小青，也是如此，見同書所載崑山民間故事《小青嫁人》。儘管她們隱瞞身份謀取對方愛情的行爲是違背誠信道德的，作爲女性在愛情、婚姻事務方面主動出手的行爲，也是違反當時社會主流的禮法的，但是，還是有效的。當然，在舊時代的現實中，女子這樣做，隱瞞身份違背道德，主動追求逾越禮法，都是不容易的，不僅是在作犧牲，而且即使看起來成功了，還會有「始亂終棄」的危險，事實上，這樣的危險也不是少見的，文學作品中就有不少。白娘娘和小青不是人類，她們不知道德和禮法，或者是不拘道德和禮法，這也是下層社會女子對道德、禮法的認知水準或者態度的誇張體現。可是，即使她們這樣做收到了很好的效果，找對了人，但是，這才是艱辛、漫長的歷程的開始。

首先是她們的丈夫所屬社會階層的文化容不下她們。底層社會的女子嫁給所屬社會階層較高的男子，這樣的事情，本身就爲社會主流文化所不容，人們講究的是門當戶對，出身低下的人和所屬社會階層較高的人結婚，只能作妾，不能作妻。《閱微草堂筆記》中，強盜搶劫富貴人家，其家上下都被強盜控制。一個丫環機智逃脫控制，放火燒柴堆，引來大量民眾前來救火，強盜只得逃離。丫環救了主人全家，保全了主人家的財產，主人舉家感激這個丫環，讓其家一個年齡相當的兒子，娶了這個丫環，當夜就行禮成親。紀曉嵐說，如果不是當夜就成親，事情一拖，就要論貴賤，這婚事就很難成功了。巴金《家》中的三少爺覺慧和丫環鳴鳳相愛，連覺慧這樣在當時有新思

想的青年，都幻想鳴鳳最好是某個知縣之類的人物失散的後代，這樣彼此結合，最大的貴賤障礙，就消失了。可惜，鳴鳳確實僅僅是普通的丫環，確實出身於社會的底層，因此，在他們的婚事被提出之前，鳴鳳就被迫自殺了。曹禺的《雷雨》中，周樸園和出身低微的丫環魯侍萍生了兩個兒子，還是被拋棄了，連妾的名分也沒有得到。《鹽城市故事卷》之《老新河有三個塘》中，已經和丈夫生兒育女了的蟒蛇精，在人們已經知道她的身份後，儘管她捨不得丈夫和兒女，還是離開了。《常州民間故事集》之《田螺精》中，孩子對田螺精說，同學都在說他的媽媽是田螺精，他沒有外婆家，田螺精知道自己的身份無法隱瞞，於是就選擇了離開。可是，白素貞不情願離開。法海以作為「正法」的佛教的道德、倫理、社會等方面的優勢，以「驅邪」為旗號，不遺餘力地拆散許仙和白娘娘夫婦，《白蛇傳》中的這些關鍵情節，正是隱喻封建勢力的代表挾封建倫理的優勢，以「衛道」等為旗號，阻擋下層社會女子和較高社會階層的男子成婚，以此阻攔較低社會階層的成員向較高的社會階層流動。很明顯，雙方力量的對比，是非常懸殊的。白娘娘的神通再廣大，同情的神靈和民眾再多，也無法改變其悲劇的命運。甚至她的兒子考中了狀元，當了大官，還是無法救她。到「西湖水乾，雷峰塔倒」，她才能夠從雷峰塔底下出來。可見，這樣的悲劇，是永久性的，至少在封建社會，同情白娘娘的人們，還看不到白娘娘獲得解脫的希望，更加不用說她和許仙團聚了。人間社會的情況，不也是這樣嗎？在封建社會，妾的兒子即使做了大官，誥命夫人的稱號，還是屬於嫡母，而不是當妾的生母。尹繼善考中進士，消息傳到家裏，他的母親是妾，仍然在廚房操勞，他的父親不允許她參加慶祝活動。

　　不同社會階層文化之間的矛盾衝突，也是造成悲劇的一個原因。白娘娘被許仙所逼迫喝了雄黃酒，現出原形，嚇昏了許仙，見《中國民間故事集成》之《江蘇卷》所載《白蛇的傳說》。還有一種說法是，許仙出於對妻子的愛，乘妻子睡覺，給妻子餵了一口雄黃酒，由此現出原形，嚇壞了許仙。此筆者幼時聞之於先祖母。不管如何，雄黃酒到了白娘娘身體裏，使她顯露出了原形，嚇昏了許仙。可見，她無法像人類一樣過人類的文化生活，包括在端午節喝雄黃酒，甚至無法承受丈夫愛的表達。出身於下層社會的女子，即使嫁給處於較高社會階層的男子，彼此在各自環境中長期以來形成的思想觀念、言行舉止、氣質風度等，都有很大的不同，女子即使刻意隱藏先前的一切，

甚至抑制自己迎合夫君，還是免不了現出原形，導致衝突。在這樣的衝突中，強弱之勢也是很明顯的。

　　女子的社會背景，還會以別的形式表現出來，並對她的婚姻起負面的作用。白娘娘即使不顯露原形嚇昏許仙，她即使把她的一切都隱瞞得很成功，可是，她無法讓小青也這樣。小青先是偷了杭州衙門的官銀，給許仙造成了很大的麻煩，他們一家不得不到蘇州謀生。後來，小青又偷了當朝宰相崑山顧鼎臣家的花燈，被顧鼎臣的兒子識破，許仙一家，只能離開蘇州。這些情節，見《蘇州民間故事》所載《白娘娘在蘇州》。白娘娘的朋友，那些蝦兵蟹將，為了救白娘娘，水漫金山，淹死包括人在內的無數生靈。這些劣行，當然是無法被人類社會認可的。在中國，男女結婚，不僅僅是兩個人之間的事情，是兩個家族、兩個親族甚至兩個宗族的聯姻，婚姻始終無法擺脫作為雙方背景的家族、親族乃至宗族的影響。出身低微的女子和較高社會階層的男子結婚後，女子的家族、親族乃至宗族，也就和對方的家族、親族和宗族有了聯繫和互動。在這樣的過程中，女方家族、親族乃至宗族成員的思想觀念、處事方式乃至言行舉止、生活習慣之類，不被男方家族、親族乃至宗族認可，甚至被鄙視、厭惡、排斥等等，幾乎是不可避免的。這些，同樣會影響到婚姻。

　　出身於底層社會的女子，不管如何德才兼備，甚至神通廣大，不管她對屬於較高社會階層的丈夫、對丈夫家族、乃至親族、宗族的功勞有多大，兒子又如何有出息，但是，要進入較高的社會階層，難於上青天！

　　關於《白蛇傳》故事，民眾的同情在那一邊呢？是法海，還是白娘娘？幾乎所有的相關故事中，同情都在後者。《蘇州民間故事》所載《法海罰做蟹仙人》中，太白金星下界瞭解白娘娘和法海的事情，「蘇杭兩地百姓都講，白娘娘水漫金山是被法海和尚逼出來的，人家小夫妻變好，關你和尚啥事體」。太白金星彙報給玉帝，玉帝以白娘娘水漫金山的罪責，要把白娘娘丟在血污池裏。太白金星執行的時候，命法海把白娘娘壓在雷峰塔底下，然後捉拿法海，法海逃到蟹的身體裏躲避，被太白金星罰為蟹仙人。《揚州民間故事集》之《為什麼黑魚吃魚蝦》云，法海大戰蝦兵蟹將，變成了大鯊魚，後來又變成了黑魚，吃小魚小蝦。人們對它沒有好感。《中國民間故事集成》之《江蘇卷》所載鎮江市《淚漫金山寺》的故事中，說白娘娘帶領蝦兵蟹將救許仙，並沒有水漫金山，而是圍觀的民眾乃至種種神靈都哭了，他們的眼淚像洪水，

就「水漫金山」，實際上是「淚漫金山」。這既避免了蝦兵蟹將淹死無數生靈的罪孽，又誇張地體現了民眾對白娘娘的同情。這是被壓迫、被剝削的下層民眾，對維護等級制度的封建思想、封建制度、封建文化、封建習慣等封建勢力的控訴。可是，沒有先進文化的民眾，對此類封建勢力，除了控訴而外，還能有什麼呢？因此，這些封建勢力，仍然會肆虐，人間的白娘娘，還是會被鎮壓在「雷峰塔」底下。社會意義上的西湖水乾、雷峰塔倒，白娘娘翻身，只有包括文化的徹底變革在內的社會變革真正實現後，才能實現。

第三節　情節和主題的派生

四大民間傳說，其實都是有許多故事生長點的。江蘇民間故事中，就有很多從這些生長點上生長出來的故事。

就牛郎織女傳說而言，例如，牛郎織女一個在人間、一個在天上，為什麼有姻緣？《黃姑村》就是講他們之間的因緣。牛郎受兄嫂的虐待和侵害，在原來的傳說中，只有很少的表現。那麼，牛郎的兄嫂到底是怎樣虐待和侵害牛郎的呢？《小牛郎》就是講這方面的內容。和兄嫂分家後，牛郎如何謀生？《黃姑村》中的黃姑涇，是牛郎拉著老牛開的。《蘇州民間故事》所載《神犁河》中，牛郎尋到淤泥積水的荒地，就在老牛的幫助下，在那裡開河開荒種田，於是開出了神犁河。這兩個故事，都是出於崑山。崑山那個地區，本來許多地方是沼澤地，經過人們開河排水等改造，才成了良田。此類故事，正是人們改造沼澤地的反映，也歌頌了當地人們對自然的改造。牛郎織女的兒女，後來如何生活？《中國民間故事集成》之《江蘇卷》之《牛郎織女的後代》，《邳州卷》之《牛郎織女的後代》，《蘇州民間故事》所載《鶴是牛郎子》，《中國民間故事集成》之《江蘇卷》之《七仙女和飯山》，《南通市區卷》之《初七初八望穿星》等，就是講牛郎織女的兒女的。

白娘娘和許仙為什麼有這樣的姻緣？白娘娘和法海為什麼有那樣的冤仇？其中也有很多故事的生長點。《如皋卷》之《許仙與小白蛇》，《海安卷》之《白娘娘出世》，《海門卷》之《白娘娘又一說》，《蘇州民間故事》所載《法海結怨白娘娘》，《中國民間故事集成》之《江蘇卷》之《白蛇和許仙》等，就是講這些內容。小青又是何等來歷呢？白娘娘和許仙成就了姻緣，那麼，小青呢？《海安卷》之《小青出世》，《蘇州民間故事》所載《白娘娘在蘇州》，《中國民間故事集成》之《江蘇卷》之《小青嫁人》等，就有這些故事。

　　孟姜女的傳説中，孟姜女尋夫，路途遙遠。這個過程中，有充分的想像空間，根據這樣一個主幹，可以生出各色各樣的故事，而以表現其尋夫的艱難爲主，旁及其他。例如，《蘇州民間故事》的《孟姜橋》中，説孟姜女在荒野裏被一條河擋住了去路，天色將晚，她只能絕望地大哭。一老嫗來搭了便橋，她才得以過河。原來，老嫗是受韋陀託夢而爲。《小腳橋》中，寫同行男僕欺凌孟姜女，孟姜女機智將他置於死地而脱險。其主題是表現人性險惡。《南通市區卷》、《蘆葦上的齒印》講孟姜女口咬蘆葦葉留下記號，以免歸途迷路。《麵條魚》則寫漁家母女救助和憐憫孟姜女，表現美好的人性。

　　梁山伯祝英臺之間，到底有怎麼樣的因緣，使他們有這樣的愛情悲劇？《南通市區卷》之《蝴蝶仙》，就回答這樣的問題。梁祝傳説中，關於馬文才的內容比較少。《中國民間故事集成》之《江蘇卷》之如皋民間故事《蝴蝶不採馬蘭花》，蘇州民間故事《英臺化蠶》就著重寫馬文才。

　　由原來的傳説派生出來的故事，還很可能派生出新的故事。民間故事本來就是一直處於動態之中的，有變化，有發展，有派生。這些派生出來的情節，當然多少和原來的情節或者角色有關，但是，其主題則未必和原來的傳説相同，有的甚至相差很大。不過，這些主題，同樣體現了民眾相關的思想感情。

　　就江蘇流傳的從民間四大傳説主幹情節派生出來的故事而言，其主要的主題，大約有這樣幾類，下面分別論之。

　　政治批判主題，主要是對統治者、壓迫者的抨擊。在四大傳説中，孟姜女故事集中體現了這樣的主題，控訴了秦始皇的殘暴、好色等等，可以看作民間對封建專制王權的控訴。可是，其他三大傳説中，完全沒有批判王權的內容。至於對封建社會官僚利用權勢欺壓百姓的內容，也僅僅是梁祝傳説中隱約有一些，説馬文才是官家子弟，馬家利用權勢讓馬文才得了解元，而沒有馬家利用權勢強娶祝英臺的情節。祝英臺待字閨中，馬家提親，完全合於情理，也合於禮法。將祝英臺許配給馬文才，完全是祝英臺父親的意思。可是，在江蘇民間故事中，從這四大傳説中派生出來的一些故事，就有屬於此類主題的內容。《海安卷》之《小青出世》云，秦始皇以其金馬鞭趕山填海，嚴重威脅龍王的利益。龍王乃命第三個女兒色誘秦始皇，偷了他的金馬鞭，但這三公主由此懷孕，生下了一條小青蛇，是爲小青。統治者爲了爭奪利益，無所不爲，置道德廉恥等於不顧。《蘇州民間故事》之所載《白素珍含冤認蛇

妖》中，總兵的女兒擅長醫術，和丈夫許仙在蘇州開藥店。在瘟疫盛行的時候，他們自製的闢瘟丹控制了瘟疫，使廟中的香火大爲減少，引起了廟中和尚法海的嫉恨。法海乃誣告白素珍是妖怪，施展妖法控制了瘟疫，用假藥收買人心，圖謀不軌。官府被買通，許仙被抓。爲了救出許仙，白素珍無奈承認是白蛇精。這是對黑暗政治的揭露和抨擊。《南通市區卷》之《蝴蝶仙》云，王母娘娘參加蟠桃會，頭上插滿鮮花。一對蝴蝶仙飛到王母頭上的花上，王母認爲蝴蝶向她「採花」，有褻瀆之意，大怒之下，將這對蝴蝶拍落下界，是爲梁山伯、祝英臺，而王母餘怒未消，又派坐騎玉麒麟投胎干擾他們，是爲馬文才。梁祝經過一系列曲折，重新化爲蝴蝶。《黃姑村》中說，牛郎本來是天上的星宿，因爲得罪了王母娘娘，被罰下人間受罪。《蘇州民間故事》所載《金梭子》云，某年七月七，織女去和牛郎相會的時候，匆忙中把金梭子掉下，落到蘇州城裏一家機房的小井裏。這引起了一場關於寶貝的鬧劇。知府利用權勢和女兒的婚姻得到了金梭子，皇帝利用權勢讓知府交出金梭子。最後，梭子被織女取回，他們的美夢全部落空。

教育青少年的主題，是民間故事中最爲常見的。四大傳說中，本來完全沒有此類主題。在江蘇流傳的從四大傳說中派生出來的故事中，此類主題，還是明顯的。《中國民間故事集成》之《江蘇卷》之《牛郎織女的後代》中，牛郎織女的兒女，都學會了勞動的本事，成爲勞動能手。《邳州卷》之《牛郎織女的後代》中，更有牛郎織女的女兒銀妹織錦帶給喜鵲的感恩故事。這些都是正面的形象。《蘇州民間故事》所載《鶴是牛郎子》云，牛郎在臨終前告訴兒子如何找母親。兒子找到母親，母親給他七粒米，還沒有來得及交待，天上打個閃電，織女就不見了。兒子回家用這七粒米煮粥，結果粥溢出，灰堆陰溝等髒地方都是粥。上天大怒，不斷打雷，兒子這才知道糟蹋了母親的寶貝。於是，他投胎做了仙鶴，整天在灰堆陰溝等髒地方覓食。舊式黃曆上，凡是鶴神落地的日子，都要注明，農民在這樣的日子，就不往田裏撒動物可以吃的肥料例如豆餅之類，怕被仙鶴吃掉。江南地方孩子吃飯吃得快，長輩就要讓他慢慢吃，「不要像個仙鶴」。《中國民間故事集成》之《江蘇卷》之《七仙女和飯山》中，以上故事中的織女成了七仙女，孩子成了七仙女的兒子。情節也有些變化，主要是七仙女明明白白告訴兒子這七粒米的用法，但是兒子偷懶，就七粒米一起煮了，結果飯成了山，把他和父親董永一起埋在飯山了。這些故事，主題都是教育青少年了，例如要愛惜糧食、認眞學習、勤奮工作等等了。

兄弟倫理主題。牛郎織女故事的前面一部分，是反映弟弟和兄嫂之間矛盾的，揭露兄嫂以其倫理等優勢剝奪弟弟的利益。但是，這個部分很少，牛郎的兄嫂，在牛郎分家後，就沒有出現。《小牛郎》的故事，則以「兩兄弟型」為格局，寫小牛郎受到兄嫂虐待，被迫分家而只分到一老牛。此後，他在老牛的幫助下，獲得財富，娶到仙女，兄嫂則都一無所有，還被充軍。小牛郎收留了他們，但是，他們不知感恩，還要向小牛郎勒索錢財，老牛利用他們貪財的心理，將他們置於死地。在這個故事中，小牛郎和仙女之間的婚姻糾葛，僅僅是「弟弟發跡」中的一個情節而已，而主幹還是弟弟和兄嫂之間的倫理關係。其主題，和眾多的「兩兄弟型故事」完全一致。《睢寧卷》之《牛郎織女》中，前半部分，主要是講哥嫂對牛郎的欺壓。

勸孝主題。兄弟倫理主題，牛郎織女故事中，還是有一點的。勸孝的主題，要牛郎織女故事的變種七仙女和董永的故事中才有，但不是其主要的內容。白娘娘故事中，有其中了狀元當了大官的兒子祭祀白娘娘的情節，這和孝有些關係，但不能認為這是勸孝的情節。江蘇流傳的白娘娘故事中，則有植入勸孝情節的故事。《海門卷》之《白娘娘又一說》云，呂洞賓到凡間試人心，在杭州開一家點心店。人們只買點心給妻子、孩子吃，沒有人買點心給長輩吃。一小夥子常買點心給瞎眼老母吃。呂洞賓給小夥子一個饅頭，其母食之而復明，且不思飲食。小夥子懷疑母食饅頭而病，乃和呂洞賓爭吵。呂洞賓讓其母吐出饅頭，白蛇食此饅頭而得仙氣，成人形，化為白娘娘。

以恩怨詮釋故事。民間好用恩怨果報解釋歷史、世事，擴而為解釋虛構的故事。於四大傳說，人們也是如此。《黃姑村》中說，牛郎本來也在天上的，且和織女早就相愛，故牛郎下凡後，有這樣的姻緣。《常州民間故事集》之《孟姜女的傳說》云，孟姜女和他的丈夫，本來是天上凌霄宮的金童玉女，因犯過失，被罰下凡的。《南通市區卷》之《銀魚》中說，「孟姜女和萬喜良是天上的金童玉女，是犯了天規被罰到人間來受苦，還罰他們九世投胎都不得成夫妻」。梁山伯和祝英臺則早就是天上的一對蝴蝶，相愛很深的。

以恩怨詮釋故事最為集中的，則是白蛇傳傳說派生出來的故事。綜合相關的故事情節，大致是：一讀書少年救了一小白蛇，且餵養她。後來，他的老師強迫他將白蛇放歸野外，一說，少年的父親被蛇嚇死後，少年只得把蛇放歸野外。這少年的後身就是許仙，那白蛇，就是白娘娘。白娘娘嫁給許仙，是報恩。

　　《海門卷》之《白娘娘又一說》云，白蛇吃了呂洞賓那有仙氣的饅頭。一田螺精亦欲食此饅頭，但為白蛇搶先。田螺精爬上蛇背，請白蛇帶它昇天成仙，白蛇不肯，甩尾巴掃落了田螺精。白蛇遂和田螺精結下怨仇。後來，白蛇為白娘娘，田螺則為法海。《蘇州民間故事》所載《法海結怨白娘娘》云，白蛇到峨眉山下，遇到一修道的蛤蟆，出於好心，銜了蛤蟆到峰頂修道，途中蛇嘴一鬆，蛤蟆跌落山下，由此痛恨白蛇，發誓報仇。後白蛇成仙，可以化為人形，找到許仙，以身相許報恩。蛤蟆也修煉成精，化為法海，向白娘娘復仇。《中國民間故事集成》之《江蘇卷》之《白蛇和許仙》云，白素貞、許仙、法海是同學，許仙和法海同時愛上了白素貞，白素貞也不知道該選擇誰。其父親策劃考驗他們兩人對白素貞的愛。他發出訃告，說白素貞去世，已經埋葬在某地。如果真心愛她的人，就上墓地陪伴她三年。許仙和法海都到墓地去陪伴白素貞。大蛇出現，法海逃去，許仙堅守，故白素貞選擇了許仙。由此法海就和許仙夫婦過不去。

　　這些情節，既是按照因果報應的佛教鐵律為白娘娘和許仙的愛情、為白娘娘和法海的矛盾故事提供了「依據」，又表現了動物倫理主題。野生動物不適合人工飼養，不適合作為寵物，人和野生動物，各自有自己的場域，應該互不干擾。人類即使發現野生動物之間的爭鬥，只要不涉及瀕危動物、應該得到人類保護的動物，人類對這樣的爭鬥，也不應該予以干預。作為天敵的野生動物之間，也有自然的倫理關係在，它們作為天敵的天性，不會因為動物個體之間的偶然事件所改變。蛇和蛤蟆，正是天敵。這個故事中把法海和白娘娘之間的冤仇，詮釋為蛤蟆和蛇之間的敵對關係，表現了他們之間矛盾的不可調和性。

　　此外，把白娘娘和法海之間的衝突解釋為他們私人之間的恩怨，還有比較特別的意義。法海和白娘娘之間的矛盾，站在法海的立場上說，是「正」和「邪」、「人」和「妖」之間的鬥爭，可謂堂皇正大，充滿了正義性，有著強大的道義優勢。這個形象，隱喻舊時代那些以主流社會思想例如忠孝節義、三綱五常等為大旗，以「衛道」為己任而瘋狂迫害他人的封建人物。民間故事中，把他的這些行為歸結為私人之間的恩怨，這就消解了此類人物所謂的正義性，他們的行為不再堂皇正大，也就完全沒有了道義上的優勢。為了私人之間的恩怨而如此大動干戈，已經落入下乘了，更何況，即使就私人恩怨而論，法海們也是不占上風的：田螺精也好，蛤蟆精也好，作為書生的法海

也好，它們的對手沒有負它們，而是它們的貪婪和妒忌等，讓它們於對手生了怨恨。原來，法海們堂皇正大的旗幟後面，隱藏的居然是這些見不得人的東西！在沈從文的小說中，某族長把和人私通的族中寡婦沉潭，算是執行族規，維持風化，何等堂皇正大！可是，這被別人解讀爲因爲得不到那個寡婦而妒忌，繼而假借堂皇正大的名義泄私憤。人們對法海和許仙夫婦過不去的解讀，也是如此。魯迅《論雷峰塔的倒塌》中說，他覺得法海要拆散許仙夫婦，是出於妒忌。這樣的解釋，和民間故事是一致的。

情仇主題。通行的梁山伯祝英臺故事中，化蝶等情節，深化了悲劇意識，但是，仇恨意識是淡薄的。馬文才追求祝英臺似乎也沒有什麼錯，追求的過程中言行不當，當然應該譴責，但是，這不是梁祝悲劇的原因所在。有些故事，則轉爲「情仇主題」，突出祝英臺和馬文才之間的仇恨。例如《中國民間故事集成》之《江蘇卷》之如皋民間故事《蝴蝶不採馬蘭花》云，梁祝死後化爲蝴蝶，馬文才死後化爲馬蘭花，想以此吸引蝴蝶，加以危害，這樣的陰謀被梁祝識破，所以，蝴蝶不採馬蘭花。同書蘇州民間故事《英臺化蠶》，寫祝英臺化爲蝴蝶後，被馬文才的靈魂追逐，躲進蠶房，化爲了蠶。

在此類故事的主題中，最爲出彩的，是關於小青婚姻的故事。小青也是妙齡女子，且在成就白娘娘和許仙的結合中，她是出了力的，白娘娘有許仙，她怎麼辦？其中就有了倫理問題。這樣的倫理問題，戲曲和通俗小說中，幾乎都沒有解決好。《西廂記》中，在崔鶯鶯和張生結合的過程中，紅娘是出了大力的。崔鶯鶯有了這樣理想的歸宿，紅娘怎麼辦？其他不少戲曲中，也有這樣的問題。像流傳於無錫一帶的《珍珠塔》而言，小姐的丫環，和小姐一起嫁給男主人公。這樣的處理，和當時小姐的貼身丫環作爲陪嫁丫頭嫁過去被小姐的丈夫收房這樣的慣例相一致的。爲小姐服務的丫環，成了主婦的侍妾，仍然是主僕關係，但是，這就有了利益矛盾，和此前兩人之間的倫理關係，是有很大不同的。民間故事中，很少有小姐和丫環同嫁一個丈夫的，甚至很少有自願嫁給人家做妾的。當然，在當時的社會倫理中，男子可以納妾，也有相關的倫理維持家庭的平安。但是，除了社會倫理之外，還有自然倫理在。愛情和性愛，都是排他的，這是人的天性，是自然倫理決定的，和關於納妾的社會倫理是衝突的。在民間社會，似乎更加容易接受自然倫理，因此，在民間文學作品中，極少有讚賞納妾的內容。在通行的《白蛇傳》故事中，和《西廂記》等一樣，對丫環的感情和終身的歸宿，是忽略的，甚至可以認

爲是被漠視的。如果這樣，那麼，就是一種嚴重的不平等。在有大量下層人民、大量被壓迫人民的民間社會，這是不能容忍的。因此，江蘇流傳的《白蛇傳》故事，就不是如此。《蘇州民間故事》所載《白娘娘在蘇州》中最大的亮點，就是寫小青和崑山宰相顧鼎臣兒子的愛情故事。他們成了夫妻，但是因爲小青道行尚淺，使顧公子患了重病，白娘娘出手，方才救了顧公子。《中國民間故事集成》之《江蘇卷》之《小青嫁人》，就專門講這個情節。這在處理小姐在丫環的幫助下成功地和心上人婚配後丫環的感情和終身如何解決的問題上，比《珍珠塔》做得高明，眞正體現了人民大眾的願望，體現了平等。小青儘管是白娘娘的侍女，可以理解成依附於白娘娘，但是，她的感情是獨立的，婚姻也是獨立的。就世俗的觀點來看，她的夫君是宰相公子，並不比小姐的夫君差。戲曲和白話小說，儘管也在民間流傳，但是，其作者是文化人，深受主流社會文化和利益意識的影響，所以，所表達的思想意識，和民間文學作品，還是有差距的。

在中國傳統文化中，最爲缺乏的思想資源之一，就是提倡平等的思想資源。佛教提倡「眾生平等」，但是，佛教傳入我國後，其「平等」思想，幾乎被閹割了，並沒有融入我國的文化中。我有《平等》詩云：「移得菩提處處栽，千年寂寞等花開。花開朵朵從頭數，不見此花心獨哀。」因此，對民間故事中的平等思想，我們應該努力發掘、充分珍惜並且積極予以宣傳和提倡。

結　語

江蘇民間故事中的「四大傳說」，和通行的版本有較大的不同，鮮明體現了江蘇的地方特色和有關地方百姓的生存特點，且在通行版本的基礎上，很大程度地豐富了情節和主題，充分地體現了民間特色。更爲重要的是，反對等級制度的平等意識等和主流社會不同的思想意識，得到了明顯的加強。

外編：中外民間故事情節或情節類型融通匯錄（江蘇部分）

引　言

　　在民間故事情節和情節類型的研究方面，前人已經做了很多工作，成果斐然。這主要體現在國內各地民間故事之間、各類文言小說和民間故事之間的情節融通。我國白話小說、戲曲和民間故事之間的情節融通研究，也已經有不少成果。因此，我在這裏，只是匯錄外國民間故事和江蘇民間故事之間的情節融通，本書此前已經涉及了一些。需要說明的是，我掌握國外民間故事的資料有限，江蘇民間故事和國外民間故事之間情節的融通，肯定遠遠不止這些。還有，至於是我們吸收並且融通外國的，還是外國吸收並且融通我們的，這要作進一步的深入研究。因此，進一步的研究，工作量和難度，當然是很大的，只能有待來日，或者是後賢了。

中外「臨終之人鬥冥官」型故事舉隅

　　法國小說家梅里美有小說《費德里哥》，其主要情節爲「臨終之人鬥冥官」。該小說原注：「這個故事在那不勒斯王國內流傳甚廣。」〔註1〕很明顯，梅里美的這小說，取材於這個民間故事。其實，情節類似的民間故事，在歐洲、南美洲和我們中國，都有流傳。《希臘民間故事》之《天堂裏的賭徒》，

〔註1〕　（法）梅里美《梅里美全集》之《中短篇小說卷》，第15頁。

其基本情節，和《費德里哥》基本相同，只是簡略一些。《智利民間故事》之《鐵匠佩德羅》中，主要的關目，也和以上兩個故事相同。我國江蘇民間故事中，也有此類的故事，且情節更爲曲折，內容更爲豐富。這些故事主要是《啓東卷》之《千里馬與萬里牛》；《揚州民間故事集》之《說謊張三郎》；《銅山卷》之《張三智鬥閻王爺》；《邳州卷》之《王拼鬥閻王》；《新沂卷》之《張大侃與李大騙》等。

就這些故事中主人公的身份和當死事由而論，江蘇民間故事中，主要有這樣一些：揚州版是學生張三郎善於說謊，因此氣死了他的老師和師母；《銅山卷》版是吃大戶的頭領張三，他帶頭殺死了財主，財主在冥間告狀；《邳州卷》版是農民王拼，他不敬鬼神，也不怕鬼神；《新沂卷》版是善於說謊者。這些故事中的主人公，除了殺死財主的張三外，其他的人，都沒有可死之罪。在梅里美小說中，主人公則是賭棍費德里哥，致使十二個良家子弟破產後當了強盜並且爲國王的軍隊所殺、靈魂被打入地獄。冥間派員收他，乃是因爲他的陽壽已盡，並非懲罰。《鐵匠佩德羅》中，冥間收佩德羅，也是如此。中國民間故事中這樣的安排，更加突出了主人公們鬥冥官的正義性。

此類故事的主要情節，主要在於主人公鬥前來拘捕他的冥官或者閻王。當然，在我國故事中，將當死之人的靈魂拘捕入冥間的，是無常之類的小鬼，是冥吏，還不到冥官的階位，但是，爲了敘述的方便，就姑且也稱之爲冥官。在《費德里哥》中，是主人公兩次鬥死神，當然是同一個死神。《鐵匠佩德羅》中，佩德羅鬥的分別是冥王派來抓他的老魔鬼、新魔鬼。在中國民間故事中，除了《啓東卷》版中主人公鬥前來拘捕他的閻王外，其他的故事，都是主人公兩次分別鬥不同的冥官，最後一次都是鬥閻王，因爲冥官沒有完成任務，乃由閻王親自出馬，主人公也照樣鬥敗了閻王。

主人公是如何鬥敗冥官、閻王或者死神的呢？這是故事最爲精彩的地方，也是故事的核心所在。在《費德里哥》中，前一次，主人公臨死前，對前來拘捕他的死神說，門前那株橙子樹上的果實已經成熟，但是，他還沒有嘗過這年的果實，請死神上樹摘一個橙子給他食用，讓他嘗個新鮮。死神如其言，上了這株被施了魔法的橙子樹，結果是沒有主人公的允許，她就下不來了。主人提出，加他一百年陽壽，才允許她下樹。無奈，死神只能同意給主人公加一百年陽壽，才得以脫身。《鐵匠佩德羅》中，橙子樹變成了無花果樹，且是魔鬼自己貪吃爬上去的。此外，這作爲第二次交鋒。《費德里哥》中

的第二次鬥冥吏，主人公的大限已到，那死神又來拘捕他到冥間去。主人公讓死神在壁爐旁邊的凳子上坐一會兒，以便讓他在臨死前懺悔。死神如其言，但那凳子也被施予魔法，坐上去的人，沒有主人公的同意，就起不來。這回，死神寧可起不來，也不肯讓步了。主人公就往凳子旁邊的壁爐內添加大量的木柴。死神禁不住烈火的灼熱，無奈再次讓步，滿足了主人公再給他四十年陽壽的要求，方才得以脫身。《鐵匠佩德羅》中，也大致相仿，這作爲第一次。這些死神或冥官被主人公所欺騙，正應了我國經典中的名言。一是《論語・里仁》中孔子說的：「觀過，斯知仁矣。」〔註 2〕二是《孟子・萬章上》中孟子說的：「君子可欺以其方，難罔以非其道。」〔註 3〕臨終之人想吃口新鮮的橙子，這樣的願望，總是該儘量滿足的，這體現了應有的臨終關懷。這些死神這樣做，完全是出於其仁者之心，不料反被主人公算計了。第二次，死神沒有立即把主人公拘捕，而是滿足他的要求，給他些許時間，讓他懺悔，這還是出於一念之仁，還是臨終關懷。至於坐在那凳子上，同樣是出於對主人公的遵從，是遵守社交禮節，體現出修養和風度，不料因此中計。這死神兩次中計，身陷窘迫的境地，只能讓步，都是因爲這兩個騙局，都在情理之中，儘管她並不愚蠢，但還是中了計。不錯，她確實犯了錯誤，但是，這樣的錯誤，只有好心人才會犯，通過這樣的錯誤，我們覺得，她是個仁者，是個君子。因此，在《費德里哥》中，沒有譴責或者諷刺死神的意思在，僅僅是表現主人公能夠利用常理設置計謀，讓死神中計的智慧。《鐵匠佩德羅》中，魔鬼自己上樹吃無花果，是因爲饑渴所致，也情有可原。佩德羅還有第三次鬥魔鬼，就是問魔鬼是否能夠鑽進他的羊皮口袋裏，魔鬼爲了顯示自己能，就鑽了進去。不料這個羊皮口袋，也是經過上帝賦予魔力的，沒有佩德羅的允許，進入的人出不來，於是，魔鬼又上了他的當。

在中國民間故事中，除了《啓東卷》版中主人公鬥前來拘捕他的閻王外，其他的故事，都是主人公三次分別鬥不同的冥吏，其中最後一次都是鬥閻王。前兩次分別鬥冥官的方式，大致有這樣幾種：1、以石臼爲帽子，送給冥吏，並且讓他戴上；2、給冥吏吃非常燙的豬肝；3、聲稱給頭禿的冥吏裝頭髮，用鐵鑽鑽他們的頭；4、讓冥吏坐下被黏，然後施以痛打；5、讓冥吏拉犁耕地，同時痛打；6、聲稱給有眼病的冥吏治療眼睛，然後折磨他的眼睛。至於

〔註 2〕《十三經注疏》本，中華書局，1980 年影印本，第 2471 頁。
〔註 3〕《十三經注疏》本，中華書局，1980 年影印本，第 2734 頁。

主人公鬥閻王的方式，都是相同的，那就是主人公聲稱自己的牛爲「萬里牛」，遠遠勝過閻王的馬，騙得閻王用他的坐騎馬，換取了主人公的牛。此後，主人公騎馬先於閻王到達閻王殿，自己裝成閻王，利用閻王的權勢，鬥敗後到的真閻王。可以看出，除了 4、5 兩條外，其他的情節中，都是冥吏因爲貪婪且愚蠢而中計，閻王則沒有例外，都是因爲貪婪且愚蠢而中計。因此，這些故事的主題，和西方同類故事的主題絕然不同，乃是抨擊閻王等冥官，諷刺他們的貪婪和愚蠢。在我國古代，一旦發生法律方面的事務，乃至於一般的公共事務，相關公職人員，從衙役、牢頭到法官，他們之於事主，乃至之於相關的百姓，似乎自然而然地佔有優勢，他們往往利用這些優勢，壓迫和剝削事主，乃至相關的百姓，爲自己謀取利益。這在我國封建社會，是極爲常見的。因此，這些民間故事中對閻王等冥官冥吏的抨擊、諷刺，實際上就是對當時社會中大大小小的官吏百般欺壓百姓的抨擊和諷刺。

這些故事結局的對比，也耐人尋味。在西方的此類故事中，主人公兩次讓死神中計，前後迫使死神加給他一百四十年陽壽。在這期間，死神沒有找過他麻煩。但是，其陽壽終了的時候，這死神吸取前兩次的教訓，沒有逗留，就把主人公的靈魂抓往地獄。這體現了他們一貫奉行的契約精神。因爲地獄之主普魯東曾經和主人公賭博輸了，他覺得他的賭技遠不如主人公，怕主人公到了地獄，自己控制不住，和主人公賭博，導致輸掉他所管轄的靈魂，所以，他拒絕主人公入地獄。死神只好把主人公送往煉獄，而守衛煉獄的天使發現主人公罪大惡極，當入地獄而不敢收。死神無奈，只好把主人公送到天堂結束。《鐵匠佩德羅》中，也是這樣的結局。我國此類民間故事最後的情節，都是主人公騎著從閻王那裡騙來的快馬，先來到閻王殿，以閻王自居，真的閻王趕到，發生衝突，而結局主要有這樣兩種：1、主人公命小鬼將真閻王打死，或者是打入死牢，他自己做閻王；2、真閻王被打死，主人公還陽人間。閻王竟然被打死，或者被打入死牢，才能解百姓的恨，可見百姓對欺壓他們的那些大大小小的官吏及其爪牙，怨毒已經是何等的深！主人公自己還陽，當然是百姓生命意識的一種反映。這個世界，儘管有太多的不平和不如意，但是，生命總是可貴的。至於主人公自己做閻王，是反映了百姓對清廉公正的官吏的期盼，還是反映了百姓對權勢乃至利用權勢作威作福生活的渴望？主人公當了閻王以後，是否會像原來的閻王那樣？這是值得我們深思的。

西方「臨終之人鬥冥官」類故事，和我國同類民間故事，有相似之處，可以認爲屬於同一個模式。可是，我國此類的民間故事，情節更爲豐富，所表現的強烈抨擊、諷刺貪官污吏的主題，是西方同類故事所沒有的。

狗帶稻種到人間

此類故事，在江蘇民間故事中屢次出現，情節類似，且狗所帶種子，都是稻種，這和江蘇向來是稻作地區有密切的關係。人們因爲狗帶來了水稻的種子，所以，善待狗，這是動物倫理的一種體現。至於這些故事的其他主題，則有這樣那樣的不同。

《中國民間故事集成》之《江蘇卷》之《貓和狗見面就打架》云，人間沒有稻種，稻種在玉皇大帝那裡。狗從天河到天庭，向玉皇大帝要稻種。玉帝見它沒有帶口袋，叫它自己去拿。狗到稻種堆打滾，渾身黏滿稻種，然後回來。不料在渡河的時候，身上稻種被沖掉，唯獨尾巴上所黏，帶回了人間。因此，狗尾巴大稻穗的說法也流傳了下來。這主要是突出狗的智慧和對人間的貢獻。玉帝刻意刁難，是百姓對當權者印象的再現。《通州卷》之《稻種是怎麼來的》云，人間原無稻種，只有天上有。生活在天宮中的狗，見人間沒有米，百姓挨餓，遂在天上曬稻場上打滾，渾身黏滿稻粒，此爲神仙所見，狗大駭發抖，身上稻穀抖落，而僅僅剩下尾巴上的未抖落。狗到人間，把尾巴上的稻粒給人做種子，它也生活在人間了。稻穗只長在稻株的尾巴上。如果狗身上的稻粒不抖落，那麼，整個稻株都會長稻穀。狗有此大功勞，完全有資格吃米飯，因此，人們一般也給它吃米飯。此故事突出狗對人類的同情心以及其智慧，還有它對人類的貢獻。狗害怕神仙，這也是百姓怕財主人家看家護院的人的曲折反映。《南通市區卷》之《天地是怎樣分的》云，玉帝見百姓吃白米，而繳給他的是有長毛的黃色顆粒，覺得百姓心腸不好，於是將百姓家中的米和稻穀收繳。百姓缺乏糧食，狗乃到天倉打滾，黏滿稻穀回到主人家，主人以這些稻穀爲種子種植水稻，又給其他百姓。於是，在新米剛出的時候，人們會以一碗新米飯餵狗，不養狗的人家，也會在路口倒一碗新米飯。這個風俗現在沒有了，但這個傳說仍然流傳。無知而報復心重者，掌握權力後，沒有不給人增加困難或者苦難的，其權力越大，所製造的困難和苦難也就越大，玉帝就是如此。狗有智慧，有同情心，對人類有貢獻，人類也講究有恩必報，即使對動物也是如此。《揚州民間故事集》之

《狗尾巴稻》云，人間本來沒有水稻，水稻長在天河西岸，由黃巾力士嚴加守護。二郎神想幫助百姓，遂讓其嘯天犬秘密游過天河，到已經成熟的稻田打滾，身上黏滿稻穀，然後游回東岸。嘯天犬發現其身上的稻穀渡河時被水沖走，但其尾巴上的還在。於是，人間就有了水稻，且稻穗的樣子像狗尾巴。玉帝要捉拿嘯天犬，二郎神讓它到人間躲避。後玉帝又要嘯天犬回天上，嘯天犬不願意，仍然在人間。這故事中，則把狗從天上為人間取稻種的功勞，歸於二郎神了。當然，人們還是感謝狗的，這也是人們動物倫理思想的曲折反映。《鹽城市故事卷》之《稻穗如何像狗尾巴》則云，把稻種帶到人間的，是神農氏的御犬。

《老撾泰國越南苗族民間故事》之《種子如何再次進入下界》中，在洪水後，世界上沒有了莊稼的種子。狗用其皮毛從天堂獲取玉米、水稻和其他糧食作物的種子，帶下人間，但這是天堂的人所知道的，並不是狗偷下人間的。天上的人對狗說，你既然把種子帶到了人間，那麼，你可以像人一樣吃米了。但是，狗認為，人幹所有的農活，而它什麼也沒有幹，不應該吃米。這故事中，對天庭人物諸如玉帝、神仙等的譴責都不見了。狗從天上取回人間的莊稼種子，除了水稻外，還有玉米，這和當地的種植情況相關。故事的背景是洪水之後，可見這個故事的起源可能是比較早的，但是，玉米從南美洲進入亞洲，當在宋元，因此，這個故事有「玉米」，也不會早於宋元，很可能是後來加上去的。就主要情節來看，這個故事，和江蘇民間此類故事之間，肯定是有聯繫的。

貓狗找回金環或其他寶物

《通州卷》之《金環還主》云：長工順心在某年年底拿了工錢回家，見一人因為貓吃了小魚，就要打死貓，他就把一年工錢，買下了這貓。第二年年底，他又用一年工錢，買下了將被宰殺的狗。第三年年底，地主不給順心工錢，說怕他再買別的動物，只給他一袋黃沙，說其中可能有金，讓他自己淘。路上，順心看到一位姑娘在火堆中，就用黃沙撲滅了火，救了姑娘。姑娘是龍女，給了順心一個金環。主人要什麼，這個金環就會給什麼。順心以此造了房子、添置了家具等等。後金環為地主所竊，順心家的房子等消失。地主還以金環造了一條河，以阻止順心。狗背貓渡過河，貓讓老鼠去取金環。老鼠使地主打噴嚏，地主口中的金環掉地，老鼠取了給貓。狗又將貓渡

回順心處，金環回到順心手裏。這是典型的「窮人、富人和寶物」類的民間故事。《常州民間故事集（二）》之《來虎、小花和老鼠》中、《鎮江民間故事》之《貓和狗》中、《南京民間故事》之《狗貓鼠蛇和老人》中，也有類似的情節。

　　情節相類似的故事，也見之於亞洲其他國家和地區的民間故事之中。關敬吾《日本民間故事選》之《狗、貓與戒指》云，船到港後，船主拿出三十個錢給船工某甲，讓他買些糖果給島上的孩子。某甲用這些錢買了正在遭受虐待的蛇、狗、貓而放之。蛇實際上是龍公主。龍公主將他帶到龍宮，贈給他一枚魔戒。某甲成大富。賭場老闆竊取魔戒，放在泡茱罈中，貓讓老鼠咬破泡茱罈子竊得魔戒。狗爭著咬了魔戒渡河，見魚去捉而失去魔戒。貓命蟹找到魔戒，又被狗搶去獻給主人，立了頭功。貓和狗爭功，主人乃命貓在室內吃飯，狗在院子裏吃飯。《東南亞民間故事》上冊載緬甸故事《感恩獸》云，並不富裕的柯賢昂先後花大價錢買了一狗，一貓和一獴，並且將獴放生。獴偶然發現了一隻魔戒，送給賢昂以報相救之恩。此魔戒能夠給主人想要的一切，包括宮殿等。賢昂以此大富，娶了公主。公主的家庭教師，一個老奸巨猾的老頭，以讓公主測試丈夫對她的愛為名，讓公主向賢昂要了魔戒，然後從公主那裡騙得魔戒出逃，造了海上宮殿，在那裡享福。賢昂的宮殿等財富消失。貓用偷正在洗澡的仙女的衣服的方法，迫使仙女告訴它老頭的所在，並且幫助它前往老頭的海上宮殿，偷得那魔戒，還給主人賢昂。老頭的海上宮殿沉沒，老頭溺死。賢昂恢復了富貴。強盜入室搶劫，狗奮起與之搏鬥，咬死了一個強盜，其他強盜逃逸。三動物爭功，公主為之解釋安撫。

　　非洲、歐洲乃至南美洲民間故事中，類似的故事亦有之。《非洲民間故事》之《為什麼貓睡毛毯而狗睡灶灰》云，某青年以其母讓其做生意的錢先後購買一狗、一貓和一鴿，以鴿故，得大量錢財和一枚如意戒指，得大富。這如意戒指在其洗澡的時候被竊。狗和貓同去取回。狗禁不住路上肉的誘惑，去吃了肉，未能前行。貓命老鼠竊得戒指。路上遇河，狗失戒指於河。貓命魚獲之。狗要貓莫告主人實情，而貓竟然告之，故貓狗在人間所獲得的待遇不同，貓優而狗劣。《希臘民間故事》之《辛德羅》云，男青年辛德羅向其母要十個金幣外出做生意，見一人欲殺狗，乃以十個金幣買下那條狗。如此又買一貓、一蛇。蛇乃蛇王之子。蛇王欲報辛德羅救子之恩，讓辛德羅挑選一樣

寶物。在所救蛇的指點下，辛德羅選擇了一個金環。他只要把金環一扔，就會出現一個非洲黑人，這個黑人，可以爲主人做一切，包括造宮殿等。辛德羅以此大富，娶了公主。公主的陪嫁人員中，有個非洲黑人，此人讓公主偷辛德羅藏在舌頭底下的金環，然後設法得到這一金環，使辛德羅所擁有的所有財富都消失，公主也離開。貓和狗前去幫助主人找回金環。到竊取金環的非洲黑人那裡，貓抓住了老鼠婚禮上的鼠新娘，讓眾老鼠去找金環。金環藏在非洲黑人舌頭底下。老鼠用尾巴讓他打噴嚏，金環落地，爲鼠所取，交給貓。狗馱貓過河的時候，狗要看金環，金環失水。它們回到主人處，三者相對歡息。貓見人捕得魚，前去看。漁夫給貓一些魚，貓吃魚，發現金環在魚肚子中。於是，金環回到了辛德羅之手，一切如願。《意大利民間故事》之《魔戒》云，貧窮的青年某甲幫助老太太挑水，老太太給了他一個魔戒，一隻狗和一隻貓。這魔戒可以給他想要的一切，包括宮殿，也可以爲他做一切，包括移動宮殿。他過上了富足的生活，有了宮殿，娶了妻子。可是，他的妻子把魔戒偷去並且跑回了娘家。貓和狗去把魔戒取回來，老鼠使這女子打噴嚏等的情節，完全和《通州卷》中的《金環還主》中一樣。貓得到了魔戒，狗妒忌了，向貓要魔戒，貓不願意交出，卻不小心落在水中，被一條魚吃了，狗迅速咬住魚，重新得到魔戒。它們把魔戒交給某甲，在某甲面前爭功，某甲安撫它們，並且利用魔戒懲罰了妻子。《智利民間故事》之《魔果》云，癡兒家很貧窮，靠其母親織布爲生。某日，母親讓癡兒去街上賣布，他用賣布的錢，買下了正要被宰殺的貓，而那貓還跑掉了。回家後，癡兒被他母親打了一頓。第二天，他又做差不多同樣的事情，不過這回是一隻狗。第三天還是如此。他買了一條正要被宰殺的蛇。這蛇也逃了。在找蛇的過程中，他發現了一隻可可果。他轉動可可果上的小鑰匙，一個黑人跳出來，說可以給他做一切。癡兒先讓黑人準備了一頓美餐，然後，回到家裏好好報答母親。後來，癡兒用這奇異的可可果的法力，爲國王建造了一幢豪華的宮殿，並且和大公主結婚，住在宮殿裏。不久，癡兒上街和舊友喝酒，把可可果忘記在褲子裏。一個黑奴溜進宮殿，向癡兒的妻子要點吃的，癡兒的妻子說沒有。黑奴拿到了癡兒的褲子，偷走了那個可可果，把宮殿遷移到了海的對岸。國王不見了宮殿，把癡兒關進了監獄。癡兒先前所救的貓狗一起商量如何找回主人的法寶。他們利用動物瞭解到黑奴現在的宮殿所在，得知大公主躺在黑奴的懷裏，可可果藏在黑奴的肚子裏。貓和老鼠一起到睡著的黑奴身旁，老鼠

用尾巴讓黑奴打噴嚏，可可果從黑奴的肚子裏衝出來，被貓得到。在安全的地方，狗問貓，它們中誰保管這可可果。貓說，是它找到的，應該由它拿。狗馱這貓渡海，貓把可可果丟了。上岸後，狗踢了貓幾下，貓傷心地哭泣。狗潛入海水尋找，沒有發現可可果。回到海岸，一個漁夫送給狗一條魚。狗撕開魚的肚子，發現了可可果。狗把這可可果交給貓，貓不敢，說它笨拙，怕再把可可果弄丟了。它們衝到監獄，將可可果交給癡兒。癡兒施展法術，將宮殿遷移回來，他進入宮殿，看到他的妻子果然睡在黑奴的懷裏。他叫來國王。國王看到了這一切，說癡兒是丈夫，想如何處理就如何處理。癡兒下令，燒死了黑奴，將大公主二馬分屍。然後，他和國王的小女兒結婚。貓和狗向癡兒辭行，說它們其實是給他帶來財富的天使。它們讓癡兒星期日參加彌撒，它們將是教堂聖壇上的兩隻鴿子。

此類故事，在世界上流傳甚廣，但情節大致類似，角色更是相近，貓和狗都是主角。並不富裕甚至窮困的主人公，富有同情心，經濟拮据的他，出錢買下或者救助了包括貓和狗在內的小動物，得到萬能的寶貝而成大富。寶貝被竊，主人公回復到一無所有。貓和狗一起為主人公找回寶貝。這些故事的主題，各有側重，或重在宣揚「好心有好報」，或重在宣揚動物尚且知道報恩，或重在強調貓狗之間的爭鬥，而為貪功鬥心眼者戒。

《通州卷》之《貓和狗為啥吵架》云，主人的鑰匙遺忘在河對岸的親戚家，讓狗馱貓過河去取。狗和貓取了回來渡河的時候，狗要貓把鑰匙交給它，以免貓見了魚兒張嘴掉鑰匙，貓怕狗貪功而拒絕。在河中，貓見了魚兒叫出聲來，鑰匙果然掉到河裏。狗把貓馱到對岸，然後入水找鑰匙。貓先回家，說狗在河裏洗澡玩兒，又不肯給貓鑰匙。主人見狗渾身濕透衒了鑰匙回來，就狠狠打了它。狗知道是貓在搗鬼，於是就和貓成了對頭。這個故事中，沒有涉及任何寶貝，但明顯是上文所論「窮人、富人和寶貝」故事中的一根枝條化成的，貓狗帶寶貝渡河，變成了帶鑰匙渡河，而主題僅僅是表現貓狗之間的爭鬥，批評了玩心眼爭功勞損同事的貓。

報恩動物負恩人

《通州卷》之《農夫娶公主》云，農夫得一神龜。神龜告訴他將有洪水。農夫提前收割莊稼，拆房屋製造一條船。洪水爆發，他先後救了蟒蛇、蜘蛛，又要救一秀才，神龜阻攔。農夫怒，終於救了秀才。秀才將船的情況瞭解清

楚。洪水平，秀才欲占船為己有，訴農夫於公堂，說這船是他的。由於他對船的情況非常瞭解，於是，官員判船歸他所有，農夫被關入監獄。在蟒蛇和蜘蛛的幫助下，農夫治癒了公主的病，並且和公主成婚。秀才則得了昧心財後，肆意揮霍，被老虎咬死。《如皋卷》之《寧渡眾牲莫渡人》云，樵夫沒有聽烏龜「寧渡眾牲莫渡人」的告誡，在洪水中救了大量的螞蟻、蚊子、老鼠、蜻蜓等動物，又救了公子管吉。到了安全的地方，動物散去，而管吉已經和樵夫的妻子勾搭成奸，他們聯合起來，一口咬定，是他們夫婦救了樵夫，而到衙門起訴樵夫。樵夫被關進監獄。被他救的那些動物，幫助樵夫治癒了公主的病並且娶了公主，又出手將管吉夫婦殺死。《啟東卷》之《張郎和烏龜》云，樵夫張郎救一神龜，知道洪水即將發生而預先為之備。洪水中，他聽神龜的話，救了蛇、老鼠、螞蟻和胡蜂，又沒有聽神龜的告誡，救了一個年輕人。不料年輕人和張郎的妻子勾搭成奸。到了安全的地方，眾動物離去，妻子也跟年輕人而去。張郎討飯為生。蛇對張郎說，它會去咬員外的小姐，讓小姐生病難治，張郎可以按照它的方法前去救治，能夠娶到小姐。次日，小姐果然生病，眾醫束手。員外宣稱，能治癒小姐病者，要多少錢給多少錢，還把小姐許配給他。他命人張榜宣傳。張郎揭榜，治癒了小姐的病。員外食言，將張郎關起來，老鼠銜食物給他充饑，得以不死。員外又以荣籽和芝麻各三升混合在一起，令張郎在七天之內把它們分開。一群螞蟻到來，順利完成任務。張郎又在胡蜂的幫助下，在十八個姑娘中精準地認出了小姐，終於和小姐成婚。《海安卷》之《李善人逢凶化吉》中，情節和此故事相類似，所救動物是蟒蛇、老鼠和蜜蜂，而所救之人還是個瞎子。九江知府收受了瞎子和李妻的賄賂，將李善人關進監獄，老鼠等給李善人食物。李善人在蟒蛇等幫助下治癒了總督小姐的病，並且娶了總督小姐，懲罰了瞎子和他的妻子，以及貪贓枉法的知府。《銅山卷》之《人無情義，不如扁毛卵蟻》云，王好善在洪水中救了一窩烏鴉、一窩螞蟻，又救了孩子王領群，將他撫養成人。後來，王領群到京師參加科舉考試不歸，乃讓自己生的兒子跟群前去探望。烏鴉報訊，王好善自己進京瞭解情況，被狀元駙馬王領群以冒認官親的罪名關入牢房。在獄吏的幫助下，王好善終於伸冤，狀元駙馬被斬首。被王領群關在死牢的王跟群，由於螞蟻給他不斷送吃的，免於餓死，也被放了出來。《沛縣卷》之《郭一蛟》中，郭小樓有郭一蛟者，積德行善，開的百貨鋪，讓買主自己稱貨物，自己付錢。某日，一道人告訴他，洪水來時，乘了

木筏逃生，只能救動物，不能救人。洪水至，郭一蛟和孫子乘木筏逃生，先後救了螞蟻、蛇、猴子、喜鵲等，又出於不忍，救了一個進京趕考的舉子。後來，舉子把蛇吐給郭一蛟以報救命之恩的夜明珠據為己有，獻給皇帝，得到「獻寶狀元」的稱號。他怕郭一蛟說出真相，設計陷害郭一蛟，欲置之死地。在螞蟻、蛇、猴子和喜鵲等的幫助下，真相大白，郭一蛟的孫子娶了公主，舉子得到應有的下場。《沛縣卷》之《郭一蛟》云，郭一蛟和孫子在洪水中，救了一群螞蟻、花蛇、喜鵲和猴子等動物，又救了一個青年某甲。到安全的地方，花蛇獻給郭一顆珍珠，某甲說此珍珠是無價之寶，花蛇是讓郭進京獻寶，謀取官職。花蛇點頭。郭把這個機會讓給了某甲。某甲把珍珠獻給皇帝，得到了狀元。他怕皇帝知道真相，免除其狀元，就誣告郭搶劫其船隻。郭家祖孫遭到拘捕。在被救動物的幫助下，郭孫治癒了皇姑的疾病，並且和皇姑結婚。郭把真相講給皇姑聽，皇姑轉告皇帝，某甲被判處死刑。《鹽城市故事卷》之《蛇蠟報恩》，《無錫民間故事精選》之《寧渡畜生莫渡人》，同書《人不如畜生》，《徐州民間文學集成（上）》之《失劉城》，也都有此類情節。

　　這些故事，其源當出於佛經。《六度集經》云，有一富翁，心向佛法，好行善事。某次，買一鱉放生。某夜，鱉叩門告富翁云：「洪水將至，願速治舟，臨時相迎。」洪水至，鱉果來迎，隨富翁船後。富翁先後救一蛇，一狐。一人求救，鱉不許，以為「凡人心偽，鮮有終信，背恩追勢，好為凶逆。」富翁力爭，以為動物且救之，更何況人！乃救之。船至安全處，大家皆出洪水。鱉，蛇，狐各去。狐造穴為居，得藏金百斤，送富翁，云此乃無主之物，其精誠所致者。富翁以不取無益於民，乃受之而擬為布施。被救之人知之，力求其半。富翁予之十斤，其人不許，以「掘冢劫金」相誣，又以告官相要挾。富翁不從，其人果然到衙門誣告富翁，富翁入獄。蛇知之，入獄見富翁，授之一丸，云如此如此。未久，太子被蛇傷，命在旦夕。國王募能治者，云治癒太子者，封之相國。富翁自薦，以一丸治癒太子。王喜，問所由，富翁具陳本來。王乃殺誣陷者其人，封富翁為相國。又《摩天羅王經》云，摩天羅王難學，棄國入山修道。某日，救一獵人，一蛇，一鳥於坑中。三者各許為報。獵人請難學至其家受所供養。鳥云其名為鉢，難學若有難，呼之即至相助。蛇云其名為長，所許同鳥。難學將至獵人家受供養。獵人預誡其妻，令緩辦飲食，因佛徒過午不食，若過午方出飲食，難學必不食，其家可省此一

頓。難學至，獵人與之虛談過午，飯食未具。難學遵僧禮而退，呼缽，烏聞聲而至，知其故，乃歎「凶咎之魅，難以慈濟，遠仁背恩，凶道之人」，自思無以供養難學，乃至王宮竊國王夫人之明月珠施難學。難學將珠惠獵人。國王以重金懸購，獵者貪重金賞告官，難學入獄。若難學吐實，則一國之烏皆死，遂不供。國王將殺難學，難學呼「長」，蛇立至，知其故，乃以神藥與之，並云如此如此。蛇入宮咬太子。太子中毒將死，國王求能醫之者。難學自薦，救活太子。國王欲分國與之，難學堅辭。國王大悟：「分國尚不受，豈爲盜哉！」知其本末，乃殺獵者及其親屬。《五卷書》之《第九個故事》云，貧窮的婆羅門耶若達多從深井中救出一老虎、一猴子、一蛇和一個金匠。在他救人的時候，老虎等動物竭力勸阻，認爲人是萬惡的集中地，但是他還是救了那個金匠。後來，猴子送給婆羅門甘美的果子，老虎送給他項鍊等首飾，說這是他吃掉的一個王子的。婆羅門拿了這些金器讓金匠加工成其他的器物。金匠發現這些東西是他給王子加工的，就向國王告發了。國王將婆羅門關進了監獄。蛇到監獄探望他，說它會去咬國王的愛妃，讓她中毒，並且告訴了他治療的方法。國王的愛妃遭到蛇咬以後生病，醫生巫師束手。婆羅門治癒了王妃的病，對國王講明了一切，國王送獎賞了他，並且任命他爲大臣，而懲罰了金匠。

江蘇民間故事中此類故事，和《六度集經》所載，主人公買鱉放生、鱉預告洪水、主人公在洪水背景下救人和動物等情節，尤爲一致，因此，當由《六度集經》中此故事而來。在佛經和《五卷書》中「感恩動物忘恩人」主題的故事中，主人公得到做官等的好報，而在江蘇此類故事中，主人公得到的好報，則未必是做官，而是娶了皇姑、公主、總督小姐、員外小姐之類的富貴女子。在古代中國，和富貴人家的小姐結婚，就意味著自身也得到富貴了。關於此類故事，我在拙著《佛教與文學的交會》中已作了比較詳細的研究，茲結合江蘇民間故事中的有關篇目論之。

九色鹿

《徐州民間文學集成（上）》之《呦鹿山的傳說》云，邳縣北部呦鹿山，容易迷路。一鹿引人得路，救人無數。一商人也曾經獲救。可是，他想抓此鹿獻給皇帝討封賞，假裝迷路，欲引鹿出來。可是，他沒有成功，且摔在山澗，摔死了。佛經《佛說九色鹿經》中，情節相似。

棄老故事

　　《沛縣卷》之《五鼠鬧金殿》云，國王制定的法律，人到六十歲，就得活埋。孝子當官，藏下老娘，免於活埋。朝中五個怪物鬧金殿，君臣不知如何應付。孝子歸而問娘，娘說怪物是老鼠。八斤狸貓能降千斤老鼠。於是，孝子就用自家的八斤狸貓，戰勝了大鬧金殿的大老鼠。國王問緣由，在得到赦罪的許諾後，孝子如實對。國王認爲，老人還是有用的，乃廢除了棄老的法律。《南京民間故事》之《焦尾巴洞》中的情節，大致相同。

　　《雜寶藏經》有《棄老國緣》云，某國有棄老之法，人到一定的年歲，就要被拋棄。一大臣某甲捨不得拋棄年老的父親，就把父親秘密養在家裏的密室中。天神降臨，出了許多難題，若無人回答，就要對此邦不利。開始都是無人能解答，後來都由某甲請教他父親後得到正確的答案。最後，國王問某甲能回答這些難題的原因，某甲盡道其實，並請國王取消棄老之法。國王從其言，並下令國中臣民，必須孝敬老人，「其有不孝父母，不敬師長，當加大罪。」此拙著《佛教與文學的交會》中已經論之，茲結合江蘇民間故事論之。

蛇仙引誘人

　　《徐州民間文學集成（上）》之《男人爲什麼長喉結》云，天上看桃大仙捏了一男一女兩人，會說話走路卻不能轉頭。大仙告誡他們不能吃樹上頭的桃子。蛇仙引誘他們吃了樹上頭的桃子，他們能夠看得遠，能夠轉頭。大仙回，男子慌忙中把桃核卡在喉嚨中，故有了喉結。人因爲犯天規而下凡，蛇因爲教唆人吃桃子，也下凡。這個故事，和《聖經》中伊甸園中蛇引誘人吃桃子的情節，非常相似。

尾巴在外

　　《通州卷》之《朱洪武的故事》云，朱元璋小時候，給舅舅放牛。他和同伴把牛殺了吃了，將牛尾巴插在一山洞裏，做出牛鑽進山洞狀，並回去告訴舅舅。舅舅見牛尾巴而不見牛，朱元璋作勢拉牛尾巴，並下令牛尾巴叫幾聲。他金口玉言，牛竟然鳴叫幾聲，舅舅也就相信了。《蘇州民間故事》之《朱元璋放牛》云，他把牛尾巴放在後山山崖上，牛頭放在前山山崖上，騙舅舅說，牛鑽到山裏去了，拉不出來。《海安卷》之《殺牛當皇帝》中，人物和情節基本相同。《通州卷》之《如意秀才》中，這故事的主人公換成了本來有帝

王之命的如意秀才，這秀才也是金口玉言。他把牛尾巴插在水田中的黃鱔洞中，拔尾巴而牛鳴，以此騙過舅舅。《海門卷》之《開口金》云，被認爲金口的孩子被財主派去放牛，他慫惡夥計把牛殺了吃和賣，把牛尾巴插在海灘的螃蟹洞裏，對財主說牛在海灘吃草的時候，掉到螃蟹洞裏了，拔不出來。財主親自去拔，也拔不出來，便信以爲真了。

《意大利民間故事選》之《看誰先發火》中，皮羅洛奉命爲主教趕一百頭豬到集市出售。他賣了九十九頭豬，在出售之前，割下了每頭豬的尾巴，剩下的那頭母豬像奶牛一樣大。他把九十九根豬尾巴埋在教堂附近的地裏，只露出末梢，又將大母豬埋到那裡，只露出尾巴，並且把賣豬得到的所有金錢據爲己有，然後，騙主教說，豬都鑽到地裏去了，也許能夠拉出一頭來。主教趕快拉，拉出來的是斷了的尾巴。皮羅洛拉出了那頭大母豬。

《看誰先發火》中，儘管有明顯的誇張色彩，但僅僅是以此突出主人公的智慧和主教的愚蠢，有嘲笑宗教人員的意思。江蘇民間故事中「尾巴在外」故事中，則是突出「皇帝金口」，宣揚君權神授的思想，以神化皇帝，愚弄百姓，來維護封建專制統治，以及等級制度及其觀念。

爲哥哥懲治雇主

《意大利民間故事選》之《看誰先發火》中，大哥受雇於教主，事先約定，誰先發火，誰輸一袋錢。大哥幹活到天黑，主教的女僕才送飯來。大哥將吃，發現砂鍋和酒壺都是密封的，開不出，於是就發火，工錢沒有拿到，還輸掉了一袋錢。二哥前去，重蹈覆轍。三弟皮羅洛去，教主賭的錢是三袋。三弟下地幹活，到附近的人家要飯吃。天黑女僕送飯來，砂鍋和酒壺還是密封的，三弟把砂鍋和酒壺砸破了吃，很高興。此後，他處處和教主爲難，教主忍不住發火，輸給他三袋錢。哥哥被雇主刁難而沒有拿到工錢，弟弟到同一個雇主家裏，成功反制雇主的刁難，不僅自己的工錢分文不少，還把哥哥的工錢也拿了回來，此類故事，在江蘇乃至全國的民間故事中，都極爲常見。此不再舉例，見本書的有關部分。

救美英雄有眞假

《通州卷》之《善惡有報》云，王林和王榮爲結拜兄弟。公主失蹤，皇榜云誰找回公主，封官加職，並且招爲駙馬。王林射傷劫持公主的蛇精，

找到公主所在的洞穴，並且下洞，射殺蛇精，把公主綁在繩子上，讓王榮弔到地面。王榮把公主弔到地面，就不管王林還在洞穴，逕自領著公主到皇宮領賞，當了駙馬。王林在洞穴，救了也被蛇精禁錮的蜈蚣精，蜈蚣精幫助他走出洞穴。王林到皇宮，揭露真相，封官加職，當了駙馬，而王榮被處死。

眞英雄救美成功，同伴謀害眞英雄，攫取救美之功，得到救美的酬勞，甚至將同所救之美人成婚。眞英雄有奇遇而得以生還，終於還原眞相，害人、冒功的同伴受到懲罰。這樣的故事，在國外民間故事中，也是多見的。《埃及蘇丹民間故事》之《勇敢的哈桑》中，哈桑和騎獅子、騎老虎的人一起冒險，後兩個人向霸道的黑巨人妥協，而哈桑殺死了他。他們決定探看黑巨人的洞穴，那兩個人沒有下多少深，就放棄了。哈桑下洞，救出了被黑巨人所搶而拒絕和黑巨人成親的姑娘。他讓在上面的兩個同伴把姑娘和很多袋金磚、寶石之類弔到地面，然後弔他。可是，那兩個同伴貪圖姑娘的美色和財富，在哈桑上升到一半的時候，他們割斷了繩索，哈桑落到另一個更加深的世界。他發現了被海神禁錮且逼婚的公主，殺死了海神，把公主送還給國王。國王要把公主許配給他，被他婉拒了。國王命神鷹背著哈桑，穿越七層世界，到達人間。哈桑看到那兩個同伴正爲姑娘和財富相爭，就殺了他們，然後帶著姑娘和財富，回到母親那裡。《東南亞民間故事》中冊之越南民間故事《薩山和公主》云，公主被巨鷹所劫，國王發佈告示，救公主者，可以和公主結婚，並且以後繼承王位。勇士薩山射箭傷巨鷹左翅膀而巨鷹沒有放下公主。薩山循著血跡找到巨鷹的洞穴，因孤身不能下洞穴，他叫來了熟人賴松和一批士兵。薩山系了繩子下洞，救了公主，讓賴松把公主拉到地面。賴松讓士兵護送公主回宮，自己則投石頭封洞，意在讓薩山死於洞中。他回宮後，聲稱是他救了公主，國王準備讓他和公主結婚。洞中，薩山和巨鷹搏鬥，殺死了巨鷹，救了河王之子。因爲不能上地面，河王之子把薩山帶到他父親河王處，河王送給薩山一支長笛，並且把他送回人間。被薩山殺死的妖怪和巨鷹的鬼魂把國王寶庫中的財物偷到薩山家中，栽贓陷害。薩山被捕入獄。獄中，薩山吹起長笛，長笛訴說薩山殺妖怪、救公主等的事蹟。公主聽到了這些事蹟，告訴父王。一切真相大白。國王下令釋放薩山，並且讓他和公主結婚，而逮捕了賴松。《意大利民間故事》之《綠藻人》云，公主失蹤，國王懸賞而無果。船長想到海上尋找。願意隨之前往的人很少，而酒鬼願意前往，船長無奈收

下了他。到海上後，酒鬼無能。爲了節約食物等，船長將酒鬼拋棄在一個荒島。酒鬼在這個荒島上發現了被章魚精綁架的公主，並且在公主的指點下，殺死了多變的章魚精，救出了公主，回到了船長的船上。船長灌醉酒鬼，將他扔進大海，然後冒充救美英雄。國王將公主許配船長。他們結婚當日，酒鬼滿身綠藻出現在婚禮現場，出示公主給他的戒指，訴說一切。大家方知他才是救美英雄。於是，他和公主結婚，船長被殺。蘇格蘭《蓋力克仙話》之《海妖》中，三頭湖怪每年都索要姑娘，這年輪到公主了。公主上湖邊，她的追求者，一個將軍準備去救她。三頭湖怪出現，將軍畏懼而逃脫。正在危急的時候，一個牛倌趕到，砍掉了三頭湖怪的一個頭，怪物逃走。公主把戒指給了牛倌，牛倌用繩子把湖怪的頭捆起來，讓公主帶了回宮。將軍截住公主，用威脅的方法，讓公主不要說出真相，並且奪了湖怪的頭，在國王面前冒功。此後兩天，將軍照例逃脫，牛倌先後砍下湖怪的還有兩個頭，湖怪完全死亡。公主給了牛倌兩個耳朵的耳環，牛倌把湖怪的兩個頭都捆了交給公主，而又都被將軍搶去冒功。國王讓公主和將軍結婚。婚禮上，牧師說只有能夠在不砍斷繩子的情況下，將捆湖怪頭的繩子解下來的人，才是真正殺湖怪、救公主的人。將軍上前試圖解開，失敗了。其他人也失敗了。後來，牛倌來解，成功了。公主讓牛倌掏口袋，牛倌從口袋裏掏出了公主給他的戒指和耳環。於是，公主就嫁給了牛倌。

可見此類故事，流傳甚廣。主人公最終和所救美女結婚，而這美女幾乎都是公主。但《埃及蘇丹民間故事》之《勇敢的哈桑》中，哈桑婉拒了國王的好意，沒有和所救公主結婚，而是和他最先救出的那位姑娘結婚。

畫像上的美女

《通州卷》之《百鳥衣》中，農夫帶著老婆的畫像外出種田，畫像被風吹走。皇帝看到畫像上的女子漂亮，就利用權勢奪來做老婆。農夫按照分別的時候老婆的囑咐，穿了百鳥衣到皇宮，誘使皇帝用龍袍和他交換百鳥衣，以此戰勝皇帝，自己做了皇帝，夫婦團圓。《海門卷》所載《百鳥衣》，《如東卷》所載《百鳥衣》，主要情節幾乎完全相同。

關敬吾《日本民間故事選》之《畫卷女郎》云，農民權兵衛結婚後，不忍心久離妻子，帶著妻子的畫像外出勞作。畫像被風刮走。王爺看到畫像，讓人找到權妻，讓她進宮。權妻離開的時候，囑咐丈夫在大年三十晚上，帶

松枝到王爺府外叫賣。到年三十，權兵衛如其言。權妻進王爺府後，從無笑臉。她聽到權兵衛叫賣松枝，忽然笑了。王爺見此，乃命人讓權兵衛進王爺府叫賣松枝。權兵衛遵命，而權妻開心。王爺大喜，也仿照權兵衛叫賣松枝，並且走出府外叫賣。權妻命人關府門，說權爲才是王爺，門外的王爺是假冒的。於是夫婦團聚，權兵衛還當了王爺。這個故事和江蘇民間《百鳥衣》的故事，無疑是同源的。情節和主題，都沒有什麼不同。

假勇士的成功

《通州卷》之《神箭手》云，一青年看上了財主的女兒，乃購買野雞野兔之類，裝成是自己射到的獵物，送給財主家，並且顯示自己是神箭手。財主家遭搶劫，青年利用其神箭手的名氣和一些小計謀，成功地驅除了強盜，終於和財主家小姐結婚。猛虎傷人，這青年又設計殺死猛虎，其神箭手的名聲更加響亮。《揚州民間故事集》之《癩子花頭多》云，一老頭想找個善於撈魚摸蝦、抓兔打鳥的女婿，如此則長期有野味吃。癩子買了野味，僞裝成他打到的，送給老頭家，終於和老頭的女兒成婚。因爲善於射箭的名聲在外，地方上出現了虎患，地方官員請他打虎。他利用自己的聰明，成功殺死老虎，於是名聲更加大。外敵入侵，朝廷徵召他領軍禦敵。敵軍懾服於其威名而撤退。在當官和回家享清福之間，他選擇了回家享清福。

《百喻經》卷三云，有一女子，欲害其夫某甲。某次，某甲出使他國，此婦乃做五百歡喜團，俱加毒藥，供某甲途中食用。某甲行過國界，日暮，至一山林，便上樹歇宿以避虎狼，而將五百歡喜團放在樹下。是夜，五百強盜盜國王五百匹馬及諸寶物，經此樹下，便於林中休息，見五百歡喜團，遂分食之，食畢，皆死。次日天明，某甲下樹，將強盜們之屍體箭射刀砍，作在格鬥中盡被他殺死狀。然後，某甲取強盜所盜鞍馬寶物，逕見國王，僞稱他一人如何殺死五百強盜云云。國王見諸物失而復得，又知某甲英勇無敵，大喜，對他大加封賞。舊臣不悅，某甲云不服者可來比試，莫敢與試。未久，國中出一獅子，殺人多多，無人能除，眾臣建議讓某甲前往除之，國王同意。某甲受命，獨往險地。見獅子，大怖之，上樹避之。獅子仰頭怒視某甲咆哮，某甲顫抖，手中刀落，正中獅子口，獅子遂死。某甲大喜，下樹，返告國王及眾臣，言己已將惡獅子殺死。國王和眾臣咸加讚歎。某甲於是威震一國。此拙著《佛教與文學的交會》中已經論之，茲結合江蘇民間故事再論之。

太子扮乞丐尋找對象

《通州卷》之《太子娶妻》云，太子扮成乞丐，尋找結婚的對象。到一家，大姐、二姐都對他很不客氣，小妹對他很客氣，顯示出愛心，且很有平等意識，云「討飯的也是人」。太子就娶小妹爲妻子。此類情節，西方民間故事中屢見之。

底層人相互謀殺

《通州卷》之《回長工》云，三個長工，來富、順遂和發財，利用他們的名字，使用小計謀，讓主人不好辭退他們，在主人家混了幾年。某日，男主人不在家，女主人給了他們每人一個元寶，辭退了他們。男主人說這會惹事。三人到土地廟，說要祭神。來富去購買酒菜等祭祀用品。他想獨佔三個元寶，在酒中放了毒藥，因爲他不喝酒。順遂和發財想占來富的元寶，設計謀殺他。來富到廟裏，祭神跪拜的時候，被順遂和發財所殺。順遂和發財喝酒中毒而死。《如東卷》之《河豚和鱘魚》云，三個人大年初一就下地幹活，觀音想讓他們發財，土地神說，他們發財就要死的。觀音讓他們得到一罐金銀財寶，他們卻相互謀殺而死。一個變爲扯了頭才能吃的鱘魚，兩個變爲有劇毒的河豚。《南通市區卷》之《蚶子文蛤》云，叫花子張三李四祭祀土地神而獲得二十五隻金銀元寶，各自爲了獨吞而相互謀殺。人們覺得這些元寶不吉利，就磨成粉末，撒入大海，讓它們變成了蚶子和文蛤。《英格蘭和北美民間故事類型索引》有「寶藏發現者相互殘殺」類型，大致是：兩個獵人發現了寶藏，甲將毒藥放在乙的酒裏，乙殺了甲，喝酒後也死了。

毀掉實現夢想的微小資本

《通州卷》之《攢蛋》云，一對乞丐夫婦得到一個雞蛋。男人覺得，蛋成雞，雞生蛋，如此發展，他就會發財。然後，他們一起想像發財後的情景。當男人說要娶兩個小老婆的時候，女人大怒，攢碎了那雞蛋。此佛經和西方民間故事中有之。

焚人求雨

《邳州卷》之《淵德公求雨》云，韓淵公擔任下邳縣令的時候，遇到百年不遇的大旱。他帶領大家求雨八天，沒有任何效果。第九天，他給玉皇大

帝寫奏摺，控告東海龍王瀆職，命人準備柴草。一切準備妥當，他宣佈自焚，到天庭面奏玉帝，控告龍王，祈求降雨，以救一方。於是，他就自焚，大雨就下了。

《非洲民間故事》之《被作為犧牲的女人》云，某地大旱，巫師說，當購買一位名叫萬季茹的姑娘作為犧牲求雨，雨水方能得。眾人乃給萬季茹的父母許多羊，購買了萬季茹。在祭祀的時候，萬季茹在污泥中逐漸下沉，她不斷說：「我失去，雨來臨」。她下沉到污泥沒脖子的時候，大雨開始下了。她逐漸下沉，污泥沒到眼睛，直到消失。其家人救之不及。後來，其情人救之成功。弗蘭克‧多比《德克薩斯傳奇》之《一個關於藍網巾花的印第安傳奇》云，某年瘟疫流行，百姓百般祈禱而無效。上帝有言，必須以一無過失之人用於活祭，方可以解此方百姓之罪過。一少女被選作犧牲。她走向祭壇的時候，其網巾無意間掉落。次日早晨，祭壇周圍，開滿其網巾樣、網巾色的鮮花，其上還有點點斑斑的血跡。此故事有濃厚的美國西南色彩，因為藍網巾花，在德州很多。一墨西哥人說，此故事為紀念一為大眾獻身的少女而作的。某年大旱，人畜皆危。該少女上山求雨，甚久而雨下。該少女因為求雨太久，失去知覺而死亡。

在我國故事中，用於獻祭的是官員自己。其義大約有二。一是官員認為，乾旱是上天對此方百姓的懲罰，他自焚，是代百姓接受上天的懲罰，希望因此而上天寬恕百姓。二是官員相信有靈魂的存在，他欲在死後，自己的靈魂可以向上天陳情，而解此方之旱。在非洲和歐美故事中，用於獻祭的是姑娘，意在用純潔的姑娘作為向上天的賄賂，以此取媚於上天，換得上天的恩惠。

許親神靈的危險

《中國民間故事集成》之《江蘇卷》之《找姑鳥》云，某年，桑樹枯萎了。嫂嫂採不到桑葉喂蠶，被婆婆逼迫。姑娘同情嫂嫂，對山神爺許願，如果他讓桑樹長出桑葉，她嫁給他做老婆！桑樹果然長出了桑葉。姑嫂倆採桑葉喂蠶，蠶繭豐收。可是，姑娘被山神攝走了。嫂嫂到處找姑娘，變成了一隻找姑鳥。《南京民間傳說》之《石駙馬》云，朱元璋的小女兒和宮女遊明孝陵，說誰丟花環套中石刻的將軍，就嫁給他。眾宮女都沒有套中，小公主套中了。後來，這石像竟然跑到宮中迎親。朱元璋只好命人把石像的頭給鑿掉

了。《德克薩斯的民俗和民間故事》之《一個和野馬結婚的女子》云，已婚女子某甲在山間看見一堆白骨，戲對其祝禱：如果你變成一個年輕男子，我就嫁給你。後一年輕男子出現，逼她履行諾言。她只得跟他走。途中，女子發現男子原來是一隻野馬。野馬坦承，他就是那個男子，並且逼著女子和他成婚。女子的丈夫和其他印第安人尋找到該女子，發現她在野馬群中，在一巨型野馬之下。後來，他們抓住了這個女子，她神智已經失去，幾乎就是野馬了。最後，她丈夫把她殺了。

《匈牙利民間故事》之《美麗姑娘愛波龍卡》中，美麗的姑娘愛波龍卡成年後，沒有情人，她不耐煩了，說：「上帝給我一個情人吧！哪怕一個魔鬼也行！」有個青年來糾纏她。她發現，他是個魔鬼。

殺狗相勸

《邳州卷》之《誠友碑》云，褚家父子都喜歡交朋友，但老褚一輩子只交張大鋤一個朋友，而小褚則交友很濫。老褚殺一狗，以狗血灑小褚身，讓小褚以殺了惡霸舉人老爺爲名，到朋友處避難，結果，沒有一個朋友願意幫助他，個個躲避如恐不及。到張大鋤處，張盡力幫助他。小褚由此知道自己濫交朋友之非。《無錫民間故事精選》之《殺狗勸夫》，情節和戲劇《殺狗勸夫》大體相同。元人蕭德祥所作雜劇《殺狗勸夫》云，孫華、孫榮爲兄弟。孫華與無賴柳龍卿、胡子傳交往，孫榮規勸之。孫華受柳、胡離間，將孫榮趕出家門。孫華妻子楊氏乃殺一狗，裝成死屍模樣，放在門口。孫華見之，大懼，乃請柳、胡相助埋葬死屍。柳、胡見孫榮遭命案，不僅不相助，反而出首告官。孫榮知之，自認殺人，捨命救兄。楊氏乃向官道明實情，官驗之，果然。官府乃表彰孫榮之義、楊氏之賢，而懲罰柳、胡二人。清代曹彬儒《俗語傾談》二集卷一《骨肉試眞情》即本《殺狗勸夫》，而情節稍微曲折。越南民間故事《賢妻的忠告》，所敘一如《骨肉試眞情》，見姜繼《東南亞民間故事》中冊。

「殺狗勸夫」的故事，或源於佛經。《出曜經》卷十六云，某甲與朋友極爲親厚，而不與兄弟言談。某日，某甲酒後殺官府差人，闖下大禍，乃投朋友。朋友怕受牽連，不納，反云：「設事顯露，罪我不少。卿有兄弟，宗族昌盛，何爲向我，叛於骨肉！」某甲乃歸，求於兄弟、宗族相助。兄弟、宗族庇護之，並爲之設計逃往他國。某甲在他國謀生立業，「財寶日熾，僕

從無數」。此拙著《佛教與文學的交會》中已經言之，茲以江蘇民間故事充實之。

助人而最後自己的問題得到解決

《鹽城市故事卷》之《樹洞問天》云，人們發掘到藏金，不知道歸誰爲好。傭人的兒子樹洞要去問天。他在途中承攬了若干人的問題，答應代他們去問天。問天的時候，他把自己的問題忘記了。可是，別人的問題解決了，他的問題也解決了。此西方民間故事中有之。

千人鍋

《如皋卷》之《千人鍋》云，薛仁貴帶領數千將士鎮守地方，斷糧多日。一白鬍子老者煮一鍋子飯，讓數千人吃飽。《徐州民間文學集成（上）》之《四大金剛的由來》中，也有鍋子中飯取之不盡的情節。《佛說長阿含經》卷十八《鬱單曰品》描寫理想世界：「其土豐饒，人民熾盛，設須食時，以自然粳米置於釜中，以焰光珠置於釜下，飯自然熟，珠光自滅。諸有來者，自恣食之。其主不起，飯終不盡。若其主起，飯則盡賜。其飯鮮潔如白華聚，其味具足如叨利天食。彼食此飯，無有眾病，氣力充足，顏色和悅，無有衰耗。」江蘇民間故事中神鍋的情節，當從佛經故事中來。

在異境獲得女子幫助度過難關

《如皋卷》之《小牛郎》云，小牛郎張三，帶孩子追織女到天宮，王母娘娘留下孩子，想除掉張三。她先後讓張三在惡狗巷、猴子園和野人山去過夜，意在讓惡狗等殺死他。張三在織女的秘密幫助下，安然度過難關，帶織女回到人間。《蘇州民間故事》之所載《沈七哥的故事》中，沈七哥在張四姐的幫助下逃脫張四姐的父親張天師的迫害和追殺等。《法國民間故事》之《魔鬼和他的三個女兒》云，魔鬼的女兒幫助青年完成魔鬼布置的任務，他們瞞著父親結婚，然後出逃。由於魔鬼女兒的神通，他們終於逃脫。這樣的情節，在歐美民間故事和中國民間故事中，都是常見的。

神秘石磨出鹽

《如皋卷》之《海水是怎麼變鹹的》中，小孩救了狐狸，狐狸以神秘石

磨為報。只要念動咒語，石磨就轉動，給他想要的一切。財主偷聽到咒語，又偷去了石磨。當時食鹽非常值錢，財主就把大船開到海裏，念咒語，石磨轉動，不斷出鹽。可是，財主忘記了叫停的咒語，石磨轉下去，鹽堆積如山，把船壓沉，財主淹死，海水也就變鹹了。《豐縣卷》之《海水為啥是鹹的》，則是「兩兄弟型」故事，哥嫂欺壓弟弟，弟弟善待神人而獲得神磨，能夠磨出無盡的食鹽，以此致富。哥哥借神磨，縣官知而奪之，在船中磨鹽，鹽多而船沉。《海門卷》之《寶磨》中，正面人物是老實勤勞的弟弟，反面人物是刻薄黑心且霸佔大部分家產的哥哥。《無錫民間故事精選》之《寶磨》中，得到寶磨的是老夫婦。他們的女兒女婿貪心，讓寶磨磨金耳環，導致船下沉。

關敬吾《日本民間故事選》之《推鹽磨》云，窮弟弟向富裕的哥哥借米過年，沒有借到，反而受到哥哥的譏嘲，但是，後來獲得神仙的幫助，得到一臺神奇的石磨，遂至大富。哥哥偷了這石磨出海，推轉石磨要鹽，石磨不斷出鹽而哥哥不知道如何停止，導致船沉身死。石磨不停轉動，鹽繼續出來，導致海水變鹹。《希臘民間故事》之《神磨》云，兩兄弟，一貧一富。復活節前夕，富者讓貧者為他宰羊賣，貧者求一羊而不可得。後賣剩最後一隻，貧者復求之，富者予之而出惡語。貧者持羊徘徊野外，遇到眾人宴飲，乃送他們羊。這些人實乃神仙。他們送給貧者一石磨。這石磨是一神磨。主人要什麼，轉動它，它就能給什麼。貧者歸，轉動石磨，果然一切如願，以此大富。富者以其所有家產，和弟弟交換其石磨。弟弟無奈同意。哥哥獲得了石磨，想到康斯坦丁炫耀，乘船前往，途中以食鹽價格高昂，轉動石磨要食鹽，而忘記如何停下。石磨不斷出食鹽，終於船沉人亡。眾神取回石磨。可見此類情節，西方和東方民間故事中皆有之。

在仙女洗澡的時候取其衣服

《法國民間故事》之《橘子樹》云，王子遇巫婆，巫婆告訴他，某處有一池，鳥王的三個女兒某時間會到池中洗澡。你不要取那兩身藍色衣服，要取那身綠色衣服。綠色衣服的主人是鳥王的小女兒。你取得衣服後，要等她答應效忠於你，你才可以把衣服給她。王子如其言行動，然後到鳥王那裡，在綠衣女的幫助下，完成了一系列艱難的任務，最後，他和綠衣女結婚。《牛郎織女故事》中，牛郎就是用這樣的方式得到織女的。佛經《根本說一切有

部毗奈耶藥事》卷十三所載緊那羅女悅意的故事，也有這樣的情節。緊那羅是一個半人半仙的部落，與世隔絕。悅意乃這個部落的公主，一日與眾女伴到人間一山溪洗澡，被獵人以同樣的方式俘獲後獻給王子善財，遂為善財之妻。此後，夫婦相愛甚篤。

巧穿夜明珠

《如皋卷》之《巧穿夜明珠》云，外國進貢一顆夜明珠，中有曲曲折折的孔道。外國使者建議把這夜明珠穿了掛起來，否則他們就覺得中國無能人，就要進攻中國。後來，一個女子將絲線捆綁一螞蟻身上，讓螞蟻從孔道一端鑽入，在另一端塗上糖，誘使螞蟻從孔道穿過，絲線也就把夜明珠穿了起來。同類型的故事，在我國民間故事中屢見。《佛本生故事選》之《寶石》中云，帝釋天送給拘舍王八角形寶石，穿在寶石上的線斷了，無人能夠取出舊線，換上新線。智者用蜂蜜塗在寶石的兩側，把羊毛線的一端塗上蜂蜜，放在寶石上的線眼口，然後，把寶石放在螞蟻出沒的地方。螞蟻吃光了寶石中的舊線，又將羊毛線穿過了寶石。

大拇指

《銅山卷》之《大拇手指頭》云，一對老夫婦抱怨沒有孩子，說即使大拇指頭大的孩子也好。他們果真生了個大拇指頭大的孩子。大拇指躲在馬的耳朵裏趕馬車、被賣給耍猴的後逃脫、被小偷帶去偷羊而在草堆睡覺、被牛吃進胃、被狼吃進胃、讓狼到家裏吃得太飽而被家人捉住，最後從狼肚子出來和父母團聚等，這些和西方大拇指的故事，基本相同，例如《法國民間故事》之《大拇指湯姆》，就是如此。

無手女

《豐縣卷》之《無手女》云，張員外有獨生女秀蘭，妻子早卒，娶後妻阿姣。阿姣偷漢，被秀蘭發現。阿姣在張員外面前誣陷秀蘭偷漢，張員外生氣出走。阿姣砍掉秀蘭的雙手。秀蘭被趕出家門。劉員外的兒子劉公子把秀蘭救到家裏生活，並且在進京趕考前，和秀蘭成親。後來，家裏收到劉公子的信，劉公子在信中告訴家人，他已經中狀元，又說休棄秀蘭。秀蘭只得攜兒子出走。她在無助之際，遇到神人，恢復其雙手。劉公子回家，知道休妻

事，大驚。他找到秀蘭，追究此事。原來送信人住在張員外開的客店，阿姣竊取書信，僞造家書，讓劉公子休妻。眞相大白後，阿姣被斬首。在秀蘭的懇求下，張員外免於處罰，進劉家受供養。

日本和西方民間故事中，都有情節類似的故事。關敬吾《日本民間故事選》之《斷手姑娘》云，後母攛掇丈夫拋棄前妻所生的女兒，並且把她的雙手砍去。青年某甲救之，並且與之成婚。某甲外出，久久不歸。斷手女在家生了孩子，婆婆讓人送信給兒子。送信人在斷手女的繼母家歇息，被繼母灌醉，繼母乘機修改了信，說斷手女生了一個怪物。送信人帶回家書，又被斷手女的繼母修改成將斷手女休棄。斷手女帶上兒子離去。後來，她因爲在情急之中救兒子而長出雙手，在荒野生活。後某甲歸來訪察，眞相大白，找到妻子和兒子。斷手女的繼母和父親被土地爺懲罰。

《德國民間故事》之《無手姑娘》中，姑娘被繼母砍去雙手，命人扔到荒野。其人將她扔到國王的御花園附近，被國王發現，國王和她結婚。國王外出打仗，太后因爲不喜歡兒媳婦，就用狸貓換太子的手法迫害姑娘，將她拋棄。後來，姑娘在聖人的幫助下長出了雙手，一切皆好。其後母被處死。這位女子更加不幸，受到繼母和婆婆的雙重迫害。《法國民間故事》之《無手女》云，在嫂嫂的挑撥下，哥哥砍掉了妹妹某甲的雙手，並且把她拋棄了。某甲在超自然力的幫助下，吃了國王御花園中的蘋果，被國王發現，和國王相愛結婚。國王外出作戰，某甲別居，太后不願意見之。女生二子，聖母成爲其孩子的教母，並且使其重新長出雙手。國王歸來，一切如願。某甲去見哥哥，哥哥病於床，兄妹和好，而國王下令焚其嫂嫂。這個故事中，砍斷這女子雙手的，是哥嫂，而不是繼母。國王和這女子，可以原諒動手砍手的哥哥，而起挑撥作用的嫂嫂，則無法被原諒，被重罰而處死。血緣關係和姻緣關係，畢竟是大不相同的。

無意中聽到治病之法

《豐縣卷》之《掉鍋鏟子》云，老二在逃荒途中，被哥嫂設計拋棄，在破廟院子裏的槐樹上，聽到猴子精和狼精的談話，知道王員外閨女的病及其治療方法，還有王家關於對治癒小姐病者獎賞的告示。次日，老二就根據聽到的說法，治癒了王小姐的病，並且和小姐結婚。其哥嫂知道其發財，前來投奔。哥哥知道其發財過程，於是仿傚，到那槐樹上去守候。猴子精和狼精

發現他後，認爲上一次偷聽到秘密的人是他，把他殺了。《新沂卷》之《人行好事奔前程》云，陳布仁聽信妻子對蔣義的污蔑之辭，將結義弟蔣義推入井中。蔣義從井壁洞中走出，到一大山，聽到李家莊李員外家小姐的病情和醫治之法。次日，蔣義爲李小姐治癒了病，此後又和李小姐結婚。《邳州卷》之《花子兄弟》云，大花子和小花子合作，創了一份家業。大花子妻子想獨佔家業，設法讓大花子趕走還沒有結婚的小花子。大花子和小花子打賭，前者說作惡好，後者說行善好，結果，後者輸了。小花子不得不按照事先約定，取出自己的兩個眼珠給大花子，並且離開家。在荒野中，小花子爬上一棵孤桐過夜，無意中聽到三個精靈說話。一個說了治癒失去眼珠瞎眼之法；一個說了王員外女兒的病、治療方法和懸賞；還有一個說了獲取某地大量金豆子之法。小花子按照他們的說法，恢復了自己的眼睛，治癒了小姐的病並且娶了小姐，又獲得了巨大的財富。大花子的家業，因爲遭到火災而化爲烏有。《如皋卷》之《包公出頭》也有無意中聽到治病方法的情節。

《法國民間故事》之《兩兄弟》云，兄弟倆找工作沒有找到，兩人中，某甲變爲瞎子，以便另一個某乙領著他乞討，因爲瞎子容易得到人們的同情，大大提高乞討的成效。在有了一定的積蓄以後，某乙把瞎子某甲拋棄於荒野樹下。某甲只好爬上樹過夜，以避免受到野獸等的攻擊。他在樹上，聽到樹下的獅子、狐狸和狼一邊吃東西一邊議論，知道某地一女子的病及其治療方法，又知道了治癒瞎眼的方法。次日，他先按照昨夜聽到的方法，治癒了自己的眼睛，然後，找到那患病的姑娘，給她治癒了疾病。後來，他因爲這樣的因緣，和這富有的姑娘結婚。某乙知道了這些事情，也到那棵樹上去聽獅子等的談話。那三動物追究洩密者，發現樹上的某乙，就一起把某乙殺了。《意大利民間故事》之《迷迭香姑娘》云，王后婚後多年沒有生育，見花園中迷迭香樹多子，感歎自己不如迷迭香，後來她竟然生了一株迷迭香，用乳汁澆灌。她的侄兒西班牙國王來訪，回去的時候，偷走了這迷迭香，種在御花園。國王吹笛，從迷迭香樹中走出一位漂亮姑娘，和他相愛。國王出征，他的三個姐妹吹笛，迷迭香姑娘出現。三姐妹妒忌，把迷迭香姑娘打成重傷，迷迭香樹一半枝葉枯萎。園丁害怕，出走，夜宿一樹上，聽到二龍對話，知道治癒迷迭香的方法，如法施爲，果然成功地治癒了迷迭香姑娘。國王凱旋，和迷迭香姑娘結婚。

《埃及蘇丹民間故事》之《醫生哈桑》中，親王和某姑娘一見鍾情，而

姑娘的兩個姐姐出於妒忌，設計殘害親王。姑娘在尋找親王的途中，晚間，她坐在一棵枝繁葉茂的無花果樹下休息的時候，聽到兩隻棲息的鴿子在談論親王的傷勢，說只有它們的肝才能救親王。姑娘殺死了這兩隻鴿子，女扮男裝，自稱醫生哈桑，成功地救活了親王，並且和親王結婚。《摩洛哥民間故事》之《蘇丹的女兒》，主要情節相似。

凶神守財

《法國民間故事》之《三個逃兵》中，凶神守衛凶宅，因為凶宅中有財產，凶神看管，以待合適的人到此領取這些財產或者處理這些財產。三兄弟中，保羅是幸運者。他在凶神看管的凶宅中，得到了大量的財寶。他告訴主人，把這些財寶分給大家，尤其是窮苦人。此類情節，在我國「趕出去的姑娘發財」型故事中，是常見的。例如《如皋卷》之《女兒不斷娘家路》云，姑娘不滿意父親給她找對象挑三揀四，父親在一怒之下，把她嫁給一個窮漁夫。後來，他們生了個孩子叫檻寶，得到凶神為檻寶守護多年的金銀財寶而發財。父親路過其家，姑娘不露面，而給父親做鯽魚腦子餛飩。父親吃而思念女兒，終於父女相見。筆者曾經聽先祖母講一故事云：大年初一，父親先後問兒子、兒媳婦和女兒，他們靠了誰享福？眾人都說靠他父親，唯獨小女兒說，她是享她自己的福。父親大怒，看到一個生著惡瘡的叫花子，就把女兒打出家門，讓小女兒跟叫花子一起要飯去。這姑娘和叫花子結婚，夜宿破廟，以討來的米煮粥，一蛇掉入粥中被煮，姑娘不願意吃這粥，叫花子捨不得，就把粥吃了，其惡瘡奇蹟般地痊癒了。他們到一座凶宅，看守凶宅的神，青面獠牙，見到他們到來，就把一串鑰匙給他們，說他為他們看守許多年了。他們打開查看，看到庫房裏有許多金銀。開到最後一個房間，發現房間裏有許多骨骸。原來，那個凶神吃了很多想來謀取這些財物的人。於是，他們成了富豪。

分莊稼收穫

《沛縣卷》之《兄弟分家》云，在妻子的挑唆下，王大問王二，要莊稼的上頭還是下頭。王二表示要上頭，王大乃種花生、山芋、蘿蔔之類，王二一年挨餓。次年，王二提出要下頭，王大乃種小麥、穀子、高粱等，王二又虧了。再次年，王二提出要上下兩頭的，王大乃種玉米。王二又虧了。《如東

卷》之《土地公公分紅利》中，張莊土地爺很貪財，誰要有好收成，誰就必須孝敬他。種麥子的時候，張小剛對土地爺說，今年的麥子和他平分。土地爺非常高興，張小剛家的麥子長得特別好。收割的時候，張小剛對土地爺說，張得上部的一半，土地爺得下部的一半，當然麥子都被張獲得了。秋季收的山芋，倒過來，張拿下部的，土地爺拿上部的。土地爺又虧了。《海安卷》之《財主認輸》云，財主把土地租給農民，約定：莊稼的上部歸地主，下部歸農民。農民種芋頭。地主又規定：上部和下部都歸他，中間部分歸農民。農民乃種玉米。

《埃及民間故事》之《狼和老鼠合作》云，狼和老鼠合作投資種莊稼。先種洋蔥。到收穫的時候，狼利用其強勢，選了地上的，讓老鼠拿地下的，因為它看到洋蔥葉子綠油油的。結果，老鼠賣洋蔥得到了一百多鎊，而狼賣洋蔥葉子，才得到幾個硬幣而已。下一次，狼只給老鼠作物的稍，但這次種的是麥子，狼只得到一些賣柴，還貼掉了搬運費用，所得只有兩鎊半，而老鼠有一大堆麥子，幾乎值一百五十鎊。於是，它提出重新分配：在很遠的地方同時起跑，誰先跑到麥子堆上，誰就獲得這堆麥子。老鼠讓親友在沿路埋伏，麥子堆上也埋伏了老鼠，當然它很容易地贏了。

《法國民間故事》之《魔鬼與上帝》云，魔鬼強壯，上帝瘦弱。麥子播種的時候，上帝問魔鬼，取泥土中的，還是空氣中的？魔鬼說取泥土中的。結果，上帝拿麥穗，他拿到的是麥稈的根部。種土豆的時候，上帝又問魔鬼相同的問題，魔鬼這回回答，取空氣中的。結果，他只是拿了土豆的蔓，土豆全部歸上帝。種玉米的時候，上帝又問同樣的問題，魔鬼說，他拿上下兩頭的，結果，玉米棒子都歸了上帝。冬天，魔鬼造了一座石頭城，上帝造了一座冰城。魔鬼見冰城漂亮，要和上帝交換，上帝同意了，就交換了。到了夏天，冰城融化了。

《英格蘭和北美民間故事類型索引》第 1030 型《分莊稼》，人（狐狸）和野人（熊）分莊稼，大致情節相同。

蛤蟆精靈與青蛙王子

《豐縣卷》所載《蛤蟆精》，《揚州民間故事集》所載《癩蛤蟆精》，《如東卷》所載《癩寶兒子》，都是蛤蟆和人間女子結婚的故事。在這些故事中，老夫婦生蛤蟆兒子，或者是撿到一隻蛤蟆作為兒子，蛤蟆都能夠講人話，和

人溝通，還能上學。蛤蟆和人間女子結婚後，或是夜間成英俊青年而白天恢復成蛤蟆，或是洗澡的時候變成英俊青年而平時爲蛤蟆，他們的妻子都把丈夫的蛤蟆皮匿藏起來或者毀壞，於是，丈夫就無法變爲蛤蟆。最後的結局，或是夫婦和美，或是丈夫得到蛤蟆皮後變爲蛤蟆離去。這和西方廣泛流傳的青蛙王子的故事非常相像。所不同的是，青蛙王子本來就是人間的王子，是被有利益衝突的人用魔法變成青蛙的，魔法解除，就變回了人間王子的形象。西方此類故事，其主題是頌揚愛情，女主人公愛上青蛙，而不知道其爲王子，而王子恢復真相後，還是深愛女主人公，愛情超越一切，遑論財富和地位、權勢、出身等等。而中國蛤蟆兒子的故事中，蛤蟆變成英俊青年，決定性的行爲，則是其妻子所爲，體現了愛的力量對男子的作用。當然，此類故事，更有勸善的用意在。故事中的老夫婦，都是行善積德之人，他們都得到了好報，儘管結婚多年沒有孩子，甚至到老年還沒有孩子，但是，因爲他們行善積德，所以有了蛤蟆兒子乃至英俊的兒子，爲他們養老送終甚至傳宗接代。《希臘民間故事》之《蟹夫君》云，國王夫婦和牧師夫婦指腹爲婚，國王生了個女兒，牧師生了一隻蟹。國王想取消婚約，命蟹搬走宮殿前面的小山，方可成婚。蟹成功完成。新婚之夜，蟹變成俊男，但要求公主保守秘密。公主不想讓父母擔心，把這個秘密告訴父母，蟹夫君就失蹤了。公主攜帶三雙鐵鞋出門尋找夫君，經歷種種曲折，終於找到夫君，魔法解除，其夫君恢復俊男本相，不再變成動物了。這是「青蛙王子」故事的變種。

　　人被施以魔法變成動物的情節，在西方乃至美洲的民間故事中是常見的，包括愛情故事中，也是如此。男主人公變成青蛙，僅僅是其中的一種。例如，《法國民間故事》之《野獸》云，仙女逼婚王子，王子不從。仙女乃將王子化爲野獸。有人願意嫁給這野獸，魔法乃消除，王子恢復原形。《愛爾蘭民間故事》之《一隻騾子》云，一個喪失了父親的王子，愛上了每天早晨來唱歌的鳥。他在一隻騾子的幫助下，追到了這鳥，這鳥竟然是一位公主。又經歷許多曲折，公主同意嫁給王子，而這騾子，竟然是王子的父親。《法國民間故事》之《靴中貓》云，三兄弟分家，老三得貓，這貓能夠爲主人做一切。在貓的幫助下，主人致富，並且將娶國王的第二個女兒。在主人的婚禮上，貓現出人形，原來他是個瀟灑的小夥子，就也娶了國王的女兒。《智利民間故事》之《小孤女》云，小孤女和一鳥化男子幽會。這男子爲三個女巫所害。小孤女無意中聽到治療王子的方法，治癒了王子。魔法解除，原來，那個鳥

化的男子，就是王子本人，小孤女如願和這王子結婚。《法國民間故事》之《一片布》中，三兄弟同時愛上了表妹，展開追求。三弟最爲其父所不喜。某日，三弟到一廢棄了的古堡，受到一隻貓的良好招待。此後，貓幫助三弟追求表妹成功。可是，三弟最後還是和恢復成人形的貓成婚。此外，根據民間故事拍成的電影《鷹狼傳奇》也是如此。

青蛙或者蛤蟆公主

《南通市區卷》之《癩疤美人兒》云，窮娘的兒子老二與財主家的女兒二秀有情，財主最初也同意他們訂婚，後來，財主越來越富，就不願意把女兒嫁給貧窮的老二，就以巨額采禮相難。窮娘到河裏洗衣服，把一隻蛤蟆帶回家，開玩笑說是做兒媳婦。老二回家，發現二秀就在他房中，於是他們結婚。原來，二秀因爲生父親的氣，生了怪病，渾身長疙瘩，鄉鄰叫她癩疤美人兒。財主生氣，就把她撂到河裏。觀音見之，讓她變成蛤蟆，游到窮娘處，讓窮娘帶回家，進房後翻個跟斗，蛤蟆皮就脫落，恢復本來的容貌。

《希臘民間故事》之《魔湖》云，國王讓三個兒子分別在王宮高處向外射箭，離箭落處最近的姑娘，就是射箭者的妻子。大王子和二王子的箭都落在大戶人家的大院，他們分別娶了門第高貴的富有而漂亮的妻子。小王子射箭，箭落湖中，被一隻蛤蟆銜住。小王子只好把蛤蟆帶回宮殿。此後，小王子外出，家裏的食物都會準備好，其他例如衛生等家務，都會做得妥妥帖帖。王子發現是一個漂亮姑娘幹的，這漂亮姑娘就是蛤蟆變的。他們一起參加父王舉行的盛大宴會，姑娘分別送國王、大王子夫婦和二王子夫婦非常貴重的禮物。小王子愛上了她，魔咒消失，姑娘不再變成蛤蟆。原來，姑娘是一個國王的女兒，該國受到詛咒，沉入湖底，人有蛤蟆皮才能在水中生存，所以，姑娘和她國內的其他人那樣，變成了蛤蟆。《法國民間故事》之《金髮或者小青蛙》云，美女金髮瞞著教母聖母和國王的幼子幽會，甚至出走。聖母懲罰她，將她變成了青蛙。國王的幼子對變成青蛙的金髮不離不棄。聖母最終讓金髮恢復人形及其美貌，和國王的幼子成婚。《智利民間故事》之《小青蛙》云，三個王子佩羅德、狄哥和阿雋外出求財富，他們先後經過一座小屋。屋中傳出美麗的歌聲，是一個土罐內的一隻青蛙在唱歌。佩羅德和狄哥都先是欣賞歌聲，再尋找誰在唱歌，當他們發現是一隻青蛙的時候，他們就沮喪地離開了。阿雋也欣賞歌聲，也見到了那青蛙，但是，他沒有離去，而是守護

那青蛙。那青蛙原來是一個美女被施魔法後變成的。阿雋和青蛙相愛並且結婚了。三個兄弟回到家裏，都帶回了妻子。當他們比誰的妻子漂亮的時候，施在青蛙身上的魔法被解除了，青蛙原來是美麗而富有的公主。

田螺姑娘類

《希臘民間故事》之《烏龜與鷹嘴豆》云，一鰥夫漁夫捕獲一隻烏龜，帶回家，養在家裏。此下情節，同我國的《田螺姑娘》類故事中的情節。漁夫發現了眞相，乃打破其烏龜殼，姑娘不復變成烏龜，乃與漁夫結婚。此女施展法術，遂至大富。國王欲娶此女，出一系列難題，都被此女及其家人一一化解。例如，國王讓他們準備一餐魚，讓其將士都能夠吃飽。經過妻子指點，漁夫乃到其丈母娘處，借一神鍋，煮食品後取之不盡，終於完成了任務。後來，漁夫當了國王。

《老撾泰國越南苗族民間故事》之《古娃、烏沃和他們的魚妻子》云，古娃、烏沃兩人是孤兒。一老者將捕獲的兩條魚送給他們，告誡他們不要烤了吃掉，應該養在罐子裏。古娃年紀稍長，容易肚子餓，很想吃魚，於是，他就把他的魚放到火上烤，被烏沃所阻止，仍然放入罐子中。後來發生的故事，和田螺姑娘爲農夫做飯情節相同。因爲古娃的魚姑娘被他往火上烤了一下，因此，臉上有個疤痕，不及烏沃的魚姑娘美麗。於是，兩人就爭娶那個屬於烏沃的魚姑娘，最後還是各娶各的。烏沃的魚姑娘有各種神通，幫助丈夫發了財。因爲被火上烤過，古娃的魚姑娘就失去了神通，因此，他們夫婦只能從事辛勤的工作，以維持生活。這些，和我國廣泛流傳的《田螺姑娘》類故事，當屬於同一個類型。

八哥的計謀

《南通市區卷》之《八哥救人》云，老陳窮得吃不上飯，正要上弔，被他養的八哥所阻止。八哥到財主家銜金首飾給老陳。財主報案。老陳到銀樓把首飾換錢的時候，被捉拿歸案。知縣將事情審問明白，將老陳關進監獄，又將八哥拔去四十根羽毛。八哥知道知縣初一、十五要到城隍廟進香，它利用這個機會，躲在城隍神像後面，讓知縣釋放老陳，再給老陳一百兩銀子。知縣以爲是城隍神的意旨，一一照辦。八哥又飛到老陳那裡，讓他收到知縣的銀子後趕快離開。然後，八哥飛到知縣那裡，讓他知道這些都是它八哥的

計謀。《無錫民間故事精選》之《張三與八哥》中，也有類似的情節，然八哥幫助張三成就姻緣。

《根本說一切有部毗奈耶雜事》卷二十八云，國王多足食欲娶敵國半遮羅國國王之女妙藥，半遮羅王乃欲藉此機會除掉多足食王。多足食王有一大臣，名大藥。大藥有一鸚鵡，鸚鵡至半遮羅國探聽虛實以告大藥，大藥遂設計挫敗半遮羅王的陰謀，劫得妙藥和大量珍寶，多足食王如願以償。半遮羅王致書女兒妙藥，命報此仇。妙藥得書，偵知情報全由鸚鵡探知，乃設計擒得此鸚鵡，使人將此鸚鵡籠送其父。半遮羅王得鸚鵡，欲殺之。鸚鵡請按照其祖、父死法而死。王問其法，云麻纏其尾，灌以膏油，然後點火焚身而死。王使人如法行之。鸚鵡騰身，到處播火，王之宮室，延燒殆盡。鸚鵡則投身入池，滅身上火，沐浴畢，奮翼而歸。半遮羅王再次命女兒捉得鸚鵡送來，又欲殺之，命人拔去其毛，煮以沸湯。屠夫拔鸚鵡毛畢，置之屋外，一鷹擒鸚鵡至一神祠，欲食之。鸚鵡曰：「我身肉僅供汝一日之飽，如見放，我可使汝日日飽食肉食。」鷹始不信，鸚鵡請試之，且云己身無羽毛，無法逃脫，一兩日之內，必有驗。鷹許之。鸚鵡入天王祠中天王像後一小穴。守祠人供香花時，鸚鵡云：「汝去報國王，王有惡行，諸神共嗔，故災禍連至。若不供養，殃禍未休，且更有酷者。可於日日多獻生肉、胡麻、豆子，各置一升。如是存誠，我可祐之。」守祠人以此為天神之言，乃報王。半遮羅王聞之，大恐懼，乃如鸚鵡所言，日日祭之。鷹由此日日食肉，鸚鵡則食胡麻、豆子。日久，鸚鵡羽毛漸豐，已能飛揚，乃有去意。於是，它命守祠人轉告國王，要國王和文武百官剃光鬚髮，來祠中祭拜，神當施予福報。國王及文武百官如其言，至天王祠哀懺謝罪。此時，鸚鵡飛出，於空中說頌曰：「凡事皆有報，無有不報者。汝落我身毛，我今還剃汝！」說畢，衝天而去，飛回大藥處。此拙著《佛教與文學的交會》中已經論之，茲結合江蘇民間故事再論之。

石子和孝子

《海門卷》之《爭做孝子》云，老者把家產分給了他的兒子們，此後，他的兒子們就對他不孝順了。他從外地帶回若干隻或者一隻上了鎖的沉重箱子，說其中都是錢財。兒子們為了得到這些錢財，爭相對他孝順。他去世之後，兒子們發現，箱子裏的那些所謂錢財，不過是石子或者瓦礫之類而已。《如

東卷》之《爭寶箱》,《新沂卷》之《兩個兒子不如一匣石子》,《海安卷》之《石子換孝子》等,《啓東卷》之《老子不如石子》,《中國民間故事集成》之《江蘇卷》之《一個老子與十個兒子》,也大致如此。江蘇民間故事中,此類故事極多,前已有所論。

《東南亞民間故事》上冊載緬甸民間故事《足智多謀的父親》云,五個兒女的父親無人贍養,乃用泥土做成金色的羅望子果,對孫子說是金子。孫子洩露了這個祕密。五個兒女競相孝順父親。父親死後,他們才發現這些羅望子果不是金子,可是,他們由此反思了自己的錯誤,給了父親一個很體面的葬禮。

《英格蘭和北美民間故事類型索引》第 982 型是《不孝之子》,他們的繼承物是一箱子石子。

一路撒種子留作路標

《海門卷》之《五郎子》云,老君的女兒月娥,聽一鳥叫,讓她嫁給它。老君知之,讓女兒答應。有怪人來迎娶,老君給女兒一袋荣籽,讓她沿途撒。女兒如其言。後荣籽長出荣,老君順著路上的荣,找到了女兒,並且和女兒一起,戰勝了妖怪。此類故事,筆者聽先祖母講過,但角色和情節稍有不同。云某姑娘織布,常有一荣花蠔飛來,不斷問「肯不肯」。女子對母親說,你就回答「肯」。荣花蠔又來問,女子回答「肯」。這蠔就飛走了。不久,若干猴子抬了花轎來接女子上轎,說讓她嫁給他們的大王,因爲她已經表示「肯」了。沒有辦法,女子的母親就給女兒一袋荣籽,讓她在轎子裏一路灑。後來,母親就憑這些荣籽長出來的荣,找到女兒的所在,最後救出女兒。「猿猴娶婦」類故事,常有這樣的情節。

《非洲民間故事》之《失蹤的姐姐》云,姐姐預感到有人來搶她,弟弟不相信。姐姐說,她當攜帶一葫蘆樹種子,一路撒去,一邊尋訪。姐姐果然在某一天失蹤了。若干年後,弟弟憑藉樹苗一路尋找到了姐姐,搶他的是人,不是妖魔鬼怪。

蚊子的來歷

《海門卷》之《蚊子的來歷》云,男子某甲爲妻子守靈,乘船出行也總是帶著妻子的棺材。後在某廟,得一個高僧指點,某甲給妻子的屍體滴血三

滴，而妻子復生。此後他們年年到該廟進香。某年，他們經過該廟，某甲進去燒香，而守船的妻子則和宰相公子私奔。某甲找到在尋歡作樂的妻子和宰相公子，其妻子絕情。某甲責其忘恩負義，妻子還血三滴而亡。其屍體化為無數蚊子，到處吸血，想復活。

《東南亞民間故事》中冊越南民間故事《世界上的第一隻蚊子》云，青年某甲娶了美貌的妻子並且很愛她，不惜代價讓她快活。妻子去世後，他賣掉了別墅和田地，買了船，載這妻子的屍體，到處尋訪高人，讓妻子復活。按照高人的指點，他將自己的三滴血滴到妻子的口中，妻子就活了過來。然妻子好奢侈，不感恩，後來竟然和富商私奔。某甲向她討還血，妻子滴三滴血還之而死。神靈把她變成蚊子，到處吸血以成人形復活。

夫婦打賭

《海門卷》之《為了多吃一隻圓子》云，某夫婦好吃懶做，人家送十三隻圓子，他們每人六隻。兩人商定，誰先說話或動彈，誰就輸，勝者吃剩下的那隻圓子。胡蜂和其他昆蟲叮咬，他們都忍住。小偷入門，見無可偷，遂凌辱女子，女子竟然毫無反應，男子大聲呵斥。小偷逃跑，女子大樂，因為她贏得了那圓子。

關敬吾《日本民間故事選》之《看誰能憋著不說話》云，鄰居送給一對貧窮的老夫婦七塊米糕，兩人分食，多了一塊。他們乃打賭，先說話或者動彈者為輸，勝者得米糕。小偷入室行竊，夫婦皆見之而毫無反應。小偷見此，乃抓米糕。老婦乃大叫，小偷逃跑，老頭得意地吃那塊米糕。「餅」作「米糕」，或翻譯之不同也。《百喻經》卷三云，某夫婦得餅三塊，夫婦各食其一。餘下一餅，夫婦相約：先言語者，不得食此餅。夫婦因此俱不敢言。有賊入其室偷盜，家中貴重物品，俱畢賊手。夫婦二人，恐輸餅而不語。賊見他們如此，遂辱此婦。其夫見之，竟然不語。其婦大叫，責其夫。其夫拍手叫曰：「我得餅，不復與爾！」此故事在我國流傳甚廣，而不知出於佛經。

煮海或者舀海逼迫龍王

《南通市區卷》之《海水不可斗量》云，青年農民寶侯到財主家交糧，看見其家小姐，就患上了相思病。寶侯父輩兄弟三人，就此一子，其家多方

求財主應允婚事。財主開出了天價采禮作爲成婚條件。觀音菩薩知之，化身郎中，給寶侯一隻斗，讓他去舀海水，而向龍王索要錢財，以作爲采禮。寶侯如其言，而海水變淺，龍宮坍塌。龍王恐懼，求寶侯住手而滿足他的要求，寶侯終於娶到了財主家的小姐。《啓東卷》之《忍耐》云，富有的忍耐常周濟窮人。其子某甲患麻風病，卻看上了王員外家的小姐。忍耐向王員外家提親，王員外礙於情面，不便直接拒絕，遂說其女兒會剋夫，需要龍肝鳳寶和在鋪地十八里金子上乘坐花轎走過，才能避免剋夫，故以這些東西爲采禮。忍耐根據神靈的指點，用神靈給的斗舀乾了海水，得到了王員外要求的所有東西，以之作爲采禮，救了兒子。兒子用海水洗澡，麻風病痊癒，如願和王小姐成婚。《啓東卷》之《人不可貌相》云，長工貌相愛上了主人劉員外的獨生女，患上了相思病。其家不屈不撓地向劉員外家提親，劉員外最後提出，要三斗三升珍珠瑪瑙作爲采禮，欲以此讓貌相及其家人知難而退。貌相讓父親到劉員外宅子外芭蕉樹下挖寶物，結果挖到一隻斗。貌相到東海打了一斗水，東海逐漸乾枯，龍王大恐，遂滿足貌相的要求。貌相如願娶了劉小姐。《海安卷》之《換老婆》中，窮光棍撿到一塊寶石，在內行人的指點下，他用寶石在海水中攪動。龍王不得安寧，被迫將三小姐嫁給他。《江蘇民間故事集》之《舀海》云，漁民高大海與女兒高姑相依爲命。高大海出海捕魚遇難，高姑舀海四年，龍王大恐，乃歸還其父親的屍體。

《東南亞民間故事》中冊載柬埔寨民間故事《舀乾海水的兩個朋友》云，甲夫婦欲舀乾海水而取失事船隻留下的金銀等財物、捉魚類食用，連續大幹五天，海水淺了不少，他們信心大增，準備繼續幹下去。魚類緊張，報告魚王。魚王乃以五罈金、五罈銀爲代價，讓他們停止舀海。甲夫婦乃獲得這些金銀，成大富。乙夫婦知之，決定仿傚，也去舀海。魚類也緊張起來。可是，乙夫婦吃不了這個苦，也沒有耐心，不久就懈怠，就爭吵，於是就放棄了。魚類樂得看他們吵架的醜態。這個故事，主題和江蘇民間的故事不同，「舀海」的情節相同。

佛經中早就有「舀海」的故事。《佛說大意經》云，一居士子名大意者出生墮地時即發誓：「我當布施天下，救濟人民。其有孤獨貧窮者，我當給護，令得安穩。」十七歲時，爲普濟眾生，大意入海採寶，經歷千辛萬苦，得三明珠。其中最爲寶貴者，八十里內珍寶盡歸之。大意於歸途中，經過大海，三珠爲海神所奪。大意乃發誓抒竭海水奪回寶珠。海神知之，云：「卿志何高

乃爾！海深三百六十萬由延，其廣無涯，奈何竭之？譬如日終不墮地，風尚可攪來，大海水終不可抒令竭也。」大意笑答：「我自念前後受身，生死壞積，其骨過於須彌山，其血流五河四海未足以喻。吾尚欲斷是死生之根本，但此小海，何足抒！」並云：「我憶念昔供養諸佛誓願言，令我自行，勇於道決，所向無難，當移須彌山，竭大海水，終不退意。」遂抒海不止。爲其精誠所感動，諸天王下助大意抒海。海水三分，已去其二。海神大恐怖，乃還其明珠，大意乃罷。海水復舊。又《六度集經》卷十《布施無極》第一所載普施事，與大意事同。海神以「海深廣難測，孰能盡之，天日可損，巨風可卻，海之難竭，猶空難毀也」，止普施抒海。普施曰：「今世抒之不盡，世世抒之！」得到明珠而後止。《摩訶僧祇律》卷五，《生經・佛說墮珠著海中經》《三慧經》所載抒海故事，亦大略相同。此拙著《佛教與文學的交會》中已經論之，茲結合江蘇民間故事和國外有關故事重論之。

還草偽君子

《新沂卷》之《和尚還俗》云，秀才進京趕考，借宿某寺廟，言行甚爲正大。次日行久復回，向寺廟當家和尚覺醒道歉，說昨晚睡在草鋪上，無意間帶走了一根稻草，走了很遠，方才發現，特意返回歸還，說著從懷裏掏出一根三寸長的稻草，鄭重歸還。覺醒非常感動，認爲他是一絲不苟的君子，請他吃飯，和他促膝長談，並且對他說他的一生積蓄是一塊赤金，放在大殿某佛像肚子中。次日，覺醒醒來，秀才已經離開。覺醒到大殿檢查，發現那佛像已經被移動，赤金早已被秀才偷去。覺醒追趕一天，沒有追上，乃到一大院休息，並且尋點食物充饑。其家次日將舉行慶典，爲兒媳婦豎貞節牌坊。和尚無意中發現，那個號稱貞節的女子，原來早和情夫恩愛數年，在立牌坊的前夜還幽會如故。和尚覺得世間虛僞太多，便開葷大吃肉類，脫掉袈裟還俗。《啓東卷》之《口是心非的正經人》云，河東廟有三個和尚，河西廟有三個尼姑。秀才借宿和尚廟，亦以「還草」獲得老和尚信任。老和尚和兩個小和尚出門做佛事，讓秀才看廟門，而秀才偷走了重兩斤半的金香爐。和尚帶葷菜給秀才吃，被尼姑誤會而遭到批評。老和尚發現金香爐被竊，追趕秀才，途中遇到立牌坊而所謂節婦並不貞節等事情，開葷大吃。老和尚回到廟內，尼姑責難。老和尚建議還俗，並且娶老尼姑爲妻。《無錫民間故事精選》之《空空和尚還俗》中，還稻草而偷東西的，是要飯的和尚，偷人的是烈女庵的主

持尼姑和小尼姑，吃狗肉的是關帝廟的主持和尚。

《雜寶藏經》卷十第一百十八緣《老婆羅門諂偽緣》云：一老婆羅門，有一年輕後妻。後妻欲與年少婆羅門通，乃誑夫設會，欲請年少婆羅門至，以遂其奸。老婆羅門疑其有奸，不之許。妻乃設計惑其夫。一日，夫前妻之子墜於火，妻近在咫尺，竟不援手相救。老婆羅門責之，妻云：「我自少以來，唯近己夫，決不近他男子，何況執手？」老婆羅門見其堅貞守禮如此，大喜，乃遂其所請，設大會集眾婆羅門。妻乃得便與年輕婆羅門通。老婆羅門知之，既怒且悔恨，即攜細軟寶物，棄妻而去。老婆羅門遇某甲，結伴而行。日暮，宿一人家。次日復行。行路已遠，某甲忽然道，身粘一草葉，乃主人家之物，「我自少以來，無侵世物。葉著衣來，我甚為愧，」並堅持返回將草葉歸還主人，請老婆羅門稍待。老婆羅門聞之，頓生敬仰，許待其返。豈知某甲行至老婆羅門視線之外，尋一低處，高臥休息，良久乃回，騙老婆羅門已將草葉歸還主人。老婆羅門信以為真，欽佩某甲品格高尚，戒心全消。未久，某甲竊老婆羅門細軟寶物而去。老婆羅門又受偽君子之騙。一日，老婆羅門於一樹下休息。一鸜雀盛情邀請眾鳥聚居此樹，並云當共相親愛。待眾鳥離開巢，此鸜雀卻到其他鳥巢中，啄破鳥蛋飲其汁，啄死幼鳥食其肉。老婆羅門乃歎鳥中亦有偽君子。老婆羅門復行，又見一外道出家人，衲衣徐步，邊行邊呼：「去去，眾生！」老婆羅門問其故，外道云怕踏死螞蟻和其他蟲子之類，乃喚它們避開。老婆羅門信此外道德行高超，戒律精嚴，乃喜而隨行。日暮，外道以「閒靜修心」為由，與老婆羅門分室而居。老婆羅門見其修行如此勤勉，益喜。半夜，老婆羅門聞音樂歌舞之聲，發現外道竟然和眾女子作樂！乃自念道：「天下萬物，不問人獸，無一可信者。」於是說偈曰：「不捉他男子，以草還主人。鸜雀詐銜草（銜草，表示友好也。），外道畏傷蟲。如是諂偽語，都無可信者！」《佛本生故事選》之《騙子本生》云，財主在自己的樹林裏蓋了一間修行屋，讓某苦行者住下修行。苦行者表示，他從來不取人家一物。財主就將一百金幣埋在修行屋中的地下。苦行者把這些金幣挖出來，藏在另一個地方。然後，向財主告辭。中途，他又回來，歸還修行屋上掉到他頭髮上的一根稻草，因為他是非施不取的。財主就認為對方是個謹言慎行的君子。菩薩聽到了他們的對話，在苦行者走了以後，提醒財主，對方是否偷走了你什麼東西。財主檢點修行屋地下的金幣，果然不見了。於是，他追上苦行者，逼著他交

還了金幣。此拙著《佛教與文學的交會》中已經論之，茲結合江蘇民間故事再論之。

中山狼類

《海安卷》之《有智不在年高》云，某甲在拾草時看見一蛇在破尿壺裏，把它放了出來。蛇欲吃某甲，某甲乃云需要三人作仲裁，三人皆同意，蛇才可以吃他。老年人、中年人怕蛇來吃他們，就都站在蛇的一邊，說某甲放蛇是多事，被蛇吃掉活該。一少年表示不相信蛇能夠盤在那麼小的尿壺中，蛇乃鑽進那尿壺。少年趕緊把那裝有蛇的尿壺扔進河裏，和某甲一起逃走。《海門卷》之《巧降水牛精》云，某甲無意中把被神仙禁錮在匣子裏的水牛精放了出來，水牛精要吃某甲。某甲乃請三人仲裁。第一、第二人都說吃某甲，因為水牛精問的是：「吃某甲還是吃你？」第三人則認為，匣子太小，不可能裝得下水牛精。水牛精為了證明，就縮小後進入匣子。某甲他們就把匣子關緊，再用重物壓住，以免它再出來為害。

《希臘民間故事》之《人、蛇和狐狸》云，某甲將一蛇從小養到大，蛇竟然盤其身而欲殺而食之。兩者爭執，乃決定請三者仲裁，若三者皆說蛇當吃某甲，某甲死而無憾。他們先後找到羊、牛仲裁，羊和牛都說人應該被蛇吃掉，因為羊和牛自己，都為人類服務，但是，總是被殺、被吃。最後，他們請狐狸仲裁。某甲暗示狐狸，他若能夠獲救，當以禽類報之。狐狸表示，它不相信這麼大的蛇能夠盤在那麼小的器皿中，蛇為了讓仲裁人信服，就鑽到那器皿中。狐狸乃與人一起以石頭砸死了蛇。某甲對妻子說，要兌現諾言，給狐狸送母雞和小雞。其妻子以母狗裝到一個籠子裏。某甲以籠子贈狐狸。狐狸讓某甲打開籠子，狗出而攻擊狐狸，咬住狐狸的尾巴。狐狸奮力掙脫，而失去尾巴，乃大為後悔。

《埃及民間故事》之《阿達之子和鱷魚》云，某甲牽一駱駝在沙漠中行走，遇一因缺水而求救的鱷魚。鱷魚反覆保證，只要救它脫離險境，它無論如何不會傷害救它的人，理由充分。某甲信之，把鱷魚帶到河邊，放入水。鱷魚欲食其人或者駱駝。其人不服，鱷魚善辯，乃相約請仲裁。水牛、奶牛和驢子受人奴役，都認為其人被鱷魚吃掉是應該的。某乙至，說雙方都可能說謊，要還原現場，方能判決。於是，人、駱駝和鱷魚重新回到現場。兩人拉著駱駝，將鱷魚留在沙漠而去。

雲遮日等

　　江蘇民間故事有兩個叫花子的故事。甲說，我如果是太陽，那該多好哇。乙說，我當烏雲，遮住你太陽！甲說，我當風，吹散你烏雲！乙說，我當山，擋住你風！甲說，我當蛇，鑽穿你山！乙說，我當捉蛇叫花子，捉住你蛇！說到這裡，兩人頓時呆住了：還是當叫花子啊！《希臘民間故事》之《老鼠和他的女兒》云，老鼠不願意把女兒嫁給老鼠。它認為太陽最為強大，想讓女兒嫁給太陽。太陽說，雲比它強大，因為雲可以遮住它的光輝。老鼠去問雲，雲說，風比它強大，因為風可以吹得它到處跑。老鼠問風，風說，它不如塔強大，因為塔可以擋住風。老鼠問塔，塔說，它不如老鼠，因為老鼠可以逐漸動搖塔。老鼠乃將女兒嫁給了一隻勇敢且漂亮的老鼠。《東南亞民間故事》上冊緬甸故事《江山易改本性難移》云，某甲夫婦沒有兒女。一日，某甲從鷹爪下救下一隻老鼠，老鼠化為一女孩，當了某甲夫婦的女兒。此女長大後，某甲給她找對象。先是某甲想給她介紹太陽，她嫌太陽太熱，太陽則說雲比它強大，因為雲可以遮住太陽。某甲就想把女兒嫁給雲，女兒說雲太陰森，雲則說它不如風強大，因為風可以吹去雲。某甲遂想把女兒嫁給風，女兒說風變幻無常，風則說它不如山強大，因為山可以阻擋風。某甲遂想把女兒嫁給山，女兒說山太粗糙，山說老鼠比它強大，因為老鼠能夠穿山。老鼠出現，問需要提供什麼幫助。某甲的女兒對老鼠一見鍾情，自己也馬上化為老鼠，隨之而去。這個故事，和《五卷書》之《第十三個故事》所載，情節基本相同。

蛇郎君類

　　《東南亞民間故事》上冊緬甸故事《蛇王子》云，海邊村莊寡婦向蟒蛇要芒果，允諾蟒蛇，它可以在她的三個女兒中挑選一個做妻子，蟒蛇給了她很多芒果。寡婦大恐，用芒果賄賂猴子、小河和男孩，讓他們不要對蟒蛇說她的住處，可是，在蟒蛇的威脅下，他們都出賣了她。蟒蛇找到寡婦家，要她兌現承諾。她的三個女兒，大姐和二姐都不願意嫁給蟒蛇，唯獨小妹願意為母親承擔責任，嫁給了蟒蛇。入夜，蟒蛇化為英俊王子和小妹親熱，寡婦取其蛇皮而焚毀之，而施之於王子的魔咒消失，王子不必再度變為蟒蛇。大姐二姐知道後，都非常後悔，也都很妒忌三妹。蛇王子出遠門，大姐二姐費盡心機要害死妹妹，以便取而代之。她們用欺騙手段把妹妹和她的孩子叫到

船裏，讓船往大海深處漂浮。小妹得到仙鶴的幫助，在海上找到了蛇王子的大船，他們一起回家，揭露兩個姐姐的陰謀行徑。《五卷書》之《第二十三個故事》和《第二十四個故事》云，婆羅門甲的老婆生了一條蛇，到了要結婚的年齡。婆羅門乙的女兒非常漂亮，但是，她願意嫁給那條蛇。蛇睡在新娘房間裏的櫃子裏。某夜，蛇化成英俊男子和新娘親熱。婆羅門甲見之，把櫃子中的蛇皮燒了，他兒子就不再變成蛇了。

　　我國民間故事中，「蛇郎君」的故事很流行，江蘇也是如此。《邳州卷》之《大巧和小巧》，《如皋卷》之《蛇郎哥》等故事中妹妹嫁給蛇化成的男青年蛇郎，生活幸福，姐姐妒忌，謀殺妹妹，自己冒充妹妹和蛇郎成婚。《豐縣卷》之《大妮和二妮》中，情節和《蛇郎哥》很相似。這些情節，和緬甸故事《蛇王子》更爲接近。

主要參考文獻

（僅列民間文學作品部分）

一、江蘇部分，按照書名漢語拼音順序排列

1. 《常州民間故事集》，常州市民間文學集成編委會編，韋中權主編，錢元傑、吳之光副主編，中國民間文藝出版社，1989 年版。

2. 《常州民間故事集（二）》，常州市民間文學集成編委會編，佳恩出版社，1992 年版。

3. 《豐縣卷》，殷召義、鄧貞蘭、孫興龍主編，白庚勝總主編《中國民間故事全書》之《江蘇》部分，知識產權出版社，2007 年版。

4. 《海安卷》，羅企曾主編，白庚勝總主編《中國民間故事全書》之《江蘇》部分，知識產權出版社，2010 年版。

5. 《海門卷》，丁秀發主編，白庚勝總主編《中國民間故事全書》之《江蘇》部分，知識產權出版社，2010 年版。

6. 《江蘇民間故事集》，陳慶浩、王桂秋主編《中國民間故事全集》第 23 冊，遠流出版事業股份有限公司，1989 年版。

7. 《南京民間傳說》，江蘇人民出版社編，江蘇人民出版社，1983 年版。

8. 《南京民間故事》，南京民間文學三套集成編委會編，王崇輝主編，吳福林副主編，江蘇古籍出版社，1990 年版。

9. 《南通市區卷》，王宇明主編，白庚勝總主編《中國民間故事全書》之《江蘇》部分，知識產權出版社，2010 年版。

10. 《沛縣卷》，殷召義、朱迅翎主編，白庚勝總主編《中國民間故事全書》之《江蘇》部分，知識產權出版社，2007 年版。

11. 《邳州卷》，周伯芝、殷延明、殷召義主編，白庚勝總主編《中國民間故事全書》之《江蘇》部分，知識產權出版社，2007 年版。

12. 《啓東卷》，李忠新、郭鑒生主編，白庚勝總主編《中國民間故事全書》

之《江蘇》部分，知識產權出版社，2010 年版。

13. 《如東卷》，趙志毅、謝駿、瀋陽主編，白庚勝總主編《中國民間故事全書》之《江蘇》部分，知識產權出版社，2010 年版。

14. 《如皋卷》，趙雲舞主編，白庚勝總主編《中國民間故事全書》之《江蘇》部分，知識產權出版社，2010 年版。

15. 《蘇州民間故事》，朱洪、盧群、潘君明編，中國民間文藝出版社，1989 年版。

16. 《睢寧卷》，殷召義、李文金、張甫文主編，白庚勝總主編《中國民間故事全書》之《江蘇》部分，知識產權出版社，2007 年版。

17. 《太湖的傳說》，金煦主編，古吳軒出版社，2006 年版。

18. 《銅山卷》，殷召義、李伯龍、楊權業主編，白庚勝總主編《中國民間故事全書》之《江蘇》部分，知識產權出版社，2007 年版。

19. 《通州卷》，沈志沖主編，白庚勝總主編《中國民間故事全書》之《江蘇》部分，知識產權出版社，2010 年版。

20. 《無錫的傳說》，無錫市文學藝術界聯合會編，上海文藝出版社，1983 年版。

21. 《無錫民間故事精選》，無錫市民間文學集成編委會編，許平生主編，朱中達副主編，南京大學出版社，1991 年版。

22. 《新沂卷》，殷召義、陳祖忻主編，白庚勝總主編《中國民間故事全書》之《江蘇》部分，知識產權出版社，2007 年版。

23. 《徐州民間文學集成》，徐州市民間文學編委會編，劉振華主編，姚克明副主編，江蘇文藝出版社，1991 年版。

24. 《徐州市區卷》，殷召義、王超立、甘信昌主編，白庚勝總主編《中國民間故事全書》之《江蘇》部分，知識產權出版社，2007 年版。

25. 《鹽城市故事卷》，鹽城市民間文學三套集成編委會編，嚴鋒主編，王蔭、王樹祥副主編，中國民間文藝出版社，1989 年版。

26. 《揚州民間故事集》，曹永森主編，中國民間文藝出版社，1989 年版。

27. 《鎮江民間故事》，鎮江市民間文藝研究會編，中國民間文藝出版社，1982 年版。

28. 《中國古代民間故事長編》，顧希佳編著，浙江大學出版社，2012 年版。

29. 《中國民間故事集成·江蘇卷》，華士明主編，李歇生、康新民副主編，中國 ISBN 中心，1998 年版。

二、外國部分之中文版部分，按照書名漢語拼音順序排列

1. 《埃及、蘇丹民間故事》，海倫·米切尼克編，任泉、劉芝田譯，新華出

版社，1981 年版。

2. 《德國民間滑稽故事》，〔德〕英格里德‧埃希勒等選編，劉建設、蔣仁祥譯，中國民間文藝出版社，1981 年版。

3. 《東南亞民間故事》，姜繼編譯，福建人民出版社，1982 年版。

4. 《佛本生故事選》，郭良鋆、黃寶生譯，人民文學出版社，1985 年版。

5. 《格林童話選》，魏以新譯，人民文學出版社，1978 年版。

6. 《卡勒瓦拉──芬蘭民族史詩》，侍桁譯，上海譯文出版社，1985 年版。

7. 《納斯列丁的笑話》，戈寶權譯，中國民間文藝出版社，1983 年版。

8. 《日本民間故事》，坪田治讓著，人民文學出版社，1979 年版。

9. 《日本民間故事選》，〔日〕關敬吾，中國民間文藝出版社，1982 年版。

10. 《日本民間故事選》，〔日〕關敬吾編，連湘譯，紫晨校，上海文藝出版社，1983 年版。

11. 《聖經故事》，〔波〕柯西多夫斯基著，刁傳基、顧蘊璞譯，天津人民出版社，1981 年版。

12. 《突尼斯民間故事》，韓寶光譯，中國民間文藝出版社，1982 年版。

13. 《五卷書》，季羨林譯，人民文學出版社，1981 年版。

14. 《一千零一夜》，納訓譯，人民文學出版社，1977 年版。

15. 《意大利民間故事選》，〔意〕依塔羅‧卡爾維諾著，陳秀英、任宜、劉黎亭譯，外語教學與研究出版社，1981 年版。

三、外國部分之英文版部分，按照書名英文字母次序排列

1. A Treasury of American Folklore, Stories, Ballads, and Traditions of the people, Edited by B. A. Botkin, Crown Publishers, New York, 1944.

2. Bealoideas, The journal of The Folklore of Ireland Society, Edited by Seanus O Duilearga, M. A. IML 1, Published by The Society at Room 78, University College, Dublin, 1928.

3. Bealoideas, The journal of The Folklore of Ireland Society, Edited by Seanus O Duilearga, M. A. IML 2, Published by The Society at 33 Upper Merron Street, Dublin, 1930.

4. African Folktales, selected and Edited by Paul Radin, Schocken Books, 1983.

5. Celtic Fairy Tales, Edited by Joseph Jacobs, Parragon, 1998. Collected Ghost Stories, M. R. James, Wordsworth Editions Limited, 1992.

6. Folk-lore, A Quarterly Review of Myth, Tradition, Institution and Custom, London, Published for the Folk-lore Society, by David Nutt, 207, Strand, 1890.

7. Folklore Stories of the Hmong, People of Laos, Thailand and Vietnam, Morma J. Livo, Professor of Education, University of Colorado, Denver,

Colorado, Dia Cha, Graduate Student, Northern Arizona University, Flagstaff, Arizona. Libraries Unlimited, 1991.

8. Folktales of Chile, Edited By Yolando Pino-Saavedra, Translated By Rockwell Gray, the University of Chicago Press, 1967.

9. Folktales of Egypt, Collected, Translated, and Edited, with Middle Eastern and African Parallels, by Hasan M. El-Shamy, the University of Chicago Press, 1980.

10. Folktales of France, Edited by Genevieve Massignon, Traslated by Jacqueline Hyland, the University of Chicago Press, 1968.

11. Folktales of Germany, Edited by Kurt Ranke, Translated by Lotte Baumann, the University of Chicago Press, 1966.

12. Folktales of Greece, Edited by Georgios A. Megas, Translated by Helen Colaclides, the University of Chicago Press,1970.

13. Folktales of Hungary, Edited by Linda Degh, Translated by Judith HALASZ, the University of Chicago Press, 1965.

14. Folktales of Norway, Edited by Reidar Thorwald Christiansen, Translated by Pat Shaw Iversen, the University of Chicago Press, 1964.

15. Irish Folktales, Edited by Henry Glassie, Pantheon Books, New York, 1985.

16. Legendary Fictions of the Irish Celts, Collected and Narrated by Patrick Kennedy, London, Macmillan and Co. 1886.

17. Legends of Texas, Edited by J. Frank Dobie, Publications of the Texas Folklore Society, Number 3, Reprinted Edition, Folklore Associates, INC, 1964.

18. Moroccan Folktales, Jilali El Koudia, Traslated from The Arabic By Jilali El Koudia and Roger Allen with Critical Analysis By Hansan M. El-shamy, Syracuse University Press, Syracuse, 2003.

19. Round the Levee, Edited by Stith Thompson, the Txas Folklore Society, 1935.

20. Tales from Ulithi Atoll, A Comparative Study in, Oceanic Folklore, By William A. Lessa, University of California Press, Berkeley and Los Angeles, 1961.

21. Texas Folk and Folklore, Edited by Mody C. Boatright, Wilson M. Hudson, Allen Maxwell, Southern Methodist University Press, DALLAS, 1954.

22. The Rainbow Book of American Folk Tales and Legends, By Maria Leach, Published by the World Publishing Company, OHIO, 1958.

23. Type and Motif Index of the Folktales of England and North America, by Ernest W. Baughman. Indiana University Folklore's Series No.20, Mouton and Co. 1996.